집으로 가는 길

집으로 가는 길

임경규 지음

디아스포라의 집에 대한 상상력

앨
ㄹ피

머리말

집으로 가는 '그 먼' 길

2017년 전주국제영화제에 소개된 한국계 미국인 비디오 에세이스트인 코고나다Kogonada 감독의 장편영화 데뷔작 〈콜럼버스Columbus〉는 모더니즘 건축의 메카 콜럼버스의 근대 건축물을 배경으로 건축과 집에 대한 흥미로운 이야기를 들려준다. 한국의 저명한 건축학자 이재영교수의 아들 진은 아버지가 쓰러졌다는 소식을 듣고 서울에서 콜럼버스로 급히 날아온다. 병원과 숙소를 오가던 진은 우연한 계기로 "건축 너드" 케이시를 만나 뜻하지 않게 콜럼버스 시내의 모더니즘 건축물들을 둘러보게 된다. 일종의 건축 투어를 하게 된 것이다.

케이시는 가이드를 자청하며 각 건축물의 역사와 특징들을 설명한다. 하지만 진은 별 감응을 얻지 못한다. 오히려 케이시에게 백과사전적인 지식이 아닌 건축에 대한 본인의 느낌을 말해 달라고 요구하며 건축가 제임스 폴섹James Polshek의 말을 빌려 이렇게 말한다. "건축은 치유의 예술이다. 건축에는 치유력이 있고, 건축가는 이에 대한 책임이 있다." 여기에서 그가 말하는 치유의 핵심에는 소통이 존재한다. 즉, 건물은 사람과 사람 사이의 소통을 가능케 하는 것이어야 하는 것이다. 결국 진의 관심을 끌었던 것은 건축이나 건물house 자체가 아닌 사람을 담는 그릇으로서의 건축, 사람과 사람을 연결하는 것으로서의 건축, 즉 하우징housing하는 것으로서의 집이었던 것이다. 실제로 영화는 각종 건물에 대한 케이시의 설명을 애써 귀담아 들을 것을 요구하지 않는다. 오히려 케이시의 말을 방해하며 두 사람이 건축을 대하는 태도와 삶의 모습을 스크린의 전면으로 끌어 낸다.

이 지점에서 영화는 건축이 아닌 '집'에 관한 이야기로 변모한다. 하지만 케이시와 진 둘 모두에게 집은 치유의 장이 아닌, 트라우마의 공간이자 소외의 공간이다. 진의 아버지는 건축만을 연구할 뿐 집에는 관심이 없다. 모더니즘이 그의 종교였으며 건축이 그의 삶이었고, 집에서는 군주였다. 그러한 아버지와의 관계 속에서 진에게 집은 낯선 곳일 뿐이다. 자아는 소멸되고 아버지의 모더니즘을 향한 종교적 열정과 가부장적 명령만이 존재하는 공간이 되어 버린 것이다. 그러하기에 진이 아버지가 영원히 깨어나지 않길 소망하는 것이 그리 이상하지 않을 수 있었다. 케이시의 사정도 크게 다르지 않다. 그녀는 시내 도서관 사서로 일하고 있지만 그녀의 열정은 건축에 있었다. 좋은 장학금 제안도 있었다. 하지만 그녀의 어머니는 그녀가 자신의 열정을 쫓는 것을 가로막는다. 이혼녀인 어머니는 새로운 남자들과 만남을 시도하다가 거듭 실패하여 마약에 빠져 있었고, 케이시는 그러한 어머니를 홀로 두고 자신의 꿈만을 쫓을 수 없었던 것이다. 결국 그 둘에게 집은 집이 아니었다. 자아가 질식되고 삶의 폐허가 쌓이는 공간일 뿐이다.

마지막 장면에서 케이시는 콜럼버스를 떠나고, 진은 한국으로의 귀국을 포기한 채 콜럼버스에 남는다. 케이시는 자신의 열정을 쫓고, 진은 아버지와의 화해를 시도하는 것이다. 머무름과 떠남이 엇갈리지만 그들이 향하는 곳은 똑같다. 자신만의 새로운 집을 찾아나서는 것이다. 결국 이 영화는 건축과 집은 다른 것임을, 집은 여기가

아닌 여기와 저기 사이 어딘가에 있음을 말한다. 다시 말해서 집의 친숙함과 익숙함은 존재의 상실이라는 이질적이고 낯선 트라우마를 위장시키는 허울임을, 그리고 상실된 존재를 건축의 미학 속에서 혹은 가족 관계 속에서 복원하려는 시도 역시 쉬운 것이 아님을 말하는 것이다. 물론 존재의 거처를 고정된 건축물이나 전통적인 가족 관계 속에서 발견하는 것이 불가능한 것은 아닐 수도 있다. 하지만 집은 존재의 근원이나 궁극적 귀의처가 되지는 못한다. 사실상 그러한 집은 존재하지 않는다. 모든 집은 잠정적인 거처일 뿐이다. 집은 결코 고정될 수 있는 것이 아니기 때문이다. 오히려 집은 집을 찾는 과정, 즉 떠남과 머무름이라는 주체의 행위 속에 존재한다. 그런 의미에서 인간 주체의 모든 행위는 집을 찾는 행위이며 집에 이르는 길이다. 물론 그 길이 반드시 집으로 안내하는 것은 아니다. 집은 어디에도 있고 동시에 어디에도 없다. 오로지 집으로 향하는 길만이 존재할 뿐이다.

이 영화의 미장센은 이러한 집의 의미를 더욱 극적으로 표현한다. 이 영화의 영상 미학의 핵심은 대칭과 비대칭, 균형과 불균형의 조화라 할 만하다. 이것이 영화 속 케이시가 말하는 모더니즘 건축의 미학이기도 하다. 매 장면 고정된 카메라는 수평선과 수직선의 대칭 구도 속에서 기념비적인 모더니즘 건축을 화면 가득 담아낸다. 그리고 그 건축물은 언제나 화면 속의 인물을 압도한다. 모더니즘 예술의 위대함을 표현하는 한 방식인지도 모른다. 그런데 흥미로운 것은 화면 속 인물들이 건축물의 지배력 하에만 존재하는 것은 아니라는 것이다. 그들의 위치와 움직임은 전체적인 대칭 구도 속에 작은 불균형과 무질서를 자아낸다. 즉, 인물들이 건축의 논리에 따라 공간 속에 수동적으로 수용되는 것이 아니라 나름의 방식을 통해 공간을 자기 것으로 전유하며 자신만의 공간으로 만들어 간다. 건축이 집으로 변화되는 순간이다. 즉, 집은 건축과 건물에 의해 주어지는 것이 아닌 만들어 가는 것이며 찾아가는 것임을 일깨워 주고 있는 것이다.

　영화 〈콜럼버스〉를 더 큰 사회적 맥락에 위치시키게 되면 영화의 또 다른 층위가 눈에 들어온다. 영화의 주인공 진은 한국 사람으로 태어나 (분명하지는 않지만) 저명한 건축학 교수인 아버지 덕분에 미국에서 성장하여 교육을 받았고, 현재는 한국에서 번역가로 일하고 있다. 그는 괜찮은 한국말과 더불어 완벽한 영어를 구사하며, 효와 일을 중시하는 한국문화를 이해하고 있으면서도 미국의 개인주의 문화와 친숙한 사람이다. 다시 말해서, 진은 급진적 세계화가 생산해 낸 전형적인 혼종적 주체다. 그의 정체성은 여기에도 있고 저기에도 있다. 두 개의 문화적 공간을 자유로이 움직인다. 그렇기 때문에 그의 직업이 여기와 저기를 잇는 번역가인 것이며, 그가 강조하는 건축의 특징 중 하나가 바로 소통인 것이다.
　진이 차지하고 있는 두 문화 간 번역자로서의 위치가 세계화의 긍정적 요소가 그에게 선물한 빛이라고 한다면, "집"의 문제는 그가 감내해야 하는 세계화의 어둠을 체화한다. 그는 집을 상실한, 혹은 근원을 상실한 주체다. 정확히 말한다면, 그는 고향이 어디인지 모르는, 그래서 집과 근원을 향한 향수에 시달리면서도 늘 새로운 집을 갈망하는, 하지만 새로운 집으로의 도착은 끊임없이 유예되는 그러한 사람이다. 그에게 고향은 망각의 심원 속에 존재하고, 새로운

집은 그를 쉽사리 받아 주지 않는다. 타자에 대한 환대가 아닌 배타적 인종주의가 그가 감당해야 하는 현실이 된다. 그러기에 동양의 군주처럼 완고한 아버지와 화해하지도 못하고, 한국을 자신의 집이나 고향으로 생각하지 못한다. 미국도 그의 집이 되어 주지 못하는 것은 매한가지다. 케이시와의 첫 만남 순간, 그녀는 진을 향해 이렇게 말한다. "영어를 하시네요?" 아시아인은 미국인이 아니라는 편견이 케이시의 상상력을 지배하고 있는 것이다. 그런 편견을 가진 사람이 단지 그녀뿐이겠는가? 아마도 그를 모르는 모든 미국인들이 똑같은 질문을 던지며 매일매일 미국이라는 공동체로부터 그를 추방할 것이다. 이런 상황에서 진이 콜럼버스에서 자신의 집을 찾는 것은 항구적으로 불가능한 일인지도 모른다. 그는 매일매일 집을 향해 가고 있지만 그가 가는 길이 그를 집으로 데려다 주지 못할 수 있다. 이렇듯 세계화의 빛과 어둠을 모두 체화하고 있는 주체를 우리는 '디아스포라'라 부른다.

이런 관점에서 본다면, 〈콜럼버스〉는 한인 디아스포라가 한국과 미국의 중간 지대에서 자신의 집을 찾아가는 여정을 그리는 영화다. 그의 집 찾기 과정은 자신의 문화적 과거(한국 혹은 아버지)와 미국 땅에서의 현재를 화해시키는 과정이며, 여기와 저기를 소통시키는 과정임과 동시에, 한국의 가부장적 문화와 미국의 인종주의와 투쟁하는 과정이다. 이 과정은 또한 디아스포라로서의 이중성(혹은 다양성)의 문제를 항구적으로 안고 살아가는 과정이기도 하다. 한국과 미국이라는 지리적 이중성과 더불어, 언어적·문화적 이중성이 그의 숙명이 되기 때문이다.

이러한 이중성은 디아스포라에게는 축복이자 재앙이다. 한편으로, 디아스포라는 여기에 속함과 동시에 저기에 속함으로 인해 양자 간의 문화 번역을 가능하게 하면서도 동시에 새로운 혼종적이고 융합적인 다문화주의의 시발점이 될 수 있다. 새로운 형식의 국제적 문화 교류의 한 축이 되는 것이다. 또한 이중성과 혼종성은 그 자체로 문화와 정체성에 대한 본질주의적 사고방식에 대해 결코 쉽지 않은 질문을 던짐으로써 인종주의에 대한 비판적 저항을 가능하게 한다. 즉, 한국인이란 무엇인가? 혹은 누가 미국 사람인가? 라는 가장 원초적인 질문을 던짐으로써 민족과 민족국가의 경계선을 새롭게 정의할 것을 요구하는 것이다.

이중성과 혼종성이 디아스포라에게 가져다주는 축복이 문화적이고 철학적이고 이론적인 영역에 한정되어 있다고 한다면, 그것이 각 디아스포라 주체에게 가져오는 고통은 물질적이며 현실적이다. 여기에 있음과 동시에 저기에도 있음은 역설적이게도 여기에도 없음과 동시에 저기에도 없음이 될 수도 있기 때문이다. 그 어디에도 속하지 못하는 유령 같은 존재가 되어 얇디얇은 국가적·문화적 경계선만이 그의 거처가 될 수도 있는 것이다. 따라서 그의 존재와 그가 표상하는 문화적 혼종성과 이중성은 경계선 혼란^{boundary crisis}을 야기하는 근원이 된다. 즉, 주체와 타자, 집과 밖의 경계선을 약화시킴과 동시에 문화적·인종적 오염과 잡종화에 대한 불안감을 촉발시킨다. (오랜 유대인 디아스포라의 삶이 증명하듯이) 이 불안감은 디아스포라를 문화적 순수성의 파괴자이자 오염 물질로 낙인찍는 결과를 가져온다. 언제든 배제되고 추방될 수 있는 존재로 살아가야 하는 것이다.

그런 의미에서 콜럼버스에 머물기로 작정한 진의 결정은 사건의 종결임과 동시에 새로운 문제의 시작이다. 콜럼버스(이것은 미국의 또 다른 이름이기도 하다)에서의 삶은 그를 한국인에서 괴상하고 낯선 이름을 가진 아시아인으로, 미국인의 일자리를 훔쳐 가는 이방인으로,

혹은 새로운 혼종적 주체로서의 아시아계 미국인으로 변화시킬 것이 분명하기 때문이다. 그는 새로운 희망과 절망의 시발점에 서 있는 것이다.

《집으로 가는 길: 디아스포라의 집에 대한 상상력》은 영화 〈콜럼버스〉가 끝난 바로 그 지점에서 시작하는 책이다. 즉, 고향을 상실한 '디아스포라'로서 아시아계 미국인의 역사와 그들이 미국 땅에서 집을 찾는 여정을 비판적으로 탐색하는 책이다. 특히 이 책이 초점을 맞추고 있는 곳은 철학적이고 이론적이며 은유적인 차원에서의 디아스포라가 아닌 삶과 실제 경험으로서의 디아스포라다. 따라서 이 책은 디아스포라 개념을 이론적이고 은유적인 차원에서 사용함으로써 문화와 정체성에 대한 본질주의적 사유방식을 비판하면서도 실제 디아스포라의 고통스러운 삶의 경험을 공동화시키는 2000년대 초반의 이론적 경향에 대한 비판을 수행한다. 즉, 이 책의 목적은 디아스포라를 이론과 은유라는 추상의 영역에서 떼어 내어 고향을 상실한 채 새로운 집을 찾아나서는 그들의 여정을 실제 역사와 지도 위에 위치시키는 것이다. 그런 의미에서 이 책은 디아스포라의 실질적인 삶과 역사에 대한 기록이며, 그들의 문학과 영화를 비롯한 다양한 문화적 산물에 대한 연구서라 할 수 있다.

이 책은 총 3부 11개의 장으로 구성되어 있다. 1부 '디아스포라와 집'에서는 디아스포라와 집의 문제를 역사적인 차원에서 접근하며 각 시대와 유형별로 디아스포라 주체가 집을 상상하고 특정 사회적 맥락 속에 자신의 정체성을 각인시키는 방식을 이론화한다. 제1장 〈디아스포라와 집: 초민족주의시대의 '집'에 대한 상상력〉은 후기자본주의라는 숭고한 세계 공간 속에서 디아스포라가 자신의 위치를 상상하고 유토피아적인 방식으로 자신의 집을 찾아가는 방식을 이론화하며 이를 "디아스포라의 지도 그리기"라고 명명한다. 제2장 〈정신분열적 디아스포라: 1965년 이후 아시아계 미국인의 정서구조〉와 제3장 〈편집증적 디아스포라: 불가능한 진정성을 향한 열망〉은 미국 내 아시아계 이민의 역사에 대한 비판적 고찰이자 그들의 문화와 정서 구조에 대한 연구이다. 특히 1965년 미국의 자유주의 이민법의 통과를 전후로 미국 내 아시아계 디아스포라가 아시아라는 지리적·문화적·상상적 대상체와 관계 맺는 방식을 통해 1965년 이전의 이민자들을 "편집증적 디아스포라", 이후의 이민자를 "정신분열적 디아스포라"로 정의하고 각각 세대별 디아스포라가 자신만의 집을 상상하고 자신만의 문화를 만들어 가는 방식을 고찰한다. 제4장 〈화이트 디아스포라: 디아스포라와 제국주의〉와 제5장 〈네이티브 디아스포라: 제국의 서벌턴〉은 근대적 제국주의와 탈근대적 제국 그리고 디아스포라의 상호연관성에 대한 고찰을 통해 디아스포라의 부정적 층위에 대한 고찰을 수행한다. 여기에서의 초점은 떠날 수 있는 자와 떠나지 못하는 자, 자본과 권력으로 무장한 새로운 유형의 디아스포라와 디아스포라가 되고 싶어도 될 수 없었던 서벌턴 계층 사이의 관계로, 디아스포라의 이동성은 서벌턴의 이동성을 착취한 결과임을 폭로한다.

2부 '디아스포라와 인종'은 아시아계 미국인을 중심으로 미국 내에서 인종 담론의 변화를 추적하고 이를 극복할 수 있는 방법을 모색한다. 제6장 〈인종의 계보학: 본질과 허상의 갈림길 위에서〉는 인종 담론에 대한 이론적 연구로 19세기 후반부터 최근에 이르기까지 인종 개념의 변화를 계보학적인 방식으로 탐색하며, 문화 연구에서 인종 개념이 여전히 유효한 개념임을 주장한다. 제7장 〈할리우드 영화와 인종: 흑백버디무비와 아시아 남성〉은 1960년대 이후 발생한 흑백공멸론 담론이 할리우드의 영화적 상상력에 미친 영향과 그 속에서 아시아계 남성이 재현되는 방식을 추적한다. 백인과 흑인 그리고 아시아인이라는 인종 관계 속에서 주류 문화가 미국이라는 공동체를 상상하는 방식과 이 속에서 아시아계 미국인 남성이 처하게 되는 사회적 실존의 문제에 대한 탐구인 것이다. 제8장 〈"실종된 제3의 몸"을 위한 애도: 정체성 정치의 한계를 극복하기 위한 제언〉은 미국 내 인종 관계 속에서 소외되며 자신의 고유의 몸을 잃어버렸다고 상상하는 아시아계 미국인 남성의 시를 사회적·역사적 맥락에서 독해하며 아시아계 미국인의 "미국인 되기"를 위한 정체성 정치의 한계점을 짚어 본다. "아시아계 미국인"이라는 정체성은 처음부터 어떤 본질이나 고유성을 갖지 않은 것이며, 따라서 근본적으로 내적 차이와 다양성이 그 핵심이 될 수밖에 없는 정체성이다. 다시 말해 역사적이고 전략적인 차원에서 고안된 정체성인 것이다. 이는 곧 아시아계 미국인이 고유한 정체성과 고유의 문화 혹은 고유의 몸을 되찾으려는 그 어떤 노력도 무의미한 아우성으로 끝날 수밖에 없음을 의미한다. 이 상황 속에서 아시아계 미국인에게 남은 유일한 대안은 고유성이나 진정성을 찾으려는 우울증적 시도를 포기하는 것이며, 고유성의 부재를 고유성으로 인정하는 애도의 과정이라 할 수 있다. 이 불가능한 애도의 과정만이 그들이 선택할 수 있는 유의미한 정치적 행위라 할 수 있다.

3부는 디아스포라의 관점에서 문학 텍스트에 대한 독해를 시도한다. 제9장 〈낯익음과 낯섦의 변증법: 한강의 《채식주의자》〉는 세계 3대 문학상 중 하나인 영국의 맨부커상 국제부문을 수상한 한강의 《채식주의자》가 영미권에서 수용되는 방식을 고찰한다. 2007년 출판된 《채식주의자》는 한국에서는 그리 큰 관심을 끌지 못했다. 하지만 10년 후 이 책은 영국에서 번역·출판되자마자 큰 반향을 일으켰다. 무엇이 이러한 차이를 만들어 냈는가? 이 책에서 한국 독자들은 보지 못했으나 영미권 독자들은 볼 수 있었던 것이 무엇인가? 이 질문에 대한 답을 찾는 것이 이 장의 목적이라 할 수 있다. 이는 오직 디아스포라적 이중성을 통해 접근할 때에만 대답할 수 있는 문제이다. 제10장 〈"집이 되고 있습니다": 차학경의 《딕테》〉와 제11장 〈(불)가능한 집을 향한 여정: 이창래의 《제스처라이프》〉는 각각 한국계 미국인 작가 차학경과 이창래의 텍스트 《딕테》와 《제스처라이프》를 디아스포라와 집 찾기라는 관점에서 읽어 간다. 이 두 작품은 형식적으로 완전히 다르지만 궁극적으로 집으로 향해 가는 길목에 서 있는 한인 디아스포라 주체를 다룬다는 점에서 함께 읽어 볼 만한 가치가 있다. 특히 《딕테》는 아시아계 미국문학 역사상 기념비적인 작품으로, 텍스트가 지니는 포스트모던적이고 파편적인 성격으로 인해 여성주의를 중심으로 탈중심화·탈식민화·탈주체화라는 관점에서 수용되었다. 하지만 여기에서 주목하고 있는 것은 이러한 포스트모던적 글쓰기에 내재하는 집을 향한 충동이며, 그것이 작동하는 방식이라 할 수 있다. 반면 이창래의 소설 《제스처라이프》는 한국계 디아스포라의 트라우마와 그 핵심에 존재하는 위안부 문제를 전면에 내세움으로써, 디아스포라가 주류 집단의 제국주의와 인종주의 그리고 가부장적 이데올로기에 무비판적으로 매몰된다면 어떤 폭력을 낳게 되는지를 탐구한다. 이 두 텍스트 모두 지금과는 전적으로 다른 유형의 주체를 상상한다는 점에서 한국인 혹은 한국계 미국인이라는 정체성의 미래를 예견할 수 있는 텍스트이기도 하다.

　　마지막으로 이 책을 출간을 맡아 주신 앨피출판사, 함께 식사를 하며 다양한 조언과 위로를 아끼지 않으셨던 여러 선생님들, 함께 책을 읽으며 학문적 영감을 주신 세미나팀 선생님들, 힘든 교정 작업을 함께 해 준 제자 이효인과 강혜림, 여러 도움을 주었던 최하얀 조교에게 깊은 감사의 말을 전하며, 아울러 왜 아빠는 책을 쓰지 않느냐며 채근했던 두 딸 이랑이와 사랑이 그리고 아내에게도 고맙다는 말을 전한다.

2018년 6월
임경규

차례

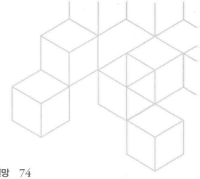

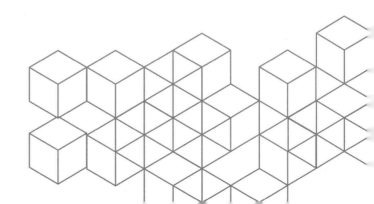

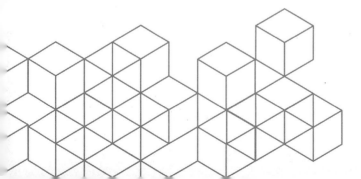

3부 디아스포라 문학 읽기

1

디아스포라와 집

: 초민족주의시대의 '집'에 대한 상상력

디아스포라 담론의 문제점

세계화가 급속하게 진전되고, 민족국가 간 경계가 와해되면서, 디아스포라는 초민족주의 시대 에토스의 담지자로 부상하고 있다. 그와 더불어 디아스포라 담론이 사회학, 문학, 문화인류학의 지배 담론이 된 지 오래다. 초기 디아스포라 관련 논의는 주로 유대인과 아르메니아인에 대한 문화인류학적 연구에 한정되었었다. 하지만 1991년 미국에서 학술저널 《디아스포라Diaspora》가 창간되면서 디아스포라에 관련된 더 심도 있는 논의가 시작되었고, 이후 스튜어트 홀Stuart Hall과 제임스 클리포드James Clifford, 폴 길로이Paul Gilroy와 같은 영향력 있는 문화비평 이론가들에 의하여 철학적·이론적 틀이 세워지며 다양한 분야로 확산되었다. 특히 미국 내에서 아시아계 미국문학과 같은 소수민족 문학이 발흥하면서 미국 내의 소수민족과 관련된 디아스포라 논의 역시 활발하게 이루어지고 있다.

하지만 지금까지 디아스포라에 대한 논의는 몇 가지 문제점을 안고 있다. 먼저 디아스포라에 대한 논의는 인종적인 측면에서는 백인 중심적이라고 한다면, 지리적인 관점에서는 철저하게 제1세계, 특히 미국 중심적이었다. (백인 중심주의적 디아스포라 논의는 4장에서 본격적으로 논의하게 될 것이며, 여기에서는 지리적 중심으로서의 미국에 대한 논의로 한정하고자 한다.) 국제적 이주와 이민, 그에 따른 문화적 정체성과 관련된 논의는 언제나 세계의 지리적·문화적 중심으로서 미국을 상정하고 있었고, 이는 디아스포라 담론의 확산을 통하여 미국의 경제적·문화적 헤게모니를 강화시키는 이데올로기적 기능을 암묵적으로 수행해 왔다. 예를 들어, 1980년대 이후 급속하게 성장한 아시아계 미국문학의 자전적 소설들은 아시아적 자아와 미국적 자아 사이의 갈등을 주요 모티프로 삼는다. 하지만 이 갈등은 대개 전근대적인 아시아적 자아에서 자유와 개인주의에 바탕을 둔 미국적 자아로의 발전이라는 목적론적 서사 구조 속에서 전개된다. 미국적 자아는 언제나 아시아계 미국인들이 성취해야 할 이상으로 설정되는 반면, 아시아적 자아는 억압의 대상이 되어 버리는 것이다. 이런 목적론적 서사는 궁극적으로 미국의 이데올로기를 이상화시킬 뿐만이 아니라 서구의 오랜 오리엔탈리즘을 강화시키는 결과를 낳게 된다.

두 번째로, 디아스포라 논의가 포스트모더니즘과 연관된 노마디즘 담론들과 겹쳐지면서, 디아스포라가 가지고 있는 역사적·지리적 구체성이 소멸되었다. 예를 들어, 사라 아메드^Sara Ahmed는 현재의 비판이론 담론 속에서 디아스포라는 "더 이상 구체적 지역으로부터의 이탈이 아닌 이탈 그 자체를 지칭하고 있다"고 비판한다(333). 그 결과 디아스포라 개념이 지니고 있는 은유적이면서도 이론적 측면이 부각되었고, 이는 본질주의적 의미에서의 '정체성'과 '고향/집^home'

의 의미를 해체하는 데 이용되어 왔다.[1] 하지만 디아스포라 논의에서 이런 은유적·이론적 측면의 강조와 떠돌이 생활에 대한 낭만적 이상화는 몇 가지 문제점을 가지고 있다. 무엇보다도, 실제적 경험으로서 고향으로부터의 소외, 박탈, 이탈, 이주, 식민주의와 문화적 정체성의 폭력적인 파괴와 같은 디아스포라의 역사적·물질적 측면을 약화시킨다. 게다가 세계화의 과정에 내재되어 있는 폭력성과 제국주의적 폭력을 탈경계라는 포스트모던적 운동 속에서 왜곡시킬 수도 있다.

따라서 디아스포라 논의에서 이론적·은유적 틀로서의 디아스포라와 실제 경험으로서의 디아스포라 사이의 간극을 좁히고 동시에 미국중심주의를 탈피할 수 있는 방법을 찾는 것이 중요하다. 이는 디아스포라를 구체적인 역사와 지도 위에 위치시킬 것을 요구한다. 즉, 개인이나 집단 주체의 이주와 정착, 고향으로부터의 소외와 회귀라는 디아스포라의 내러티브를 전 지구적 권력관계 속에 위치시키는 작업이 필요한 것이다. 이러한 작업은 궁극적으로 디아스포라 개념에 대한 재고를 요청하는 것이며, 이를 통해 디아스포라 주체와

---

1 이런 경향은 아메드가 지적하고 있듯이 이에인 챔버스Iain Chambers의 글 속에서 극명하게 드러나고 있다. 챔버스는 저서《이주, 문화, 정체성Migration, Culture and Identity》에서 "이주," "망명," "노마디즘"과 같은 개념을 정체성을 재정의하는 데 이용하고 있다. 예를 들어 그는 다음과 같이 서술한다.
고정된 집이 없이 떠돌아 다니고, 세계의 갈림길에 존재하며, 우리의 실존과 차이의 느낌을 지니고 있는 언어에 대한 유목민적 경험은 더 이상 어떤 구체적인 전통과 역사의 표현이 될 수 없다. 비록 그 언어가 하나의 특정한 이름을 가지고 있는 것처럼 보일지라도. 생각은 떠돌아다닌다. 그것은 이곳저곳 돌아다니며, 우리에게 번역을 요구한다(4).
여기에서 나타나듯, 이주에 대한 실제 경험은 비유적인 차원에서의 방랑, 혹은 "구체적인 전통과 역사"를 초월하는 정체성을 이론화하는 방법으로 제시되고 있다.

세계 사이의 문제적 관계를 재이론화할 것을 요청하는 것이다. 여기에서는 이 요청에 대해 '집'의 개념을 새롭게 정립함과 동시에 디아스포라 주체가 세계 공간 속에서 집을 상상하는 방식을 '디아스포라 지도 그리기'라 정의함으로써 응답하고자 한다.

디아스포라 공간

아브타 브라^{Avtar Brah}는 이론적 틀로서의 디아스포라와 역사적 경험으로서의 디아스포라를 구별하기 위하여 "디아스포라 공간^{diaspora space}"이라는 개념을 제시한다. 디아스포라 공간은 "여러 가지 정치적, 문화적, 경제적, 심리적 충동들이 공존하며 교차하는 장"으로(181), 디아스포라, 토착민, 국경선과 같은 개념들이 생성되고 경쟁하며 소멸하는 물질적 토대라 할 수 있다. 이는 곧 디아스포라 공간이 특정한 방식의 "길 떠나기와 뿌리내리기"[2]를 지배적인 문화로 생산하거나 소멸시킬 수 있음을 의미한다. 또한 디아스포라 공간은 단순히 디아스포라들만 살며 움직이는 공간이 아닌, 여러 이질적인 이주민 집단과 토착민이 함께 공존하며 살고 있는 공간으로, 디아스포라와 토착민이 분리되고 분류되는 사회적 과정이 발생하는 장이다. 또한 이곳은 전통적인 의미에서의 주체와 타자, 민족과 인종과 같은 개념들이 문제시되고 재구성되는 공간이기도 하다(Brah 208-9).

---

2 "길 떠나기"와 "뿌리내리기"는 비평가 제임스 클리포드가 디아스포라의 문화적 심리적 역동성을 표현하기 위하여 사용하고 있는 "routes and roots"라는 구절을 번역한 것이다. 이에 대한 더 심도 있는 논의는 그의 논문 〈디아스포라^{Diaspora}〉를 참조하라.

우리가 세계를 디아스포라 공간으로 재구성하게 된다면, 즉 자본과 인적 자원의 쉼 없는 이동이 일어나고, 더 큰 자유와 행복에 대한 개인과 집단의 열망이 교차하는 장으로 재구성하게 되면, 문화적·지리적 중심으로서의 '미국'은 이제 수많은 개인 혹은 집단들이 집을 찾기 위해 길을 떠나거나, 뿌리를 내리는 열린 공간이 된다. 디아스포라 공간으로서 미국은 유럽 이주민으로서의 백인뿐만이 아니라 유대인, 흑인, 멕시코인, 아시아인 등 각기 뿌리가 다른 집단들이 상호 경쟁하고 공존하는 장이 되는 것이다. 이 다양한 집단의 공존과 상호작용은 특수한 문화적 실체로서의 '미국성Americanness'을 생산하게 되는데, 이 역동적 과정을 통해 어떤 집단은 토착민으로 인식이 되는 반면, 또 어떤 집단은 디아스포라라는 정체성을 부여받는다. 물론 이런 과정이 언제나 일괄적이며 잘 정돈된 정체성의 도표를 만들어 내지는 못한다. 예를 들어서, 미국 내 흑인들은 백인들과 비교된다면 디아스포라로 인식될 수도 있고, 또 스스로를 디아스포라라고 규정지을 수도 있다. 반면에 그들이 아시아계 출신들과 비교될 경우, 오히려 미국 토착민의 지위를 획득할 수도 있는 것이다. 이런 정체성의 복잡성과 불안정성은 한 집단, 심지어 한 가정 내에서도 세대 간, 젠더 간 차이에 따라 훨씬 더 복잡한 양상을 띨 수도 있다. 다시 말해서, 디아스포라 공간으로서 미국은 본질주의적인 의미의 토착민과 디아스포라의 개념이 문제시되는 장이며, 동시에 인종적·민족적 본질주의에 토대를 두고 있는 백인 중심적 '미국문화'를 문제시하며 이에 대항하는 새로운 대안적 문화가 생산되는 장이 될 수도 있다. 게다가 전 세계가 디아스포라 공간으로 재구성될 경우, 미국뿐만이 아니라 세계의 그 어느 곳도 초월적 중심이 되지는 못한다. 예컨대, 미국은 세계의 문화적·지리적 중심이 아닌 인적·물적 자원이 이동하는 거대한 전 세계적 그물망의 한 점이 되는 것이다. 이 경우 미국은 인적·물적 흐름의 양적인 중심이 될 수 있을지언정, 궁극의 지향점이나 초월적 중심은 되지 못한다. 그곳은 단지 누군가에게는 떠나온 고향이 될 수도 있고, 누군가에게는 집으로의 긴 여정 속에 잠시 쉬어가는 기착지에 지나지 않을 수도 있으며, 또 누군가에게는 도달해야 할 목적지가 될 수도 있는 곳일 뿐이다.

여기에서 중요한 것은, 각 개인 혹은 집단의 경험적인 차원에서 볼 때, 전 지구적 관계망으로서의 디아스포라 공간은 있는 그대로 사실주의적인 방식에 따라 인식될 수 없다는 것이다. 그것은 언제나 이미 개인의 인식 능력 외부에 존재한다. 그에 대한 우리의 경험은 따라서 오로지 텍스트와 이미지 형식에 의존할 수밖에 없게 된다. 즉, 디아스포라 공간으로서의 세계는 리얼리티 그 자체가 아닌 특수한 지정학적 재현geopolitical representation의 영역 속에서 재구성되고 변형된다. 여기에서 우리는 이런 특수한 방식의 지정학적 재현을 '디아스포라 지도 그리기diasporic mapping'로 명명하고, 이를 알튀세르Louis Althusser의 이데올로기에 대한 정의를 따라 '한 개인의 전 지구적 현실에 대한 상상적 관계의 재현 방식'으로 정의하고자 한다.

'디아스포라의 지도 그리기'는 프레드릭 제임슨Fredric Jameson이 포스트모던 시대의 미학적이며 정치적인 행위로 명명한 "인식적 지도 그리기cognitive mapping"에 기반한 것이다(51-54). 제임슨의 "인식적 지도 그리기"는 케빈 린치Kavin Lynch의 도시 공간에 대한 연구와 알튀세르의 이데올로기에 대한 정신분석학적 정의를 변증법적으로 합성한 것이라 할 수 있는데, 제임슨이 린치의 연구에서 주목한 것은 도시에 사는 개인들이 자신의 지리적인 위치나 도시 전체의 이미지를 있는 그대로 지도 그리기를 하지 못한다는 사실이다. 도시 속의 개인들이 가지고 있는 도시의 이미지는 실제 도시의 이미지와 상당한 차이가 있고, 따라서 개인들이 지니는 도시의 이미지는 고전적인 의미에서의 모방과는 차이를 보이게 된다. 대신 개인들이 상상하고 있는 도시의 이미지는 도시라는 소외의 공간에 대한 경험으로 인하여 도시 이미지에 대한 부분적 혹은 전체적 왜곡과 축약을 포함하게 되는 것이다. 이런 왜곡은 현대의 도시가 개인의 재현 능력을 뛰어넘어 일종의 숭고한sublime 대상으로 존재하고 있음을 의미한다. 그러한 까닭에 지리적 실체로서의 도시 공간과 그곳을 사는 개인과의 관계는 언제나 상상적인 것이 된다.

소외 공간 속에서의 개인이 도시의 실체를 상상하는 방식은 알튀세르의 이데올로기에 대한 정의와 상당히 닮아 있다. 알튀세르는 이데올로기를 "실재 존재 조건에 대한 주체의 상상적 관계의 재현"이라고 정의한다(재인용, Jameson 51). 알튀세르의 주체는 결코 자신의 실재 존재 조건을 알지 못한다. 주체가 자신이 처한 물적 조건과 맺는 관계는 언제나 상상적인 것일 수밖에 없으며, 이데올로기란 이 상상적 관계를 재현한 것이다. 따라서 상상적 차원에 머물러 있는 주체는 실재에 대한 지식을 획득하지 못한다. 제임슨의 인식적 지도 그리기 역시 이와 유사하다. 다국적 자본주의는 개인의 인식 능력을 초월하여 존재한다. 그러하기에 주체와 후기자본주의의 관계는 언제나 상상적인 것일 수밖에 없다. 즉, 주체가 상상하는 후기자본주의와 실재 후기자본주의 사이에는 거대한 괴리가 존재하는 것이다. 제임슨이 주목하고 있는 것은 바로 괴리다. 이 차이를 통해 후기자본주의라는 전 지구적 현실에 대응할 수 있는 미학적이고 정치적인 공간의 정치학을 창안하는 것이 바로 인식적 지도 그리기의 요체이기 때문이다.

여기에서 이러한 현실에 대한 상상적 재구성이 가지는 의미는 알튀세르가 사용하고 있는 라캉의 정신분석학적 체계, 특히 "상상계 the Imaginary"와 "실재계the Real"에 대한 면밀한 이해를 요구한다. 라캉에 따르면, "상상계"는 "거울 단계"에서 시작된다. 이 단계에서 어린아이는 거울 속에 비친 자신의 이미지와 자신을 동일시하게 된다. 거울에 비친 이미지는 어린아이에게는 고정되고 안정된 육체의 형상을 제공해 주는데, 이 형상을 통하여 아이는 하나의 완성된 자아 이미지를 획득하게 됨과 동시에 스스로 자신의 육체를 제어할 수 있다는 나르시시즘적 환상에 빠지게 된다. 그런 까닭에 거울 속의 이미지는 아이의 의식 속에 자신의 육체를 통제할 수 있다는, 더 나아가 사회 속에서 독립된 개체가 될 수 있다는 믿음을 심어 준다. 하지만 그 믿음은 판타지에 불과하다. 아이와 거울 이미지 사이의 동일시는 일종의 "착각méconnaissance"에 의존하고 있는 것이기 때문이다. 거울 속의 나와 실재의 나는 전혀 다른 별개의 것이며, 따라서 어린아이의 통일된 자아를 향한 꿈은 결코 완성될 수 없는 것이 된다(Lacan 1-7).

알튀세르는 라캉의 정신분석학적 틀을 이데올로기를 통한 사회적 재생산의 방식을 설명하기 위해 사용한다. 그는 개인이 자신의 실재 존재조건과 관계를 맺는 방식을 다음과 같이 설명한다. "사람들이 이데올로기 속에서 자기 자신에게 재현하는 것은 자신의 실재 존재조건, 혹은 실재 세계가 아니다. 사람들에게 제시되는 것은 실재 존재조건과의 관계이다. … 따라서 이데올로기 속에 재현된 것은 개인들의 존재를 지배하고 있는 실재 관계의 체계가 아닌, 자신이 살고 있는 실재 사회관계에 대하여 개인들이 상상적으로 맺는 관계이다"(164-165). 이렇게 개인이 자신의 실재 존재 조건을 상상하는 방식을 라캉식으로 다시 설명하면, 이데올로기는 개인을 호명하며, 그 개인은 그 호명과 자신을 동일시함으로써 사회의 주체가 된다. 아이가 거울에 의하여 왜곡된 자신의 이미지의 노예가 되듯이, 사회적 개인은 사회적 현실을 상상계적인 방식으로 왜곡시키는 이데올로기의 포로가 되고, 따라서 개인과 사회적 현실과의 관계는 언제나 "오인"을 통해 구조화된다. 우리의 모든 사회적 재현은 이데올로기적인 것이며 따라서 왜곡되고 모순된 것이다. 우리는 이 오인의 미로 속에서 빠져나올 수 없으며, 이데올로기에 의하여 구성되는 사회를 우리의 실재적인 존재 조건으로 생각하며 살게 된다. 이와 같은 알튀세르의 라캉에 대한 재해석은 미래에 대한 사회적 변혁 혹은 유토피아적 비전을 제시해 주지 못한다.

"인식적 지도 그리기"를 이론화하면서, 제임슨은 이런 알튀세르의 비관적인 이데올로기 이론을 이용하면서도 그 속에서 유토피아적 비전을 찾아내고자 시도한다. 하지만 불행히도 제임슨의 이론은 일종의 자기모순을 내포하고 있다. 먼저 제임슨의 지도 그리기는 이데올로기와 우리의 실재 존재조건 사이의 차이를 지도 그리고자 하는 시도이며, 이는 전통적인 마르크시즘의 담론 속에 존재하는 과학과 이데올로기의 구분에 의존하고 있다. 즉, 후기자본주의에 대한 재현은 불가능하지만 그에 대한 과학적 지식의 축적은 가능하다는 것이다. 하지만 과학과 이데올로기 사이의 구분 자체도 모호할뿐더러, 이미 이데올로기에 함몰된 주체는 이데올로기 이상의 것을 상상할 수 없다. 따라서 이데올로기의 외부에 존재하는 "실재 존재조건"에 대한 과학적 혹은 인식적 지도 그리기는 사실상 불가능한 작업이 된다. 다시 말해서, 제임슨의 인식적 지도 그리기는 이데올로기의 외부에 존재하는 일종의 초월적 지점, 혹은 형이상학적 지점으로서의 '과학'을 상정하지 않고는 불가능한 것이다. 그런 의미에서 제임슨은 서구의 고전적 형이상학에서 거의 전진하지 못했다고 할 수 있다.

그렇다면 우리는 어디에서 유토피아적 계기를 찾고 이를 사회적 변화에 대한 열망과 연결시킬 수 있는가? 우리는 이에 대한 해답을 "상상계"에 대한 라캉의 원래의 정의에서 찾을 수 있다. 거울 속의 이미지가 어린아이를 이미지의 포로로 만들고, 착각을 통하여 허상적 자아 이미지를 생산해 내는 것은 분명하다. 그럼에도 불구하고 그 이미지는 어린아이의 미래를 자신의 이미지로 구성할 수 있는 힘을 지니고 있다. 즉, 상상계에는 유토피아적 충동이 이미 내재되어 있는 것이다. 따라서 우리가 해야 할 일은 상상계적 작업을 이데올로기적인 것이라 예단하기보다는, 그 속에서 사회적 변화에 대한 열망을 이끌어 내는 것이다. 예를 들어서, 미셸 바렛Michele Barrett은 "상상계"를 "의식·무의식적 이미지와 판타지의 장"으로 해석하며, 이 이미지와 판타지는 "자아 형성의 핵심 요소로 어린 시절부터 발전하여 성인의 사회적 관계에 이르기까지 영향을 미치게 된다"고 주장한다(101). 지젝Slavoj Zizek 역시 상상계를 "이미지와의 동일시"가 이루어지는 상태로 규정하고, 이런 동일시를 통하여 우리는 우리가 되고픈 이미지로 우리를 상상하게 된다고 주장한다(Zizek 105). 이런 의미에서 상상계는 단순히 실재의 반대 개념이 아니다. 상상계 혹은 이미지 그 자체가 현실의 일부이며, 동시에 현실을 자신의 이미지대로 구성해 나가는 힘을 지니고 있는 것이다. 다시 말해서, 상상계는 단지 이데올로기적 재생산의 장이 아니라, 현실 속에 우리의 욕망을 투영하고 상상적인 방식으로 변형시킴으로써 사회적 변화의 가능성을 예견할 수 있는 모태가 된다.

'디아스포라의 지도 그리기'는 바로 이런 상상계적 욕망과 판타지의 투영을 통하여 숭고한 대상으로서의 세계를 변화시키고 각 개인

에게 특별한 의미가 있는 공간으로 만들고자 하는 (무)의식적 노력
이라 할 수 있다. 예를 들어, 소설 《제스민Jasmine》으로 유명한 인디아
출신의 미국 작가 바라티 무커지Bharati Mukherjee의 미국에 대한 정의
는 한 개인이 가지는 디아스포라적 상상력이 어떻게 미국이라는 구
체적인 지리적·정치적 실체를 하나의 상상의 장소, 즉 "한 개인이
과거의 자신을 살해하고, 새로운 개인으로 다시 태어날 수 있는 장"
으로 변화시킬 수 있는지 잘 설명해 준다《제스민》 25). 무커지는 이렇
게 말한다. "미국은 정치적으로 경제적으로 통제할 수 있는 국가의
경계선과, 헌법을 가지고 있는 주권국가다. 하지만 나에게 있어 미
국은 개별적 개인의 판타지와 집단적 편집증과 신화에 의하여 구성
된 이미지나 사상, 꿈과 악몽, 로망스와 고통으로서 존재한다. … 따
라서 나에게 미국은 자기 변화의 드라마를 쓰기 위한 무대에 지나지
않는다"(Beyond 29). 무커지가 미국을 하나의 상상의 장소로 변형시키
듯, 디아스포라 주체는 자신의 욕망을 투영하여 세계라는 공간을 상
상적인 방식으로 변형시키고 그 속에서 자신의 집을 찾아간다. 이런
의미에서 디아스포라의 지도 그리기는 세계화 시대에 유토피아적
충동을 복원시켜 줄 수 있는 새로운 공간의 정치학이 될 수 있을 것
이다.

공간의 정치학으로서 디아스포라의 지도 그리기가 가장 문제시
하는 것은 전통적인 의미에서의 '국경선'이다. 사실 국가 경계선은
민족국가가 자신과 타자를 정의하는 핵심적 장치라 할 수 있다. 국
경선이라는 임의적 경계선을 상정함으로써, 우리와 남을 구별하고,
문명과 야만을 구별하며, 동시에 경계선 밖의 영역에 대하여 온갖
종류의 타자성을 부여함으로써 그와 반대되는 형상으로서의 자아를
정의할 수 있게 된다. 결국 국경선이란 인종과 민족, 그리고 지리적

영토 사이의 동일성을 확립함으로써 한 집단이 자신들의 정체성을 규정하는 특수한 종류의 지정학적 상상력의 산물인 것이다. 이런 의미에서 국경선은 유럽에서 근대적인 형식의 민족국가의 발흥과 더불어 발생했고, 이후 민족을 이루는 하나의 본질처럼 굳어진 근대의 산물이라 할 수 있다.

국경선은 근대적인 측량 도구의 발명과 이를 통한 합리적 '지도작법'의 발전과 더불어 제도화되었는데, 베네딕트 앤더슨Benedict Anderson에 따르면, "지도"는 제국주의 시절 식민지를 통치하는 도구로 고안되었으며, 이후 민족국가에 의하여 "자신의 영토를 바라보는 하나의 스타일a style of thinking about its domain"로 이용되었다(184). 근대 민족국가에게 가장 중요한 것이 영토의 마지막 한 뼘까지 총체적인 틀 내에서 분류하는 것이라고 한다면, 18세기 정밀측량 도구의 발명은 영토를 모눈종이처럼 정확하게 구획화하는 것을 가능케 했다(173). 지도를 통한 영토의 합리적 구획화는 민족국가가 자신의 영토를 통일성과 균형의 공간으로 재구성할 수 있도록 해 주었다. 따라서 앤더슨은 지도가 민족과 영토 사이에 하나의 "등식grammar"을 완성시켰다고 주장한다. 예컨대, '미국인'과 '미국 땅' 사이의 본질적 연결성을 확립하는 것이다.

이런 의미에서, 근대의 지도 작법이 일종의 구획 나누기임과 동시에 국경선을 영속화하려는 시도라고 한다면, 디아스포라의 지도 그리기는 근대적 지도 작법을 통한 구획화와 영토화에 대항하는 탈구획화 혹은 탈영토화의 시도라 할 수 있다. 예를 들어, 미국이라는 지리적 실체가 디아스포라의 지도 그리기라는 전혀 다른 종류의 지정학적 상상력 속에 편입된다면, 미국의 제도적 국경선은 디아스포라의 상상적 지도 속에서 구조 해체되고, 그것의 영토는 하나의 지리적·정치적 의미에서의 민족국가의 영토가 아닌, 세계를 떠도는 디아스포라들이 거쳐 가는 상상의 지리로 변형된다. 따라서 디아스포라의 지도 그리기 속에서 미국의 지리적 경계선은 존재하지 않는다. 대신 여러 개인 혹은 집단들의 특수한 지정학적 상상력이 교차하고, 충돌하며 타협하는 일종의 문화적 접경지대가 된다. 결국 디아스포라의 지도 그리기는 미국의 지배 계층이 가지고 있는 안정된 지도를 문제시하며, 미국 자체를 "국제적 디아스포라의 탈민족적 네트워크 속에 존재하는 하나의 꼭짓점"으로 강등시킨다(Appadurai 172). 이런 상황에서 기존에 존재했던 미국에 대한 어떠한 문화적·정치적 정의도 고정된 것으로 존재하지 못한 채 그 권위는 항구적 도전에 직면하게 된다. 따라서 미국은 궁극적으로 다양한 디아스포라의 욕망이 창출해 내는 기이한 혼종성이 탄생하는 공간이 된다.

집, 고향, 그리고 디아스포라

민족국가를 탈영토화시키며 새로운 형태의 문화와 정체성을 탐색하는 도구로서의 디아스포라 지도 그리기의 표본을 우리는 폴 길로이가 《검은 대서양: 현대성과 이중의식The Black Atlantic: Modernity and Double Consciousness》에서 수행했던 범아프리카 디아스포라에 관련된 선구적 연구에서 찾아볼 수 있다. 길로이는 아프리카 디아스포라를 연구하면서 민족국가는 더 이상 효율적인 연구의 토대가 될 수 없다고 주장한다. 그 이유는 간단하다. 디아스포라 의식은 언제나 억압적인 민족국가의 국경선에 대한 저항으로부터 형성되기 때문이다. 그에게 민족국가란 범아프리카 디아스포라의 초민족주의적 문화 교류를 위한 네트워크의 한 점에 불과할 뿐이다.

길로이는 먼저 범아프리카인의 초민족주의적 네트워크를 "검은 대서양"이라고 명명하고, 이를 "문화 교류의 새로운 구조"의 장이라고 정의한다(155). "검은 대서양은 단일하지만 복잡한 분석 단위"이며, "명백하게 초민족주의적이며 상호문화적인intercultural 관점을 생산해 낼 수 있는 틀"이 되는 것이다(15). 여기에서 "검은 대서양"은 지리적 측면에서 대서양을 중심으로 한 아프리카, 영국, 미국이라는 노예거래 삼각형을 지칭하는 것으로, 이 노예거래 삼각형은 아프리카인들을 폭력적인 방식으로 고향과 집으로부터 분리시키고 유럽과 미국 백인의 노예로 전락시켜 버렸던 야만적 사회기계였다. 하지만 아프리카인들의 디아스포라적 상상력 속에서 검은 대서양은 저항적 문화 교류를 위한 네트워크로 승화된다. 야만적 억압의 기제가 생산적 저항의 수단으로 새로운 의미를 부여받게 된 것이다. 이를 통해 아프리카인들은 W. E. B. 듀보이스DuBois가 "이중의식double consciousness"으로 정의한 새로운 사고 구조를 생산해 내는데, 이는 노예로 팔린 아프리카인들이 특권적 다중성을 갖게 되었음을 의미한다. 즉, 그들이 아프리카인임과 동시에 서양인으로 살 수 있는 특권을 갖게 된 것이다. 이런 이중적 정체성 혹은 자아의 이질적 다원성은 서구의 백인 중심적 지식과 권력 구조를 해체할 뿐만 아니라 "서구 근대성에 대한 대안적 근대성"을 상상할 수 있는 이론적 틀을 마련해 준다(Gilroy 4). 이렇게 보면 "검은 대서양"은 길로이가 창안한 새로운 형식의 디아스포라 지도 그리기라 할 수 있을 것이다.

디아스포라 지도 그리기의 한 형식으로서 "검은 대서양"은 우리에게 민족국가의 경계를 뛰어넘을 수 있는 방법론적 틀을 제공해 주었다는 점에서 의미 있는 연구라 할 수 있다. 하지만 길로이의 연구에서 더 중요한 것은 디아스포라 개념이 내포하고 있는 "고향/집home"에 대한 혁신적인 관점을 보여 주었다는 것이다. 실제로 길로이는 "검은 대서양"을 "전통적인 의미에서의 디아스포라의 개념을 극복하고, 또한 디아스포라를 기원, 민족적 순결성과 동일성[과 같은 본질주의적 개념들]로부터 떼어 내기 위한 이론적 도구"로서 생각했음을 상기할 필요가 있다(Lott 56).

먼저 전통적인 의미에서의 디아스포라와 '고향' 사이에 존재하는 역동성을 살펴보자. 디아스포라는 그리스어 dia(through)와 speirein(to scatter)이 합쳐진 말로 이는 특수한 형태의 흩어짐 혹은 '이산'을 의미한다. 즉 하나의 중심 혹은 고향 땅과 같은 근원으로부터 여러 다른 지역으로의 흩어짐을 뜻하며, 이 흩어짐은 언제나 고향으로의 회귀를 전제한다. 이제는 거의 정전처럼 여겨지고 있는 윌리엄 사프란William Safran의 "이상적 유형ideal type"의 디아스포라에 대한 정의 역시 중심으로서의 고향 땅이 가지고 있는 기능을 강조한다.

① 디아스포라 혹은 그들의 조상들은 하나의 구체적인 '중심'으로부터 두 개 이상의 '주변' 혹은 외국 지역으로 흩어졌다. ② 그들은 자신들의 고향 땅(그 땅의 물리적 위치와 역사, 성취물을 포함하여)에 대한 집단적 기억과 비전, 혹은 신화를 유지한다. ③ 그들은 그들이 이주해 간 나라로부터 온전한 시민으로 인정받을 수 없다고 믿고 있으며, 따라서 주류 사회로부터의 소외감과 단절감을 느낀다. ④ 그들은 조상들의 고향 땅이 자신의 진정한 이상적 집이라 여기며, 또한 때가 되면, 그들이나 그들의 자손들이 그 고향 땅으로 돌아가야만 한다고 생각한다. ⑤ 그들은 집단적인 차원에서 자신들의 고향 땅을 유지하거나 회복하고 그것의 안전과 번영에 이바지해야 한다고 여긴다. ⑥ 그들은 어떤 식으

로든지 간에 고향 땅과 관계를 맺고 있으며, 그들의 집단의식과 단결력은 고향 땅과의 심리적·물리적 관계의 존재를 통해 정의된다.(83)

위의 사프란의 정의 속에서 문제되는 것은 위에서 제시된 디아스포라의 여섯 가지 특징들이 '고향/타향', '중심/주변', '흩어짐/귀향'과 같은 일련의 이항대립 속에서 서술되고 있으며, 이런 이항대립은 현대의 민족국가에 의하여 발전되어 온 지정학적 본질주의, 즉 특정 집단과 특정 지리적 실체 사이의 이데올로기적 연속성을 지향하고 있다는 것이다. 이런 이원론적 논리구조는 파시즘이나 민족적 절대주의의 함정에 빠지기 쉬우며, 이는 전투적 유대 민족주의Zionism의 한 양상에서도 여실히 증명된다. 길로이가 "검은 대서양"을 통하여 비판하고자 하는 부분이 바로 이런 전통적인 디아스포라의 개념 내에 잔존하고 있는 파시즘적인 경향이라 할 수 있다.

디아스포라의 개념 내에 남아 있는 고향과 뿌리에 대한 집착을 털어내고 더 비본질주의적인 디아스포라의 개념을 확립하기 위하여, 길로이는 디아스포라를 레이몬드 윌리엄스Raymond Williams가 "정서의 구조a structure of feeling"라 정의한 것을 통하여 다시 정의하고자 시도한다. 여기에서 디아스포라가 가지는 특징적 정서의 구조, 혹은 "디아스포라 의식diasporic consciousness"은 디아스포라 주체가 가지는 고향과의 직관적 관계로 이해된다(Gilroy 23). 수많은 아프리카인들이 노예로 팔려가며 아프리카로부터 이탈되었다는 역사적 사실은 모든 노예들의 기억 속에서 공유된 경험을 구성한다. 이 속에서 노예선은 특별한 의미를 부여받는다. 고향으로부터의 이탈이라는 공통된 경험을 의미하는 상징물이 되기 때문이다.

그런데 여기에서 중요한 것은 노예가 된 아프리카인들에게 집단적 정체성을 부여해 주는 요인이 단순히 고향인 아프리카에 대한 공유된 기억이나 노예가 되었다는 역사적 사실이 아니라는 것이다. 오히려 노예제도가 주체에게 미친 물질적이며 정서적인 충격과 그것에 대한 주체의 인식이 그들을 하나로 묶어 주는 것이다. 고향으로부터의 이탈과 노예화가 역사적으로 어떤 형식을 취하는가? 흑인들이 노예제도에 대해 어떻게 대응하며 어떠한 삶을 만들어 가는가? 그들의 대중문화는 노예제도의 경험을 어떻게 수용하고 표현하는가? 이러한 문제들이 흑인 노예들의 디아스포라 의식을 구성하는 것이다. 이렇게 본다면, 흑인 노예들에게 집단적 디아스포라 의식을 심어 준 것은 다름 아닌 그들이 노예로서 살아가며 창출해 내었던 자신만의 삶의 방식 즉, 그들의 문화라 할 수 있다. 그들이 특정한 권력 구조 속에 기입되는 형식과 더불어, 그 권력 구조 내에서 인종주의에 저항하면서 노예해방과 집단적 자율성을 획득하기 위해 투쟁해 가는 과정, 그리고 그 과정 속에서 자신들의 정체성을 정의하는 방식이 총체적으로 어우러지며 공유된 의식을 만들어 내는 것이다.

아프리카 디아스포라를 이런 식으로 정의하게 되면, 집단적 차원에서의 디아스포라 의식은 고향과의 직접적인 연결성을 상실하게 된다. 고향에 대한 기억이나 그것과의 직접적인 관계는 사실상 공유될 수 없는 것이다. 아프리카는 하나의 언어나 문화로 이루어진 무차별적 덩어리가 아닌 언어적·민족적·문화적 다양성과 복잡성으로 이루어진 것이기에 더욱 그러하다. 그러한 의미에서 모든 흑인 노예들에게 동일한 정체성을 부여해 줄 수 있는 초월적 중심으로서의 아프리카는 존재하지 않는다. 그들이 공유할 수 있는 것은 고향을 상실했다는 공통의 경험과 노예제도와 인종주의라고 하는 특수한 사회 현실이다. 이 현실 속에서 부각되는 것은 대서양을 가로지

르며 노예를 실어 나른 노예선이며, 그 배의 이동과 함께 발생하는 문화 교류, 그리고 인종주의에 대한 정치적 투쟁이 된다. 결국 대서양과 노예선 그리고 이것이 열어 주었던 문화의 교류와 창안이 현재의 유럽과 미국에서 살아가고 있는 모든 아프리카인들과 그들의 후손을 한데 묶어 주는 틀이라 할 수 있다.

그런 의미에서 길로이는 아프리카라는 지리적 중심을 "노예선"이라는 특수한 상징물로 대체하고 있다고 할 수 있다. 이는 디아스포라를 뿌리와 고향에 대한 집착으로부터 해방시킬 수 있는 가능성을 열어줌으로써 디아스포라를 새로운 방식으로 개념화할 수 있는 틀을 제공해 준다. 하지만 그의 논리는 디아스포라의 개념 속에 존재하는 또 다른 근본적인 문제에 답하지 못한다. 이는 바로 '고향'과 '집'에 대한 문제다. 결국 디아스포라는 고향과 집에 대한 문제이기 때문이다. 고향을 잃은 자에게 존재의 거처로서 새로운 집이 가능하다면 디아스포라는 전혀 다른 차원의 문제가 된다. 그러하기에 여기에서 우리는 집과 고향 혹은 고향 땅에 관한 다양한 질문을 던질 수 있다. 디아스포라에게 '고향'은 언제나 지리적 실체로서의 '고향 땅'만을 지칭하는가? 그들이 가지고 있는 고향으로의 회귀에 대한 욕망이 집을 갖고자 하는 욕망과 동일한 것인가? 아니면 우리가 고향이나 집을 고향 땅이 아닌 다른 곳에서도 찾을 수 있는가?

이런 일련의 문제에 답하기 위해서는 먼저 우리는 영어 단어 'home'이 '고향 땅homeland'과 '집home' 모두를 의미한다는 것을 상기할 필요가 있다. 즉, 디아스포라에게 고향은 단순히 지리적 실체로서의 고향 땅 자체를 의미하기도 하지만, '집'이라는 문화적 대상을 지칭할 수도 있다는 것이다. 다시 말해서, 디아스포라를 이론화하는 데, 초월적 중심으로서의 '고향 땅'은 분명히 우리가 지양해야 할 대상이지만, 그렇다고 해서 문화적 산물로서의 '집'의 개념까지도 완전히 포기해서는 안 된다. 그렇게 된다면 디아스포라는 노마디즘과의 차별성을 획득하지 못한 채 떠돌이 생활과 뿌리 없음을 낭만주의적 방식으로 이상화하는 논리 속에 함몰될 가능성이 있다.[3] 더욱이, 사라 아메드는 노마디즘의 "집 없음homelessness"에 대한 낭만적 이상화는 르네상스 이래로 이상화되어 온 "자유로이 움직일 수 있는 주체"라고 하는 특수한 주체의 모습에 기반을 두고 있는 유럽중심주의의 한 측면임을 명심해야 한다고 주장한다(Ahmed 339). 따라서 디아스포라를 이론화하는 데 우리는 '고향'을 본질주의적인 방식으로 이상화하는 것에 저항해야 하지만, 동시에 그 반대로 떠돌이 생활을 낭만적으로 이상화하지 않도록 주의해야 한다. 즉, 디아스포라라는 개념 속에 함축되어 있는 "길 떠나기와 뿌리내리기" 사이의 변증법적 긴장을 유지시켜야만, 그것이 가지고 있는 비평적 힘을 극대화시키고, 세계화라는 물결 속에서 합리적인 정치적 대안을 찾을 수 있다.

이런 의미에서 우리는 아브타 브라가 주장하듯, "집 찾기 욕망homing desire"과 "고향 땅으로의 회귀 욕망desire for homeland"을 구별하고(Brah 180), 동시에 지리적 실체로서의 '고향 땅'과 문화적 산물로서의 '집'을 개념적으로 구별할 필요가 있다. 이 구별은 상당히 의미가 있다. 왜냐하면 이 둘 사이의 개념적 혼동이 결국에는 고향 자체를 '정체stasis', '고정fixity', '경계선'과 같은 부정적인 개념들과 연관시키기 때문이다. 따라서 디아스포라를 개념화하는 데 고향이라는 말

---

3   로널드 주드Ronald A.T. Judy는 길로이가 디아스포라 개념을 정의하기 위해 사용하는 유대인의 역사적 경험과 아프리카인의 노예화 사이의 구조적 유사성 주장은 사실 디아스포라와는 아무런 관계가 없는 노마디즘적인 것이라 비판한다(Judy 214).

이 지니고 있는 부정적이며 본질주의적인 함의를 걷어 냄과 동시에, 집과 고향의 새로운 의미를 찾아내야만 한다. 이를 위해 '고향' 속에 내포되어 있는 두 가지의 의미 중에서 '고향 땅'이라는 지리적 실체를 '집'이라고 하는 심리적이면서도 문화적인 개념으로 치환시킬 필요가 있다. 사실 대부분의 디아스포라들이 고향과의 심리적·문화적 관계를 유지하지만, 그들이 모두 고향 땅으로의 회귀를 궁극적인 목표로 삼지는 않는다. 즉, 그들이 고향에 대한 향수를 지니고 있기는 하지만, 그 향수는 고향 땅으로 돌아가고자 하는 욕망과는 별개의 것이다. 오히려 그 향수는 이국땅에서 디아스포라들이 겪어야만 하는 인종주의와 배타적 민족주의에 대한 심리적 반응으로 이해되어야 하며, 따라서 고향에 대한 향수는 고향 땅 그 자체에 대한 욕망이 아닌, 어디에서건 자신이 뿌리내리며 살아갈 수 있는 공간, 즉 집에 대한 욕망이라고 할 수 있다.

그렇다면 문제는 집이라는 문화적 공간을 고향 땅이라는 지리적 실체와 구별함과 동시에, 본질주의의 함정에 빠지지 않고 집의 개념을 정의해야 한다는 것이다. 이에 대한 해답으로, 우리는 스튜어트 홀의 말을 빌려 집을 "자의적인 닻 내리기의 장a site of arbitrary stop"이라고 정의할 수 있을 것이다. 기나긴 디아스포라의 여정 속에서 우리의 머릿속에 존재하는 고향에 대한 기억은 시간의 흐름 속에서 희미해질 수밖에 없다. 이는 고향에 대한 깊은 향수, 즉 집 찾기 욕망을 불러일으킨다. 고향이 우리 앞에 현존하지 않는다는 사실과 고향에 대한 상실감은 우리로 하여금 고향을 대체할 수 있는 다른 무언가를 찾도록 강요하기 때문이다. 이 고향의 대체물은 집이라는 이름을 통하여 우리의 인식 속에 각인된다. 집과 고향이 차별성을 상실하며, 집이 곧 고향이 되는 것이다. 하지만 집이라는 것의 고정된 실체는 존재하지 않는다. 집은 부모님과 가족이 살고 있는 곳이 될 수도 있고, 우리가 지금 현재 살고 있는 곳이 될 수도 있다. 또한 긴 여정의 출발점이나 종착점을 의미하기도 한다. 혹은 가장 단순하게 우리가 가장 편안하게 느낄 수 있는 곳이 집이 될 수도 있다. 집은 고정된 실체로서 존재하지 않기에 그러하다. 따라서 우리는 우리의 집에 영원히 도착하지 못할 수도 있다. 그런 까닭에 우리의 집 찾기 노력은 끊임없이 지연되고 연기된다. 이는 집이라는 것이 존재론적인 실체가 아닌, 세계의 공간 속에서 한 개인 혹은 한 집단의 집 찾기 노력과, 역사적으로 형성된 사회 구조가 어우러지는 지점에서 생성되는 것임을 의미한다. 다시 말해서, 집이란 개인 혹은 집단적 주체가 구체적인 역사적 이데올로기적 지형 속에 자신의 위치를 각인시키고자 하는 (무)의식적 노력의 산물이다. 하지만 이런 각인은 언제나 자의적이고 임의적인 것이며 따라서 어떤 안정된 정체성의 기반을 마련해 주지는 못한다. 이런 의미에서, 집이란 고향 땅과는 달리 궁극적 회귀의 공간이 아니다. 단지 긴 여정 속에서 잠시 닻을 내리고 쉬어 가는 곳이다.

집은 분명 이렇게 자의적으로 설정된 공간이다. 집이 정체성의 근원적 토대가 될 수 없다는 뜻이다. 하지만 집이 없다면 정체성도 사라진다. 집이란 일종의 임의적 중심으로 기능하며 중요한 심리적·문화적 기능을 수행하기 때문이다. 숭고함의 대상으로서 세계 공간은 끊임없이 개인을 소외시킨다. 따라서 우리는 언제나 이미 소외된 주체다. 이렇게 소외된 주체에게 집은 잠시 동안의 안정감과 소속감을 제공해 준다. 집이라는 공간이 소외의 경험에 대해 일시적인 시·공간적 통일성을 부여하는 것이다. 즉, 집은 고향을 상실한 디아스포라 주체가 세계 공간 속에서 자신의 위치를 지도 그릴 수 있도록 해 주는 잠정적 중심이라 할 수 있다. 집을 중심으로 하여 그동안 무질서하고 가늠하기 힘들게 느껴지던 세계의 공간이 나름대로 의미 있는 공간으로 재구성되고 변형된다. 집에 들어옴으로써 내가 나임을 확인하게 되는 것이다. 그런 까닭에 집은 디아스포라 주체에게 나르시스적인 판타지의 장임과 동시에, 디아스포라의 긴 여정 속에서 자신의 정체성을 규정지을 수 있는 문화적 공간이 된다.

집, 문화, 그리고 정체성

'자의적 닻 내리기의 장'으로서의 집은 문화적이며 심리적인 대상체이다. 따라서 집은 단순하게 우리가 살고 있는 건물이나 지역과 같은 물리적 대상으로 한정되지 않는다. 디아스포라 주체가 가지고 있는 고향에 대한 그리움이나 집을 찾고자 하는 욕망은 우리가 살아가는 물리적 공간으로서의 집이나 건축물 혹은 땅과 같은 구체적인 대상체(반드시 고향 땅이 아니더라도)에 그 닻을 내릴 수도 있지만, 오히려 종교나 언어 내지는 한 집단의 특수한 문화적 행위에 닻을 내리는 경우가 더 많다. 예를 들어서, 미국의 유대인 작가 신씨아 오지크Cynthia Ozick는 "이디시Yiddish"라고 하는 유대인의 언어 속에서 유대인의 정체성을 찾고자 하며, 이를 통하여 세계를 지도 그리고자 시도한다. 그녀의 단편 소설 〈부러움, 혹은 미국에서의 이디쉬Envy; or, Yiddish in America〉에서 한 유대 시인은 다음과 같이 말한다. "이디쉬는 자기 해방의 언어이다. … 너희들은 언어를 포함해서 너희가 노예 시절부터 배운 것에 집착하고, 저들의 말을 쓰지 않는 것은 당연하다. 그렇지 않으면 너희들은 다른 민족들과 구별되지 않는써"(887).

결국 미국의 유대인들에게 이디시는 단순한 의사소통의 도구나 조상에게 물려받은 문화적 유물 이상의 것이다. 그것은 존재의 거처로서 유대인을 타 민족과 구별해 주는 문화적 기준점이다. 하지만 이디시만이 그런 역할을 할 수 있는 것은 아니라는 점에서 그것은 자의적인 것이며, 또한 언제든 떠날 수 있다는 점에서 닻 내리기의 장이 된다.

또 한 가지의 예로 미국 내 다수의 한인 2세들의 집 찾기의 욕망은 젓가락질과 같은 사소한 문화적 행위에 닻을 내리기도 한다. 한국계 문학 비평가 웬디 리^{Wendy Lee}는 다음과 같은 자신의 경험담을 얘기한다.

> 몇 년 전, 나는 로스앤젤레스에 있는 친척집에 방문했다. 물론 그들도 나와 같은 한국계 이민자들이다. 어느 날 14살 난 사촌 동생의 친구인 그레이스라는 아이가 집에 놀러와 함께 저녁을 먹었다. 그 아이 역시 한국 이민자였지만, 그 친구는 내가 한국 사람이라는 것이 아주 의심스러운 눈치였다. 저녁을 먹는 내내 그레이스는 나의 반대편에 앉아서 나를 쳐다보았다. 그 아이의 눈은 마치 이렇게 말하는 것 같았다: "언니 한국 사람 맞아요? 한국 사람처럼 생기지도 않고, 한국 사람처럼 말하지도 않고 … 혹시 한국말은 할 줄 알아요?" 마침내 나는 포크를 내려놓고, 젓가락 한 벌을 집어 들었다. 그레이스의 눈은 휘둥그레졌고 입은 떡 벌어졌다. "젓가락질 할 줄 알아요?" "당연하지 그레이스." 그녀는 자신의 의심이 풀릴 때까지 내가 젓가락질하는 것을 쳐다보고 난 후에야 비로소 내가 한국인이라는 것을 믿었다. *그렇구나, 언니도 한국 사람이었구나.*(282)

젓가락질과 한국인으로서의 문화적 정체성 사이에는 그 어떤 본질적 관계도 존재하지 않는다. 그런 의미에서 한 사람의 정체성을 젓가락질로 판단하는 것은 철저하게 자의적인 것이다. 게다가 젓가락질이 한국적인 문화만은 아니다. 하지만 이 사소한 젓가락질이 유의미한 문화적 행위로서 인식되고 있다는 것은 그것 자체가 어떤 사람들에게는 일종의 아르키메데스의 기점처럼 작용하고 있음을 의미한다. 즉, 최소한 일부 미국 내 한인들에게는 젓가락질이 문화적인 차원에서 우리와 그들을 구별하는 기준점임과 동시에 더 나아가 공간적인 차원에서의 안과 밖을 구별하고 외부 공간을 지도 그릴 수 있는 자의적 중심, 다시 말해서 자의적 닻 내리기의 장으로 작용하고 있는 것이다.

디아스포라에게 집이라는 문화적 산물은 고향 땅이라는 지리적 실체를 완전히 대체해 줄 수는 없을 지도 모른다. 그럼에도 불구하고 집은 각 개인 혹은 집단에게 자신의 주체의 현존에 대한 믿음을 제공하며, 개인의 경험에 시간적·공간적 통일성을 부여해 준다. 이런 통일성을 통하여 개인은 이 세상의 주체로서 살아갈 수 있다는 확신을 경험하게 된다. 비록 이 통일성이 착각과 오인에 의한 환상이라고 할지라도, 그 오인을 통하여 우리가 우리의 정체성을 확인하고, 또 그것이 사회 변화에 대한 긍정적인 열망을 촉발시킬 수 있음은 분명하다. 따라서 디아스포라의 지도 그리기는 세계라는 소외의 공간 속에서 정체성의 발판으로서의 '집'을 찾고자 하는 디아스포라 주체들의 (무)의식적 노력이라 할 수 있다.

참고문헌

Ahmed, Sara. "Home and Away: Narratives of Migration and Estrangement."
    International Journal of Cultural Studies. 2-3 (1999): 330-347.
Althusser, Louis. *Lenin and Philosophy*. Trans. Ben Brewster. New York:
    Monthly Review Press, 1971.
Anderson, Benedict. *Imagined Communities: Reflections on the Origin and
    Spread of Nationalism*. London & New York: Verso, 1983.
Appadurai, Arjun. *Modernity at Large: Cultural Dimensions of Globalization*.
    Minneapolis: University of Minnesota Press, 1996.
Barrett, Michele. *The Politics of Truth: From Marx to Foucault*. Oxford: Polity
    Press, 1991.
Brah, Avtar. "Diaspora, Border and Transnational Identity." *Cartographies of
    Diaspora: Contesting Identities*. New York: Routledge, 1996: 178-210.
Chambers, Iain. *Migrancy, Culture, Identity*. London: Routledge, 1994.
Clifford, James. "Diasporas." *Routs: Travel and Translation in the Twentieth
    Century*. Cambridge: Harvard UP, 1997. 244-77.
Edwards, Brent Hayes. "The Uses of Diaspora." *Social Text* 66. 19-1 (2001):
    45-73.
Gilroy, Paul. *Black Atlantic: Modernity and Double Consciousness*. Cambridge:
    Harvard UP, 1993.
Jameson, Fredric. *Postmodernism or the Cultural Logic of Late Capitalism*.
    Durahm: Duke University Press, 1991.
Judy, Ronald A.T. "Besides the Two Camps: Paul Gilroy and the Critique of
    Raciology." *Boundary 2* 28:3 (2001): 207-216.
Lacan, Jacques. *Ecrits: A Selection*. Trans. Alan Sheridan. New York &
    London: WW Norton & Company, 1977.
Lee, Wendy Ann. "Passing as Korean American." *Relocating Postcolonialism*.
    Ed. David Theo Goldberg & Ato Quayson. Oxford: Blackwell Publisher,
    2002: 282-93.

Lott, Tommy. "Black Cultural Politics: An Interview with Paul Gilroy." *Found Object* 4 (1994).

Mukherjee, Bharati. "Beyond Multiculturalism: Surviving the Nineties." *Journal of Modern Literature* XX (1996): 29-34.

---. *Jasmine.* New York: Grove. 1989.

Ozick, Cynthia. "Envy; or, Yiddish in America." *A Norton Anthology of Jewish American Literature.* Eds. Jules Chametzky, et al. New York: Norton & Company, 2001. 858-896.

Safran, William. "Diasporas in Modern Societies: Myths of Homeland and Return." *Diaspora* 1 (1991): 83-99.

Tololyan, Khaching. "Rethinking Diaspora(s): Stateless Power in the Transnational Moment." *Diaspora* 5.1 (1996): 3-30.

Žižek, Slavoj. *The Sublime Object of Ideology.* London: Verso, 1989.

2
정신분열적 디아스포라
: 1965년 이후 아시아계 미국인의 정서 구조

아시아계 미국문학의 딜레마: 차이와 동일성

최근 들어 '차이'를 향한 문화적·정치적 요구가 거세지면서 '동일성'과 '정체성'에 대한 요구를 부정하려는 경향이 강하게 드러나고 있다. 그것은 아시아계 미국문학의 영역에서도 크게 다르지 않다. 1960년대 시민운동 이후 '아시아계 미국인'이라는 정치적 자의식이 확립되면서 이를 통해 아시아계 미국인 간의 내적 동일성을 확보하고 각 집단 간의 연대의식을 강화시키려는 노력이 수없이 존재해 왔다. 이러한 집단 정체성의 추구는 아시아계 미국인을 백인이나 흑인과 같은 집단과 구별하려는 노력으로서, 아시아계 내부에 존재하는 여러 종족ethnic 집단들을 통합하여 하나의 '인종'적 정체성을 창출해 내고자 하려는 시도였다고 할 수 있다. 그러나 이후 프랭크 친Frank Chin과 맥신 홍 킹스턴Maxine Hong Kingston 사이의 논쟁은 아시아계 남성과 여성이 '아시아계 미국인'이라는 하나의 거대담론으로 쉽사리 통합될 수 없음을 증명했다. 이에 많은 아시아계 미국인 비평가들은 동일성의 논리가 가지는 위험성에 대해 끊임없이 경고해 왔다. 예컨대, 리사 로우Lisa Lowe는 "동일성의 정치학과 차이의 정치학 사이의 변증법"을 추구하지 않는다면 아시아계 미국인 정체성은 또 다른 인종주의를 재생산할 수 있음을 역설했다(63).

그러나 차이에 대한 극단적 강조는 동일성에 대한 극단적 강조만큼이나 위험한 것이라는 사실 역시 피할 수 없는 진실이다. 그러기에 '차이'를 잊으라는 프랑스 철학자 알랭 바디우Alain Badiou의 조금은 과격한 주장이 어느 때보다도 설득력 있게 들리는 시점이다. 그는 무엇보다도 현재 아시아계 미국인이라는 정체성이 기반하고 있는 다문화주의와 차이의 윤리를 폐기할 것을 촉구한다. 그에게 "우리가 인식해야만 하는 것은 이러한 차이들이 사유에 아무런 흥밋거리도 되지 못한다는 것, 이 차이들은 고작 전 인류의 무한하고 자명한 다양성으로밖에 이르지 못한다는 것, 그리고 이라크 시아파 커뮤니티의 사람들과 미국의 텍사스에 사는 뚱보 카우보이 사이의 차이는 나와 내 사촌 라이언 사이의 차이 그 이상도 아니라는 것이다." 또한 그는 "현대 문화주의 윤리의 객관적 토대는 사실 도덕이나 관습, 신념 체계의 다양성에 대한 여행객의 열정적 호기심에 불과하다"고 주장한다(26). 즉, 차이는 진지한 사유의 대상이 될 수 없다는 것이다. 물론 우리가 바디우의 주장을 전적으로 수용할 필요는 없다. 그럼에도 불구하고, 차이를 넘어 동일성의 문제로 전환하자는 그의 주장은 차이가 또 다른 형태의 동일성의 공간을 만들고 있는 시점에서 다시 한 번 숙고해야 할 문제인 듯하다. 이번 장의 문제의식은 여기에 있다. 동일성의 논리를 통해 아시아계 미국문학을 바라보는 것이다. 이는 차이의 논리가 지배적인 상황에서 동일성의 논리를 재고하고 이를 통해서 아시아계 미국인의 정체성을 사유할 수 있는 새로운 이론적 틀, 혹은 거대담론을 상상해 보려는 시도이다.

본 장은 이를 위해 디아스포라 담론을 아시아계 미국문학의 담론과 접목시키고자 한다. 사실 디아스포라 담론과 아시아계 미국문학의 담론을 겹쳐 놓는 것은 동어반복이 될 수도 있다. 아시아계 미국인 자체가 디아스포라적 상황을 통해 생성된 집단이기 때문이다. 그럼에도 불구하고 디아스포라 담론을 적극적으로 도입하는 것은 현 아시아계 미국문학의 담론에 의미 있는 일이 될 수 있을 것이다. 특히 그간의 정치적·문화적 투쟁의 방향이 미국 내에서의 문화적 시민권을 얻기 위한 투쟁으로 한정되어 있었고, 그랬기에 아시아계 미국인에서 '아시아'라는 기표는 일종의 단순 형용사로서 그 의미가 축소되어 있었다고 할 수 있다. 따라서 디아스포라를 부차적인 문제가 아닌 투쟁의 중심으로 끌어들여 아시아가 지니고 있는 의미를 확장시킬 필요가 있는 것이다. 디아스포라 개념에 내재된 지리적 다중성과 문화적 다중성을 통해 미국의 국가적 상상계national imaginary의 폐쇄성을 효율적으로 비판할 수 있는 계기를 마련해 줄 수 있기 때문이다.

게다가 아시아계 미국문학에서 나타나는 젠더 문제뿐만 아니라 각 종족별 이민자 집단 사이의 차이를 뛰어넘어 그들이 공유하고 있는 것은 결국 아시아라고 하는 고향 땅과의 상상적 관계라는 사실은 첨언할 필요조차 없다. 물론 여기에서 아시아가 반드시 지리적 실체로서의 아시아일 필요는 없다. 사실 태평양을 건너는 모든 이에게 아시아는 더 이상 실체로서 경험될 수는 없다. 그것은 기억의 일부가 되고, 전설이나 신화가 된다. 따라서 그 아시아가 실제 아시아냐 아니냐 하는 것은 문제가 되지 못한다. 중요한 것은 거의 모든 아시아계 미국인이 그 아시아와 어떤 방식으로건 관계를 맺을 수밖에 없다는 사실이며, 또 그 아시아와의 관계를 어떤 식으로든 해결해야만이 미국 내에서 스스로를 자리매김할 수 있게 된다는 것이다.

이렇게 본다면, 아시아계 미국문학은 자기 정체성의 일부를 구성하고 있는 아시아와의 관계를 상상적인 방식으로 해결하고자 하는 노력이며 이를 통해 온전한 미국 시민으로 살아갈 방법을 모색하려는 시도라 정의될 수 있다. 여기에서 분석하려는 대상이 바로 이것이다. 다시 말해서, 미국 내의 아시아계 사람들이 아시아와 상상적 관계를 맺는 방식과 이를 통해 나타날 수밖에 없는 아시아계 미국인들의 정서 구조를 탐색함으로써 그들의 문화적 생존 전략을 디아스포라적 관점에서 분석하는 것이다. 아울러 아시아계 미국인 전체의 문화가 동일성의 논리를 통해 접근 가능한 것임을 증명하고자 서로 간에 논쟁의 양극단에 서 있던 프랭크 친과 맥신 홍 킹스턴의 작품을 분석하며 상호 동일성을 부각시키고자 한다.

편집증적 디아스포라와 정신분열적 디아스포라

미국으로 이주한 아시아인들이 겪어야 했던 디아스포라적 경험은 시대별로 일률적인 형태가 될 수 없었을 것이라는 데는 이론의 여지가 없을 것이다. 개별적인 이주의 주체가 아시아와 맺는 상상적 관계는 시대별 물적 토대에 따라 크게 변화할 수밖에 없기 때문이다. 특히 1965년 미국 이민법 개정안의 통과는 미국 내에서 아시아계 사람들의 법률적 지위에 커다란 변화를 가져왔다. 그들도 정당한 미국 시민으로서 살아갈 수 있는 길이 열리게 된 것이다. 이는 곧 미국 내 아시아인들이 아시아를 바라보는 방식에 큰 변화가 있음을 의미한다. 따라서 무엇보다도 아시아계 미국인들의 디아스포라적 경험을 시대적으로 구분하고 각각의 시대가 갖는 디아스포라적 특성을 차별화하고 이론화할 필요가 있음은 당연한 것이라 할 수 있다.

　본고에서는 먼저 근대적 디아스포라와 탈근대적 디아스포라를 구별하고, 각각을 '편집증적 디아스포라diaspora of paranoia'와 '정신분열적 디아스포라diaspora of schizophrenia'로 규정하고자 한다. '편집증'과 '정신분열증'이라는 용어는 라캉의 정신분석학에서 차용된 것으로, 여기에서는 이들의 일반적인 의미로서의 정신병리학적 상태를 지칭하는 것이 아닌, 미국 내 아시아인들이 고향 땅과의 관계를 통해 자신의 정체성을 상상하는 특수한 방식을 특징짓기 위한 용어이다. 아니카 르메르Anika Lemaire에 따르면, 편집증적 주체에게는 "하나의 기표가 모든 기의들을 지칭한다." 반면 정신분열적 주체에게는 "모든 기표가 단 하나의 개념 혹은 기의를 지칭하도록 되어 있다"(236).

　이를 디아스포라와 고향과의 관계를 통해 서술해 보자. 초기 아시아 디아스포라들이 미국이라는 사회적 상징 체계 내에서 차지하고 있는 다양한 주체 위치 혹은 정체성(기의)은 단 하나의 기표로 수렴된다. 그 기표는 한국이나 필리핀과 같은 고향을 의미한다. 물론 한국이나 필리핀은 하나의 자의적 기표로서 지리적 실체로서의 한국이나 필리핀과 정확하게 일치하는 것은 아니다. 그럼에도 불구하고 이 기표는 각 디아스포라 주체들의 사회적 삶을 조직하는 하나의 초월적 중심으로서 기능한다. 그러기에 그들의 모든 사회적 실천은 고향 혹은 고국의 이름하에 행해지며, 그곳을 향한 그리움과 그곳으로의 귀환이 그들 주체의 전부를 구성한다고 해도 과언이 아니다. 이런 의미에서 초기 디아스포라들은 편집증적 디아스포라라 할 수 있을 것이다(편집증적 디아스포라에 대한 논의는 다음 장에서 다루게 될 것이다).

반면에, 정신분열적 디아스포라들에게 있어서 고향은 더 이상 초월적 중심으로서 기능하지 않는다. 중심으로서의 힘을 상실한 고향 땅의 기표는 이제 '미국'과 같은 또 다른 기표들과 병렬적 관계에 놓이게 되며, 이렇게 병치된 여러 기표들은 단 하나의 주체와 연결된다. 따라서 포스트모던 시대의 디아스포라는 다중적 의미 체계가 탈중심화된 채 병렬적으로 연결된 세계에 놓이게 되며, 이로 인해 그들의 사회적 삶은 정치적·법률적·문화적 정체성의 분리, 국가적 충성심의 다중화, 지리적 다중성 등의 특징을 갖게 된다.

주체, 객체, 그리고 비체

안토니오 네그리Antonio Negri와 마이클 하트Michael Hardt는 자신들의 저서 《제국Empire》에서 근대 '제국주의imperialism'와 탈근대적 '제국 Empire'을 구별하고 그에 따른 인종 담론을 각각 "마니교적 이분법 Manichean allegory"과 "차이를 통한 수용 전략the strategy of differential inclusion"이라고 규정짓는다(194). 그들에 따르면, 마니교적 이분법에 의한 인종적 지배가 생물학적 인종 개념을 바탕으로 자와 타를 엄격하게 구별하는 것이라고 한다면, 탈근대적 제국의 공간에서는 생물학적 차이가 사회적이고 문화적인 차이로 대체되며, 동시에 이 문화적인 차이는 넘을 수 없는 벽으로 여겨진다. 이런 상황 하에서 인종적 위계질서는 생물학적 차이에 의한 결과가 아닌, 문화 간 자율 경쟁에 의한 결과로 인식된다. 이런 문화상대주의는 생물학적 요인으로서의 인종을 효과적으로 탈신비화하지만, 동시에 인종적 분리와 격리는 문화적 차이라는 이름을 통하여 유지하는 결과를 낳게 된다. 즉, 아시아인들이 생물학적으로 열등한 것은 아니다. 다만 문화적으로 다를 뿐이다. 그러기에 아시아인들은 미국인이 될 수 없는 것이다. 제국 속에서 작동하는 인종적 지배는 바로 이러한 논리를 통해 자행된다고 할 수 있다. 따라서 제국은 "타자를 자신의 질서체계에 수용하지만 차이를 통해서 통제 시스템을 작동시킨다"(193).

마니교적 이분법과 차이를 통한 수용 전략은 각 시대별로 미국 내 아시아인들이 어떤 방식을 통해 미국의 인종적 권력 구조 속에 편입되는지, 그리고 그 특정 권력 구조 속에서 아시아인들이 어떻게 디아스포라가 될 수밖에 없는지를 고찰할 수 있는 유용한 틀을 제공해 준다. 하지만 미국 내 아시아인들이 디아스포라가 되는 과정을 단순히 자와 타의 이분법적 논리로 환원시키거나 일반화시키는 오류를 범해서는 안 된다. 아브타 브라Avtar Brah가 주장하듯, 디아스포라의 개념은 "여러 디아스포라 구성체 내부나 그 사이에 존재하는 역사적으로 다양한 형식의 관계성"과 연관되기 때문이다. 따라서 각 집단의 디아스포라 과정은 "각 집단 간의 내적 차이를 유발시키는 권력 지형도"를 통해서 파악되어야 하며, 또한 "다른 디아스포라 집단과 연관지어" 설명되어야 한다(183). 다시 말해서, 미국 내에서의 아시아 디아스포라의 형성 과정은 백인 주체와의 관계뿐만 아니라 유대인이나 아프리칸 디아스포라와의 관계까지도 포함한 통합적 사회관계 속에서 조망되어야 하는 것이다. 따라서 이 장에서는 아시아인들이 디아스포라가 되는 과정 속에서 주류 문화와의 관계와 더불어 다른 디아스포라 집단과의 관계에 체계적으로 접근하기 위해 줄리아 크리스테바Julia Kristeva의 개념인 "비체abject"를 도입하고자 한다. 이를 통해 우리는 자/타, 수용/배제와 같은 이분법적 체계를 뛰어넘어 미국 인종 관계의 역동성과 복잡성을 포착해 낼 수 있을 것이다.

저서 《공포의 힘Power of Horror》에서 크리스테바는 "자아"의 발생은 "비자아not-self"의 구성에 의존한다고 주장하는데, 주체를 구성하는 데 각 개인은 "대상/객체"와 같은 명백한 타자를 구별해 냄과 동시에 "비체"로부터 자신을 구별해야 한다는 것이다(3). 여기서 비체는 자아를 구성하는 것임과 동시에 자아의 통일성을 유지하기 위해서는 반드시, 혹은 기꺼이 버릴 수 있는 어떤 것이라고 할 수 있다. 즉, "주체와 아주 가까이 있지만 … 결코 주체 내부로 동화될 수 없는" 어떤 것이다(1). 크리스테바가 예를 드는 것은 "배설물"이나 쓰레기와 같은 것이다. "배설물dung"은 "경계선의 다른 쪽, 내가 존재하지 않는 자리이며 나를 존재하게 만드는 자리"이기도 하다. 이런 의미에서 비체는 주체도 객체도 아니다. 그것은 주체의 내부에 있지만 절대 주체의 일부가 될 수 없는 것이기에 반드시 배설해야만 하는 것이다. 비체 개념을 통해 크리스테바는 주체의 형성 과정을 다음과 같이 설명한다. "나는 나를 추방한다 … 나는 내 자신을 올곧게 세우기 위한 바로 그 몸짓을 통해 나는 나를 버린다"(3). 이후에 주디스 버틀러 Judith Butler는 크리스테바의 개념을 발전시켜 비체를 주체가 "살수 없는unlivable" 그리고 "주거할 수 없는uninhabitable" 공간으로 규정짓고, 그것이 "주체 영역의 규범적 한계선을 구성"한다고 주장한다(3).

이 두 이론가의 개념을 바탕으로 본 장에서는 1965년 이후 아시아계 미국인이 가질 수밖에 없었던 정서적 구조를 '자기비체화self-abjection'로 규정하고 이를 통해 그들이 자기 내부의 아시아적 요소를 비체화함으로써 주류 사회로의 동화를 시도하지만, 동시에 또다시 아시아로 회귀하는 역설을 목도하게 됨을 주장하고자 한다.

자아의 분열과 자기비체화

1965년 자유주의적 이민법 개정안이 통과됨에 따라 미국 내 아시아인들은 전혀 새로운 디아스포라 과정, 즉 토착민과 디아스포라가 분리되고 그에 따라 새로운 민족 개념이 설정되는 과정과 마주하게 된다. 제2차 세계대전 이후부터 점차 확장되기 시작한 글로벌 시장과 국제 금융자본주의는 전 세계의 경제 체제를 새로운 방식으로 재편하였으며, 이를 통해 하트와 네그리가 "제국"이라 정의한 신 세계질서가 형성되었다. 자본의 흐름과 축적 방식에 일어난 이 새로운 변화는 미국에서 새로운 이민법의 탄생으로 표출되었으며, 이는 노동력의 국제적 이동 방식을 극적으로 변화시켰다. 그리고 이 변화가 미국 내 아시아인들을 새로운 형태의 디아스포라로 변형시키는데 결정적인 역할을 하게 된 것은 물론이다. 이 새로운 형태의 디아스포라를 우리는 "정신분열적 디아스포라"로 정의할 수 있을 것이다.

근대 제국주의에서 탈근대적 제국으로의 이행은 미국 내 아시아인들에게는 새로운 가능성과 도전을 의미하기도 했다. 제국주의 시절, 그들은 철저하게 억압과 배제의 대상이었다. 하지만 제국의 탄생과 더불어 이제 그들은 '아시아계 미국인'이라는 새로운 이름을 부여받게 된다. 미국이 그들을 합법적인 시민으로 인정하기 시작한 것이다. 그들의 노란 피부색은 최소한 법률적인 차원에서만큼은 아무런 장애가 되지 않았다. 하지만 문제는 법률적인 차원에서의 시민권 부여가 반드시 그들을 미국이라는 상상의 공동체의 일원으로 만들어 주지는 못한다는 사실이다. 다시 말해서, 아시아인들의 몸은 여전히 미국의 민족 상상계의 외부에 존재했던 것이다. 따라서 제국이라는 사회적 공간 속에서 미국 내 아시아인들은 전혀 새로운 환경과 직면하게 되는데, 그것은 다름 아닌 민족과 국가, 문화적 정체성과 법률적 시민권, 혹은 알튀세르가 "이데올로기적 국가기구"(혹은 시민사회)와 "억압적 국가기구"라 명했던 것 사이의 균열이라 할 수 있다.

근대 민족국가의 형성 과정 속에서 국가와 민족은 하나로 여겨졌으며 따라서 법률적 시민권은 문화적 정체성과 언제나 연속성을 띠는 것으로 규정되었다. 그러나 다국적 자본주의의 힘에 의해 국가의 권력은 축소 혹은 합리화되었고, 그 결과 법률적 담론은 형식적 시민권의 문화적인 층위에 대한 지배권을 상실하게 된 것이다. 시민권은 이제 하나의 유동자본 혹은 상품으로 바뀌었고, 누구든 일정 정도의 자본을 소유하고 있으면 어느 나라건 선택적으로 시민권을 획득할 수 있게 되었다. 이에 따라 아이화 옹Aihwa Ong이 "유동적 시민권flexible citizenship"으로 규정한 새로운 행태의 시민권이 "초민족주의 시대의 문화 논리"로 부상하게 되었다(6). 제국이라는 사회적 공간은 이처럼 극단적 이동성과 유동성의 확대로서 표시되는 공간이며, 이러한 새로운 세계 공간은 더 큰 정치적·경제적 자유를 추구하고자 하는 개인들에게 더 확장된 제도적 지평을 제공해 주었다.

민족이라는 문화적 정체성의 경계선을 통제했던 국가의 기능이 축소되었지만, 대신 그 기능의 상당 부분이 시민사회와 그와 연관된 이데올로기적 사회기구로 전이되었다. 이는 교육이나 대중매체와 같은 문화의 영역이 헤게모니의 생산과 재생산에 더 큰 영향력을 행사하게 되었음을 의미한다. 그리고 이러한 국가와 민족 사이에 일어난 구조적 균열과 변화는 새로운 시스템의 '몸 정치학body politics' 의 형성으로 이어졌다. 이 새로운 몸 정치학은 "차이를 통한 수용 전략"(하트 & 네그리)으로 규정될 수 있으며, 이는 인종이 없는 인종주의, 더 정확하게 표현하면 생물학적 개념으로서의 인종이 아닌 문화적 개념으로서의 인종에 근거하는 인종주의라고 할 수 있다.

"차이를 통한 수용 전략"이라는 몸에 대한 통제방식은 분명 일정 정도 합리성을 내포하고 있다. 그럼에도 불구하고 그것이 이전의 마니교적 이분법에 의한 통제보다 더 진보된 것이라 말하기는 힘들다. 초기 아시아 이민자들은 비록 지배문화로부터 고립과 소외를 경험했을지라도, 최소한 자신들의 제한적 커뮤니티 내에서는 민족 정체성과 자아 정체성 사이의 통일성을 유지할 수 있었다. 그들은 고향 땅과의 상상적 관계를 통해서 스스로를 한국인이나 중국인으로 규정할 수 있었고 그런 까닭에 그 어떤 내적 분열을 경험할 이유가 없었다. (물론 그 이면에는 진정성authenticity 혹은 민족적·문화적 순수성에 관한 문제가 여전히 남아 있었다.) 그러나 문화적 정체성과 시민권 사이의 강요된 통일성이 해체되고, 유동적 시민권이 지배적인 문화 논리로 부상하면서, 자아 정체성의 상상적 통일성은 이제 한 편의 신화로 남게 된다. 그 결과 1965년 이후 아시아계 이민자들이 직면해야 했던 것은 전혀 새로운 종류의 자아 분열과 다양성에 대한 경험이라 할 수 있다. 상호 간 상대적 자율성을 통해 느슨한 총체성을 구성하고 있던 정체성의 각 층위들(계급, 인종, 종족, 젠더, 민족 등)은 이제 완전한 자율성을 획득하는 상황에 이르게 되고, 이는 경험적 세계의 통일성의 와해로 이어졌다. 게다가 이 유기적 통일성의 와해는 그들의 자유를 향한 투쟁마저도 파편화시키는 결과를 초래하게 된다. 즉, 정치적 투쟁과 경제적 투쟁과 문화적 투쟁 등은 상호 간의 필연적 연결 고리를 상실한 채 각각의 물화된 공간 속에서 부유하게 되는 것이다. 다시 말해서, 한 개인의 경제적 성취나 법률적 시민권의 획득이 자동적으로 그를 미국의 진정한 일원으로 만들어 주지 못한다는 것이다.

　이런 일련의 상황들이 낳은 결과는 아시아계 미국인 주체성의 정신분열적 파편화다. 이 변화된 환경 하에서 미국인으로 살아야 했던 새로운 이민자들이나 초기 이민자들의 후손들은 새로운 방식으로 자신 앞에 주어진 현실과 타협하며 스스로의 정체성을 재규정해야만 했다. 이 타협의 과정 속에서 핵심적인 것은 바로 법률적 시민권과 문화적 정체성 사이의 균열을 내화시켜야만 했다는 것이다. 초기 아시아계 이민자들이 미국 사회의 전 층위에서 비체非體화 됨으로써 디아스포라가 되었다면, 1965년 이후의 세대에게 비체화는 이제 문화적이고 심리적인 차원으로 변형 혹은 내화된다. 문화주의 관점에서 보면, 아시아 문화는 미국문화와 양립할 수 없는 것이기에, 그 둘 간의 차이는 극복될 수 없는 것으로 여겨질 수밖에 없다. 그들의 얼굴색이 아닌 그들의 문화가 그들을 타자로 낙인찍고 그로 인하여 그들은 미국의 문화적 규범을 준수하며 살아갈 능력이 없는 것으로 여겨지게 된 것이다. 이런 문화적 격리는 아시아계 미국인의 주체성 형성에 심각한 영향을 미칠 수밖에 없었다. 그들은 문화적 차이에 기인하는 인종적 위계질서를 내화할 수밖에 없었던 것이다. 그 결과 자기혐오self-hatred 혹은 "자기비체화"self-abjection로 정의될 수 있는 심리적 반응이 아시아계 미국인들의 지배적 정서 구조로 자리매김하게 된다. 이는 그들이 진정한 미국인으로 살아갈 수 없음에 대한 우울증적 자기인식이라 할 수 있을 것이다. 자기비체화의 과정을 특징짓는 것은 바로 자기 내부의 아시아라는 상상의 지리와 심리적 거리를 두는 것이다. 다시 말해서, 그들에게 '아시아'와 그것의 문화는 일종의 불필요한 잉여적 요소로서 그들이 미국 사회에 동화되는 것을 방해할 뿐이다. 그러므로 그들이 진정한 미국인의 정체성을 주장하기 위해서는 자신의 아시아적 자아를 배설하고 정화시켜야만 했다.

자기비체화와 미국인 되기 1: 프랭크 친

1965년 이후 아시아계 미국인의 특징적 정서 구조인 자기비체화를 가장 극적으로 표현한 작가는 다름 아닌 프랭크 친과 맥신 홍 킹스턴과 같은 1970년대 아시아계 미국인의 문화민족주의를 주도했던 이들이라 할 수 있다.[1] 이 둘은 각각 남성과 여성의 입장에서 문

---

1 앞서 잠시 언급하였듯이, 친과 킹스턴의 논쟁은 상호배타성만을 확인한 채 여전히 지속되고 있으며, 학계와 문단에서도 이 둘을 서로 화해할 수 없는 문학 전통의 대표자로 인식하고 있다. 그러나 이들 사이의 대립은 사실 아시아계 미국인 전체에 큰 딜레마를 안겨 줄 수밖에 없는 상황이다. 이러한 딜레마를 데이비드 헨리 황David Henry Hwang은 다음과 같이 설명한다.
  "예를 들어 맥신 홍 킹스턴의《여전사》를 처음 읽었을 때, 그것은 나에게 일종의 개인적이고 예술적인 계시였다. 왜냐하면 캘리포니아의 스톡튼에서 성장한 중국계 미국인의 극단적 리얼리즘과 상상 속의 혹은 신화적인 과거의 유령들을 병치해 놓은 것이 나에게 있어 상당히 현실적으로 보였기 때문이다. …
  동시에 나는 프랭크 친에게도 상당한 매력을 느낀다. 지금 현재 프랭크는 나를 상당히 싫어하고 나를 백인 인종주의자쯤으로 생각하기도 한다. 그러나 그는 현재의 나를 존재하게끔 만들어 준 사람이며 그의 작품은 실제로 나에게 일을 할 수 있도록 영감을 불어넣어 주었다. 그는 오프브로드웨이 무대에 작품을 올린 최초의 중국계 미국인 작가였으며 그는 나에게 이러한 것이 가능할 수 있다는 용기를 불어넣어 준 사람이었다. 그의 연극 속에 등장하는 인물 중에 하나가 관우인데, 그는 중국계 미국인의 정신, 혹은 초기 이민자의 정령을 대표하는 인물이다. 나는 킹스턴의 책에 등장하는 여전사인 파뮬란과 프랭크의 극에 나오는 관우를 함께 붙여 놓는다면 어떨까 하는 생각을 하기 시작했다. 그들이 토런스에 있는 중국 식당에서 마주친다면 어떤 일이 벌어질까 생각도 해 본다. 이 두 전통을 합성하는 방법은 없을까?"
  이하에서 이루어지는 논의는 황이 던지는 마지막 질문, 즉 친과 킹스턴으로 대표되는 두 진영 사이를 매개하고 이 둘의 동일성을 드러낼 수 있는 이론적 틀을 모색하기 위한 방법이며, 본 글에서는 이 이론적 틀을 "자기비체화"라는 정서 구조에서 찾

화민족주의의 방향을 설정함과 동시에 이후 세대의 아시아계 미국 문학의 방향성을 제시한 작가들이라 할 수 있다. 하지만 겉으로 드러나는 첨예한 대립에도 불구하고, 그 둘의 작품은 아시아계 미국인으로서의 자기비체화를 공통분모로 가지고 있다고 해도 결코 과장은 아니다. 셩메이 마Sheng-mei Ma에 따르면, 문화민족주의 작가들은 종종 백인의 눈을 통해 아시아적인 것을 바라보며, 따라서 그들의 작품 속에는 오리엔탈리즘의 색채가 강하게 드러난다. 그들 작품 속에 등장하는 많은 중국계 미국인들은 오리엔탈리스트들의 문화적 가설들을 진실인 양 내화함으로써 아시아의 문화를 이국적 타자성의 흔적으로 간주한다. 스스로를 열등하고 미국의 문화적 진정성이 결여된 타자로 여기기에, 그들은 자신의 타자성을 세탁하기 위해 폭력적 방식에 의존한다. 가장 원초적인 방식이 자신의 중국인 부모를 백인의 응시를 통해 바라보고 그들에게 모든 부정적인 인종적 스테레오타입을 투사하는 것이다. 즉, 아시아인 부모와 그들의 문화적 행태를 자아의 영역에서 추방하는 것이다. 자기 내부의 아시아적 요소들을 배설함으로써 자신이 미국인임을 증명하는 방식이다. 이를 통해 그들은 주류 문화와의 거리를 줄일 수 있다고 믿었기 때문이다. 그러했기에 중국계 미국인들은 "오리엔탈리즘 담론에서 그것의 대상이 아니라 수행적 주체로서 자신의 역할을 전도시키는 것이다"(Ma 25).

예를 들어, 프랭크 친의 연극《닭장 속 중국인The Chickencoop Chinaman》에 등장하는 중국계 미국인 영화제작자 탬 럼Tam Lum은 자신의 탈남

고자 한다.

성화된 몸에 대한 불안감을 숨기지 못한다. 그는 남성성에 집착한 나머지 "찰리 팝콘Charley Popcorn"이라는 인물을 찾아 그에 대한 다큐멘터리 영화를 찍고자 나선다. 아프리카계 미국인인 찰리 팝콘은 전 권투 챔피언의 아버지로서 탬은 그를 통해 자신이 잃어버린 남성성을 되찾을 수 있으리라 믿었기 때문이다. 탬의 불안감은 미국 땅에서 아시아계 남성들이 겪어야 했던 고통을 표상한다. 중국계(뿐만 아니라 많은 아시아계) 남성들은 여러 방식을 통해서 자신의 남성성을 위협받거나 여성화되는 과정을 겪어야만 했다. 물론 여기에는 여러 이유가 있다. 먼저 초기의 중국인 남성들에게 허락된 일자리는 철저하게 제한되어 있었다. 그들은 고작 "요리, 세탁, 다림질과 같은 여성과 연관된 밑바닥 일을 통해서 백인 주인을 모셔야만 했다"(A. Ling 145). 게다가 오리엔탈리즘의 영향력 하에서도 벗어나기 쉽지 않았다. 이 담론 체계 속에서 백인 남성들은 규범적 남성성의 지위를 획득한 반면, 아시아권 남성들은 대개의 경우 성적 에너지가 과도하거나 결여되어 있는 성적 일탈자로서 유형화되기 일쑤였다(J. Ling 314).

이런 관점에서 볼 때, 중국계 남성에 대한 남성성의 거세는 그들이 특정한 권력 구조 속으로 편입되는 방식을 반영한다고 할 수 있다. 즉, 아시아계 남성들이 유럽 중심적인 가부장적 질서 체계 내에서 정치적으로나 경제적으로 종속적 위치를 차지할 수밖에 없었기에, 그들은 백인 남성의 성적 규범에 미치지 못하는 비非남성으로 여겨질 수밖에 없었던 것이다. 결국 백인의 규범적 남성성에 대립되는, 또 저항적 남성의 전범으로서 찰리 팝콘이라는 대안적 아버지 찾기는 상실된 남성성을 복원하기 위한 아시아계 남성의 사회적 투쟁에 대한 알레고리라 할 수 있다. 탬은 흑인의 남성성을 통해 주류 사회에 저항할 수 있는 담론적 토대를 구축하고자 했던 것이다. 그러나 또 한 편으로 그의 대안적 아버지 찾기는 자신의 생부에 대한 조롱을 의미하기도 한다. 탬은 자신의 중국인 아버지를 목욕할 때조차도 누가 볼까 두려워 속옷을 벗지 못하는 "늙은 접시 닦기"로 묘사한다(Chickencoop 16-7). 그의 아버지는 자신이 감추고자 하는 비남성적 아시아인의 전형이며, 그가 정상적인 미국인으로 살아가기 위해서는 반드시 억압되어야 할 모습인 것이다.

탬의 일본계 미국인 친구 켄지Kenji의 자기비체화는 폭력적인 방식을 띤다. 그는 자신의 정체성을 철저하게 위장한다. 무엇보다도, 그는 흑인처럼 행동하고 말함으로써 자신의 노란 피부색을 검게 물들이려 노력한다. 그리고 리틀 도쿄도 차이나타운도 없는 피츠버그에 칩거하며 가능한 한 일본의 문화적 유산과 거리를 두려 시도한다. 그는 "검둥이 일본놈 켄지BlackJap Kenji"로 통하며 "황인종들을 증오"한다(20). 즉, 그에게 일본은 "비체"의 공간이다. 버틀러의 말처럼, 그곳은 "살 수 없는" 그리고 "거주할 수도 없는" 공간이며, 따라서 그가 자신의 "남성적 유형he-men types"을 유지할 수 있는 공간이 아닌 것이다(59). 켄지가 자신의 남성성을 보존할 수 있는 유일한 방법은 자아의 영역으로부터 모든 아시아적인 것을 밀어내는 것뿐이다.

그러나 아시아계 작가들이 수행하는 자기비체화는 심각한 자기모순에 봉착할 수밖에 없다. 문화적 정체성과 지리적 정체성 사이의 오래된 연결 고리가 여전히 깨지지 않고 남아 있었기 때문이다. 그들에게 아시아는 부모님의 이야기와 기억 속에 존재하는 전설 속의 땅이지만, 그 실체 없는 땅은 여전히 그들을 지배하고 있기 때문이다. 그들에게 아시아는 하나의 떨칠 수 없는 질곡이라 할 수 있다. 결국 그들은 아시아와 자신의 몸을 결코 분리하지 못한다. 이는 곧 그들이 수행하는 자기비체화의 행위 속에서 주체와 객체가 절대 분리될 수 없음을 의미한다. 아시아를 비루한 비체의 공간으로 배설해 버리는 순간 자기 스스로 그 비루함 속에 빠질 수밖에 없는 것이다.

자기비체화와 미국인 되기 2: 맥신 홍 킹스턴

킹스턴의 《여전사The Woman Warrior》에서 유명한 '고문' 에피소드는 자기비체화의 모순을 효과적으로 극화한다. 이야기 속에서 드러나듯, 일반적으로 많은 중국계 미국인 2세들은 가정이라는 사적인 공간에서 벗어나 학교라는 사회적 공간으로 진입하면서 한동안 침묵 속으로 침잠하게 된다. 그들에게 집은 또 다른 중국이다. 중국의 언어와 전통이 그들의 행위와 소통 방식을 지배한다. 그러나 집이라는 울타리를 벗어나는 순간 전혀 새로운 언어와 문화적 세계가 감당할 수 없는 무게로 다가오기 때문이다. 주인공 맥신Maxine도 예외는 아니었다. 그녀는 심지어 유치원에서도 낙제를 했으며, 그녀의 선생님은 정기적으로 그녀에게 언어 치료를 받을 것을 권고했다. 하지만 결국에는 다른 많은 중국계 미국인 소녀들과 마찬가지로, 맥신은 "비록 더듬거릴지언정 자신만의 목소리"를 찾아내고, 이를 통해 "말하는 미국 여성의 자아를 창안해" 내는 데 성공한다(Warrior 172). 어린 맥신이 주류 사회와 소통하는 방식을 배우고 미국 여성으로 성장해 가는 것이다. 그런데 이 과정 속에서 흥미로운 것은 맥신에게는 미국화Americanization가 하나의 이항대립을 통해서 이해된다는 것이다. 즉, 침묵과 말하기의 이원적 대립 구도가 그것이다. 미국인이 된다는 것은 침묵을 깨고 말하는 주체로 성장하는 과정이다. 반면, 그 침묵의 고리를 깨지 못하고 벙어리로 남아 있는 것은 문명화되지 않은 자아로의 퇴행이며, 야만적 중국인으로 남는 것이다. 그런 까닭에 자신이 미국인임을 증명하기 위해서라도 맥신은 자신에게 부과된 침묵의 사슬을 깨야만 했던 것이다.

미국 여성의 규범적 모델로서의 '말하는 자아'에 대한 맥신의 열망은 같은 반의 중국계 벙어리 소녀에 대한 증오심을 통해 우의적으로 표출된다. 이 벙어리 친구는 사실 말을 할 수 있으나 말하기를 거부하는, 혹은 가정과 사회 사이에 존재하는 거대한 간극을 애써 넘어서려 하지 않는 자폐증적 아이였다. 그런데 맥신이 인정하듯, 이 아이는 맥신과 유사한 점이 너무도 많았다. 그 아이가 가족으로부터 과보호를 받고 있다는 점을 빼고는 그 둘은 많이 닮아 있던 것이다. 운동에 소질이 전혀 없다는 것도 그렇고 중국인스러운 머리 모양새도 그랬다. 그런 점에서, 사울링 웡Sau-ling C. Wong의 주장처럼, 그 벙어리 소녀는 맥신의 "분신alter ego"이라 해도 과언이 아니다(86-95). 하지만 그 닮은 점 때문에 맥신은 그녀를 더욱 증오했다. 그녀는 맥신이 부정하고자 하는 자신의 모습이었기 때문이다. 결국 벙어리 소녀를 향한 맥신의 증오심은 맥신 내부에서 벌어지고 있는 자아의 분열, 중국적 자아와 미국적 자아 사이의 분열에 대한 표현이라 할 수 있다. 그리고 그것은 또한 위장된 형태의 자기증오이기도 했다. 조용한 소녀는 맥신의 "중국적 자아의 투영물"이었으며, 맥신은 이 "반사회적"이고 반미국적 자아를 부정해야만이 주류 사회로부터의 인정을 얻어 낼 수가 있었던 것이다(Wong 88). 미국 사회의 규범적 자아로의 동화만이 그녀에게 치어리더가 될 수 있는 기회도 남자친구와의 데이트도 할 수 있는 기회를 가져다줄 수 있기 때문이다. 따라서 맥신이 벙어리 소녀를 고문하고 말하기를 강요하는 행위는 결국 미국적 정체성을 얻기 위해 비미국적인 자아의 일부를 도려내는 행위라 할 만하다.

하지만 진정한 미국적 자아를 얻기 위해 또 다른 자아를 도려내는 행위는 자신이 진정한 미국인이 될 수 없다는 사실만을 도드라지게 만들 뿐이었다. 그러기에 벙어리 소녀에 대한 고문은 역설적인 결과를 가져왔다. 맥신은 그 소녀를 고문하며 말하지 않는다면 아무도 그녀를 도와주지 못할 것이라고 악담을 퍼부었었다. 또한 말을 하지 않으면 어떤 "개성"이나 인격을 갖지 못하는 "바보"나 "식물"에 불과한 것이 될 것이라고 단언했었다(Warrior 180). 하지만 그녀의 확신은 보기 좋게 빗나갔다. 몇 년이 지난 후에도 여전히 벙어리 소녀는 말을 하지 않고도 나름의 행복을 즐기며 살고 있었던 것이다.

그들은 엄마 아버지와 함께 살았다. 그녀는 영화를 보러갈 때를 제외하고는 집을 떠날 필요도 없었다. 그녀는 도움을 받고 있었다. 가족들의 보호를 받고 있었던 것이다. 일반적으로 중국에서 여유가 있는 사람들이 그렇게 하듯 말이다. 낯선 이와 유령들과 남자아이들로 가득 찬 학교에 갈 필요도 없는 것이다.(182)

게다가 벙어리 소녀가 나름의 행복을 즐기고 있었던 반면, 고문의 주체였던 맥신은 아이러니하게도 "신비스러운 병"에 걸리고 만다(182). 그 병은 그녀의 모든 사회적 관계를 단절시켰고 미국적 자아로의 성장을 한층 더디게 만들었다. 결국 미국의 규범적 자아의 이상화와 중국적 자아의 폐기가 반드시 옳은 것만은 아니었던 것이다. 주류 사회가 요구하는 삶의 방식 이외에도 여러 다른 삶의 방식이 가능하다는 사실을 맥신은 애써 감추고 싶었는지도 모른다. 물론 맥신은 자신의 혀와 행동 방식을 표백하여 백인화시킬 수 있다. 그렇다고 해서 그녀가 백인이 될 수 있는 것은 아니다. 그녀가 가진 중국인의 몸은 중국문화의 표상으로 기능하며 기어코 그녀를 중국인의 자리로 되돌려 놓을 것이기 때문이다. 그녀는 자신의 출발점으로 되돌아오고 만 것이다. 미국의 민족적 상상계에는 그녀의 아시아적인 몸을 수용해 줄 수 있는 자리가 존재하지 않았다.

디아스포라적 개입과 다중성의 긍정

자기비체화는 아시아계 미국인들의 모든 문화적 실천들을 풀리지 않는 아포리아의 영역 속으로 밀어 넣고 만다. 이런 모순적 상황 속에서, 프랭크 친과 킹스턴이 선택한 방법은 아이러니하게도 다시 '아시아로 회귀'하는 것이었다. 더 정확하게 표현하자면, '아시아적 상상계로의 회귀'인 것이다. 즉, 주도권을 빼앗긴 채 아시아로 떠밀려가기보다는, 적극적으로 아시아를 수용함으로써 자신의 아시아적 자아를 긍정하는 방식인 것이다.

두 작가의 작품 속에는 이러한 역설적 상황들이 반복적으로 등장한다. 그들은 미래의 완전한 동화를 꿈꾸며 기꺼이 자신의 아시아적 자아를 버리면서도, 또 한 편으로는 서구의 문화적 헤게모니 하에서 망각되었던 아시아의 이마고를 부활시켜 그것과의 동일시를 시도한다. 킹스턴은 중국의 전설적인 여전사 파뮬란을 미국적 맥락에서 재창안함으로써 미국의 인종주의와 중국의 가부장적 이데올로기에 맞서 펜을 휘두르는 여성 작가의 모습으로 환생시킨다. 프랭크 친 역시 그와 크게 다르지 않다. 미국 사회에서의 아시아계 남성성을 재정립하고 아시아계 미국문학 속에 결여되어 있는 아시아의 남성적 영웅서사를 복원하기 위해, "중국이나 일본의 어린이들에게 보편적으로 읽히는 핵심적인 작품들"에 관심을 갖기 시작한다. 삼국지, 수호지, 서유기 등이 여기에 포함된다(Chin, et al. xv).

많은 비평가들이 이미 충분히 지적했듯이, 이렇게 아시아적 이마고로 회귀하는 것은 전언어적 아시아 남성·여성 주체의 이미지를 찾기 위한 나르시시즘적 과거회귀 혹은 이상화된 과거를 향한 향수 어린 그리움과 연관된 편협한 민족주의운동으로 평가될 수도 있다. 하지만 이런 비판이 어느 정도 의미 있는 것이기는 할지라도, 그것은 지나친 일반론에 가깝다. 왜냐하면 아시아계 미국인들이 처한 정치·문화·심리적 지형도에 대한 면밀한 분석이 결여된 당위적 비판에 가깝기 때문이다. 친이나 킹스턴과 같은 작가들이 수행하고 있는 '아시아적 상상계로의 회귀'는 우선적으로 초기 아사아인들이 추구했던 순수한 아시아적 정체성의 이식과 유지와는 철저하게 구별되어야 하며, 아울러 제국주의 시대의 여타 다른 민족주의 운동과도 역시 구별되어야 한다.

예를 들어, 아일랜드의 예이츠W. B. Yeats나 더글라스 하이드Douglas Hyde 등에 의해 주도되었던 켈트문화 복원운동Celtic Revival이 위와 비슷한 유형의 문화민족주의 운동이라 할 수 있다. 셰이머스 딘Seamus Deane의 정의에 따르면, 이 운동은 "오염 물질의 제거를 위한 십자군 운동이었다. 아일랜드 문화의 본질을 전염성이 강한 영국 바이러스로부터 해방시켜, 그것의 원초적 순수성과 힘을 복원시켜야만 했다"(94). 다시 말해서, 켈트문화 복원운동은 외부의 세력에 의해 강제적으로 부여된 정체성을 전면적으로 부정하고 식민화 이전의 순수 아일랜드의 이마고를 부활시키려는 시도였다. 그들에게 정체성은 양자택일either-or의 문제였으며, 영국문화에 의해 오염된 것이라면 그것은 결코 아일랜드 문화가 될 수 없었다.

반면에 아시아계 미국인의 민족주의 운동에서 핵심은 그들이 절대 자신의 일부를 구성하고 있는 미국적 자아를 제거하려 시도하지 않으며, 동시에 순수 아시아적 주체성의 복원을 꿈꾸지도 않는다는 것이다. 그들에게 미국화는 근본적으로 부정의 대상이 아니다. 미국인으로서의 토착성nativeness은 그들이 추구하고자 하는 이상 중 하나인 것이다. 그리고 그 이상을 아시아적 유산과 결합시키고 조화시킴으로써 독특한 아시아계 미국인의 "감수성"을 창출해 내는 것이 프랭크 친과 킹스턴의 궁극적 목표라고 할 수 있다. 따라서 아시아계 미국인의 감수성은 "아시아적인 것도 아니며 백인의 것도 아니다that was neither Asian nor white American"(Chin, et al. xxi). 즉, 그들에게 정체성은 더 이상 양자택일의 문제가 아닌, 양자부정neither-nor의 문제로 변화된 것이다. 따라서 다른 문화민족주의 운동과는 달리, 킹스턴과 친이 시도했던 아시아의 전통적 영웅 서사로의 회귀는 일종의 역사적 전환점을 상징한다. 그것은 일종의 자기각성이다. 그들이 결코 진정한 아시아인도 또 진정한 미국인도 될 수 없다는 현실에 대한 깨달음인 것이다. 하지만 이 깨달음은 절대 비극적 자기인식은 아니다. 그들에게는 그 모든 것을 긍정할 수 있는 희극적 결말이 기다리고 있기 때문이다. 아시아계 미국인의 정체성 내부에 구조화되어 있는 다양성과 혼종성에 대한 인식과 그에 대한 포스트모던적 자기긍정의 길이 열리게 된 것이다.

이런 의미에서, 아시아적 상상계로의 회귀는 순수성과 진정성을 향한 운동이 아닌 자아의 혼종성과 다양성을 향한 운동이다. 그것은 따라서 이상화된 아시아적 과거에 대한 무조건적 찬사도, 비루한 자신의 현재에 대한 전면적 부정도 아니다. 그것은 모순된 두 개의 이상을 의도적으로 병치시키지만 그렇다고 그 둘의 변증법적 통합을 꿈꾸지도 않는다. 오히려 그런 이중성을 통하여 상호 간의 문화적 권위를 전복시키고 자와 타, 안과 밖의 대칭과 이원적 구조를 해체하고자 하는 것이다. 따라서 아시아적 상상계로의 회귀는 아시아계 미국인들의 현재 위치를 이데올로기적인 측면에서 강화시킬 수 있는 전략적 우회로가 되는 것이다. 예를 들어, 킹스턴에 의해서 재창안된 파뮬란과 그에 따른 논쟁에서 드러나듯, 아시아에 대한 기억과 판타지를 통해 재생된 모든 이미지들은 원래 아시아에서의 모습과는 근본적으로 다르다. 그것은 필연적으로 미국적 맥락에서 재해석되기 때문이다. 사실 파뮬란이 서구의 자서전적 서사를 통해서 굴절되고 변형되었기에, 어린 맥신을 아이큐 제로의 바보 벙어리 중국 소녀에서 중국의 가부장적 이데올로기와 미국의 인종주의에 대항하여 당당히 자신의 목소리를 낼 줄 아는 전사로 변화시킬 수 있었던 것이다.

아시아적 상상계로의 회귀는 이런 의미에서 미국의 인종주의와 편협한 민족 개념에 대한 '디아스포라적 개입diasporic intervention'으로 정의될 수 있다. 아시아 영웅의 이미지를 미국의 삶 속에서 부활시킴으로써 그들은 실질적으로 이중적·다중적 자아와 다중적 정체성이라는 디아스포라적 이상과 정치적 잠재력을 현실화시켰기 때문이다. 이로써 그들은 자신들이 지고 살아야 하는 '진정성의 결여'라는 질곡을 주류 문화에 대한 저항의 도구로 승화시킬 수 있었으며, 또한 아시아계 미국인의 주체성을 재정립할 수 있었다.

참고문헌

Badiou, Alain. *Ethics: An Essay on the Understanding of Evil*, trans. Peter Hallward. London: Verso, 2001.

Butler, Judith. *Bodies That Matter*. New York: Routledge, 1993.

Cheung, King-Kok. "The Woman Warrior versus the Chinaman Pacific: Must a Chinese American Critic Choose between Feminism and Heroism?." *Conflicts in Feminism*. Ed. Marianne Hirsch and Evelyn Fox Keller. New York: Routledge, 1990. 234-51.

Chin, Frank. *The Chickencoop Chinaman and The Year of the Dragon*. Seattle: U of Washington Press, 1981.

Chin, Frank, et al. *The Big Aiiieeeee!: An Anthology of Chinese American and Japanese American Literature*. New York: Penguin Books, 1991.

Gilroy, Paul. *Black Atlantic: Modernity and Double Consciousness*. Cambridge: Harvard UP, 1993.

Hardt, Michael and Antonio Negri. *Empire*. Cambridge: Harvard UP, 2000.

Kingston, Maxine Hong. *The Woman Warrior: Memoirs of a Girlhood among Ghosts*. New York: Vintage, 1976.

Kristeva, Julia. *Power of Horror: An Essay on Abjection*. Trans. Leon S. Roudiez. New York: Columbia University Press, 1982.

Lemaire, Anika. *Jacques Lacan*. Trans. David Macey. Boston: Routledge & Kegan Paul, 1970.

Ling, Amy. *Between Worlds: Women Writers of Chinese Ancestry*. New York: Pergamon, 1990.

Ling, Jinqi. "Identity Crisis and Gender Politics: Reappropriating Asian American Masculinity." *An Interethnic Companionship to Asian American Literature*. Ed. King-Kok Cheung. Cambridge: Cambridge UP, 1997: 312-337.

Lowe, Lisa. "Unfaithful to the Original: The Subject of *Dictee*," *Writing Self, Writing Nation*. Eds. Elaine H. Kim and Norma Alarcon. Berkeley: Third

Woman Press, 1994.

Ma, Sheng-mei. *Immigrant Subjectivities in Asian American and Asian Diasporic Literature*. Albany: SUNY Press, 1998.

Ong, Aihwa. *Flexible Citizenship: The Cultural Logic of Transnationality*. Durham: Duke UP, 1999.

Spivak, Gayatri C. "Diaspora Old and New: Women in the Transnational World." *Textual Practice* 10:2 (1996): 245-269.

Wong, Sau-Ling C. *Reading Asian American Literature: From Necessity to Extravagance*. Princeton, Princeton UP, 1993.

3

편집증적 디아스포라
: 불가능한 진정성을 향한 열망

우연적 미국인

일레인 킴Elaine H. Kim은 저서 《아시아계 미국문학Asian American Literature: An Introduction to the Writings And Their Social Context》에서 아시아계 미국인의 역사적 출발점과 아시아계 미국문학의 기원을 강용흘Younghill Kang과 카를로스 불로산Carlos Bulosan의 작품 속에서 찾는다. 킴에 따르면, 그들의 글은 일종의 전환점을 표시한다. 즉, "작가가 스스로를 미국 사회의 손님이나 방문객으로 보려는 자세에서 미국 사회의 구성원으로 자리매김하고자 하려는" 자세로의 전환이다(32). 따라서 그들의 글이야말로 실질적인 의미에서의 "아시아계 미국인 의식Asian American consciousness"의 맹아를 담고 있다는 것이다(xi). 실제로 그들의 글은 킴의 말처럼 "미국적 삶으로 들어갈 수 있는 입구에 대한 고통스러운 탐색"의 여정을 그리고 있으며(33), 그 과정 속에서 필연적으로 맞닥뜨릴 수밖에 없는 미국의 문화적·제도적 인종주의의 폭력성을 고발한다. 특히 불로산의 자전적 소설 《미국은 내 마음에America Is in the Heart》는 "미국의 살아 숨쉬는 일부"가 되어 '자유'와 '개인주의'라는 미국의 이상을 실현하고자 했던 한 필리핀인의 처절한 자기 고백서라 할 만하다(Bulosan "My Education" 118, 재인용 Kim 55).

초기 아시아계 미국인의 문학과 역사에 대한 일레인 킴의 이러한 분석은 분명한 타당성을 갖고 있다. 그러나 이러한 평가는 그 자체로 문제의 지점이기도 하다. 무엇보다도 그녀의 논리 속에는 아시아와 미국 사이의 발전론적 혹은 목적론적 서사가 내재되어 있기 때문이다. 이는 그녀가 사용하고 있는 용어 속에서 은연중 드러난다. 그녀는 아시아인과 아시아계 미국인을 구별하며 미국인으로서 자의식을 갖게 되는 과정을 "아시아계 미국인 의식의 발전"으로 정의한다(xi). 이는 아시아인에서 미국인으로서의 '의식적' 전환을 상정하는 것이며, 또한 그 변화의 과정을 발전의 과정으로 규정하는 것이라 할 수 있다. 그러나 이렇게 미국과의 의식적 동일시를 아시아계 미국인의 전제 조건으로 상정하거나 또한 그 과정을 발전의 논리로 정의하는 것은 필연적으로 모순에 빠지게 된다.[1] 무엇보다도, 많은 초기 아시아인들이 몇몇 정치적 망명자나 지식인 계층을 제외하고는 자신의 디아스포라적 여정 속에서 미국을 실질적인 삶의 목적지로 삼지 않았음에 주목할 필요가 있다. 대부분의 초기 아시아계 이민자들은 계약노동자들이었다. 그들은 결코 처음부터 미국인이 되고자 하는 의도를 가지고 태평양을 건넌 것은 아니었다. 그들은 귀향의 꿈을 간직한 채 끊임없이 아시아와 직·간접적인 유대를 유지한 사

1　일레인 킴 역시 이 점에 대하여 분명한 인식을 갖고 있었다. 특히, 1993년에 출판된 《찰리 첸은 죽었다Charlie Chan Is Dead》에서 자신이 최초에 사용했던 이론적 틀이 아시아계 미국인의 경험을 발전론적 서사에 가두어둘 수 있음을 스스로 지적하고 있다. 위 책의 서론 xi 쪽 참조하라.

람들이라 할 수 있었다. 따라서 그들이 미국인이 된 것은 어쩌면 우연한 사건이라 해야 옳을 것이다. 이 우발적 사건 속에는 그 어떤 초월적 지향점도 존재하지 않을뿐더러 그 어떤 발전론적 논리가 작동할 수 있는 여지 역시 존재하지 않는다. 단지 우연성의 논리가 지배하는 생존을 위한 투쟁만이 존재했을 뿐이다.

이런 의미에서 우리는 초기 아시아계 미국인의 역사와 문화를 전혀 다른 관점에서 접근할 필요가 있다. 이런 문제의식을 바탕으로, 여기에서는 초기 아시아계 미국인의 역사를 디아스포라의 관점에서 다시 쓰기를 시도하고자 한다. '미국인'으로서의 자의식이라는 관점이 초기 아시아계 미국인의 삶을 모두 포괄할 수 없다는 것은 부정하기 힘들다. 그것은 무엇보다도 초기 아시아계 미국인의 삶 속에서 커다란 부분을 점유하고 있는 '아시아'의 존재를 억압할 수밖에 없다. 그러나 '디아스포라'의 관점을 채택할 경우 아시아와 미국 그 어느 것도 억압하거나 이론적으로 배제하지 않아도 된다는 장점이 있다. 디아스포라에 내재된 지리적·문화적 이중성과 다중성은 양자 간의 역동적 문화 교류 및 대립과 경쟁의 서사를 부각시킬 수 있기 때문이다. 물론 이런 디아스포라적 문화 교류는 아시아와의 직접적인 인적·물적 소통만을 의미하지는 않는다. 이는 정신적 지향점이나 귀의처로서의 아시아에 대한 심리적 투사와 그리움을 포괄하는 것이라 할 수 있다. 초기 아시아계 미국인에게 아시아와의 물리적·심리적 관계를 포기하는 것은 거의 불가능한 일이기 때문이다. 의식적으로 미국인으로 전향한다고 할지라도 자신의 내부에 존재하는 아시아를 삭제할 수 없으며, 그런 의미에서 그러한 의식적 미국인들조차도 어떤 방식으로로건 아시아와 상상적 관계를 유지할 수밖에 없는 것이다.

이렇게 디아스포라적 문화 교류의 관점을 통해 초기 아시아계 미국인의 문화와 역사를 재고찰하게 되면 그들의 삶과 문학을 새롭게 조망할 수 있는 이론적 틀을 얻을 수 있을 것이다. 먼저, 아시아계 미국인이 미국에 유입될 수밖에 없었던 역사적 필연성과 그들의 사회적 위치를 역사적·정치적 관점에서 고찰하고, 미국 땅에서 그들이 자신의 고향으로서의 아시아와 맺는 물리적·심리적 관계 혹은 디아스포라적 문화 교류의 특수한 형식과 양상을 밝혀낼 수 있다. 둘째, 이런 문화 교류의 특수한 양상이 초기 아시아계 미국인의 문화에 미치는 영향 혹은 그로 인해 발생될 수 있는 그들만의 특수한 정서 구조structure of feeling를 이론화할 수 있다. 이런 이론적 틀을 통해 본 장에서는 초기 아시아계 미국인을 '편집증적 디아스포라'로 정의하고 그들의 삶과 문학을 엿보고자 한다.

초기 아시아계 미국인의 기원

19세기가 저물어갈 무렵 미국에서는 서부 개척의 긴 역사가 마무리되었다. 하지만 태평양에 가로막혀 더 이상 나아갈 수 없었던 바로 그 시점에서 미국은 태평양 지역에서 새로운 제국주의 국가로 부상하기 시작한다. 개척과 정복의 역사를 태평양 너머로 확장하기 시작한 것이다. 1898년 하와이를 합병하였으며, 스페인과의 전쟁을 통해 쿠바와 필리핀을 획득했다. 이러한 미국의 국제 정책에서의 변화가 미국 내에서의 인종 관계에도 커다란 영향을 미쳤다. 물론 두 사건 사이에 일률적인 인과관계가 있는 것은 아니다. 이런 인종 관계의 변화는 사실 노예해방과 그에 따른 여파에서 이미 시작되고 있었기 때문이다. 어쨌든 월터 벤 마이클스$^{Walter\ Benn\ Michaels}$는 미국·스페인 전쟁 직후 미국문학에서는 반제국주의적 경향이 강하게 일어났으며, 이런 "반제국주의는 미국 시민권의 문제에서 인종 정체성을 핵심적 요소로 부각시키"는 데 결정적인 기여를 했다고 주장한다(658). 그에 따르면, 이 반제국주의 문학은 대개 남부 재건 당시에 미국 백인들의 자기연민을 주제로 하고 있는데, 중심적 플롯은 남부 귀족 출신의 백인 영웅이 흑인지배의 굴욕을 당하지만 결국에는 자신의 영지를 되찾고 백인의 문명을 굳건히 지킨다는 것이다. 여기에서, 백인 영웅의 "흑인 지배"에 대한 저항은 유럽에 뿌리를 두고 있는 모든 사람들을 "백인종"이라는 하나의 통합된 정체성으로 녹여내는 역할을 하게 된다. 이는 인종이 정체성을 상상하는 가장 중요한 틀로서 작동하게 되었음을 의미한다. 이제 미국에서 사람과 사람 사이의 관계를 설정하는 데에 중요한 질문은 오로지 하나다. "당신은 백인인가 흑인인가?"(659-61)[2]

인종 담론의 양극화는 두 가지 서로 연관된 사회 현상으로 표출되었다. 한편으로는, 역사적으로 열등 인종으로 취급되었던 유럽의 여러 민족들이 백인이라는 더 포괄적인 정체성을 부여받게 된 것이다. 즉, 유대인, 아일랜드인, 폴란드인, 이탈리아인 등과 같이 한때 차별의 대상이었던 사람들과 앵글로색슨 주류들과의 차이가 사라진 것이다. 그들은 '백인'이라는 이름을 통하여 하나로 통합되면서 '인종의 용광로$^{melting\ pot}$'라는 신화를 탄생시킨다. 이제 최소한 유럽 출신

---

2 월터 벤 마이클스의 이런 주장은 사실 상당히 많은 논란의 대상이 되었다. 흑인 노예의 해방과 시민권 획득이 제국주의적 행태와 동일시될 수는 없기 때문이다. 그럼에도 불구하고 그의 주장은 백인의 입장에서 흑인 해방이 어떤 방식으로 받아들여졌는지에 대한 이해를 제공해 준다는 점에서 경청할 만하다.

백인들은 자신들의 민족적·문화적 과거를 잊고 미국인이라는 하나의 인종과 문화 속으로 녹아들 수 있는 계기를 획득한 것이다. 하지만 이 인종의 용광로는 근본적으로 제한적인 속성을 가지고 있었기에 미국 공동체의 경계선을 더욱 배타적으로 만드는 역설적 결과를 가져왔다. 이로 인해 흑인들의 사회적·정치적 소외가 한층 심화되는 결과가 초래되었음은 물론이다.

미국의 제국주의로의 이행과 인종 구조의 양극화가 흑인들에 대한 정치적·문화적 격리로 끝나지는 않았다. 그들의 삶을 더욱 황폐화시켰던 것은 경제적 격리였다. 이런 경제적 측면에서 카렌 브로드킨Karen Brodkin은 북부 산업가들의 역할에 주목한다. 그녀에 따르면, 1877년대타협Great Compromise 이후, 북부의 산업가들은 흑인 노동력을 고용하지 않기로 합의함으로써 흑인들을 경제적 궁핍으로 몰아넣었다는 것이다. 이 합의는 결국 북부에서 "정치적으로 야기된 노동력의 부족" 현상으로 귀결되었고, 이는 곧 미국의 인종 구성체에 직접적인 영향을 미칠 수밖에 없었다. 북부의 산업가들이 값싼 노동력을 위해 해외로 눈을 돌려야 했기 때문이다. 즉, 유럽과 아시아로부터 많은 이민자들을 수용해야만 했던 것이다(71). 이런 의미에서 시민전쟁 이후 미국의 제국주의 국가로의 변모와 그에 따른 인종 담론의 양극화가 아시아인들이 미국 서부 해안과 하와이에 본격적으로 유입될 수 있는 직·간접적인 계기를 마련해 준 것이라 할 수 있다.

물론 아시아인들이 미 대륙에 상륙한 것은 그보다 훨씬 이전인 1565년의 일이었다. 소수의 필리핀인과 중국인 선원들이 상선을 타고 처음 미국 땅에 발을 들여 놓았고, 이후 몇몇 필리핀인들이 멕시코와 루이지애나 지역에 정착한 것으로 알려져 있다. 그러나 본격적인 아시아인들의 이민이 시작된 것은 그로부터 한참 뒤인 1848년

경으로 캘리포니아에 금광이 발견되면서부터이다. 역사학자 수쳉 찬Sucheng Chan에 따르면, 이 무렵부터 1959년에 이르기까지 거의 백만 명의 아시아인들이 새로운 희망을 찾아 미국으로 들어 왔다. 당시 이민자들은 대개 중국, 일본, 한국, 필리핀, 인도 지역에서 온 사람들로 대부분 하와이와 미국 서부 지역에 정착했다. 그리고 이들이 1965년 자유주의적 이민법의 통과와 더불어 새로운 이민자들이 유입되기 이전의 초기 아시아계 미국인을 구성하는 주체라 할 수 있다 (25-42). 그러나 고향의 비루한 현실을 뒤로한 채 새로운 꿈을 찾아 미국에 들어온 이들 초기 아시아계 이민자들이 직면해야 했던 현실은 흑백 논리로 이분화되어 있었던 인종 구조였으며, 그러한 사회 구조 속에 고스란히 흡수되어야만 했다. 바로 이러한 이유로 그들의 미국 사회로의 편입은 심각한 아이러니를 동반할 수밖에 없었다.

흑/백의 중간자

미국 내에서 초기 아시아계 디아스포라들의 사회적 위치는 당시의 권력관계로부터 자유로울 수 없었음은 재론할 여지가 없을 것이다. 기존의 오리엔탈리즘이 워낙 뿌리 깊은 데다가 제국주의 시대의 특수한 인종 담론인 마니교적 이분법이 그들을 철저히 타자화시킬 수밖에 없었기 때문이었다. 그러기에 그들이 인종적 타자로서의 흑인과 유사한 취급을 받는 것은 당연했다. 흑인과 마찬가지로 그들의 혈통과 문화는 너무 이질적이고 친숙하지 못한 것이기에 순수 백인 혈통을 오염시키고 궁극적으로 유럽문명에 기반한 미국 문명을 타락시킬 수도 있다는 것이다. 그러나 초기 아시아계 이민자들의 위치는 다소 모호했다. 그들의 사회적·인종적 위치가 흑인들의 그것과 정확하게 일치하지는 않았기 때문이다. 백인들이 주도적 권력을 행사하고 있는 상황에서 흑인은 일종의 규범적 타자였다. 즉, 흑인은 백인들이 자기 내부의 온갖 부정적 이미지를 투사함으로써 주체로서의 정체성을 공고히 함과 동시에 자신의 인종적 우월성을 증명할 수 있는 대상이었던 것이다. 반면에 아시아계 이민자들은 이와는 좀 달랐다. 1882년에 통과되었던 중국인 이민금지법이 예시하듯 그들은 종종 법률적 금지의 대상이 되기도 했음은 물론이다. 하지만 그들은 흑인과는 달랐기에 다양한 방식을 통해 미국 사회로 스며들 수 있었다. 특히 값싼 노동력을 가장 필요로 하는 사회의 밑바닥에서, 또 흑인이 떠나간 그 자리에서, 그들의 존재가 요구되었던 것이다.

초기 아시아계 이민자들이 미국 땅으로 들어갈 수 있었던 것은 결국 그들이 흑인도 백인도 아니었기 때문이다. 그러한 인종적 모호성을 미국 사회가 요구했었기 때문이기도 했다. 제임슨 로웬James Loewen 에 따르면, 이민 초기 중국인들은 "흑인에 가까운 지위"를 부여받았다. 허나 문제는 흑인 커뮤니티에서 그들을 흑인으로 인정하지 않았다는 것이다. 그래서 그들은 "백인과 흑인의 틈바구니에서 중간자"로서 역할을 수행할 수밖에 없었다고 로웬은 주장한다(60). 게리 오키히로Gary Y. Okihiro 역시 아시아계 노동력이 "아프리카계 노예에 대한 이상적 대체자"가 될 수 있었을 것이라 주장한다. 이는 그들의 노동 생산성이 높고 미국 시민이 될 수 있는 능력을 갖추고 있기도 했을 뿐만 아니라, 더 중요하게는, 그들이 "백인도 흑인도 아니었기" 때문이라는 것이다(52). 예컨대, 로웬에 따르면, 1870년대 남부 농장주들은 의도적으로 중국인 노동력의 수입을 적극 추진했다. 이들을 이용하여 흑인 노동자들을 길들일 뿐만 아니라 그들의 임금 상승을 억제

하고자 했던 것이다. 이는 당시의 한 남부 주지사의 연설 속에서 직접적으로 드러난다. "의심할 바 없이, 중국인 노동자를 데려오려는 시도의 궁극적 동기는 옛 주인의 보호를 떠나 버린 흑인들을 징벌하기 위함이요, 또한 그들의 고용 조건과 임금의 규모를 통제하기 위함이다"(Loewen 23). 다시 말해서, 아시아계 이민자들은 인종적으로나 문화적으로 미국 주류 사회의 타자였던 것은 분명했으나, 흑인이 아니었기에 완전히 배제되지도 않았던 것이다. 미국 사회가 흑인 노동력의 대체자로서 그들을 요구했던 것이다.

그러나 백인도 흑인도 아니었던 아시아인들의 인종적 모호성은 당시 미국의 인종 문제와 관련된 정치경제학적 요구를 실현시킬 수 있었던 적절한 도구였음은 분명하다. 그랬기에 그들은 정치경제학적 중간자로서 미국 사회에 편입될 수 있었던 것이다. 그러나 그들의 인종적 모호성은 또한 그들이 미국 사회의 정당한 일원이 되는 것을 방해하는 직접적인 원인이기도 했다. 흑백논리로 점철된 미국 사회에서 흑인도 백인도 아닌 아시아인들이 미국의 시민이 되는 것은 법률적으로나 문화적으로나 불가능했다. 20세기 초 미국 시민권과 관련된 두 건의 대법원 판결은 미국 사회가 아시아계 이민자들에게 무엇을 요구했었는지 그리고 무엇을 거부했는지를 상징적으로 보여 준다. 〈오자와 v. 미국Ozawa v. United States〉(1922) 판결에서는 일본 출신이었던 타카오 오자와가 혈통 상 백인도 흑인도 아니기에 미국 시민이 될 수 없다는 최종 판결을 내렸다. 그러나 혈통을 통한 인종 분류 기준은 이듬해 〈미국 v. 신드United States v. Thind〉(1923) 판결을 통해서 간단히 뒤집어 진다. 인도 출신의 바가트 신드Bhagat Singh Thind는 아리아인으로써 혈통 상 백인으로 분류될 수 있었음에도 불구하고 인종이 과학적 범주가 아닌 사회학적 범주라는 주장을 통하여 시민권 부여를 철회해 버린 것이다.

인종이 사회적 범주냐 아니면 과학적 범주냐 하는 것은 사실 큰 문제가 아니었을 수도 있다. 다만 양극화된 미국의 인종질서 속에서 아시아인들이 끼어들 수 있는 법률적·문화적 공간이 존재하지 않았을 뿐이었으며, 아시아인들은 결코 미국인이 되어서는 안 된다는, 그들로 인해 백인의 우수한 혈통이 타락해서는 안 된다는 인종순혈주의적 명령만이 존재했던 것이다. 그리고 이런 이데올로기적 명령이 관철될 수 있었던 것은 우리가 '지정학적 본질주의'로 정의 내릴 수 있는 제국주의 시대의 특수한 사고방식이라 할 수 있다. 이는 일정한 지리적 영토와 인종 혹은 종족 집단을 본질적으로 연결시키려는 시도로서, 예컨대 중국인과 중국 땅 사이에 깨질 수 없는 등식을 설정하는 것이다. 미국의 경우 특히 이것은 "명백한 운명manifest destiny"과 같은 신학적 담론과 결합되며 북미 대륙을 백인(특히 앵글로색슨) 문명이 지배하는 것을 "수백만 인구의 자유로운 발전을 위해 하느님이 베풀어 주신 것"이라고 생각하거나(O'Sullivan, 하워드 진 270 재인용), 백인들의 꿈을 이루어 줄 수 있는 "새로운 가나안"으로 여기고자 하는 경향이 강하게 나타났다(Campbell & Kean 139). 즉, '북미 대륙 = 백인의 땅'이라는 등식이 일종의 신의 섭리가 된 것이다. 이 상황에서 주류 미국인들에게 아시아인의 존재는 미국 원주민의 존재만큼이나 거북스러운 것일 수밖에 없었다. 그러하기에 흑인들의 격리를 완성하기 위해 수입된 아시아인들은 미국의 영토 속에 수용됨과 동시에 미국의 민족적 경계선 밖으로 추방되어야만 했다.

사회적 비체화

로버트 리Robert Lee는 이 당시에 아시아계 이민자들이 처해 있던 사회적 위치를 "이방인alien"이라는 말로 설명한다. 그에 따르면, "이방인"은 언제나 오염에 대한 불안감을 자극하며 따라서 필연적으로 비체화abjected될 수밖에 없다는 것이다. 인류학자인 메리 더글라스Mary Douglas의 말을 차용하여 그는 이렇게 부연한다. "오염에 대한 공포는 사물이 제자리를 벗어났을 때 생겨난다. … 단순히 제자리에 존재하지 않는다는 것, 혹은 우연찮게 경계선을 넘어서는 것 자체가 오염을 야기하는 것이다." 그런데 흥미로운 것은 모든 외지인들이 다 이방인 취급을 받는 것은 아니라는 사실이다. 따라서 그는 "이방인"과 "단순 외국인"을 구별할 것을 주장한다. 그에 따르면, "'외국인'은 [주체의 영역] 외부에 있거나 상당한 [물리적·심리적] 거리를 지니고 있는 것인 반면에, '이방인'은 [주체의 영역] 내부 혹은 아주 가까운 위치에 존재하지만 외래적 성격이나 외국에 대한 충성심을 지니고 있는" 사람이다. 다시 말해서, 이방인은 "내부에 존재하는 외부인" 혹은 경계선을 넘어 제자리가 아닌 잘못된 자리에 존재하는 사람인 것이다. 따라서 특정 경계선의 내부인에게 이방인의 존재는 언제나 "경계선 위기"를 야기할 수밖에 없다. 이들 이방인은 안과 밖, 자아와 타자, 동일성과 차이라는 변증법적 이항대립의 경계선을 강화시켜 주는 외국인이나 규범적 타자와는 달리 이런 경계선 자체를 위협하거나 무효화시킬 수 있는 가능성을 지닌 존재들이기 때문이다(3-4).

주류 백인들에게 아시아계 이민자들은 제자리를 벗어난 이방인이며 백인의 문화적·인종적 순수성을 위협하는 오염 물질 그 이상도 그 이하도 아니었던 것이다. 그리고 이런 오염 물질로서의 이방인의 이미지는 캘리포니아와 연관된 신화를 통해 더욱 공고해졌다고 할 수 있다. 로버트 리에 따르면, 19세기 중반 미국의 대중적 상상력 속에서 캘리포니아는 제2의 미국의 꿈을 상징하는 공간이었다. 즉, 그것은 공짜 땅이 널린 에덴동산과 같은 곳으로서 백인 하층민들이 회생의 기회를 잡고 이를 바탕으로 노예제도의 유산으로부터 해방된 순수 백인만의 공화국을 세울 수 있는 꿈의 터전이었던 것이다. 하지만 그들의 이런 꿈은 모순과 아이러니로 뒤범벅되어있었다. 인종문제로부터 해방된 이상적 캘리포니아의 완성은 백인의 노동력만으로는 불가능했던 것이다. 이에 따라 값싼 노동력에 대한 수요가 급증했고 그 수요를 일반적으로 '쿨리coolie'로 통했던 중국인 노동자들로 채워야만 했다. 그러나 중국인 노동자의 수용은 동시에 캘리포니아의 인종적 순수성을 파괴하는 것이었다. 그들은 "서부 개척이라는 신화적 내러티브를 파괴하는 오염인자"에 불과했기 때문이다(Lee 9).

백인들만의 공화국을 꿈꾸었던 캘리포니아가 당면했던 아이러니는 곧 아시아계 이민자들이 처할 수밖에 없는 딜레마의 근원이라 할 수 있다. 아시아인들의 존재가 허용된 것은 오로지 싸구려 노동력으로 존재할 경우일 뿐이었다. 흑인을 대신하여 백인 국가를 세우는 데 요구되는 노동력을 제공하는 것이다. 그러나 그들이 하나의 인간으로서 자신의 존재를 사회적으로 각인시키려 하는 순간 그들은 이방인이 된다. 인종적이고 문화적인 오염 물질에 지나지 않는 것이다. 그들의 존재는 미국의 국가적 정체성을 교란시킬 뿐이다. 따라서 그들은 배제와 추방의 대상이 된다. 크리스테바의 말을 따른다면, 그들은 "오물이고 쓰레기이거나 똥"이었다. 자아의 통일성과 내적 일관성을 유지하는 과정 속에서 필연적으로 생산될 수밖에 없는 잉여물이며, 또한 자아의 보존을 위해서는 반드시 배설해야만 하는 어떤 것이다. 다시 말해서, 그들은 "비체abject"라 할 수 있다. 유럽 출신의 백인 주체도 아닌, 그렇다고 그 주체를 규정해 줄 수 있는 객체로서의 흑인도 아닌 것이다. 그들은 "주체의 내부에 있지만 그렇다고 주체와 결코 동화될 수 없는" 어떤 것으로서의 비체였다(Kristeva 3). 따라서 그들은 주체의 존재를 가능케 해 줌과 동시에 그들의 영역으로부터 배설되고 추방되어야만 하는 아이러니에서 벗어날 수 없었다.

대륙간횡단 철도의 건설과 관련된 일련의 사건들은 당시 아시아계 이민자들의 사회적 비체화가 어떤 방식으로 나타났는지를 예시해 준다. 대륙간횡단 철도는 미국의 동부 해안과 서부 해안 지방을 연결하는 교통수단으로써 캘리포니아의 개발과 서부 개척을 완성하는 데 필수적인 요소였다. 수쳉 챤에 따르면, 이 철도의 건설을 위해 당국에서는 1만 명이 넘는 중국인 노동자를 채용하였다. 하지만 철도가 완성되자 모든 중국인들은 곧장 해고되었으며, 더욱이 철도회사는 노동자들이 캘리포니아로 돌아갈 수 있는 기차 편을 제공해 주는 것마저도 거부했다(30-32). 그 결과, 중국인 노동자들은 어느 곳에도 의탁할 곳이 없는 부랑자가 되어 서부의 광야를 떠돌아야만 했다. 말 그대로 '떠돌이 중국인wandering chinaman'이 된 것이다. 그렇다고 해서 그들이 어디고 정착하며 자신만의 공간을 만들 수 있는 것도 아니었다. 1913년 캘리포니아에서 공포된 '외국인 토지법'은 미국 시민이 될 수 있는 자격이 없는 이방인은 토지를 소유하거나 3년 이상의 장기임대를 하는 것 자체를 금지하고 있었기 때문이다. 그들은 오로지 임금 노동자로서만이 농사에 참여할 수 있는 것이다. 노동과 노동자가 상호분리된 것이다. 그들의 노동은 오로지 백인을 위한 공화국에 봉사할 수 있었을 뿐 자신에게 환원될 수 없는 구조였다. 뿐만 아니라 그들의 노동을 통해 건설된 그 공화국에는 그들이 뿌리를 내릴 수 있는 공간은 허락되지 않았음은 물론이다. 새로운 꿈을 찾아 태평양을 건너온 아시아인들은 고향으로부터도 유리되고 자신이 일군 땅에서조차도 집을 얻지 못하게 된 것이다. 이제 그들은 항구적인 이방인으로, 그리고 추방되고 배설되어야 할 잉여로서, 미국의 법률적·문화적 변방을 떠돌아다녀야 했다. 바로 이 아이러니가 초기 아시아계 이민자에게 주어진 현실이었으며, 그것이 그들의 사회적 실존을 구성하는 전부였다.

아시아로의 회귀

초기 아시아계 이민자의 문화는 19세기 말에서 20세기 초 미국의 인종적 현실이 가져다 준 이 억압적 딜레마의 산물이라 할 수 있다. 이 딜레마로 인하여 그들만의 독특한 정서 구조가 생산되었으며, 또한 이를 해결하려는 여러 가지 실질적·상징적 행위와 노력의 총합이 그들만의 문화를 구성하는 핵심이 된 것이다. 이는 곧 초기 이민자들이 현실 속에 부재하는 집이라는 공간을 어떤 방식으로건 복원시키고 자신의 정체성이 거처할 수 있는 자리를 마련하고자 시도했음을 의미하며, 또 그러한 집을 찾기 위한 분투 속에 그들만의 생활 방식이 존재함을 의미한다. 그리고 이런 집 찾기 과정의 중심에는 아시아가 존재할 수밖에 없었다. 아시아인들이 진정한 의미의 집을 창조해 낼 여지가 미국 땅에는 존재하지 않았기 때문이다. 그러기에 이들의 집을 찾기 위한 노력은 필연적으로 본래 고향인 아시아와 연결될 수밖에 없었다. 즉, 아시아로 회귀하는 것이다. 물론 이것이 반드시 지리적 실체로서의 아시아로 귀향을 의미하지는 않는다. 다만 각 개별 주체가 세계의 공간 속에서 자신의 정체성을 상상하고 자신이 서 있는 위치를 가늠하는 데 아시아가 중심적인 기능을 수행함을 의미한다. 다른 대안이 주어지지 않는 상황에서 어떤 방식으로건 아시아와 관계를 맺지 않는다면 자아 정체성을 구성하는 사회적 토대를 상실할 수 있기 때문이다. 이로 인해 초기 이민자들은 고향과 타향의 이원적 대립 구도를 내화하고 끊임없이 고향으로의 회귀를 꿈꾸어야만 하는 디아스포라가 될 수밖에 없었던 것이다.

디아스포라로서의 초기 이민자들은 여러 방식을 통해 아시아와의 관계를 유지하였으며 이를 통해 자신들만의 상상의 공동체를 형성하려 시도했다. 예컨대, 이민자 수가 상대적으로 많았던 중국이나 필리핀 출신들은 자신들만의 집단 거주지를 형성하고 고향의 문화를 미국 땅에 그대로 이식하였다. 고향에서의 언어와 문자, 생활 방식이 사회적 관계의 토대가 되었으며, 기억 속에 남아 있는 고향의 민담이나 신화, 전설 등을 공유함으로써 자신들만의 배타적인 공동체를 형성할 수 있었다. 반면 초기 한인 이민자들처럼 상대적으로 그 수가 적었던 집단은 차이나타운과 같은 자신들만의 독립적인 거주지를 형성하는 것은 불가능했다. 하지만 그들 역시 고향 땅과의 (무)의식적 끈을 놓지 않음으로써 또 다른 형태의 공동체를 형성할 수 있었는데, 그들의 사회적 행위가 상당 부분 식민치하에 있었던 조국의 독립이라는 명분과 연결되었기 때문이었다. 결국 많은 아시아계 이민자들은 고향 땅으로서의 아시아에 대한 기억과 그것으로부터 유리되어 겪어야만 했던 소외의 경험을 공유함으로써 공동체를 형성하고 집단의 내적 통일성을 성취할 수 있었다고 할 수 있다. 그러기에 아시아를 중심에 두고 형성된 각각의 집단 공동체는 그들에게 정체성의 근원이자, 이를 통해 외부 세계를 지도 그릴 수 있었던 일종의 기준점이었다. 즉, 그들만의 민족 공동체는 단순히 물리적인 집을 제공해 줄 수 있는 어떤 곳 그 이상의 공간이었던 것이다. 그것은 고향의 상징적 대체물이었고, 각 개인이나 집단의 사회적 실천을 구성하는 초월적 중심이었다. 또한 공동체의 성원들은 상호 간 사회적 존재를 증언해 줄 수 있었던 유일한 존재들임과 동시에 개별 주체가 하나의 개인으로서 자신의 실존을 확인할 수 있는 유일한 통로였던 것이다. 그러한 공동체가 아니었다면 그들은 최소한의 존재감마저도 상실한 또 한 명의 쿨리로 망각되었을지도 모를 일이다.

그런 의미에서 초기 아시아계 이민자들은 '편집증적 디아스포라'로 정의될 수 있을 것이다. 아시아는 그들의 사회적 삶을 실질적으로 지배했고, 그들의 모든 사회적 실천은 아시아를 통해서만 의미를 부여받을 수 있었다. 즉, 아시아라는 단 하나의 기표가 모든 기의를 지배하는 것이다. 누군가는 고향에 두고 온 가족의 생계를 걱정해야 했고, 누군가는 고향 땅의 광복을 위해 분투해야만 했으며, 또 누군가는 귀향의 염원을 품고 일을 해야 했다. 또한 아시아와의 실질적·상상적 유대 관계를 통해서만이 비루한 미국의 현실 속에서 자존감을 회복하고 하나의 주체로서 자신의 내적 통일성을 유지할 수 있었을 뿐만 아니라 그것에 대한 공유된 기억을 통해서만이 집단적 일체감을 형성할 수 있었던 것이다. 실제로 그들이 (긍정적이었건 부정적이었건) 고향 땅의 지배력으로부터 벗어나 자신의 정체성을 상상하는 것은 불가능했다. 아시아라는 상상의 경계선을 넘어선 그 어떤 곳도 그들에게 허락되지 않았기 때문이다. 그러기에 그들에게 정체성은 고정되고 변화가 불가능한 것이었다. 물론 그러한 고정성은 강요된 것이었다. 하지만 그 강요된 고정성과 그로 인한 편집증적 사회적 관계는 그들에게는 하나의 숙명이 되어 버렸다.

불가능한 진정성을 향한 열망

초기 아시아계 이민자들이 자신의 커뮤니티 공간에서 형성해 내었던 사회적 관계와 의미 체계는 고향의 문화를 이식한 것이었기에 그 내부에서만큼은 효율성을 가질 수 있었다. 그러나 문제는 그것이 외부로 확장될 수 없었다는 것이다. 그들의 언어가 자신들만의 작은 울타리를 벗어나는 순간 그저 무의미한 '음향과 분노'로 변질될 수밖에 없었다. 주류 사회가 그들의 존재를 부정하고자 했기에, 그리고 끊임없이 자신의 영지로부터 배설해 내며 비체화했기에, 이는 필연적인 결과였다. 하지만 그것은 어느 정도 예상 가능한 것이었기에 견딜만한 것일지도 모른다. 사실 그보다 더 뼈아픈 것은 그들이 어쩔 수 없이 인정해야만 했던 고향 땅과의 시간적·물리적 거리감이었다.

그들의 기억은 시간의 심원 속에서 누더기가 될 수밖에 없었으며, 태평양이라는 물리적 장벽은 고향 땅과의 실질적 소통 자체를 불가능하게 만들었다. 즉, 그들의 기억 속에 남아 있는 아시아는 더 이상 실제 아시아와의 직접적 연관성을 유지할 수 없었던 것이다. 기억 속의 아시아는 실제 아시아가 아닌 아시아의 이미지일 뿐인 것이다. 이는 아시아인으로서의 정체성을 증명해 줄 수 있는 물질적 토대가 사라졌음을 의미한다. 결국, 초기 이민자들에게 아시아는 존재하지만 부재하는, 즉 라다크리쉬난[R. Rahdakrishnan]이 "유령의 장소[ghostly location]"로 칭하는, 그런 공간이라 할 수 있을 것이다. 즉, "그 자체로는 실재라 할 수 없는" 땅인 것이다(207).

초기 이민자들에게 유령과도 같은 장소로서의 아시아가 지니는 존재론적 역설은 결국 아시아가 담론과 기억 속에는 존재하지만 실질적으로는 부재로서 경험될 수밖에 없다는 것이다. 이러한 실재성의 결여는 극복하기 힘든 트라우마일 수밖에 없다. 앞서 언급한 지정학적 본질주의가 정체성을 상상하는 지배적인 방식으로 존재하는 상황에서는 더욱 그러하다. 문화적 정체성과 지리적 위치 사이의 통일성의 파괴는 곧 정체성의 위기를 의미하기 때문이다. 다시 말해서, 한편으로 미국의 제도적이고 문화적인 인종주의와 더불어 그것의 이국적인 풍토는 아시아인들이 미국인이 되거나 미국 땅과 긴밀하게 밀착되는 것을 방해했으며, 또 한편으로 아시아와의 시·공간적 거리는 그들이 아시아로 귀향하거나 혹은 진정한 아시아인으로 살아가는 것조차 힘겹게 만들고 있었던 것이다. 결국 문화적 정체성과 지리적 위치의 불일치 속에서 끊임없이 자신의 정체성을 의심할 수밖에 없는 상황이 된 것이다.

이런 환경 속에서 그들이 아시아인으로서 자신의 정체성을 확인하는 방법은 오로지 하나였다. 고향 땅의 문화적 관행ritual을 반복적으로 실천하고 기억 속의 아시아를 끊임없이 끄집어내어 이야기하고 동료들과 공유하는 것이다. 이러한 행위들을 통해 개별 주체들은 아시아와의 상상적 동일성을 유지할 수 있었다. 하지만 문제는 이런 담론적 관행들이 실재의 부재를 완전히 위장하지는 못한다는 것이다. 실재로서의 아시아는 담론으로서의 아시아와 근본적으로 다른 것이다. 담론과 물질 사이의 이런 비동일성은 결국 실재로서의 아시아가 담론 속에 완전히 포섭되는 것을 방해한다. 이는 곧 그들이 아시아가 결여된 아시아인일 수밖에 없음을 의미한다. 즉, 그들은 스스로 가짜inauthentic 아시아인임을 인정해야 하는 처지인 것이다.

하지만 실재의 자리가 언제나 부재로서 표시될 수밖에 없는 것임을 상기한다면, 초기 이민자들이 느꼈던 실재성의 결여는 사실상 상상적인 것이다. 즉, 아시아에 사는 아시아인과 미국에 사는 아시아인이 진짜authentic와 가짜inauthentic로 구별될 수 있는 물질적 토대는 존재하지 않는다. 그럼에도 불구하고 지리적 실체로서의 아시아와의 시·공간적 거리감과 그로 인한 가짜로서의 자기인식은 어쩌면 필연일지도 모른다. 그러나 더 중요한 것은 결여가 결코 결여로서 인식되거나 표시되지 않는다는 사실이다. 결여는 언제나 억압의 대상이 되기 때문이다. 결여는 절대로 결여로서 명명되어서는 안 된다. 결여가 결여로서 명명되는 순간 자아의 존재 기반은 사라진다. 그러기에 결여는 언제나 현존으로 위장된다. 데리다가 루소의 글을 읽으며 밝혀냈듯, 근원의 부재가 언어적 기호와 같은 "보충물supplement"의 생산을 통해서 삭제될 수 있는 것이다(146-7). 이를 통해서 결여가 현존presence으로 둔갑한다. 실질적으로 부재의 장소인 아시아가 "보충물"을 통해서 일상의 현실 속에 환생하는 것이다. 초기 아시아인들이 창출해 낸 그들만의 집단 거주지가 그런 보충물이었으며, 그들이 상호 공유했던 고향의 민담이나 전설 혹은 고향의 추억을 담은 작은 물건들이 또한 그것이었다. 그런 의미에서 아시아의 상상적 결여를 현존으로 전환시키고자 하는 (무)의식적 노력이 초기 아시아계 이민자들이 수행했던 집 찾기 노력의 핵심이며, 또한 그것이 그들만의 특수한 정서 구조와 문화를 형성하는 근본적 토대라 할 수 있을 것이다.

그런데 문제는 데리다의 주장처럼 보충물이 근원의 부재를 지워 버리기도 하지만 동시에 부재와 "텅 비어 있음의 표시the mark of an emptiness"이기도 하다는 것이다(145). 다시 말해서, 보충물을 통한 아시아의 복원은 아시아의 현존을 확인함과 동시에 그것의 부재를 드러내는 작업이 된다. 결국 보충물은 진정한 아시아인임을 증명하는 가짜 신분증인 것이다. 물론 이 가짜가 진짜임을 증명할 수 있다는 점에서 결코 가짜는 아니며, 또한 진정한 아시아인으로서의 정체성은 가짜 신분증에 의존하고 있다는 점에서 판타지 구조물이라 할 수 있다. 이런 역설적 구조 속에서 진정성authenticity을 획득하는 것은 그 자체로 불가능한 꿈이 된다. 진정성에 다가갈수록 역설적이게도 그것으로부터 멀어지기 때문이다.

이런 의미에서, 우리는 초기 아시아계 이민자들의 정서 구조를 '불가능한 진정성을 향한 열망'으로 정의할 수 있을 것이다. 그들의 현실 그 어디에도 존재할 수 없는 실재 아시아를 현존으로 탈바꿈시키고자 노력하지만, 결국은 그것은 아시아의 부재만을 강조하는 작업이 된다. 그러기에 진정성을 향한 그들의 열망은 어쩌면 가짜일 수밖에 없음에 대한 비극적 자기인식이라 할 수 있다. 귀향길에 올랐으나 그 길이 고향과는 정반대 방향으로 향하고 있음에 대한 깨달음인 것이다. 그렇다고 해서 그것이 반드시 비극적인 것만은 아니었다. 오히려 그것은 문화적 권위를 향한 투쟁의 장이라 해야 옳을 것이다. 그것은 무엇보다도 미국 사회의 양극화된 인종 구조와 이로 인한 아시아인의 폭력적 비체화에 대한 역사적 기록이자 고발이었으며, 동시에 문화와 정체성의 문제에서 진정성의 존재에 대한 대중적 신앙을 향한 우회적 비판으로 기능할 수도 있었기 때문이다.

초기 아시아계 이민자의 삶의 기록:《사과 향기》

필리핀계 미국인 작가 중 선구적인 역할을 했던 비엔베니도 산토스Bienvenido N. Santos의 작품은 초기 아시아계 이민자들의 삶, 특히 불가능한 진정성에 대한 열망을 가장 적절히 표현한다. 그의 단편집 《사과 향기Scent of Apples》에 등장하는 마농manong(원래는 필리핀의 노인을 지칭하는 존칭이었으나, 이후에 필리핀계 미국인의 이민 1세대를 지칭하는 말이 되었음)은 편집증적 디아스포라로서의 초기 아시아계 이민자들에 대한 표상이라 할 만한데, 마농이 형성되었던 역사적 과정은 초기 아시아계 이민자들에 대한 사회적 비체화 과정을 그대로 압축하고 있다. 1898년 필리핀이 미국의 식민지로 귀속되면서 많은 필리핀 사람들이 미국으로 유입되었으며, 그중 많은 이들은 미국 시민으로 살 수 있는 기회를 찾고자 노력했다. 그러나 그들에게 주어진 현실은 철저한 배척과 차별이었으며, 그 결과 자신들만의 작은 게토 속에 감금되고 만다. 산토스는 이를 다음과 같이 설명한다.

제2차 세계대전 이전부터 1950년대 후반까지만 해도, 미국의 큰 도시건 작은 마을이건 어느 곳을 가더라도 필리핀계 이민자들은 환영받지 못했다. 필리핀인의 숫자가 많아지면서, 그들에 대한 혐오증도 덩달아 증가했다. 특히 태평양 연안에서는 필리핀인을 몰아내려는 폭동이 발생하면서 필리핀인에 대한 폭력과 법률적 고발이 일기 시작했다. 국회에서 법안이 통과되었고 그 결과 필리핀인은 합법적인 시민권을 획득하는 것 자체가 금지되었다. 그들은 백인 여성을 지나칠 정도로 좋아하고 과도하게 성적인 경향을 지녔다고 의심받았다. 즉, 그들의 존재는 백인종의 순수성을 위협하는 것이었다. 그 결과 그들은 자신들끼리 모여 살거나 다른 소수 이민자 집단과 더불어 노동자 캠프에 거주했다.
("Old Timers" 26)

미국의 인종주의로 인해 소외되고 고립된 삶을 영위해야 했던 필리핀 마농들이 독립된 하나의 개인으로 존재하는 것은 불가능했다. 그들에게는 개인으로서 최소한의 개별성이나 주체로서 자신의 삶을 능동적으로 만들어 갈 수 있는 삶의 공간마저도 부여되지 않았던 탓이다. 그러했기에 그들의 삶은 실존적 불안감과 자괴감으로 뒤틀리고 왜곡될 수밖에 없었다. 그들이 할 수 있는 유일한 것은 고향에 대한 죽은 기억들에 기생하여 연명하는 것이었지만, 그렇다고 해서 그들의 고향에 대한 그리움이 귀향을 현실화시킬 수 있을 정도의 생명력을 지닌 것도 아니었다. 산토스가 설명하듯, 그 그리움은 철저하게 내화되고 주체의 일부로 스며들게 된다. 향수 자체가 주체의 구성적 일부가 되고, "기다림"이 습관이 되는 것이다. 즉, 그들이 고향 땅의 결여와 그로 인한 불가능한 진정성을 향한 열망 그 이외의 것에서 자신의 주체성을 찾는 것은 불가능해졌다.

한 가지 분명한 것은, 현재 그들은 많은 시간 동안 남들과 교류를 멈춘 채, 대화는 거의 하지 않는다. 기껏해야 창백한 미소를 지으며 묻는 질문에 짤막하게 대답만을 할 뿐이다. … 그들은 대개 쓰러져 가는 가구 딸린 건물에서 누추하게 다 썩어 가는 늙은이 냄새를 풍기며 혼자 살거나 친척들과 살고 있다. 여름이면 햇볕에 나와 앉아 그들의 눈 뒤편에 잠겨 있는 추억 속에 빠져 있다. 모든 이들은 그들의 현재 모습만을 알고 있을 뿐이다. 그 모습은 끝내는 모든 걸 다 잃을 수밖에 없는 노름판의 노름꾼 정도에 불과한 것이다. 그들의 여생은 점차 기다림에 익숙해지는 데 소모되고 있다. 그들이 어디 있건 그곳은 기다림을 위한 공간이 된다. 누군가는 말한다. "분명한 건, 내가 기다리고 있는 것이 버스나 기차나 비행기는 아니라는 것이오. 내가 할 수 있는 말은 지금 기다리고 있는 그것을 내가 별로 좋아하지 않는다는 거요. 하지만 기다

리는 것 말고는 할 수 있는 게 없다오."("Pilipino" 50)

《사과 향기》에 수록된 동명의 단편소설 속에서, 마농의 기다림의 습관과 불가능한 진정성에 대한 열망은 "망명자들 특유의 환상"으로 재구성된다(23). 이야기 속 화자는 근대적이며 국제적 식견을 겸비한 익명의 필리핀 지식인으로, 그는 필리핀의 대표자로서 미국으로 초청받아 필리핀에 관한 이야기를 하며 미국의 중서부 지방을 여행하고 있었다. 미시건의 칼라마주에서 미국 여성과 필리핀 여성의 차이점에 대한 연설을 하던 중, 그는 청중으로 찾아온 파비아Fabia라는 인물과 조우하게 된다. 이야기의 주인공인 파비아는 미국 중서부 어느 곳에서 사회와 단절된 채 외로이 살아가는 필리핀 마농 중에 한 사람이었다. 화자가 연설하는 도중, 파비아는 대뜸 질문을 던진다. "그들[필리핀 여자들]은 이십년 전과 여전히 같은가요?" 이 뜬금없는 질문에 화자는 파비아가 "망명자 특유의" "신념"이나 "환상"에 사로잡혀 있는 사람이란 것을 금방 알아차렸다(22-3). 그 환상을 깨뜨리고 싶지 않았던 화자는 되물었다. "먼저, 이십년 전의 우리의 여성들은 어땠었는지 말해주시겠습니까?" 파비아의 대답은 거침이 없었다. "이십년 전 우리의 여인네들은 *착했*고, 겸손했고, 긴 머리를 했으며, 정숙한 옷차림에 불결한 짓을 하러 밖으로 나가는 법이 없었지요. 그들은 자연스러웠고, 꼬박꼬박 교회에 다니며, 신앙심이 깊었지요."(23). 이 상황에서 화자가 파비아에게 해 줄 수 있는 것이라고는 그의 말을 반복하며, 긍정해 주는 것 말고는 없었다.

위의 대화에서 드러나는 것은 파비아의 고향에 대한 막연한 그리움이 닻을 내리고 있는 곳은 바로 여성의 몸이라는 사실이다. 파비아에게 여성의 몸은 필리핀의 문화적 진정성과 전통의 표상이 된다.

즉, 그는 상상적인 차원에서 이상적인 필리핀 여성을 사모하고 그 몸을 신성시했으며 이를 통해 남성성과 민족 정체성의 위기라는 당면의 문제를 상징적인 방식으로 해결했던 것이다. 진짜 필리핀 여인에 대한 그의 그리움은 그가 평소 소중히 지니고 다니던 사진 한 장 속에서도 발견된다. 그가 시카고 어느 거리에서 주웠다는 그 사진 속에는 필리핀의 전통 복장을 입은 한 여인이 있었다. 물론 그는 그녀가 누구인지도 모른다. 게다가 사진 속 여인의 모습은 거의 형체를 알아볼 수 없을 정도였다. 물론 그것은 단지 "세월의 준엄한 그림자" 때문만은 아니었다. 화자는 그 사진이 "누렇게 빛이 바래고 수없이 많은 지문 자국으로 더럽혀져" 있음을 발견했다(25, 27). 파비아는 지갑 속에 그것을 넣고 다니며 언제든 꺼내보고 어루만졌던 것이다. 다시 말해서, 사진 속 그 여인은 고향의 신성함이 현현되는 장소에 다름 아니었다. 이 속에서 이상화되고 물화된 (그러나 언제나 부재하는) 고향 땅이 현전성과 직접성 그리고 진정성을 갖춘 그 어떤 것으로 변형되었던 것이다.

파비아의 현실적 삶 속에서 화자는 또 한 명의 필리핀 여성을 만난다. 그의 부인 루스Ruth다. 그녀는 엄밀한 의미에서 필리핀 여성이 아닌 백인Caucasian이었다. 하지만 파비아가 말하듯, 그가 루스와 결혼한 이유는 단 하나였다. 그녀가 "우리의 필리핀 여인네들처럼 … 착한 여자이기" 때문이었다(28). 즉, 그녀는 파비아의 마음속에 들어 있는 이상화된 필리핀 여성의 현실적 대체물인 것이다. 그러나 루스를 대면하는 순간, 화자는 그녀가 파비아가 말하는 그 이상적인 필리핀 여성과는 너무도 거리가 먼 여자임을 발견한다.

그녀가 진심 어린 기쁨으로 나와 악수를 하려는 순간 나는 부끄럽게도 그녀의 손이 얼마나 투박하고, 노동으로 인해 얼마나 거칠어지고 그을렸는지, 또 얼마나 못생겼는지 알게 되었다 (알 수밖에 없었다)! 그녀는 더 이상 어리지도 않을뿐더러 그녀의 미소는 가련하기까지 했다. (26)

이 시점에서, 파비아가 마음속에 간직하고 있던 이상화된 필리핀 여성의 이미지는 철저하게 탈신비화된다. 그것은 단지 "망명자들 특유의" 개인적 판타지에 지나지 않았던 것이다. 이런 의미에서, 파비아의 필리핀 여성에 대한 집착은 '불가능한 진정성에 대한 열망'의 한 표현이었으며, 현재 경험하고 있는 고향으로부터의 소외와 진정성의 결여를 보상받기 위해 필리핀을 재창안했던 것이다. 그러했기에 화자의 입장에서 본 파비아의 필리핀 여성의 이상화는 일종의 퇴행적인 그리고 어떤 의미에서는 편집증적인 형태의 정서 구조라 할 수 있다. 그의 행위는 오직 자신의 작은 울타리 안에서만 의미를 생산할 뿐, 그 너머의 세상과는 어떤 소통도 창조해 내지 못했다. 그런 의미에서, 파비아는 기억 속의 고향을 중심에 두고 자신이 위치한 현실적 세계를 지도 그릴 수밖에 없었던 편집증적 디아스포라의 전형이라 할 수 있을 것이다.

진정성의 부재 그리고 아시아계 미국인

흥미로운 것은 산토스의 내러티브가 단순하게 화자의 입장을 옹호하고 있는 것만은 아니라는 사실이다. 필리핀의 문화적 진정성의 대표자로서 이야기 속 화자가 지니고 있는 문화적 권위 역시도 궁극적으로 탈신비화된다. 화자는 파비아를 만나기 전, 우연히 백인 노부부의 집을 엿보게 된다. 평화로운 전원의 풍경 속에 앉아 있는 백인 노부부를 보며, 그는 그들 역시 아들이 있을 것이라 상상한다. "큰 키에 파란 눈과 흩날리는 머리칼을 하고 빙긋이 웃는 아들은 전쟁터에 갔으리라. 나뭇잎이 황금빛으로 변하고 사과의 향기가 바람에 실려 오는 이 시절, 그는 어디에 있을까?"(Scent 21). 이런 상상을 하는 화자 역시 고향 집으로부터 멀리 나와 홀로 미국 땅을 유랑하고 있는 처지임을 감안한다면, 그는 그 노부부의 상상의 아들과 자신을 동일시하고 있음이 분명하다. 즉, 노부부의 아들은 분명 그의 집에 대한 깊은 그리움이 만들어 낸 허구인 것이다. 그러했기에 그 노부부의 집이 풍기는 아늑하고 평온한 분위기와 더불어 바람에 실려 오는 사과 향기가 이상적인 '집'의 이미지로 그의 상상력 속에 각인되는 것은 당연했다. 또한 일면식도 없었던 파비아의 초대를 선뜻 받아들일 수 있었던 것도 역시 필리핀에 대한 그리움의 표시가 아닐 수 없다. 이후 그는 파비아의 집으로 향하여 굽이진 산길을 달리는 도중, 근처 과수원에 있는 사과나무를 발견한다.

  "저건 사과나무가 아닙니까?" 나는 확인차 물어보았다.
  "맞아요. 사과나무지요." 그가 대답했다.
  …

  오후의 온갖 정취가 저 멀리 언덕에, 그리고 약간은 부드러운 하늘 속에 담겨 있는 듯 보였다.
  "언덕 위에 있는 사과나무가 참 아름답네요." 내가 말했다.
  "가을은 좋은 계절이지요. 나무들이 죽을 준비를 하면서, 자신들만의 색깔을 자랑스럽게 드러내니까요."(25)

사과나무를 목도하는 순간, 화자의 고향에 대한 그리움은 한껏 증폭된다. 그 순간 파비아의 과수원은 사과 향기로 충만한 백인 노부부의 집 이미지와 중첩된다. 즉, 사과 향기로 인해 파비아의 농장이 그의 상상력 속에서 그리운 고향/집의 이미지로 마법과도 같이 변형된 것이다. 그러나 위 대화 직후, 문득 무언가 깨달았다는 듯, 화자는 갑작스레 내뱉는다. "우리나라에는 그런 것[사과나무]이 없지요." 화자는 순간 자신의 말이 파비아에게 "상처가 될 수 있는" 말이라 생각한다(25). 왜냐하면 그 말은 파비아의 집이 고향 집과는 거리가 먼, 다시 말해서, 문화적 진정성이 결여된 가짜 집임을 암시할 수도 있기 때문이었다. 하지만 여기에는 아이러니가 존재한다. 사과 향기와 고향 집 사이의 연결 고리를 설정한 것은 다름 아닌 화자 자신의 상상력이었다. 즉, 파비아가 필리핀 여성의 몸을 물화시키고 이를 통해 상실한 필리핀을 복원하려 시도했다면, 화자는 사과 향기와 백인 노부부의 아늑한 집이라는 매개물 통해 고향/집을 상상했던 것이다. 그러했기에 그는 파비아의 집에 도착하자마자 당황할 수밖에 없었다. 파비아의 집은 그의 고향/집에 대한 판타지와는 거리가 너무도 멀었기 때문이다. 무엇보다도 파비아의 집은 화자가 이전에 잠시 엿보았던 백인 노부부의 평화롭고 아늑한 집이 아니었다. 그것은 오히려 "남부의 가난한 흑인들의 오두막"에 가까웠다(26). 또한 백인 노부부의 집에서 그에게 고향의 향기로 다가오던 사과 향기는 파비아의 집에서는 궁핍을 암시하는 악취처럼 느껴졌다. 따라서 빅터 바스카라Victor Bascara의 주장처럼, 화자에게 파비아의 사과는 더 이상 풍요로움이나 고향의 정취를 느낄 수 있는 매개체가 아니었다. 그것은 일종의 "짐"과도 같은 것으로 "공간의 낭비와 상실의 근원과 같은 것"으로 전락한 것이다(Bascara 70).

화자에게 파비아의 집이 필리핀의 문화적 진정성을 담고 있는 고향/집이 될 수 없었던 이유는 오로지 하나이다. 파비아의 집이 백인 노부부의 집과 다르기 때문이었다. 처음부터 화자가 생각하는 바로 그 필리핀 혹은 사과 향기로 가득한 그런 고향/집은 존재하지 않았다. 그것은 미국 백인 중산층의 안정된 삶에 대한 동경과 고향에 대한 그리움이 뒤섞여 만들어 낸 판타지 구조물이었다. 이 시점에서 화자가 앞서 했던 말, 즉 "우리나라에는 그런 것이 없지요"는 트라우마와도 같은 진실과의 엇나간 조우로 해석될 수 있다. 그 진실은 바로 '진짜 필리핀,' 혹은 문화적 진정성을 간직한 고향/집과 같은 것은 어디에도 존재하지 않는다는 것이다. 물론 이 진실은 억압되어야만 했다. 미국에서, 또 파비아와의 관계 속에서, 화자가 행사할 수 있었던 필리핀에 대한 문화적 권위는 진짜 필리핀의 존재라는 가정 하에서만 그리고 그 진짜 필리핀에 대한 상대적 근접성을 통해서만 작동할 수 있기 때문이다. 그러나 진짜 필리핀이 단지 판타지에 의하여 구성된 상상의 구조물이라면, 그의 문화적 권위를 보장해 줄 수 있는 그 어떤 물질적 토대도 존재하지 않는 것이다.

　화자와 파비아 간의 대화는 그 어떤 합의에도 도달할 수 없는 각자의 독백이 된다. 오히려 그것은 대화라기보다는 필리핀에 대한 서로 다른 기억과 상상력이 상호 충돌하고 경쟁하며 문화적 권위를 쟁취하기 위한 투쟁의 장인 것이다. 이런 투쟁의 장 속에서 고향에 대한 그 어떤 담론도 문제시될 수밖에 없다. 중심과 주변, 고향과 디아스포라, 진정성과 가짜 사이의 변증법이 해체되기 때문이다. 결국 불가능한 진정성에 대한 열망은 역설적이게도 진정성의 부재에 대한 깨달음으로 이어진다. 물론 이 깨달음은 초기 아시아계 디아스포라들에게는 치유할 수 없는 트라우마로 남는다. 하지만 이 트라우마

는 이 세대가 그 다음 세대에 물려준 가장 큰 인식론적·문화적 유산
이기도 하다. 문화적·민족적·인종적 진정성의 부재에 대한 트라우
마적 경험이 궁극적으로는 자아와 문화의 내적 다양성과 혼종성을
인정할 수 있는 토대가 될 수 있기 때문이다.

Bascara, Victor. "Up from Benevolent Assimilation: At Home with the Manongs of Bienvenido Santos," *Melus* 29.1 (2004): 61-78.

Brodkin, Karen. *How Jews Became White Folks & What That Says about Race in America*. New Brunswick: Rutgers University press, 1994.

Chan, Sucheng. *Asian Americans:An Interpretive History*. Boston: Twayne Publisher, 1991.

Derrida, Jacques. *Of Grammatology*. Trans. Gayatri C. Spivak. Baltimore: Johns Hopkins UP, 1976.

Kim, Elaine H. *Asian American Literature:An Introduction to the Writings and Their Social Context*. Philadelphia: Temple UP, 1982.

Kristeva, Julia. *Power of Horror:An Essay on Abjection*. Trans. Leon S. Roudiez. New York: Columbia University Press, 1982.

Lee, Robert G. *Orientals:Asian American in Popular Culture*. Philadelphia: Temple UP, 1999.

Loewen, James W. *The Mississippi Chinese: Between Black and White*. Cambridge: Harvard University Press, 1971.

Michaels, Walter Benn. "Race into Culture: A Critical Genealogy of Cultural Identity." *Critical Inquiry* 18 (1992): 655-685.

Okihiro, Gary Y. *Margins and Mainstreams:Asian American History and Culture*. Seatle: UW Press, 1994.

Radhakrishnan, R. *Diasporic Mediations:Between Home and Location*. Minneapolis: University of Minnesota Press, 1996.

Santos, Bienvenido N. "Pilipino Old Timers: Fact and Fiction." *Reading Bienvenido N.Santos*. Eds. Isagani R. Cruz and David Jonathan Bayot. Manila: De La Salle UP, 1994. 24-34.

---. *Scent of Apple:A Collection of Stories*. Seattle: U of Washington Press, 1979.

---. "The Filipino as Exile." *Greenhead Review* 6 (1977): 47-55.

4

화이트 디아스포라
: 디아스포라와 제국주의

디아스포라와 유럽중심주의

현재의 디아스포라 담론은 철저하게 유럽 중심적이다. 여기에서 유럽 중심적이라 함은 디아스포라에 대한 논의가 유럽 지역 민족들에 한정되었다거나, 유럽을 중심으로 한 이산離散 현상에 초점을 맞추어 왔다는 것이 아니다. 오히려 역설적으로 디아스포라 논의에서 유럽 백인 남성 주체가 제외되어 왔음을 의미한다.[1] 그들은 세계의 인적·물적 흐름의 과정 속에서 디아스포라나 토착민native[2] 그 어디에도 속하지 않는 초월적 위치를 차지하고 있는 것이다. 이는 유럽 출

---

1 Academic Search Elite를 통해 최근 2년간 출판된 디아스포라 관련 학술 논문 50편을 검토해 본 결과 백인 남성에 관한 논문은 고작 3편에 불과했다.

2 영어 단어 "native"는 일반적으로 "원주민"으로 번역되지만, 그것이 함의하는 부정적 의미로 인해 여기에서는 "토착민"으로 표현하고자 한다. 그리고 특히 "토착민"은 "디아스포라"에 대한 반대의 개념을 포함하고 있다는 점에서 유용한 표현이라 할 수 있다.

신의 백인 남성 주체는 범주화되지 않는, 정확하게 표현하자면, 범주화될 수 없는 규범적 주체로서 우리가 '지리적 보편성'이라고 정의할 수 있는 특권을 부여받고 있음을 암시한다. 다시 말해서, 프랑켄버그Ruth Frankenberg가 미국적 맥락에서 "표시되지 않는 표시unmarked marker"로 정의한 백인성whiteness이 디아스포라 담론에서도 유효하게 작동하고 있는 것이다. 프랑켄버그에 따르면 백인성은 흰 피부의 특권을 누리는 것이 아니라 "피부색의 부재an absence of color"를 통해 정의 되는 위치다(69). 규범적이고 보편적 인간으로서의 백인 남성은 범주를 창조하되 결코 범주화되지 않는다. 이를 다르게 표현한다면, 백인 남성은 자유로이 움직일 수 있는 주체로서, 국가적 경계선의 지배를 받기보다는 그 위에 군림하며, 지리적 경계선의 생산자임과 동시에 그것을 초월하는 존재다. 그런 까닭에 백인 남성 주체는 고향과 타향, 이주와 회귀 등과 같은 지리적 개념을 통해서 정의되는 디아스포라의 이론적 틀 내에서 범주화되지 않는다. 세계가 곧 그들의 집인 것이다.

디아스포라 담론 속에 내재되어 있는 이런 유럽중심주의는 넓은 의미에서 보면, 제국주의의 산물이라 할 수 있다. 유럽의 제국주의는 마니교적 이항대립의 논리를 통하여 전 세계를 백인/토착민의 대립적 관계를 통해 지도 그렸다. 이 속에서 토착민은 백인들의 무한한 자기확장의 드라마를 위한 배경으로 존재하였음은 기지의 사실이다. 그들은 백인들이 정복해야 할 자연의 일부로서 언제나 움직이지 않고 변화할 줄 모른 채 고정되어 있는 그런 존재였다. 즉, 토착민은 백인들의 지리적 보편성에 대립되는 존재로서 언제나 이미 그곳에 고착되어 있는 사람들인 것이다. 우리는 토착민에게 부여된 이러한 이동성의 부재를 '지리적 고착성'이라 정의할 수 있을 것이다.

여기에서 지리적 고착성이라 함은 지리적·문화적·인종(민족)적 정체성을 본질주의적인 방식으로 사유할 때 생산되는 것으로, '흑인 = 아프리카'와 같은 등식의 기반이 되는 것이라 할 수 있다. 예컨대, 호주, 뉴질랜드, 남아메리카 등 제3세계에 정착한 유럽 출신의 백인들은 토착화되기보다는 유럽문화와 언어를 새로운 땅에 이식하고 동시에 유럽과 정치적으로나 문화적으로 긴밀한 유대 관계를 지키면서 살아가고 있지만 절대 디아스포라로 범주화되지 않는다. 반면, 유럽이나 아메리카 대륙으로 퍼져 나가 있는 흑인들이나 아시아인들은 문화적으로나 정치적으로 토착화된 이후에도 언제나 아프리카 혹은 아시아와 같은 지리적 실체와의 연관성을 통해서만 정의된다. 그 결과 이들은 '아프리칸 디아스포라' 혹은 '아시아계 미국인'과 같은 한정된 정체성을 부여받게 된다. 이는 유럽의 백인들에게는 '집 = 세계'라는 공식이 적용되는 반면, 흑인들은 '집=아프리카'라는 지정학적 고착성 속에서 범주화되고 있음을 의미한다. 이런 지리적 고착성으로 인하여 대다수의 제3세계 비백인 주체들은 유럽의 제국주의에 의해 자의적으로 설정된 문화적·지리적 경계선을 넘어 새로운 곳에 뿌리를 내리는 순간 이방인으로 낙인찍히며, 동시에 추방과 격리의 대상이 된다. 따라서 그들 스스로 언젠가는 자신의 고향으로 회귀하는 것을 꿈꾸거나 요구받을 수밖에 없는 것이다.

이런 관점에서 본다면, 고전적인 의미에서의 토착민과 디아스포라는 대립적인 개념이 아니다. 단지 비백인 주체들이 차지하고 있는 지리적 위치에 따른 구별에 지나지 않는다. 이런 의미에서, 디아스포라가 "민족국가의 타자"라는 퇴퇼리안Khaching Tötölyan의 주장이 반드시 옳은 것은 아니다(3-7). 디아스포라 역시 (고전적인 의미에서의 토착민과 마찬가지로) 유럽의 백인 남성 주체 속에 내재된 부정적 계기들이 지리적·문화적 타자에게 투영되면서 생산된 결과물로서, 유럽 문명의 타자라고 할 수 있다. 지리적으로 유럽의 외부에 있는 타자는 '토착민'으로 범주화되는 반면 지리적으로 내부에 존재하는 타자는 '디아스포라'의 지위를 부여받는 것이다.

디아스포라 담론에 내재하는 이런 유럽중심주의를 타파하기 위해서는 그동안 백인 남성 주체가 누려왔던 지리적 초월성이라는 특권을 박탈하고, 이들도 다른 인종이나 민족들과 마찬가지로, 더 넓은 의미에서의 디아스포라 과정, 즉 디아스포라와 토착민의 대립과 상생, 갈등과 경쟁의 관계 속에 위치시킬 필요가 있다. 예컨대, 남아프리카공화국에 정착한 영국 제국주의자들의 후손이나, 필리핀에 정착하여 정치적 실권을 쥐고 있지만 문화적으로는 유럽을 지향하는 스페인 계열의 메스티조mestizo들도 영국 디아스포라나 스페인 디아스포라 등으로 범주화시킬 필요가 있는 것이다. 이렇게 되면 백인 주체는 더 이상 자유로이 이동할 수 있는 특권적 주체로서 혹은 범주를 초월한 보편적 존재로서 여겨질 수 없게 된다. 그들 역시 한정된 지리적 영토 속에서 어느 정도 고착화된 문화적 정체성을 지닌 유럽의 원주민임과 동시에, 유럽이 아닌 다른 지리적 맥락에서는 유럽 디아스포라로 범주화될 수 있기 때문이다.

유럽 이외의 지역에 살고 있는 유럽 제국주의자들 및 그들의 후손과 그들의 삶의 방식을 디아스포라의 내러티브 속으로 끌어들이는 것은 두 가지 측면에서 이론적 장점을 지닌다. 첫째, 기존에 논의되어 왔던 디아스포라 집단과 유럽 출신 정착민들을 길 떠나기와 뿌리내리기라는 동일한 과정 위에 위치시킴으로써 디아스포라 담론 속에 구조화되어 있는 유럽중심주의를 타파할 수 있다. 둘째, 유럽 제국주의자들과 그들의 후손이 토착민과의 관계를 구성해 나가는 방식을 다른 디아스포라 집단의 이주와 정착의 과정과 포개어 놓음으로써, 디아스포라의 내러티브와 제국주의 내러티브 사이에 존재하는 구조적 유사성과 차이를 명시적으로 드러낼 수 있다. 이를 통하여 우리는 디아스포라 담론 속에 공존하는 유토피아적 계기와 더불어 부정적 계기들을 이론화할 수 있게 된다. 부정적 계기들에 대한 이론화는 세계화 시대의 대안적 정체성으로 부상하고 있는 디아스포라를 반성적으로 재검토할 수 있는 계기를 마련해 줄 수 있을 것이다.

특히 본 장에서 주목하고 있는 것은 위의 두 번째 사항과 관련하여 새로운 형태의 디아스포라의 출현과 그에 따른 문제점이다. 많은 비평가들이 지적하고 있듯이, 현재 시점에서 부상하고 있는 디아스포라는 제국주의의 산물로서 나타난 고전적 형태의 디아스포라와는 다르다. 고전적 디아스포라가 고향 땅의 상실과 같은 외부적 폭력에 의하여 어쩔 수 없이 타향으로의 이주를 선택했다고 한다면, 현재의 디아스포라는 경제적 이윤 추구와 더 많은 정치적 자유의 실현과 같은 지극히 개인적이고 현실적인 문제에 기인하고 있다. 이는 최근의 디아스포라적 여정이 기초적인 생존을 위한 소극적 길 떠나기가 아닌, 부와 사회적 상징자본의 축적을 위한 적극적 개척과 정복의 행로에 더 가깝다는 것을 의미한다. 디아스포라가 제국주의적 내러티브와 겹쳐지는 부분이 바로 이 지점이다. 비록 개인적인 차원에서일지라도, 유형·무형의 자본을 축적하려는 시도는 필연적으로 타자에 대한 구조적 착취와 억압이라는 폭력을 수반하기 때문이다. 본 장에서는 이런 새로운 형태의 디아스포라와 제국주의 디아스포라 사이의 구조적 유사성에 기반하여 이 두 형태의 디아스포라를 '화이트 디아스포라'로 정의하고 그들의 행로 속에서 드러나는 폭력의 양상을 이론화하는 한편, '네이티브 디아스포라native diaspora'라는 개념을 새롭게 정립하여 화이트 디아스포라의 폭력성과 그것이 드리우는 어두운 그림자를 분석해 보고자 한다.

제국주의 디아스포라

화이트 디아스포라 개념이 전적으로 새로운 것은 아니다. 이것의 개념적 연원은 로빈 코헨Robin Cohen의 1997년 저서 《세계의 디아스포라Global Diasporas: An Introduction》로 거슬러 올라간다. 코헨은 "제국주의 디아스포라imperial diaspora"라는 말을 사용하며 식민개척자들과 그들의 후손들을 디아스포라로 분류할 수 있음을 명시하고 있다. 그리고 이후 2008년에 나온 개정판을 통해 더 명확한 개념화를 시도한다. 그는 먼저 역사적으로 진행된 디아스포라 연구를 4단계로 구분한다.

첫 번째 단계는 1960년대와 70년대에 걸쳐 행해진 고전적 디아스 포라인 유대인에 대한 연구이다. 두 번째 단계는 1980년대 이후로 수행된 형태로서 디아스포라 개념의 "은유적 사용metaphoric designation"을 통해 이산의 여러 양태들을 분석하고 이를 개별적인 집단들에 적용하는 것으로, 디아스포라의 개념적 확장을 가져오게 된다. 세 번째 단계는 1990년대 중반부터 유행하기 시작한 포스트모더니즘의 구성주의적 이론을 통하여 디아스포라의 개념 속에 내재된 본질주 의적 성향에 대해 비판을 가하는 것이다. 이런 비판의 방향은 주로 디아스포라 개념의 중심이라 할 수 있는 "고향 땅homeland"과 "종족/ 종교" 공동체의 해체를 지향한다고 할 수 있다. 마지막으로, 21세기 에 들어서면서 디아스포라의 연구는 새로운 방향으로 전환하고 있 는데, 이 작업의 핵심은 포스트모더니즘에 대한 비판적 반성이라 할 수 있다. 즉, 본질주의적 개념으로서의 "고향"에 대한 포스트모더니즘의 비판을 어느 정도 수용하면서도 디아스포라의 개념적 틀 자체를 유지하려는 노력이다. 고향과 중심에 대한 지나친 비판은 결국 디아스포라 개념 자체를 공동화시키고 그 속에 내재된 분석틀로서의 유용성마저도 해체시킬 수도 있다는 위험성에 대한 각성인 것이다. 결국 개념적 도구로서 디아스포라가 지니는 힘은 고향/타향, 이산/귀향과 같은 내러티브를 통해서만이 유지될 수 있기 때문이다. 다시 말해서 고향을 해체시킨 디아스포라는 더 이상 디아스포라로 정의될 수 없는 것이다.(Cohen 1-2)

코헨은 이런 4단계의 발전 과정 속에서 "제국주의 디아스포라"를 제2단계의 개념적 확장 단계의 산물로 분류한다. 그리고 이들을 "고향과의 지속적인 유대를 유지하고, 고향의 정치적 · 사회적 제도를 존중하며 그것을 모방하고, 거대 제국의 일부라는 의식을 갖고 있었기에, 스스로를 전 지구적 사명을 띠고 있는 '선민'으로 생각"하는 집단이라고 규정한다(69). 코헨은 이런 제국주의 디아스포라의 전형적인 집단으로 "영국 디아스포라"를 지목한다. 제국주의 시절 지구의 4분의 1을 정복한 영국은 적극적인 이민 정책을 장려함으로써 제국의 건설을 도모하였는데, 기록에 따르면 1880년대에서 1920년대 사이에 매 10년간 평균 170~180만의 인구가 호주와 뉴질랜드를 비롯한 식민지 지역으로 이주하였다(Constantine 19). 이런 대규모의 이주는 식민지 지역에 파괴적인 결과를 가져올 수밖에 없었다. 호주에서는 수많은 원주민이 목숨을 잃었고 그들의 문화는 철저하게 파괴되었다. 뉴질랜드에서도 마오리족들의 거의 모든 토지가 영국인들의 수중에 들어갔으며, 캐나다의 이뉴이트족 역시 원주민 보호구역으로 추방당했다. 그들의 이런 제국주의 정복과 지배에도 불구하고, 단순히

제국주의자가 아닌 '제국주의 디아스포라'로 분류될 수 있는 이유는
너무도 명료하다. 대부분의 식민 영지는 1960년대 이후 독립된 국가
시스템을 가지고 영연방 국가로서 정치적 독립을 했지만, 여전히 그
들의 문화적·정치적 지향점은 고향 혹은 중심으로서의 영국으로 향
하고 있기 때문이다. 많은 이들이 여전히 영국의 여권을 가지고 다
니고 있으며, 과장된 영국인의 몸짓으로 자신의 "영국성Britishness"을
드러낸다는 것이다. 코헨은 이를 베네딕트 앤더슨Benedict Anderson의 설
명을 차용하여 다음과 같이 설명한다.

> 다른 디아스포라 공동체와 마찬가지로, 과장된 매너와 애국심의 표
> 출은 해외의 영국인들을 영국의 영국인들보다 더 영국인스럽게 만든
> 다. 특히 영국인의 경우, 메트로폴리탄의 과장된 매너는 … 제국주의의
> 유산으로부터 직접 유래된 것으로, 이는 '토착민'에 대해 유사-귀족적
> 인 방식으로 지배하려는 것이다.(77)

즉, 많은 영국인 이주자들은 중심으로서의 영국, 혹은 고향으로서
의 영국에 대한 문화적·정치적 지향성을 가지고 있었다. 그들의 사
고와 실천 방식을 지배하는 것은 백인성 혹은 영국성이라 할 수 있
는 문화적 표지였다. 이런 문화적·인종적 우월성에 대한 신념 아닌
신념은 자민족중심주의ethnocentrism의 한 형태로서 그들의 토착화를
방해하였을 뿐만이 아니라, 영국의 정치·문화 시스템을 이국땅에
그대로 이식하여 토착민의 주변화를 강화할 수밖에 없었다.[3] 따라서

---

3 백인 식민주의자들의 토착화가 없었던 것은 아니다. 몇몇 경우에서 백인들이 토착
   화되고, 인종적으로나 문화적으로 뒤섞임으로서 새로운 사회구성체가 형성되기도

이들의 문화적 행태는 지리적·문화적 이중성과 중심으로부터의 이산과 그것과의 정치적·문화적 연대의 유지라는 디아스포라적 틀을 통하지 않고는 분석이 불가능한 것이다.[4]

코헨의 연구가 영국인 화이트 디아스포라에 대한 개념적 토대를 제공했다고 한다면, 이에 대한 본격적인 연구는 라디카 모한람Radhika Mohanram에 의해서 이루어졌다. 모한람은 2007년 저서 《제국의 백인: 인종, 디아스포라, 대영제국Imperial White: Race, Diaspora, and the British Empire》에서 19세기 중반 영국 이주민들이 겪게 되는 고향 상실의 경험이 식민지 문화 형성에 미치는 영향을 디아스포라의 관점에서 접근한다. 이 연구는 디아스포라의 중심으로서의 영국과 호주, 뉴질랜드, 인도 지역의 영국 정착민의 문화를 포괄하는데, 이 중 뉴질랜드에 대한 연구는 본 장이 수행하고자 하는 연구에 많은 시사점을 던져 준다. 그녀는 먼저 이렇게 질문한다. "19세기 뉴질랜드에서 백인으로 산다는 것은 무엇을 의미하는가?" 즉, 마오리의 땅에 백인으로 존재하는 것에 대해 그들은 어떤 대가를 돌려받았는가? 이에 대한 그녀의 답변은 명쾌하다. "영국과 뉴질랜드를 맞바꾼 백인 정착민들은 [뉴질랜드의] 숨 막힐 듯 아름다운 풍경과 더불어 감당할 수 없는 우울증을 얻게 되었다"(124).

하였다. 특히 이들 토착화된 백인 세력들이 이후 본국에 저항하여 민족주의 지도자로 변신 경우도 많다. 예를 들어, 필리핀의 메스티조들은 본국인 스페인에 저항하여 독립국가로서의 필리핀을 세우는 데 공헌하였다.

4 그러나 제국주의 시대의 영국 이주자들을 디아스포라의 한 형태로 볼 수 있는가 하는 문제는 여전히 논란의 대상이다. 영연방 국가의 문화와 정체성에 대해 열렸던 국제 포럼을 기초로 2003년 출판된 《브리티시 세계The British World: Diaspora, Culture and Identity》의 기고자들은 1940년대 이전의 이주자들을 엄밀한 의미에서 디아스포라라기보다는 단순 "이산dispersal"에 가깝다는 주장한다(3).

모한람의 대답은 디아스포라로서의 고향의 상실과 식민지 개척, 그리고 그것이 가져오는 파괴적 결과 사이에 적절한 교차점을 설정해 준다. 여기에서 모한람이 말하는 "우울증"은 프로이트가 1917년 논문 〈애도와 우울증Mourning and Melancholia〉에서 정의한 그것을 지칭한다. 프로이트에 따르면, 애도는 실질적인 상실에 대한 심리적 반응이다. 예컨대, 사랑하는 사람의 죽음에 대한 애도가 그것이다. 이것은 상실 자체를 실질적으로 극복하기 위한 노력에 다름 아니다. 반면 우울증은 상상적 상실과 관련된다. 다시 말해서, 우울증 환자는 무엇을 잃어버렸는지 알지 못한다. 그에게 결여는 근원적인 것이다. 그는 아무것도 잃어버린 것이 없다. 단지 그가 어떤 것도 잃어버리지 않았다는 사실을 잃어버렸을 뿐이다. 그러하기에 그는 상실을 극복할 수 있는 방법을 찾지 못한다. 그에게 주어진 길은 오로지 하나다. 결여 자체를 내화하고 그것과 동일시하는 것이다. 결여 자체가 자아의 일부가 되고, 상실은 항구적 진행형으로 바뀐다. 우울증적 자아는 바로 이런 상실과 결여의 토대 위에서 형성된다. 그러한 자아는 자신이 잃어버렸다고 상상하는 대상체의 특성들을 자신의 것으로 흡수하며 스스로를 욕망의 대상체로 변화시킨다. 그래서 그는 자신에게 말한다. "자 보라고. 너는 나를 사랑할 수 있어. 나는 그것과 똑같잖아"(Freud, "The Ego and the Id," 재인용 Mohanram 126).

여기에서 모한람이 주목하는 것은 우울증적 주체가 수행하는 타자에 대한 전유이다. 즉, 특정 대상체의 특성을 흡수하는 것은 문화적이고 실제적인 측면으로 확장시키면 "인간포식cannibalism"이라는 것이다(126). 이러한 우울증과 인간포식자의 상관성을 디아스포라와 토착민의 상황으로 번역해 보자. 디아스포라는 고향을 상실했다고 상상하지만, 실상 그는 한 번도 그 고향을 소유해 본 적이 없다. 특정 지리적 대상체와 특정 개인 사이에는 어떤 본질적 연관성도 존재하지 않기 때문이다. 그가 영국인인 것은 필연이 아니라 우연이다. 어쩌다 보니 영국인으로 태어났을 뿐이다. 그런 의미에서 디아스포라 주체가 겪는 상실감은 상상적인 것이고, 고향의 부재는 근원적인 것이다. 하지만 디아스포라 주체는 상실 자체를 자신과 분리하지 못한다. 그러기에 고향의 부재는 결코 부재로서 명명되어서는 안 된다. 부재가 부재로서 각인되는 순간, 그는 존재 기반을 상실하기 때문이다. 따라서 부재는 언제나 이미 상실로 전환되어야 하며, 또한 상실은 끊임없이 무대 위에 올려지고 실연enacting되어야 한다. 이것이 바로 디아스포라 주체가 타자에 대한 전유와 포식을 멈출 수 없는 이유다. 최소한 타자를 포식하는 동안만큼은 고향의 부재라는 트라우마적인 진실을 감추고 스스로를 설득시킬 수 있기 때문이다. '자 보라고. 여기 우리 고향이 있어. 이놈들이 우리의 고향을 빼앗아 간 거라고.'

고향을 상실한 우울증적 주체로서의 백인 정착민과 토착민의 관계를 타자의 전유와 인간포식 문화 속에 설정함으로써, 모한람은 유럽의 식민주의자들이 어떻게 '식인종'을 발명하게 되었는지, 그리고 '토착민은 백인의 증상'이라는 탈식민주의의 명제가 어떻게 성립될 수 있는지를 설명해 준다. 모한람은 이렇게 주장한다.

백인 정착민은 특수한 위치에 놓여 있다. 이들은 식민/피식민의 이항대립에 깔끔하게 들어맞지 않기 때문이다. 백인 정착민이 메트로폴리탄 혹은 그들의 출신 국가와 맺는 관계는 [우월성의] 훼손의 담론이라는 특징을 통해 표현되는데 대개 이 담론은 피식민 사회와 연관된 것이다. 그러나 정착민들이 타락한 집단으로서의 토착민과의 환유적 관계를 통해 연결되어 있다고 하더라도, 이 정착민들은 동시에 제국주의 유럽의 권위를 상징하기도 한다. 따라서 그들의 몸은 훼손과 우월성이 교차하는 지점에서 기능한다. 백인 정착민은 백인일지라도 메트로폴리탄의 주변을 맴도는 노동자 계급이나 부랑자들과 다르지 않다. 이들 노동자들이나 부랑자들은 백인 부르주아 정체성을 더럽히는 오염 물질이기 때문이다. 이런 오염 물질은 명확한 이항대립 속에서 기능하는 백인성의 개념을 흐리게 만들고, 바람직한 것과 그렇지 않은 것 사이를 명확히 구분하려는 모든 시도가 불가능한 것임을 증명한다. 백인 정착민 역시 백인성이 사회적으로 구성된 것임을 증명한다. 그들의 존재는 인종이 자연의 산물이 아님을 증명하며, 19세기 인종주의적 생물학이 지니는 주관적이며 정치적인 속성들을 폭로한다.(132-33)

부르주아 계급에게 런던의 도심을 배회하는 노동자들은 자신들의 계급적·문화적 순수성을 파괴할 수 있는 악몽이었다. 그래서 그들은 끊임없이 노동자들을 착취하고 포식하고 배설할 수밖에 없었다. 한 마디로 노동자들은 백인이 아니었다. 단지 부르주아의 증상으로서만 존재할 수 있는 프롤레타리아에 불과했다. 하지만 피포식자였던 그들이 남태평양 한가운데의 섬으로 이주하면서 자신이 누구인지를 깨닫게 된다. 자신들의 타자, 즉 원주민을 발견한 것이다. 정착민들은 원주민을 포식하며 자신이 '파케하Pakeha'(백인을 지칭하는 마오리 언어)임을 알게 된 것이다. 그러나 이런 자기 발견은 고향 상실과 어두운 죽음 충동을 토대로 이루어진 것이기에 슬픈 것이었다. 또한 자신이 진짜 포식자임을 감추고 근원적 죄책감을 부정하기 위해 '식인종'을 발명하지 않을 수 없었다. 그러했기에 19세기 뉴질랜드의 역사는 "상실과 슬픔과 욕망" 그리고 "그 비통한 정감에 대한 미학적 보상"으로 점철될 수밖에 없었다고 모한람은 주장한다(124).

파케하의 우울증: 〈피아노〉

제인 캠피온Jane Campion의 1993년 영화 〈피아노Piano〉는 모한람이
이론화한 19세기 화이트 디아스포라의 우울증과 뉴질랜드의 건국을
알레고리적인 방식으로 포착해 낸다. 특히 이 영화는 우울증에 내포
된 인간포식의 폭력적 기제가 어떻게 '거래'라는 자본주의적 합리성
을 통해 포장될 수 있는지를 보여 주기도 한다. 영화에 대한 이야기
를 시작하기 전에 먼저 뉴질랜드의 역사를 잠시 일별해 보자.

영국의 제임스 쿡James Cook 선장이 뉴질랜드에 처음 상륙한 것은
1769년이었다. 호주에서 그리 환영받지 못한 채 많은 토착민aborigines
들을 학살했으나, 마오리인은 그리 적대적이지는 않았다. 하지만 마
오리인과 유럽의 조우가 덜 폭력적인 결과를 낳은 것은 아니었다.
뉴질랜드는 백인들에게 자연의 숭고미를 선사한 반면, 유럽인들은
그들에게 기독교와 총을 선물했다. 특히 총이라는 새로운 문물은 엄
청난 파장을 가져왔다. 마오리는 수십 개의 부족으로 이루어져 있었
고, 각 부족들 간에 영토를 두고 적지 않은 갈등이 있었으나, 이러한
종족 간의 전쟁은 제의적인 측면이 강했기에 사상자는 그리 많지 않
았다. 그러나 그들의 손에 총이 전달되면서 상황은 달라졌다. 새로
운 무기를 획득한 집단이 무소불위의 힘으로 타 부족의 영토를 강탈
하기 시작했다. 총이 모든 것을 결정하는 상황이 된 것이다. 총은 마
치 북아메리카의 원주민을 죽음으로 몰아넣었던 백인들의 바이러스
와도 같았다. 역사적으로 "총기 전쟁Musket Wars"(1815~1840)이라 칭해

진 이 전쟁으로 인해 마오리의 인구는 급감했고, 궁극적으로 영국에게 자신의 주권을 내어 주는 원인이 되기도 하였다.[5]

　1840년 종족 간의 갈등을 봉합하기 위해 각 종족들의 대표는 마오리의 주권을 영국 국왕에게 양도하고, 대신 각 종족의 자치권과 더불어 땅과 바다와 숲과 그것의 산물들에 대한 소유권을 보장받는 "와이탕기 조약Waitangi Treaty"을 체결하게 되었다.[6] 이때부터 뉴질랜드는 영국의 영지로 편입됨과 동시에 마오리는 영국의 시민이 된 것이다. 이는 총의 폭력으로부터 법의 보호를 받기 위한 조치였다고 할 수 있다. 하지만 이것은 결코 갈등의 종말이 아니었다. 오히려 거대한 인간포식 기계에 마오리의 운명을 맡긴 것이나 다름없었다. 왜냐하면 마오리 내부의 종족 간 투쟁이 땅의 소유권을 향한 마오리와 파케하 사이의 투쟁으로 전이되었기 때문이다. 와이탕기 조약 이후 영국으로부터 본격적인 이민이 시작되었는데, 1840년 파케하 인구는 2천 명에 불과했으나 1881년에는 50만 명으로 급증했을 정도였다. 새로운 정착민의 수가 급증하자 그만큼 땅에 대한 수요도 급증할 수밖에 없었던 상황이 되었을 무렵, 땅에 굶주린 파케하는 마오리 내부의 균열을 틈타 여러 종족들로부터 땅을 사들이기 시작했다. 땅의 중요성을 인식하고 있었던 많은 마오리인은 파케하

5　뉴질랜드의 역사에 관한 많은 정보들은 P. M, Smith의 *A Concise History of New Zealand* (2nd Edition)을 참조하였다.

6　와이탕기 조약은 지금까지도 논란의 대상이 되고 있는데, 그 이유는 영어판과 마오리 언어로 번역된 것 사이에 심한 균열이 존재하기 때문이다. 특히 "주권"의 문제가 가장 큰 이슈가 되고 있는데, 영어로는 sovereignty로 표현된 것을 마오리 언어로는 governorship으로밖에 번역이 불가능하다는 것이다. 따라서 이 두 단어를 어떻게 해석하느냐의 문제가 뒤따를 수밖에 없었고 이것이 이후 분쟁의 가장 큰 불씨가 되었다.

의 토지 독점에 저항하기 위한 전략을 찾기 위해 노력했는데, 그 결과물이 바로 1850년대 "국왕옹립운동New Zealand King Movement"이었다. 이 운동은 범마오리 종족 간 연대를 통해 '분할과 통치divide and rule'라는 식민통치 전략에 저항하기 위한 운동이었으며, 또한 파케하로부터 마오리의 땅을 지키기 위한 것이었다. 하지만 영국 정부는 이것을 반란으로 규정했고 급기야 양 진영 간의 전쟁으로 발전되었는데, 이 전쟁이 바로 1860년대 전체를 피로 물들인 "토지전쟁Land Wars"(1860~1872)이었다. 10년 넘게 지속된 이 전쟁은 백인의 지배권을 더욱 공고히 하는 결과를 낳았을 뿐만 아니라 마오리인은 325만 에이커의 땅을 강제로 몰수당했다.

영화 속 주인공 에이다Ada가 숭고한 뉴질랜드의 풍광 속에 내던져지는 시점이 바로 땅의 소유권과 국가의 주권 문제로 인한 마오리와 파케하 사이의 갈등이 심화되던 1850년대이다. 영화는 영국에서의 과거를 짤막하게 소개하는 어린 에이다의 목소리로 시작된다. 우리는 그녀가 벙어리임을, 어린 딸을 둔 과부임을, 그리고 뉴질랜드에 시집을 오게 되었음을 알게 된다. 그녀의 아버지가 그녀를 이곳으로 보낸 것이다. 금전적 거래가 있었음을 짐작케 한다. 그리고 장면이 바뀌어 뉴질랜드의 해안에 그녀가 서 있다. 에이다가 뉴질랜드의 땅에 도착하는 모습은 자못 예언적이다. 그녀가 뉴질랜드와 어떤 관계를 맺게 될 것인지를 암시해 주기 때문이다. 배에서 내린 그녀는 빅토리아조의 검은 상복을 입고 있고 검은 보넷을 쓰고 있다. 네 명의 남자가 마치 어떤 성스러운 의식을 거행하듯 조심스럽게 그녀를 어깨 위에 태운 채 해안가로 인도한다. 시나리오를 직접 쓴 캠피온 감독은 이 장면에 대해 다음과 같이 지문을 달았다. "이 여인이 도착한 해변에는 아무도 살지 않기에 마치 그녀가 희생 제물처럼 보일 수도 있다. 검은 모래가 뒤편의 빽빽한 덤불숲의 산으로 길게 펼쳐져 있다."[7] 즉, 검은 상복을 입고 검은 모래 위에 서 있는 그녀는 제물로서 뉴질랜드에 던져진 것이다. 그렇다면 누구를 위한 제물이며 무엇을 위한 제물인가?

이에 대한 첫 번째 답변은 어린 딸 플로라의 입을 통해 나온다. "엄마가 싫대요. 아저씨 배에 다시 타느니 차라리 원주민한테 산 채로 잡혀 먹히겠대요." 이는 그녀가 식인종, 즉 마오리 원주민에게 바쳐지는 제물임을 암시한다. 물론 여기에서의 원주민은 개별화된 정체성을 부여받은 주체로서의 원주민이 아니다. 이들은 식인종의 땅 뉴질랜드 그 자체이며, 뉴질랜드의 자연과 분리될 수 없는 존재들이다. 다시 말해서, 그녀는 정착민들에 의해 훼손된 뉴질랜드의 자연과 그것의 일부로서의 마오리에게 바쳐지는 제물인 것이다. 이는 그 뒤의 장면을 통해 더 분명해진다. 선원들이 떠나고 뉴질랜드의 검은 모래 해변에 검은 상복을 입은 채 어린 딸과 더불어 덩그러니 남겨져 밤을 지새우는 그녀의 모습은 주위의 환경과 쉽사리 구별되지 않는다. 뉴질랜드 자연 속에서의 첫날밤을 통해 그녀는 그것의 자연과 완전히 동화된다. 글자 그대로 뉴질랜드에 산 채로 잡혀 먹힌 것이다. 이제 그녀는 뉴질랜드의 자연이고, 자연이 곧 그녀가 된다. 그래서 그 둘은 유사한 특질을 공유한다. 백인 남성의 상징 체계에 잉여적인 존재로 남아 있는 것이다. 잉여로서의 그들은 남성중심주의적이고 유럽중심주의적인 상징계에 완전히 포획되는 것을 거부한다. 무시무시한 파도와 밀림 그리고 진흙탕으로 표상되는 뉴질랜드의

---

7 영화의 지문과 대사는 영화 포탈사이트 IMSDB에서 제공된 것을 참고하였다. (http://www.imsdb.com/ scripts/Piano,-The.html, 2012/09/08)

자연은 백인의 통과를 쉽사리 허용하지 않는다. 마찬가지로 에이다의 침묵과 피아노라는 그녀의 언어는 뉴질랜드 파케하 문화의 외부를 형성하며 통합되지 못한 채 그 주변을 맴돌 뿐이다.

하지만 에이다는 우울증에 빠진 뉴질랜드의 자연과 토착민을 위한 제물만은 아니었다. 그녀는 또한 결혼이라는 것이 암시하듯, 파케하를 위한 제물이기도 하다. 그녀의 남편 스튜어트는 고향 땅으로서의 영국, 제국의 중심으로서의 영국이 지니는 권력과 권위를 위임받은 자다. 그러나 그의 권위는 언제나 문제시될 수 있는 권위다. 중심으로부터의 물리적 거리 때문이다. 그의 영국인으로서의 진정성authenticity은 언제나 이미 의심의 대상이 될 수밖에 없다. 그런 까닭에 뉴질랜드의 풍광 속에서 홀로 영국식 복장을 갖추고 있는 그의 모습은 코믹하기까지 하다. 어쨌건 제국주의 디아스포라로서, 혹은 정착민으로서 그에게 문제시 되는 것은 진정성의 부재이며 고향 땅의 상실이다. 이런 상상적 상실감이 스튜어트의 주체를 형성하는 토대라고 할 수 있다.

스튜어트가 이런 근원적 상실감을 부정하는 방식은 두 가지 상이한 거래를 통해 나타난다. 먼저 그는 땅을 사기 위해 끈질기게 거래를 시도한다. 당시에는 마오리인과의 개인적인 토지 거래가 금지되어 있었음에도 불구하고 말이다. 게다가 그는 자신의 땅에 울타리를 만들고 경계선을 강화하는 강박적 행동을 보이기까지 한다. 이는 그가 지배하고자 하는 상징계의 질서와 정체성이 불안정하고 자의적인 것임을 폭로한다. 이런 의미에서 그는 땅에 굶주린 전형적인 우울증적 파케하 주체의 표상이다. 두 번째 거래는 그가 영국으로부터 에이다를 사오는 것이다. 이 거래는 그녀가 비록 애 딸린 과부, 다시 말해, 하자 있는 상품이었음에도 불구하고, 그에게 부재하는 문화적 진정성을 복원시켜 주고 동시에 고향 땅과의 거리를 좁혀 줄 수 있으리라는 믿음에 기인한다. 에이다의 몸을 포식하고 흡수함으로써 스스로를 설득하고 싶었던 것이다. "자 보라고. 너는 나를 사랑할 수 있어. 나는 그것과 똑같잖아." 즉, 에이다는 스튜어트가 잃어버렸다고 상상하는 문화적 진정성을 회복하기 위한 대가로 바쳐진 제물인 것이다. 실제로 그는 에이다의 손가락을 절단함으로써 자신을 중심으로 한 남성적 상징 체계의 권위를 회복하려 시도한다.

여기에서 우리가 주목해야 할 것은 희생 제물을 바치는 제의적 행위가 갖는 근본적 목적이다. 제물로서의 에이다는 각기 다른 두 집단 사이에 내던져졌다. 마오리와 파케하가 그들이다. 다시 말해서, 제물로서의 에이다는 이 두 집단의 통합을 이루기 위한 희생양이었다. 그런데 통합은 언제나 부재를 부재로서 인정할 수 있는 능력을 전제로 한다. 즉, 상실한 것을 상실한 것으로 인정하고 떠나보내는 작업으로서의 '애도'를 할 수 있어야 한다는 뜻이다. 하지만 스튜어트는 (크리스테바의 표현을 빌린다면) "잃어버리는 방법을 모르는" 사람이었다[5]. 그러기에 그는 땅을 포기하지 못했고, 에이다의 피아노를 수용하지 못했다. 그에겐 오로지 거래만이 있을 뿐이었다. 물론 여기서의 거래는 자본주의적 거래이다. 그것의 핵심은 잉여가치의 생산이며 잉여가치는 언제나 타자에 대한 구조적 착취를 전제할 수밖에 없다. 더군다나 제국주의 시대에 식민자와 피식민자 혹은 중심과 주변의 거래는 거래라기보다는 차라리 인간포식에 가깝다. 식민지에서의 거래는 이렇게 자본주의와 제국주의가 공모하는 지점에서 이루어진다. 즉, 스튜어트의 거래는 이런 인간포식 기계를 작동시키는 행위에 다름 아닌 것이다. 따라서 스튜어트와 에이다의 결합은 그 가능성 자체가 처음부터 봉쇄되어 있다고 할 수 있다. 손가락의 절단이라는 제의적 폭력을 통해 암시되듯, 그 둘의 만남은 파괴적 결과만을 수반할 뿐이다. 그런 의미에서 영국 제국주의적 권위의 이식을 통한 마오리와 파케하의 통합은 불가능의 기표라 할 수 있다.

마오리와 파케하 두 집단 사이의 통합은 베인즈라는 제3의 인물을 통해 그 가능성이 열리게 된다. 그의 얼굴에 그려진 마오리 문신이 암시하듯, 그는 처음부터 영국적 권위를 표상하는 스튜어트와는 철저하게 대비된다. 그는 마오리 문신을 하고 있지만 마오리는 아니다. 그와 마오리의 관계는 언제나 지배와 피지배의 관계를 통해 오염될 수밖에 없기 때문이다. 또한 동시에 그는 백인이면서도 백인이 아니다. 백인 사회에서 그는 일종의 거세된 주체이다. 문맹인 그는 문자의 상징적 권력에 대한 접근이 차단되어 있으며, 또한 고래 사냥꾼으로서 백인 사회의 최하층을 형성하는 계급에 속해 있다. 이런 의미에서 베인즈의 몸은 영국과 마오리의 문화적 권위가 서로를 전복시킴과 동시에 타협하는 혼종성의 공간이다. 따라서 그가 백인 사회에서나 마오리 사회에서나 부인이 없는 독신으로 살아야 하는 것은 우연이 아닌 필연이다. 결국 그 역시 상실을 내화하고 있는 우울증적 주체인 것이다. 그는 이런 팔루스의 근원적 부재를 위장하기 위해, 부재를 상실로 전환하기 위해, 이웃의 아내를 사랑한다. 즉, 그는 스스로를 설득하고 있는 것이다. '내게 원래 부인이 없는 것이 아니다. 단지 나의 이웃이 빼앗아 간 것이다.' 이로써 부재가 상실로 전환된다. 그리고 그 역시 그의 우울증을 발현시키는 방식으로 거래를 선택한다.

베인즈가 선택한 첫 번째 거래는 땅과 에이다의 피아노를 교환하는 것이다. 피아노가 그에게 상실된 팔루스를 되찾아줄 수 있을 것이라고, 그래서 에이다를 얻을 수 있을 것이라 믿었던 것이다. 하지만 에이다의 들리지 않는 목소리로서의 피아노는 근본적으로 남성적 상징질서의 외부에 존재하는 것이었다. 즉, 피아노는 자본주의적이고 남성중심주의적인 상품교환 체계 속에 포섭될 수 없는 것이었기에 그 거래는 실패로 귀결될 수밖에 없었다. 이때 그는 두 번째 거래를 시도한다. 피아노 건반과 성적 대상체로서의 에이다의 몸을 맞바꾸는 것이다. 한 번의 터치에 검은 건반 하나! 하지만 이 역시 효율적인 거래가 되지는 못했다. 오히려 이것은 베인즈를 변태적 관음증 환자로 변질시킬 뿐이었다.

그가 에이다의 마음을 얻을 수 있었던 것은 역설적이게도 거래 자체를 포기했을 때였다. 이는 사실상 불가능한 포기였다. 왜냐하면 그것은 자신이 팔루스를 소유하고 있지 않음을 자백하는 것이며, 이는 또한 스스로 백인이 아님을 인정하는 것이기 때문이다. 그런 의미에서 거래의 포기는 자신의 사회적 실존을 포기하는 행위이며, 동시에 힘겨운 애도의 과정이라 할 수 있다. 하지만 이 불가능할 것 같은 애도의 과정이 현실화되었을 때, 다시 말해서 부재를 부재 그 자체로서 받아들였을 때, 그는 피아노를 아무런 대가 없이 에이다에게 되돌려 줄 수 있었다. 거래가 자본주의적 합리성을 토대로 타자에 대한 포식을 수행하는 방식이라고 한다면, 거래의 포기는 보드리아르Jean Baudrillard가 "상징교환symbolic exchange"이라 정의하는 교환의 방식이 된다(207). 즉, 에이다에게 피아노를 돌려주는 행위는 자본주의적 가치의 파괴 행위이며 이는 곧 자본주의적인 포식 체계의 교란을 뜻한다. 이를 통해 베인즈는 에이다가 그에게 들어갈 수 있는 통로를 열어 준 것이다.

베인즈와 에이다의 결합은 뉴질랜드라는 포스트식민주의 민족국가의 탄생을 의미한다. 베인즈가 고향을 상실한 디아스포라임과 동시에 마오리 문화를 체득한 자였고, 에이다는 뉴질랜드의 숭고한 자연을 체화하고 있는 주체였다고 한다면, 그 둘의 결합은 결국 마오리의 문화와 백인의 문화의 화해임과 동시에, 뉴질랜드의 자연과 백인 문화의 결합 과정에 대한 알레고리가 될 수밖에 없기 때문이다. 이런 의미에서, 애나 닐Anna Neill의 주장처럼, 영화 〈피아노〉는 "화해의 이야기"로서 뉴질랜드의 건국신화를 창조하고 있다고 할 수 있다(Neill 138, qtd. Margaroni 96). 따라서 이 영화는 파케하가 자신의 고향 영국을 떠나보내고 새로운 땅과 문화를 받아들이는 '애도'의 과정을 극화하고 있는 것이다.

그런데 〈피아노〉가 형상화하고 있는 이 애도의 과정이 진정한 의미의 애도이며 화해라고 할 수 있을까? 아니면 단지 애도를 위장한 또 다른 형태의 우울증의 발현은 아닐까? 이런 점에서 영화의 엔딩 장면은 많은 것을 함축한다. 뉴질랜드라는 새로운 민족국가의 시발점을 구성하는 지점이라 할 수 있는 이 장면에서 우리는 그 어떤 마오리인도 목격하지 못한다. 베인즈의 얼굴에 남아 있는 문신만이 그들이 한때 존재했음을 암시할 뿐이다. 마오리의 문화와 역사가 그 희미한 문신 하나로 축소된 것이다. 반면 베인즈는 그 얼굴 문신을 통해 뉴질랜드의 토착성에 대한 권리를 획득한 듯 보인다. 뉴질랜드의 땅과 자연에 대한 소유권을 주장하기에 그것만으로도 충분하다고 강변하고 있는 것이다. 이런 의미에서, 베인즈는 결코 팔루스를 포기했다고 할 수 없다. 그는 자신의 잃어버렸다고 상상하는 영국적 팔루스의 자리에 마오리의 문화를 이식한 것이다. 스튜어트가 마오리 땅의 포식자였다고 한다면, 그는 마오리 문화의 포식자인 것이다. 결국 그가 이룩한 화해는 마오리와 파케하 사이의 화해가 아니다. 오히려 영국이라는 중심과 제국이라는 주변의 화해이며, 백인 남성과 백인 여성의 화해다. 그리고 그 화해는 망각을 기반으로 이루어진다. 자신이 포식자임을 망각하고 그것이 가져온 폭력의 역사를 망각하는 것이다. 르낭Ernest Renan의 말처럼, 민족국가는 결국 망각을 통해서 자신의 내러티브를 창안해 내었던 것이다. 뉴질랜드의 제국주의 디아스포라는 이런 망각의 기억술을 통해 자신이 포식자였음을 부정함과 동시에 마오리인과 그들의 문화를 시야에서 지워 버리고, 그 위에 백인을 위한 뉴질랜드를 건설한 것이다.[8]

바로 이런 이유로 애나 닐은 〈피아노〉가 수행하고 있는 뉴질랜드 건국신화 창조 과정 속에 마오리족의 실천적 능력과 저항의 과정이 삭제되었음을 지적한다. 그들의 부재는 영국 식민지배에 대항하여 주권을 지키고자 노력했던 마오리인의 투쟁을 무효화시킬 뿐만 아니라 그들의 문화와 역사를 뉴질랜드 역사 시작 이전의 "신성한 시간에 화석화된" 것으로 만들어 버린다고 닐은 비판한다(Neill 138, 재인용 Margaroni 96). 다시 말해서, 영국 디아스포라의 새로운 정체성을 창안해 내기 위해 마오리의 역사와 문화를 철저하게 삭제해 버린 것이다. 이는 곧 뉴질랜드 건국을 위한 진짜 희생양은 에이다가 아니라 마오리인임을 의미한다. 이런 관점에서 본다면 〈피아노〉는 뉴질랜드 건

---

8 분명 〈피아노〉는 부분적으로 해방의 정치학을 담고 있는 영화이다. 즉, 빅토리아조 시대 자신의 목소리를 빼앗긴 여성의 상징인 에이다가 새로운 땅에서 자신의 목소리를 되찾고 새로운 정체성을 쟁취해 가는 과정을 그린 영화이기 때문이다. 하지만 이 해방의 정치학은 마오리에 대한 식민지배와 억압의 역사를 가부장적 폭력과 그로부터의 해방으로 전위시켜야만 가능한 해방이다. 다시 말해서, 〈피아노〉가 형상화하고 있는 해방은 또 다른 억압기제를 생산할 수밖에 없는 것이다. 이는 곧 뉴질랜드 국민이라는 새로운 정체성은 해방의 공간임과 동시에 억압의 공간이었음을 의미한다. 〈피아노〉가 수행하고 있는 또 다른 이데올로기적 작업은 스튜어트를 소외시키고, 베인즈와 에이다를 결합시킴으로써 뉴질랜드에서 가장 중심적인 문제인 땅의 소유권 문제를 시야에서 사라지게 만들었다는 것이다.

국과정에 대한 알레고리일 뿐만이 아니라 그 과정 속에서 화이트 디아스포라에 의한 마오리인의 인간포식을 표현한 영화이기도 하다.

화이트 디아스포라의 그림자: ⟨전사의 후예⟩

그렇다면 ⟨피아노⟩에서 삭제된 마오리인들은 어디에 있는가? 리타마호리 감독의 1994년 영화 ⟨전사의 후예Once Were Warriors⟩는 뉴질랜드의 풍광 속에서 사라져 버린 마오리인의 삶을 추적한다. 이 영화는 1991년 출간된 앨런 더프Alan Duff의 동명 소설을 영화화한 것으로 뉴질랜드 영화 역사상 가장 많은 관객을 끌어모았을 뿐만 아니라, 수없이 많은 비난과 찬사를 동시에 받으며 논란의 중심에 서기도 했다. 영화는 에이다가 뉴질랜드에 들어온 이후 약 150년 가까운 시간이 흐른 1990년대 오클랜드 빈민가에 사는 한 마오리 가족의 이야기를 담아낸다. 150년이라는 시간은 마오리인에게 감당할 수 없는 거대한 변화를 가져왔다. 땅의 소유권을 두고 벌어진 토지전쟁은 파케하의 정치적 헤게모니를 더욱 강화시키는 결과만을 초래하였고, 이 강화된 지배권을 바탕으로 파케하들은 1912년 영국으로부터 공식적인 독립을 선언했다. 이때부터 영국과는 구별되는 뉴질랜드만의 국가적 정체성을 만들고자 시도했다. 이 일련의 과정을 파케하와 마오리 간의 투쟁의 역사라고 한다면, 이 과정을 지배했던 파케하의 사고방식을 마크 윌리엄스Mark Williams는 이렇게 묘사한다. "다른 정착민 사회의 원주민과는 달리, 마오리는 다행스럽게도 자애로운 동화 정책의 수혜자가 되었다. 그들은 유럽 문명의 수준까지 '끌어올려질' 것이기 때문에, '단일한 뉴질랜드 국민'으로의 전향이 손쉽게 이루어질 것이다"[20]. 즉, 국가의 문화적 정체성을 만들어 가는 과정 속에서 문화적·정치적 헤게모니를 장악했던 이주민들은 토착민들을 자신의 문화적 규범 속에 동화시키려 했던 것이다. 그것이 강제적이거나 폭력적이지 않은 "자애로운benign" 동화라고는 하지만, 이는 결국 마오리의 역사와 문화에 '야만'의 딱지를 붙이는 작업에 다름 아니었다. 따라서 마오리의 언어와 문화가 뉴질랜드의 공식역사 속에서 삭제되는 것은 필연이었다. 이 과정 속에서 실질적으로 중요한 것은 뉴질랜드 형성의 법률적 근간이었던 와이탕기 조약이 철저하게 파케하의 관점에 따라 자의적으로 해석되었다는 것이다. 그 결과 조약의 핵심인 땅에 대한 마오리인의 배타적 소유권은 유명무실한 것이 되어 버리고 말았다. 게다가 1967년 뉴질랜드 정부는 마오리 문제 수정법안The Maori Affairs Amendment Act을 상정하여, 마오리인의 소유로 남아 있던 토지를 경제적 활용이라는 명목 하에 백인의 자본주의적 시스템 속으로 편입시키려는 시도를 하였다.

하지만 이 법안의 통과는 그동안 침묵하고 있던 마오리인의 정치 의식을 일깨우는 계기가 되었다. 1968년 와이탕기데이 보이콧이라는 소규모 행사로부터 시작한 마오리인의 저항운동은 1970년대에 이르러 응가 타마토우Nga Tamatou를 중심으로 본격적인 문화민족주의 운동으로 확산되었다. 이 저항운동의 핵심은 와이탕기 조약의 근본 원칙으로 돌아감으로써 마오리의 땅을 수호하는 것이라 할 수 있다. 랑기누이 워커Ranginui Walker에 따르면, 1980년대 마오리에게 "땅은 마오리인의 소외와 파케하 권력으로의 예속에 대한 상징"이 되었으며[51], 따라서 땅의 회복이 마오리 정체성 회복의 가장 근원적인 문제가 될 수밖에 없었던 것이다. 어쨌든 이들의 노력은 상당한 결실을 가져왔다. 1984년 노동당 정부는 와이탕기조약 수정법안Treaty of Waitangi Amendment Act을 통과시켰고, 와이탕기 재판소를 상설화하여 땅의 소유권 분쟁에 관한 문제를 해결하고자 시도하였다. 아울러 뉴질랜드 정부는 단일문화 정책을 포기하고 다문화를 제도화함으로써 국민의 다양성을 수용하려는 전향적인 자세를 보이기도 하였다.[9]

1990년대에 들어서도 정부 측과 마오리 사이의 정치적 타협은 지속되었으며, 자신의 정체성을 새롭게 창안해 내고자 하는 마오리인의 노력은 계속되었다. 〈전사의 후예〉는 바로 이런 정치적·문화적 혼란기의 산물이라 할 수 있다. 영화는 도심 빈민가에 살고 있는 마오리족의 후손인 헤케Heke 가족을 소개하며 시작하는데, 이 첫 시퀀스는 가히 〈피아노〉에 대한 패러디라 할 만하다. 목가적인 음악과 더불어 숨 막힐 듯 아름다운 뉴질랜드의 자연 풍광이 스크린을 가득 메우며 영화가 시작된다. 하지만 이때 배경음악이 자동차의 소음과 뒤섞이고 카메라가 줌아웃하면서 그 목가적인 풍경은 곧 고속도로 광고판 사진에 불과한 것임이 드러난다. 그리고 그 광고판 밑으로 도시의 골격이 앙상하게 드러난 빈민가가 비춰지고, 가족의 중심이자 영화의 핵심인물 중에 한 사람인 베스 헤케Beth Heke가 멀리서 쇼핑카트를 밀면서 다가온다. 〈피아노〉에서 에이다가 문명의 옷을 입은 채 뉴질랜드의 자연 속으로 내던져졌다면, 그로부터 150년 뒤 마오리 여성 베스는 자신의 문화적 과거와 존재의 토대로서의 땅을 박

---

9 하지만 이런 일련의 제스처가 마오리인에게 반드시 긍정적인 것만은 아니다. 특히 다문화 국가로의 정책적 전환은 식민정복의 역사와 그로 인한 파케하/마오리 갈등이라는 핵심적 모순을 '정치적 올바름'이라는 자유주의적 다문화의 윤리로 대체해 버릴 가능성이 있기 때문이다. 예컨대, 미국에서 자유주의적 이민법이 통과되고 다문화주의가 규범이 되었던 시점은 1960년대로, 이 시기에 사회적 정의에 대한 흑인들의 요구가 가장 극에 달했던 시점이었음을 상기할 필요가 있다. 즉, 다문화 사회로의 전환을 통해 흑인들의 사회적 요구를 희석시켰던 것이다.

탈당한 채 도시 빈민가로 내던져진 것이다. 이 첫 장면이 생산해 내는 아이러니를 통해 〈전사의 후예〉는 '자애로운 동화'의 내러티브에 몇 가지 질문을 던진다. 땅을 빼앗긴 채 살아야 했던 지난 150년은 마오리인에게 무엇을 의미하는가? 그것은 진정 문명으로의 자애로운 동화인가 아니면 재앙의 파편들이 쌓여 가는 폭력의 역사인가? 이 동화 혹은 폭력의 결과는 무엇인가? 그리고 이 재앙의 파편 더미 속에서 마오리인은 어떻게 살아가야 하는가?

영화는 이런 문제에 대하여 상당히 역설적인 방식으로 접근한다. 영화의 처음부터 끝까지 스크린을 통해 표현되는 것은 사회적으로 결여된 주체들의 공허하면서도 비상식적인 폭력의 몸짓이다. 그 결여된 주체의 표상이 바로 베스의 남편이자 다섯 남매의 아버지인 제이크Jake Heke라 할 수 있다. 그는 전사의 후예로 태어났으나 결코 전사로 살아갈 수 없는 전형적인 마오리 남성이다. 파케하의 문명 속에 혹은 오클랜드의 도심 공간 속에 그를 위한 자리는 존재하지 않는다. 그러기에 그는 사회의 주변부에서 허드렛일을 전전하거나 실업수당에 의존해 가족들을 부양한다. 그의 내면에 존재하는 전사의 피가 분출될 수 있는 유일한 곳은 술과 주먹뿐이다. 따라서 그가 있는 곳엔 언제나 술이 있고 또한 유혈이 낭자한 폭력이 있다. 가족마저도 그의 폭력으로부터 자유롭지 못하다. 오히려 가족이 그의 폭력에 가장 큰 피해자가 된다. 베스는 남편의 폭력에 만신창이가 되고, 큰 아들 닉Nig은 아버지의 모습 속에 투영된 마오리의 문화적 현재와 화해하지 못하고 거리로 나가 갱단의 일원이 된다. 둘째 아들 부기Boogie 역시 마오리 청소년들과 어울리며 좀도둑질을 하다가 소년원에 수감된다. 헤케 가족의 비극은 여기에서 끝나지 않는다. 이제 막 열세 살이 된 맏딸 그레이시Gracey는 마오리-파케하 혼혈이자 제이크의 친구였던 엉클 불리Uncle Bully에게 강간을 당하고, 결국 그 트라우마를 견디지 못한 채 자살을 선택한다.

피상적 수준에서 본다면, 이 영화는 폭력에 관한 영화가 된다. 그것도 마오리 커뮤니티 내부의 '폭력'과 그것의 의미를 파헤치는 영화라 해야 옳을 것이다. 실제로 카메라는 지나칠 정도의 리얼리즘적인 방식으로 생경한 폭력을 직설적이고도 집요하게 파고든다. 특히 제이크가 베스에게 폭력을 휘두르는 장면은 관객의 눈을 감게 만들 정도다. 이를 통해 영화는 마치 파케하가 마오리에 대해 가지고 있는 인종적 편견과 스테레오타입이 진실임을 증명하려는 것처럼 보이기까지 한다. 즉, 마오리의 야만적 본성이 그들의 사회적 주변성의 가장 근본적인 원인임을 입증하는 것이다. 게다가 카메라는 결코 문명의 이름하에 자행되는 폭력이나 동화에 대한 폭력적 강요와 같은 근원적 문제를 추적하지 않는다. 파케하들은 거의 등장하지 않을 뿐더러 사회적 갈등의 핵심인 땅에 관한 이야기마저도 전혀 언급되지 않는다. 이 모든 것은 마치 결코 말해서는 안 되는 어떤 것인 양 괄호 속에 묶여 있다. 그렇다면 감독은 왜 이 근본적 문제들을 괄호 속에 묶어두고 침묵했을까?

이에 대해 다비니아 손리Davinia Thornley는 랑기누이 워커의 말을 빌려 이렇게 대답한다. "'마오리'라는 이름은 다른 문화권의 사람들, 예컨대 영국인이나 네덜란드인의 침략에 대응하여 취한 이름이다. 아오테아로아Aotearoa(뉴질랜드의 마오리식 명칭)에 마오리인만이 존재했다면, 마오리 정체성과 같은 것은 아예 존재하지도 않았다. 따라서 파케하 정체성은 마오리 정체성의 핵심을 구성한다. 각각의 집단은 상호관계를 통해서만이 집단의 동질성을 획득할 수 있는 것이다"(34). 다시 말해서, 스크린 위에 그려진 마오리인의 모습은 마오리인이 독자적으로 창안해 낸 그들만의 상상계적 이마고가 아니다. 그들의 실존은 언제나 이미 파케하에 빚지고 있는 것이며, 그들의 현재 모습은 파케하 문화에 의해 드리워진 어두운 그림자라고 할 수 있다. 이는 곧 제이크의 폭력적 이미지가 지시하는 것이 단순히 마오리의 야만성이 아님을, 그것은 역설적으로 파케하의 동화정책에 내재된 야만성을 폭로하는 것임을 의미한다. 결국 폭력적 이미지의 과잉은 자기반영적인 것이라 할 수 있다. 이를 통해 감독은 관객들로 하여금 괄호 속에 묶여 드러나지 않는 역사적 진실에 대하여 질문을 던지고 성찰하도록 요구하고 있는 것이다.

이런 관점에서 본다면, 폭력의 정점을 구성하는 그레이시에 대한 강간과 그녀의 죽음은 단순한 한 개인에 대한 폭력 그 이상의 의미를 내포한다. 그레이시는 가족을 하나로 묶어 주는 구심점이었음과 동시에, 글쓰기 작업을 통해 마오리의 이야기를 새롭게 창안해 내려 시도했던 인물이었다. 즉, 그녀는 마오리의 새로운 문화적 미래를 잉태하고, 통역 가능하며 소통 가능한 마오리의 이야기를 생산할 수 있었던 유일한 인물인 것이다. 따라서 그녀에 대한 강간은 다름 아닌 마오리의 문화와 정체성에 대한 파괴이며, 그녀의 죽음은 마오리의 문화적 미래에 대한 폐제라고 할 수 있다. 이와 같은 맥락에서 앤소니 아다Anthony Adah는 그레이시의 죽음을 해석할 수 있는 틀을 제공해 준다.

그레이시에 대한 강간과 앞서 언급한 원초적 폭력의 밀접한 연관성을 이해하기 위해서는 토착민들의 상징적 우주관에 포함된 여러 중첩적 의미들을 알아야만 한다. 프랑카 타미사리Franca Tamisari에 따르면 토착민들의 작품은 "땅과 사람 몸의 인식적 유대를 강조하며 … 사회적 통제와 지식의 유포와의 관계 속에서 우주의 생성과 변화의 과정에 대한 이해"를 강조한다. 이런 틀 속에서 본다면, 자아와 정체성의 개념은 땅과 몸과 시간의 역동적 상호 관계로부터 구별될 수 없는 것이다. 결과적으로, 첫 화면에 등장하는 광고판 사진의 땅에 대한 폭력적 침투는 서구와의 접촉 이후 자행된 마오리의 땅/몸과 정체성에 대한 은유적이며 폭력적인 강간이 된다. 바로 이런 식으로 영화는 문화적 강간과 젠더 권력관계에 의한 강간 사이의 유비관계를 설정한다.(50)

결국 헤케 가족은 마오리 정체성의 근원적 토대인 땅과 문화적 과거를 상실하고 현대의 도시 공간 속에 유폐된 채 자기파괴적 폭력에 중독될 수밖에 없었던 마오리인의 표상이라 할 수 있다. 그들에게 주어졌던 자애로운 동화의 길은 미래로 향한 길이 아니었다. 그것은 문화적 폭력과 강간으로 향한 막다른 길이었다. 이 막다른 길의 끝에서 그들 내부에서 요동치던 전사로서의 충동이 건전한 방식으로 승화되지 못하는 것은 너무도 당연했으며, 승화되지 못한 충동은 결국 강박적 폭력으로 변질되어 자기에게로 되돌아올 수밖에 없었다.

이렇게 땅과 정체성 사이의 기본적 유대 관계를 상실하고 자신의 근원으로부터 유리되어 도심을 표류하고 있는 이들 마오리인을 우리는 '네이티브 디아스포라'로 정의할 수 있을 것이다. '네이티브 디아스포라'는 무엇보다도 제국주의 디아스포라 혹은 화이트 디아스포라가 토착민 커뮤니티에 드리운 부정적 그림자를 지시한다. 화이트 디아스포라가 식민정복을 통하여 토착민들의 토착성을 강탈했으나 여전히 디아스포라로 남아 있는 집단이라면, 네이티브 디아스포라는 토착민이면서도 디아스포라로 살 수밖에 없는 모순형용의 구조 속에 사로잡혀 있는 사람들이다. 제국주의의 시작과 더불어 제3

세계의 많은 토착민들은 자신들이 지니고 있었던 토착성을 외부인들에게 박탈당하고 사회의 주변부로 밀려나 보호구역이나 인종 게토^{ghetto} 속에 유폐되었다. 그들은 고향에 살면서도 고향으로부터 소외되어 있는 것이다. 이는 곧 지리적 대상체와 문화적 정체성 사이의 유기적 통일성이 파괴되었음을 의미한다. 따라서 그들은 토착민임과 동시에 이방인이다. 아울러 정착민들의 정치적 헤게모니 하에서 그들의 문화적 과거는 공동화될 수밖에 없다. 고향과 더불어 역사를 상실하는 것이다. 이는 시간적 연속성과 통일성의 파괴로 이어지고, 궁극적으로는 자신의 정체성을 규정할 수 있는 토대를 모두 상실하게 되는 것이다. 이제 그들의 존재는 오로지 새로운 정착민의 그림자로서 혹은 백인들의 변증법적 부정의 이미지를 통해서만 규정된다. 다시 말해서, 그들은 지리적·문화적 고향을 상실한 디아스포라인 것이다.

문제는 그러나 이들이 현실적으로 적극적인 의미에서의 디아스포라가 될 수 없다는 것이다. 현대적인 디아스포라를 정의할 수 있는 최소한의 조건은 바로 지리적 이동능력^{mobility}이다. 그리고 이 이동능력은 계급, 젠더, 인종의 문제가 교차하는 지점에서 중층결정된다. 즉, 이동성이 아무에게나 허락되는 것이 아니다. 예를 들어, 〈전사의 후예〉의 그레이시와 같은 토착민 여성은 실질적으로 떠날 곳을 찾지 못했기에 남성의 폭력과 제국주의적 폭력을 고스란히 온몸으로 견디어 낼 수밖에 없었다. 심지어 마오리 남성인 제이크조차도 움직이는 주체라고 보기 힘들다. 그가 자신의 자유를 확장시키기 위해 할 수 있는 것은 베스에게 폭력을 휘두르는 것 말고는 없다. 이렇게 본다면, 네이티브 디아스포라는 고향을 상실했다는 의미에서 디아스포라인 동시에, 디아스포라 특유의 이동성을 박탈당했다는 점에서 디아스포라가 아니기도 하다. 우리는 이렇게 고향을 상실했으나 또 다른 고향을 찾아 떠나지 못한 채 그 자리에 머물러 있어야 하는 토착민을 '네이티브 디아스포라'라 부를 수 있을 것이다.

실제로 영화 속에 등장하는 거의 모든 마오리는 이동성을 허락받지 못한다. 이를 상징적으로 보여 주는 인물이 바로 그레이시의 유일한 친구인 투트Toot이다. 그는 홈리스로서 망가져 버려진 자동차를 집 삼아 살고 있다. 그는 거의 모든 시간을 마약과 본드를 흡입하며 현재의 나날들을 지워 간다. 그러면서도 그는 법률적 성인이 되어 실업수당을 받을 수 있는 날이 오기만을 고대한다. 그러한 그에게 유일한 꿈은 빨리 어른이 되어 이 망가진 자동차를 고쳐 타고 이 억압적인 현실로부터 탈출하는 것이다. 하지만 찌그러지고 녹슬어 버린 자동차는 그의 꿈이 결코 이루어질 수 없는 것임을 암시한다. 그에게 이동성은 결코 성취될 수 없는 판타지인 것이다. 헤케 가족의 상황 역시 별반 다르지 않다. 그들은 사실상 이동과 정착 모두를 허락받지 못한 사람들이다. 베스는 임대주택을 벗어나 자신만의 집을 갖고자 원한다. 하지만 실업수당을 받아 연명하는 그들에게 그 작은 소망의 실현은 요원하기만 하다. 또한 소년원에 있는 부기를 면회하기 위해 자동차를 렌트하여 가족 소풍을 기획하지만 제이크의 술주정은 그마저도 허락하지 않는다. 즉, 그들은 제국주의 디아스포라의 그림자 하에서 움직이고 싶으나 움직이지 못하고, 정착하고 싶으나 정착하지 못한다. 그들이 살아야 하는 삶은 항구적인 유배지의 삶이며, 항구적인 망명객의 삶이다.

항구적인 망명객의 삶에 대한 강요, 이것이 바로 파케하의 "자애로운 동화"라는 내러티브가 가져온 파국적 결말이라 할 수 있다. 동화의 논리 속에 내재된 억압적 이분법, 즉 문명/야만, 파케하/마오리의 이분법은 마오리가 마오리로서 살아갈 수 있는 자유를 박탈한 것이다. 그들에게 허용된 자유는 결코 파케하가 될 수 없음에 대한 자기인식과 자기혐오의 자유다. 그것은 또한 궁극적으로 자기파괴적 폭력을 향해서만 열려 있는 자유다. 하지만 그레이시의 죽음과 더불어, "자애로운 동화"에 내재된 폭력성과 기만성이 폭로되었을 때, 베스는 제이크에게 결별을 선언한다.

우리는 전사의 후예들이야. 제이크 당신과는 달리, 그들은 마나^{mana}와 자긍심을 가진 사람들이고, 영혼을 지닌 사람들이야. 내 영혼이 당신과 살았던 18년의 세월을 견디며 살아남았기에, 나는 이제 그 어떤 것도 견딜 수 있어.

제이크가 마오리에게 드리워진 파케하의 어두운 그림자와 그것의 영향력을 벗어나지 못했던 마오리인의 삶을 상징한다면, 그와의 결별은 파케하를 통해서만이 정의될 수 있는 마오리의 정체성과의 결별을 의미한다. 이는 파케하로부터 자유로운 마오리의 정체성에 대한 추구라 할 수 있다. 다시 말해서, 파케하와의 조우 이전의 마오리의 문화, 식민주의적 상징계 형성 이전의 마오리 상상계로의 회귀이며 그것의 부활이다. 최소한 이 속에서 그들은 자신을 혐오할 필요가 없다. 그들은 야만적인 식인종이 아니기 때문이다. 그들은 자신의 문화에 대한 자부심과 마나를 지닌 전사인 것이다. 전사의 전통으로의 회귀를 통해 그들은 인종주의적 현실에 저항할 수 있는 마나를 재창조할 수 있고, 문화적으로 빈곤한 현실을 이데올로기적인 방식으로 풍요롭게 할 수 있는 것이다.

베스가 실천하고자 하는 식민 이전의 전통적 상상계로의 회귀는 비록 지리적 장소의 변화를 수반하지는 않는다. 그럼에도 베스의 시도는 일종의 디아스포라적 움직임이라 할 수 있다. 이는 모든 디아스포라의 궁극적 목표인 고향으로의 회귀 혹은 그것의 복원과 크게 다르지 않기 때문이다. 물론 이러한 움직임이 신화적 과거를 현재 속에 복원하려는 문화적 퇴행이라는 비판으로 자유로울 수 없는 것임에는 분명하다. 하지만 그 신화적 과거가 현재에 대한 변화와 궁극적 해방을 위한 단초를 제공해 준다는 점에서 단순히 퇴행이 아닌 미래의 해방을 내포하고 있다. 따라서 그것은 자유를 확장시키려는 부단한 움직임이며 상상적인 방식으로나마 고향을 되찾고자 하는 디아스포라적 열망이라 할 수 있다. 그리고 그것이 네이티브 디아스포라에게 주어진 유일한 이동 방향일지도 모른다(네이티브 디아스포라와 이동성의 문제에 대해서는 다음 장에서 더 심도 있게 다루고자 한다).

초국가주의와 화이트 디아스포라

뉴질랜드로 영국인들의 본격적인 이주가 시작된 지 150년 이상이 흘렀다. 그동안 뉴질랜드는 독립 국가를 형성하였고 영국과는 다른 국가적 정체성과 문화적 내러티브를 만들어 왔다. 그렇다면 뉴질랜드의 파케하는 디아스포라인가 아니면 토착민인가? 이 문제에 대하여 G. 오수리Goldie Osuri와 S. B. 베너지Subhabrata Bobby Benerjee는 이렇게 대답한다.

정착민 국가에 살고 있는 앵글로 집단들은 ⋯ 디아스포라로 표시되지 않는다. 그리고 비앵글로 집단들을 디아스포라로 규정하는 논리는 식민주의 정착민들이 민족국가의 소유권을 유지하는 방식을 폭로한다. ⋯ 화이트 디아스포라의 [본국에 대한] 충성심은 비록 드러나지는 않지만 종종 민족국가의 차원에서 문화적, 정치적, 경제적, 군사적 동맹 관계를 통해 표현된다.(152, 재인용 Pryor 81-2)

이에 따르면, 화이트 디아스포라와 그들의 후손들은 현시점에서 디아스포라로 분류되기 힘든 부분들이 있다. 하지만 그들이 디아스포라임을 부정하기도 또한 어렵다. 왜냐하면 그들은 단지 범주화되기를 거부할 뿐이기 때문이다. 그들의 백인성 혹은 영국성은 이미 국가적 시스템 속에 혹은 영국과의 초국가적 연대 속에 위장된 형태로 나타난다. 따라서 이들은 여전히 문화적으로나 정치적으로나 고향으로의 회귀 혹은 고향 땅과의 문화적·정치적 합일을 지향하고 있다고 할 수 있다. 결국 그들은 여전히 디아스포라인 것이다.

그러나 이들이 예전 제국주의 시대의 디아스포라와 똑같은 디아스포라라고 할 수는 없을 것이다. 이들은 새로운 세계 질서 위에 존재하며 따라서 이전과는 전혀 다른 형태로 존재할 수밖에 없다. 즉, 초국가적 형태의 후기자본주의의 발흥이라는 물적 토대의 변화와 더불어 디아스포라 역시 변화를 겪지 않을 수 없기 때문이다. 아준 아파두라이Arjun Appadurai는 "탈민족적postnational" 경향이라는 개념을 통해 이 새로운 세계 질서 속에서의 민족과 민족국가에 대한 에피스테메의 변화를 설명한다. 무엇보다도, 그에 따르면, 탈민족적 경향은 "민족국가가 점점 쇠퇴하고, 정체성과 충성심을 결정하는 또 다른 사회적 장치들이 형성"되는 새로운 세계 질서를 지칭한다. 두 번째로, 탈민족적 경향은 민족국가를 대신하여 "자원, 이미지, 사상 등의 세계적 유통을 조직하는 대안적 형식"이 발흥하고 있는 시대적 조류를 지칭하는데, 이 새로운 대안적 형식은 "민족국가의 권위에 적극적으로 대항하며 이전의 민족국가에 대한 정치적 충성심을 대신할 수 있는 새로운 평화적 대안물을 생산해 내고 있다"고 아파두라이는 주장한다. 마지막으로 아파두라이는 그동안 국민들의 "정치적 충성심을 독점해 왔던 민족국가의 영향력이 점차 약화됨에 따라 지리적 영토와 분리된 새로운 '민족'의 개념이 우세하게 될 것"이라고 주장한다. 이런 새로운 정치적·문화적 변화들은 고전적인 형태의 민족국가의 전면적 소멸이 아니라, 단지 민족국가가 일정 정도 위기에 처하게 되었음을 의미한다. 그리고 이 위기는 민족국가와 그것의 "탈민족적 타자postnational Other" 사이의 모순적 관계의 형성으로 표출된다. 여기에서, 그가 "탈민족적 타자"라고 지칭한 것은 전 지구적인 초민족주의의 경제적 문화적 힘들과 아울러, "정체성, 이동, [사회적] 재생산의 핵심을 거스르기보다는 그들과 더불어" 자신의 삶을 만들어나가는 새로운 형태의 "디아스포라" 집단을 의미한다(171).

초민족주의 시대 에토스의 담지자로서 이 새로운 형태의 디아스포라는 무엇보다도 민족국가와 그것의 타자를 정의하는 데 핵심적인 요소인 전통적인 의미에서의 국경선의 개념을 무력화시킨다. 통상적으로 민족국가는 하나의 지리적 실체 혹은 영토로서 표시되어 왔으며, 이 영토는 통일성과 통합의 공간을 의미해 왔다. 이 공간 속에서, 모든 종류의 문화적·인종적·민족적 차이는 무시되거나 혹은 파괴의 대상이 되어 왔으며, 최악의 경우 이런 차이들은 영토의 외부로 추방되기도 하였다. 하지만 민족국가의 구심력은 약화되어 더이상 디아스포라의 탈영토적 원심력을 제어할 수 없게 되었음은 너무도 명백해져 가고 있다. 민족국가는 더 이상 한 개인이나 집단의 정체성을 표현할 수 있는 중심적 틀이 될 수 없다. 따라서 한 개인의 '국적'이 반드시 자신의 '민족 정체성'과 일치하지 않을 수도 있게 된다. 이런 맥락에서 아파두라이는 이렇게 주장한다. "애국심 자체가 복수적이며, 연속적이고, 맥락적이며, 이동가능한 것이 되었다"(176).

제국주의 디아스포라와 이 새로운 형태의 디아스포라 사이에는 분명한 차이점이 존재한다. 하지만 개인 혹은 집단의 이동성의 극단적 확대를 통해 정치적·경제적·문화적 자유를 추구한다는 점에서 이 둘은 결코 다르지 않다. 또한 제국주의 디아스포라와 그들의 후손은 자신의 특권적 위치를 통해 다중국적자로 쉽사리 변모할 수 있기도 하다. 예컨대, 코헨에 따르면, 뉴질랜드, 호주, 남아프리카공화국에 거주하는 많은 백인들은 "자신의 영국 정체성을 긍정하는 수단으로 고집스럽게 영국의 여권에 집착"한다는 것이다(75). 즉, 복수의 여권을 소지함으로써 자신의 이동성을 확대하는 것이다. 물론 이러한 새로운 디아스포라의 행로에 유럽의 백인들만이 참여하는 것은 아니다. 《유동적 시민권Flexible Citizenship》에서 아이화 옹Aihwa Ong이 보여 주고 있듯이, 중국인과 같은 많은 아시아인 역시 이러한 새로운 디아스포라의 여정 속에 참여하고 있다.[10]

제국주의 디아스포라와 새로운 형태의 디아스포라 사이에 존재하는 이 연속성은 이 둘의 디아스포라적 행로가 상당 부분 겹치며, 상호 구조적 유사성을 공유하고 있음을 의미한다. 이는 다시 말하면 새로운 형태의 디아스포라가 제국주의 디아스포라의 유산을 그대로

---

10 한국의 경우에도 이 문제로부터 자유로울 수 없는데, 예를 들어 몇 년 전 가수 유승준의 국적 문제 논란이나 최근 축구선수 박주영의 모나코 국적 취득 논란 역시 그 근저에는 "유동적 시민권"이라는 문화적 논리가 존재하고 있다고 할 수 있다.

물려받고 있음을, 그리고 그 유산 위에서 자신의 이동성을 더욱 극대화하고 있음을 뜻한다. 이런 의미에서 새로운 형태의 디아스포라역시 넓은 의미에서 화이트 디아스포라로 분류될 수 있을 것이다. 특히 이 새로운 디아스포라가 특정 민족 집단과 특정 지리적 실체사이에 존재하는 등식을 거부하고 일정 정도의 '지리적 보편성'을추구한다는 점에서 화이트 디아스포라와 크게 다르지 않다고 할 수있다. 어쨌건 이 두 디아스포라는 고전적인 형태의 디아스포라나 아프리카 흑인과 같은 피해자 디아스포라의 수동적 행로와는 다른 길을 따른다. 무엇보다도, 그들은 길 떠나기와 뿌리내리기라는 디아스포라의 행로를 자신의 의지대로 만들어 갈 수 있다. 그들에게 이동이란 단순히 고향으로부터의 소외가 아니다. 영화 〈피아노〉에서 보여지듯, 새로운 고향의 창조이며 새로운 인간으로의 변신이다. 하지만 문제는 이들이 연출해 내는 창조와 변신의 과정이 제국주의적 정복과 침략의 과정과 크게 다르지 않다는 것이다. 따라서 그들의 행로 뒤편에는 필연적으로 길고 어두운 그림자가 드리워질 수밖에 없다. 즉, 그들이 추구하는 창조와 변신의 행로는 또 다른 형태의 디아스포라를 생산하는 길이다. 이는 곧 그들이 누리는 지리적·문화적·정치적 이동성은 토착민들의 고착성에 기생할 수밖에 없음을 의미한다. 움직이고 싶어도 움직일 수 없는 비非디아스포라에 대한 구조적 착취를 수반하는 것이다.

결국 디아스포라의 행로는 결코 해방을 향한 길이 아닐 수도 있다. 그것은 오히려 거대한 인간 포식기계를 작동시키는 길일 수도 있는 것이다. 이동성이라는 것이 인종, 계급, 민족, 젠더와 같은 권력관계의 핵심적 축을 통해 구조화된다는 점에서 필연적인 결과라 할수 있다. 그리고 지리적·문화적·정치적 유동성이 극대화되고 있는 현재의 초국가주의 체계 내에서 이동성의 불균등 분배는 더욱 심화될 수밖에 없다. 이동성의 이런 불균등 분배는 디아스포라에 내재된 제국주의적 속성을 강화하게 될 것임이 틀림없다. 이는 곧 디아스포라 연구의 방향 전환이 요구되고 있음을 의미한다. 완고한 민족국가의 체계가 지닌 폭력이 문제라고 한다면, 디아스포라의 탈영토화시키는 원심력 역시 또 다른 폭력으로 우리에게 다가올 것임이 틀림없기 때문이다.

참고문헌

Adah, Anthony. "Post-and Re-Colonizing Aotearoa Screen: Violence and Identity in *Once Were Warriors and What Becomes of the Broken Hearted?*," *Film Criticism* 25.3 (2001): 46-58.

Ahmed, Sara. "Home and Away: Narratives of Migration and Estrangement." *International Journal of Cultural Studies*. 2.3 (1999): 330-347.

Anderson, Benedict. *Imagined Communities: Reflections on the Origin and Spread of Nationalism*. London & New York: Verso, 1983.

Appadurai, Arjun. *Modernity at Large: Cultural Dimensions of Globalization*. Minneapolis: U of Minnesota P, 1996.

Bridge, Carl and Kent Fedorowich, Eds. *The British World: Diaspora, Culture and Identity*. London: Frank Cass, 2003.

Campion, Jane, dir. *The Piano*. Perf. Holly Hunter and Sam Neil. Miramax Films, 1993.

Chow, Rey. "Where Have All the Natives Gone?" *Writing Diaspora: Tactics of Intervention in Contemporary Cultural Studies*. Indianapolis: Indiana UP, 1993. 27-54.

Cohen, Robin. *Global Diaspora: An Introduction* (2nd Edition). London: Routledge, 2008.

Constantine, Stephen. "British Emigration to the Empire-Commonwealth since 1880: From Overseas Settlement to Diaspora?" *The British World: Diaspora, Culture and Identity*. Eds. Carl Bridge and Kent Fedorowich London: Frank Cass, 2003. 16-35.

Frankenberg, Ruth. "Whiteness and Americanness: Examining Constructions of Race, Culture, and Nation, in White Women's Life Narrative." *Race*. Eds. Steven Gregory and Roger Sanjek. New Brunswick: Rutgers UP, 1994. 62-77.

Kristeva, Julia. *Black Sun: Deprssion and Melancholia*. Trans. Leon S. Roudiez. New York: Columbia UP, 1989.

Margaroni, Maria. "Jane Campion's Selling of the Mother/Land: Restoring the Crisis of the Postcolonial Subject," *Camera Obscura* 53, 18.2 (2003): 93-123.

Mohanram, Radhika. *Imperial White: Race, Diaspora and the British Empire.* Minneapolis: U of Minnesota P, 2007.

Neill, Anna. "A Land without a Past: Dreamtime and Nation in The Piano." *Piano Lessons: Approaches to The Piano.* Eds. Felicity Coombs and Suzanne Gemmell. Sydney: John Libey, 1999. 136-47.

Ong, Aihwa. *Flexible Citizenship: The Cultural Logic of Transnationality.* Durham: Duke UP, 1999.

Pryor, Judith. "Reconciling the Irreconcilable? Activating the Differences in the Mabo Decision and the Treaty of Waitangi," *Social Semiotics* 15.1 (2005): 81-101.

Smith, Philippa Mein. *A Concise History of New Zealand* (Second Edition). Melbourne: Cambridge, 2012.

Spivak, Gayatri C. "Diaspora Old and New: Women in the Transnational World." *Textual Practice* 10.2 (1996): 245-269.

Tamahori, Lee, dir. *Once Were Warriors.* Perf. Temura Morrison and Rena Owen. Footprint Films, 1993.

Thornley, Davinia. "White, Brown, or 'Coffee'?: Revisioning Race in Tamahori's *Once Were Warriors*," *Film Criticism* 25.3 (2001): 22-36.

Tötölyan, Khäching. "The Nation-State and its Others: In Lieu of a Preface." *Diaspora: A Journal of Transnational Studies* 1-1 (1991): 3-7.

Walker, Ranginui J. "Maori Identity." *Culture and Identity in New Zealand.* Eds. David Novitz and Bill Willmott. Auckland: GP Books, 1989. 35-52.

Williams, Mark. "Crippled by Geography? New Zealand Nationalism." *Not on Any Map: Essays on Post-Coloniality and Cultural Nationalism.* Ed. Stuart Murray. Devon: University of Exeter Press, 1997. 19-43.

5

네이티브 디아스포라

: 제국의 서벌턴

성장소설과 제국

제시카 하게돈Jessica Hagedorn의 1990년 소설 《개를 먹는 사람들》 Dogeaters에 대한 서평에서, 곤잘레스N.V.M. Gonzalez는 이 소설이 필리핀 사회와는 아무런 연관성이 없음을 애써 주장한다. 그에 따르면, "실제 역사에 근거한 소설로 읽고 싶은 유혹"이 강한 것은 사실이지만, 소설의 내용이 필리핀 역사에 대한 의미 있는 재현이 아닐뿐더러 결코 사실에 바탕을 둔 "실화소설roman a clef"도 아니라는 것이다. 대신 그는 이 소설을 "성장소설bildungsroman"로 읽을 것을 요청한다. 소설의 중심 주제는 "청소년 교육" 문제, 특히 "극심한 변화를 겪고 있는 어느 한 사회의 특권층에 속하는 여자 아이의 교육 문제"라는 것이다 (191). 이러한 곤잘레스의 독해는 《개를 먹는 사람들》을 읽는 한 가지 방법을 예시해 주는 것은 분명하다. 이 소설이 성장소설의 특징을 갖추고 있는 것은 부정할 수 없기 때문이다. 그렇다고 그의 주장을 온전히 받아들일 수는 없는 것 같다. 누가 읽더라도 이 소설은 식민

해방 이후 마르코스 집권기의 필리핀을 배경으로 하고 있다는 사실을 부인하기는 힘들기 때문이다. 그렇다면 왜 곤잘레스는 이 명백한 사실을 군이 부정하면서까지, 하게돈의 텍스트를 사회적·역사적·정치적 맥락으로부터 떼어 내어 "청소년 교육"이라는 보편적 공간으로 이식하려 한 것일까?

곤잘레스의 해석은 무엇보다도 필리핀인이나 필리핀계 미국인에게 내재되어 있는 역사적 불안감을 드러낸다. 그 불안감은 바로 필리핀의 숨기고 싶은 과거, 즉 미국에 의한 (신)식민지배의 역사와 자신이 그러한 피식민 주체라는 사실에 기인한다. 이는 특히 그의 글 서두에서 묘사되고 있는 필리핀인에 대한 인종주의적 농담을 통해 두드러진다. 그는 하게돈이 소설 제목으로 사용하고 있는 "개를 먹는 사람들"이 미국에서 필리핀인들에게 붙여진 인종주의적 스테레오타입이었음을 상기시킨다. 이 말은 미국의 식민지배 시절에 유포된 것으로 필리핀의 문화적 야만성을 지시하는 푯말과도 같은 것이었다. 이런 상황에서, "개를 먹는 사람들"이라는 소설의 제목과 더불어 그것의 표면적 내용은 너무도 강렬하게 필리핀인들의 집단적 트라우마를 건드리고 있을 뿐만 아니라 심지어 그 악의적인 스테레오타입이 틀린 것이 아님을 증명하고 있는 듯 보였던 것이다.

곤잘레스가 지적한 것처럼, 《내셔널 인콰이어리National Inquirer》 같은 잡지에 익숙해져 있는" 순진한 미국 독자들은 하게돈이 수행하고 있는 식민담론에 대한 교묘한 비틀기 작업을 결코 이해하지 못한다. 따라서 텍스트에 내재된 비판적 아이러니는 증발하고 단순히 필리핀의 "실제 역사"인 양 읽혀질 수밖에 없게 된다(191). 이렇게 본다면, 곤잘레스가 《개를 먹는 사람들》을 필리핀으로부터 분리시키려 했던 시도는 오독이라기보다는 더 큰 오독을 막기 위한 전략이라 할 수 있다. 즉, 텍스트를 그것의 실질적 소비시장인 미국의 문학적·정치적 풍경 속에 위치시켜 놓고, 필리핀 역사에 대한 소설적 재현이 필연적으로 노출시킬 수밖에 없는 정치적·윤리적 한계점을 지적하고 있는 것이다.

그러나 곤잘레스의 해석은 여전히 또 하나의 문제를 남겨 둔다. 역사의 소설적 재현이 분명한 한계점을 갖는다는 사실이 결코 《개를 먹는 사람들》을 성장소설로 읽어야 한다는 주장에 당위성을 제공해 주지는 못한다는 것이다. 예컨대, 그의 주장처럼 소설 속 중심 화자인 리오[Rio]의 "자기지식의 획득과 성장"이 소설의 중심 주제라고 한다면(192), 그것은 오로지 소설의 4분의 1에만 해당될 뿐이다. 실제로 《개를 먹는 사람들》 전체를 리오에 대한 이야기로 환원시키는 것은 불가능하다. 텍스트 속에는 다양한 목소리와 관점이 공존하고 경쟁하며, 필리핀 수도 마닐라의 1970~80년대 삶을 만화경처럼 그려 내고 있다. 총 42개의 장이 마치 퀼트처럼 엮여 있는데, 이 중 리오가 화자로 등장하는 것은 고작 여섯 개뿐이다. 그에 반해 또 다른 중심인물인 조이 샌즈[Joey Sands]에게는 일곱 개 장이 할애되어 있으며, 그 밖에 리오와 동시대를 살고 있는 다른 여러 인물들에 대한 이야기들이 리오와 조이의 서사를 방해하며 끊임없이 끼어든다. 아울러 편지, 신문 기사, 역사 기록물 등도 다른 허구적 서사와 병치되어 허구와 역사의 경계를 허물어 버린다. 산 후안[E. San Juan]이 지적하듯, 《개를 먹는 사람들》의 이런 구조적 복잡성은 "포스트모던적 혼성모방이나, 우연적 병치, 걸작들의 브리콜라쥬"에 가까우며, 이러한 기법들은 "이질적인 요소들의 차이를 지움으로써 라스베가스적인 동시성에 근접"한다. 게다가 텍스트 전체적으로 플롯이라 할 수 있는 요소는 오로지 조이의 서사에서만 잠시 나타나는데, 그것도 온전한 플롯이라기보다는 "유사 플롯semblance of plot"이라 할 만하다 (Postcolonialism 128).

《개를 먹는 사람들》에 대한 산 후안의 해석은 곤잘레스의 해석을 다른 방식으로 접근할 수 있는 통로를 제공해 준다.《개를 먹는 사람들》의 혼성모방과도 같은 구조는 전통적인 플롯의 개념, 즉 인물의 시간적·논리적 발전, 인과관계에 따른 사건의 배열과 같은 것들을 거침없이 파괴한다. 다시 말해서《개를 먹는 사람들》은 전통적인 플롯에 의도적으로 저항한다. 이런 저항은 곧 성장소설의 내러티브에 대한 저항에 다름 아니다. 예컨대, "성장소설"이라는 개념을 창안해 내었던 빌헤름 딜타이Wilhelm Dilthey에 따르면, 성장소설의 포커스는 "개인 성장 과정의 적합성"을 검증하는 것으로 "각각의 성장 단계는 자신만의 고유 가치를 가지며 '더 높은 단계'로 나아가기 위한 토대로서 역할을 함으로써 인간의 성장에 대한 상향적 발전적 비전"을 제시한다(재인용 Jeffers 49). 성장소설의 이런 발전론적 서사는 매우 구체적인 이데올로기적 기능을 수행하는데, 이에 대해 프랑코 모레티 Franco Moretti는 이렇게 설명한다.

19세기 내내 성장소설은 세 가지의 거대한 상징적 작업을 수행했다. [성장소설]은 사회변화를 청소년들에 대한 허구적 이야기를 통해 재현함으로써 그것이 가지는 예측불가능성을 통제contained했다. … 소설적 에피소드의 구조는 현대적 경험구조를 유연하고 반비극적인anti-tragic 인 양태로 구성해 내었다. 마지막으로, 소설의 다면적이고 비영웅적인 영웅unheroic hero은 새로운 종류의 주체를 형상화했다. 그 주체는 일상적이고, 세속적이며, 순응할 줄 아는, 즉 '규범적' 주체다.(230)

여기에서 핵심은 보편적인 근대 주체의 탄생과 성장소설의 상관성이라 할 수 있다. 이를 구체적인 역사적 내러티브 속으로 끌어들인다면 흥미로운 이야기가 만들어진다. 그것은 바로 18~19세기 유럽에서 일어났던 자본주의와 근대적 민족국가의 발흥이며, 이 새로운 사회적 기계에 의한 다양한 종류의 이데올로기적 봉쇄전략의 생산이라는 내러티브다. 이런 틀 속에서 본다면, 실증주의적인 방식으로 계산되고 통제된 성장소설의 발전적 서사 구조는 하나의 이데올로기적 국가기구에 다름 아니다. 물론 그것의 목표는 초기자본주의와 성숙하지 못한 민족국가 내부에서 움트고 있던 혁명적 기운을 예측 가능한 논리적 서사 구조 속에 가두어 두고 길들이는 것이다. 즉, 각 개인들 속에 내재된 차이들을 지우고 대신 교환 가능하고 "규범적"인 민족국가의 시민으로 호명하는 것이다.

그러나 《개를 먹는 사람들》의 파편화되고 일화적인 구조는 성장소설의 장르적 관습과는 거리가 멀다. 오히려 그에 저항함과 동시에 규범적인 민족 주체의 형성을 방해한다. 특히 하게돈이 전략적으로 사용하고 있는 "다중시점multiperspectivism"(Lowe 113)은 성장이라는 시간의 흐름을 공간의 논리로 대체한다. 시간이 공간화되는 것이다. 이로 인해 한 개인의 성장과 발전이 특정 역사적 시점에서의 필리핀 사회에 대한 병렬적이고 공시적인synchronic 스케치로 대체된다. 다양한 시점을 가진 이질적 사건의 병치는 리오와 같은 중심 서술자의 권위에 심각한 의문을 제기한다. 따라서 각각의 서술자는 더 이상 독점적 지위를 향유하지 못한다. 그는 서술의 주체임과 동시에 객체이다. 이는 궁극적으로 진실과 거짓, 주체와 객체의 경계선을 와해시킨다. 서사의 통일성이 국가적 체계의 통일성에 대한 메타포가 된다면, 이제 그러한 통일성은 불가능한 신화일 뿐이다. 왜냐하면 거리의 가십과, 소문, 역사 기록 등이 서술자의 이야기와 나란히 놓이게 되면서 모든 유기적 통합과 그 통합을 가능케 하는 권위를 전복시키기 때문이다. 물론 각 인물들이 변화와 발전을 겪지 않는 것은 아니다. 텍스트 내의 모든 인물들은 성장을 한다. 그것은 다름 아닌 잠에서의 깨어남이다. 하지만 이러한 각성이 민족국가의 건전한 시민으로 성장하는 것만을 의미하지는 않는다. 오히려 그들의 변화는 민족국가로부터의 탈출이라 할 수 있다. 즉, 민족국가의 이데올로기적 호명과 명령으로부터 탈출하여, 푸코적인 의미에서의 "저항하는 recalcitrant" 주체로 재탄생하는 것이다.

이런 의미에서 《개를 먹는 사람들》은 성장소설에 대한 패러디 혹은 '반성장소설anti-bildungsroman'이라 할 만하다. 그것은 성장소설의 문법을 따라한다. 하지만 그 모방은 개인의 성장과 발전의 가능성에 대한 탐색이 아니다. 오히려 전통적인 의미에서의 빌둥bildung, 다시 말해 민족국가 경계선 내에서의 교육과 성장의 필연적 실패를 선언한다. 《개를 먹는 사람들》에서 구현된 국가 공간은 개인과 국가 사이의 유기적 통합이 끊임없이 지양되는 공간이다. 신식민주의적 정권에 의한 비윤리적 호명은 국민들의 자발적 동의를 이끌어 내는 것 자체가 불가능할뿐더러, 그에 대항하는 여러 대안적 호명이 국가의 권위를 위협한다. 이 속에서 국가는 결코 동일성이 성취되는 공간이 되지 못한다. 반면에, 혼종성, 양가성, 비진정성이 그 공간을 지배한다. 여기에서 성취되는 정체성은 따라서 일반적인 의미에서의 동일성이 아니다. 그것은 필연적으로 차이를 포함할 수밖에 없는 정체성이다. 결국 하게돈은 극단적인 형식적 실험을 통하여 민족국가가 추구하는 동일성으로서의 정체성을 문제시하며 이에 저항할 수 있는 예술적 탈출구를 모색하고 있는 것이다.

증후적인 독해를 한다면,《개를 먹는 사람들》은 그 자체로 근대 민족국가의 위기를 표상한다. 그 위기는 전 지구적 차원에서의 새로운 사회질서, 혹은 마이클 하트Michael Hardt와 안토니오 네그리Antonio Negri 가 "제국Empire"이라고 정의한 새로운 세계 질서의 형성과 맞물려 있다. 하트와 네그리에 따르면, 제국은 중심이 주변을 폭력적인 방식으로 지배하는 제국주의와는 다른 전혀 새로운 방식의 통치 체계로서, 안과 밖 혹은 중심과 주변의 이분법이 무의미해지는 공간이다. 즉, 제국은 "경계선이 결여"된 체계이며, 국가의 구성적 외부가 사라진 체계이다(xiv). 물론 이것이 중심과 주변의 이항대립이 완전히 소멸되었다거나 국가 주권이 완전히 사라졌다는 것을 뜻하지는 않는다. 아이화 옹Aihwa Ong이 정의하는 "초국가성transnationality"은 제국 내에 존재하는 이러한 탈영토화의 역동성을 포착해 낸다. 여기에서 접두사 "trans"는 "공간과 경계선을 가로지르는 움직임뿐만이 아니라 사물의 본성 자체가 변화함"을 의미한다. 따라서 "초국가성은 … 최근의 행동양식과 상상력이 지니는 횡단적이며transversal, 상호작용적이고 transactional, 번역적이며translational, 위반적인transgressive 양상을 암시하는 것이며 이는 국가와 자본주의의 근본적 논리의 변화에 의해 야기되고 생성되며 또한 통제되는 것이다"(4). 또한 옹이 주장하길, 이러한 새로운 초국가성의 시대 혹은 제국의 시대를 대표하는 상징적 인간형이 바로 "다중국적자multiple-passport holder"이다. 이들은 "정치적 변동이나 이주, 혹은 세계 시장의 변화가 필연적으로 불러올 수밖에 없는 정체성의 균열, 즉 국가에 의해 부여되는 정체성과 개인적 정체성 사이의 균열"을 삶을 통해 표현하는 장본인들이라 할 수 있다(2). 이러한 다중국적자의 양적 팽창은 궁극적으로 "유동적 시민권flexible citizenship"이 새로운 "초국가성의 문화 논리"로서 지배적인 위치를 점유해 가고 있음을 의미한다(6).

《개를 먹는 사람들》은 그 자체로 "횡단적이며, 상호작용적이고, 번역적이며, 위반적인"텍스트이다. 그것은 성장소설의 문법을 아이러니한 방식으로 위반하며, 국가 체계 내에서 표상되지 못하던 목소리들을 번역해 내어 텍스트의 표면으로 끌어올리는가 하면, 민족국가의 경계선을 횡단하여 세계와 상호작용하는 개인과 집단의 지정학적 상상력의 역동성을 포착해 낸다. 그런 의미에서《개를 먹는 사람들》은 철저하게 "제국"이라는 새로운 세계 질서의 산물이다. 그러나 이것이 세계화에 대한 전면적 수용이나 긍정을 의미하는 것은 아니다. 반대로 하게돈은 세계화에 내재된 폭력적 측면을 집요하게 파고든다. 즉,《개를 먹는 사람들》속에 구현된 제국의 양상은 단순히 "유동적 시민권"을 통한 개인 자유의 무한한 확대를 위한 무대가 아니다. 그것은 새로운 갈등과 모순, 즉 미묘한 방식으로 서벌턴의 삶에 영향을 미치는 새로운 종류의 계급갈등과 착취의 원천이다.

예컨대 가야트리 스피박Gayatri C. Spivak이 "디아스포라 문제의 타자"라고 정의한 문제가 바로 이것이라 할 수 있다(246). 다중국적자가 제국이라는 공간을 지배하는 전형적인 디아스포라적 개인 혹은 화이트 디아스포라라고 한다면, 그들의 극단적 자유는 필연적으로 그들의 구성적 외부로서의 타자, 즉 디아스포라가 될 수 없는 "비디아스포라nondiasporic"를 생산해 낼 수밖에 없는 것이다. 실제로 현재 많은 제3세계의 부르주아는 서구 사회로 진출하여 자발적 디아스포라가 되는가 하면, 서구의 자본은 제3세계로 나아가 시장을 확대한다. 이것이 세계화의 가장 큰 핵심이다. 하지만 이런 세계화의 내러티브로부터 소외된 계층이 바로 비非디아스포라들이다. 그들은 움직이고 싶어도 움직일 수 없는 주체들이다. 세계화는 이들 움직이지 못하는 비디아스포라 주체들에 기생한다. 마찬가지로 다중국적자들이 향유하는 극단적 유동성과 자유는 필연적으로 비디아스포라들의 고착성을 착취한 결과라고 할 수 있다.

《개를 먹는 사람들》이 문제시하는 것은 바로 이러한 새로운 갈등의 양상이다. 움직일 수 있는 자와 움직일 수 없는 자, 디아스포라와 비디아스포라, 다중국적자와 서벌턴 사이의 지배와 종속의 관계이다. 즉,《개를 먹는 사람들》은 세계화가 가져온 재앙에 대한 하게돈의 고소장에 다름 아니다. 따라서 본 장에서는《개를 먹는 사람들》을 제국의 시대의 핵심적 모순이라 할 수 있는 디아스포라와 비디아스포라 간의 자유를 향한 투쟁과 갈등으로 해석하고자 한다. 이러한 해석에서 본 논문이 강조하고자 하는 것은 비디아스포라일 수밖에 없는 서벌턴 집단이 단순히 제국이라는 사회적 체계의 수동적 피해자로만 남아 있지 않는다는 것이다. 그들은 부르주아 엘리트 디아스포라에 대비되는 새로운 종류의 디아스포라로서, 자신들만의 자유의 영역을 확보하기 위해 부단히 투쟁하며 움직이는 주체들이다. 이 장에서는 이러한 새로운 서벌턴 디아스포라를 '네이티브 디아스포라'로 규정하고 그들의 움직임을 추적하며, 제국의 노동과 자본의 흐름을 거스르는 새로운 종류의 이동성, 새로운 종류의 디아스포라의 가능성을 타진하며 이를 이론화하고자 한다.

메스티조와 유동적 시민권

《개를 먹는 사람들》의 중심 서술자인 리오와 그 가족들이 거처하는 공간은 탈근대적 제국의 맹아가 움트고 있던 세계화 초기의 공간이다. 새로운 문화 논리인 디아스포라의 유동성과 다중적 충성심이 삶을 지배하는 중심 원리로 떠오르며, 이전의 전통적인 충성심과 경쟁하기 시작하던 시기인 것이다. 이러한 문제적 시기를 배경으로 하게돈은 독자들의 관심을 필리핀에서 '메스티조mestizo'로 통하는 이전 스페인 식민통치자와 그 후손들에게로 유도한다. 일반적으로 대부분의 문화이론가들의 디아스포라 담론은 제1세계, 특히 미국을 국제적인 물적·인적 이동의 중심으로 상정한다. 따라서 그들의 관심은 미국이나 유럽에 거주하고 있는 제3세계 디아스포라 집단의 문화적 행태에 집중되어 있었다. 하지만 하게돈은 역으로 제3세계에 거주하는 제국주의자들의 후손에게 초점을 맞추고 있는 것이다. 이는 유동적 시민권과 같은 제국의 문화 논리의 기원에 대한 탐색이라 할 수 있다. 즉, 이전의 제국주의자들과 그들의 후손의 문화적 행태와 세계화 시대의 디아스포라의 문화 논리를 병치시켜 제국의 공간에 내재된 폭력의 역사적 근원을 파헤치는 것이다.

필리핀 '메스티조' 집단의 형성과 그들의 디아스포라화는 필리핀 근대사에 대한 면밀한 분석을 요구한다.[1] 일반적인 의미에서 메스티조는 제국주의 시대에 스페인 민족과 타 민족 사이의 혼혈을 지칭한다. 필리핀의 맥락에서 메스티조는 스페인 식민지 시절 스페인계나 중국계 아버지와 토착민 어머니 사이에서 태어난 후손들로, 필리핀의 거의 모든 토지를 독점하고 있던 집단이라 할 수 있다. 문화적으로 이들은 스스로를 스페인 사람으로 생각했으며, 따라서 행동양식 역시 유럽 지향적일 수밖에 없었다. 초기 메스티조 집단의 자손들은

---

1 이하의 필리핀 역사에 대한 이해는 윌리엄 포머로이William Pomeroy의《필리핀: 식민주의, 부역, 저항The Philippines: Colonialism, Collaboration, and Resistance!》을 참조하였다.

경제적으로 특권적인 지위를 이용하여 유럽에서 교육을 받을 수 있었다. 이런 근대적인 교육은 새로운 지식인 계층의 성장을 가져왔는데, 이들은 계몽주의적 개인주의 사상으로 무장한 채 스스로를 "일루스트라도ilustrado/enlightened people"라 칭했다. 이들의 가장 큰 공헌은 근대적 형태의 필리핀 부르주아 민족주의의 초석을 놓았다는 것인데, 특히 최초로 "필리핀인Filipino"이라는 용어를 사용하며 필리핀인의 민족의식이 기거할 수 있는 거처를 마련해 주었다고 할 수 있다(Raphael "Nationalism" 137).

하지만 이들 일루스트라도가 필리핀의 진정한 민족주의 지도자로 성장하는 데는 너무도 분명한 계급적·문화적 한계가 있었다. 무엇보다도 자/타의 구별이 너무도 분명한 마니교적 이분법이 지배하는 제국주의 하에서 이들은 스페인과 필리핀을 가로지르는 정치적·문화적 경계선 상에 서 있었던 것이다. 이런 모호성은 두 가지 모순된 방향으로 그들을 이끌었다. 한편으로 이들은 경제적 특권과 서구식 교육을 통해 식민담론의 부조리를 비판할 수 있었다. 그들의 서구 담론에 대한 흉내 내기는 그 자체로 식민담론에 내재된 균열 지점을 폭로했을 뿐만 아니라 그들이 필리핀 내에서 정치적 입지를 확고히 하기 위해서는 식민권력과 경쟁을 하지 않을 수 없었기 때문이었다. 반면에, 그들은 식민권력과 지나치게 가까웠다. 이는 곧 그들이 노동자와 같은 서벌턴 계층과는 너무도 멀리 떨어져 있었음을 의미했다. 그들이 노동자들의 삶을 이해하고 그들의 문화에 공감하는 데는 필연적으로 실패할 수밖에 없었던 것이다. 이러한 모순은 그들이 선택한 민족주의 운동 방식에서도 잘 드러난다. 예를 들어, 1880년대 일루스트라도 출신의 민족주의 시인이자 운동가였던 호세 리잘Jose Rizal은 스페인의 식민통치에 대한 저항운동을 주도하였다. 하지만 그가 참여한 민족주의 운동이 추구했던 것은 스페인으로부터의 완전한 해방이 아니었다. 그들은 단지 식민체제 내에서의 개선을 추구하였을 뿐이었다. 스페인 의회에 필리핀 대표를 파견하고, 필리핀인의 자유를 확대하며, 스페인 신부에게 귀속된 토지를 반환하도록 요구하는 것이 그들이 할 수 있는 최대치였다. 그들의 궁극적 목적은 스페인과 필리핀의 완전한 통합 그 이상도 그 이하도 아니었다. 그러했기에 이들은 대개 "동화주의자"로 분류되었다.

메스티조-일루스트라도 집단의 동화주의 노선이 노동자와 농민들의 반발을 살 수밖에 없었던 것은 너무도 당연했다. 서벌턴 집단에게 그들은 스페인 제국주의자와 크게 구별되지 못했다. 그들은 또 다른 착취자였고, 지배자에 불과했다. 이에 노동자와 농민은 스스로를 정치세력화하기 시작했는데, 예를 들어 노동자 출신이었던 안드레스 보나파치오^{Andres Bonafacio}는 하층민들을 규합하여 카티푸난^{Katipunan}이라는 비밀결사를 조직했다. 흥미로운 것은 이들이 조직을 결성하게 된 날짜는 1892년 7월 7일로 바로 그날 민족주의 시인 호세 리잘이 식민정부로부터 추방 명령을 받았다는 사실이다. 이는 리잘의 추방에 항거하기 위하여 비밀결사가 조직되었음을 의미하며, 따라서 최소한 이때까지만 하더라도 그 두 집단은 서로 같은 길을 가고 있다고 생각할 수 있었다. 1898년 조직의 실체가 발각되자, 이를 계기로 그들은 전면적인 무력 투쟁을 전개하였으며 이것이 후일 '필리핀 혁명'으로 기록된 사건이다. 혁명의 최종 목적은 당연히 스페인 식민통치의 종식이었다. 하지만 혁명의 발발과 동시에 대다수의 메스티조-일루스트라도는 이에 동조하지 못하고 스페인 국왕에 충성을 서약하기에 바빴다. 호세 리잘 역시도 자신의 동료들과 크게 다르지 않았다. 그는 즉각적으로 노동자들의 혁명을 "반란"으로 규정하였고, 독립선언서가 아닌 충성서약서를 발표하며 자신의 "역량 뿐만이 아니라 생명과 이름을 바쳐 반란을 억압하는 데 최선을 다 하겠"노라고 선언하였다(재인용 Pomeroy 21). 자신을 구하기 위해, 그리 고 필리핀의 독립을 위해 투쟁하고 있는 사람들을 이제는 적이며 폭 도라 규정한 것이다. 메스티조-일루스트라도와 서벌턴 계층 사이의 이러한 치유할 수 없는 분열은 이후 민족국가 건설 과정에서도 가장 큰 사회적 모순의 근원이 되었으며, 필리핀이 완전한 민족국가를 형 성하는 데도 커다란 장애가 될 수밖에 없었다.

1946년 필리핀은 400여 년의 긴 식민통치로부터 마침내 해방되 었다. 이 긴 치욕의 기간 동안 식민통치의 주체는 몇 차례의 변화를 겪었다. 미국과 스페인 전쟁의 결과로 1889년 필리핀은 미국에게 할 양되었으며, 태평양전쟁 발발 이후에는 다시 일본에게 주권을 넘겨 야만 했다. 이러한 정치적 격변 속에서도 변하지 않았던 한 가지는 (일루스트라도를 포함하여) 메스티조가 거머쥐고 있던 막강 권력이었 다. 필리핀의 정치와 경제를 장악하고 있던 메스티조에게 국가의 해 방은 자유를 확장시킬 수 있는 또 다른 계기를 제공해 주었다. 많은 이들은 여전히 스페인 시민권을 유지하고 있었을 뿐만 아니라 미국 이라는 신제국주의 세력과 결탁하며 초국가적인 네트워크로 자아의 영지를 확장할 수 있었다. 그 결과 그들은 전 세계를 무대로 활동할 수 있는 다중국적자가 될 수 있었던 것이다. 그들에게 필리핀은 결 코 목숨을 걸고 지키고자 하는 그 무엇이 아니었다. 그것은 경제적 번영과 정치적 권력을 보장해 주는 유토피아적 공간이었다. 그들의 민족과 국가에 대한 충성심은 아파두라이Arjun Appadurai가 설명한 그 것과 정확히 일치한다. 그것은 유동적이었으며, 움직일 수 있는 것 이었고, 또한 다원적인 것이었다. 이러한 유동적 충성심은 초대 대통령이었던 마뉴엘 록사스Manuel Roxas의 취임 연설에서도 은연중 드러난다. 그는 이렇게 선언한다. "나는 다시 한 번 미국에 대한 신뢰와 충성을 다짐합니다. 미국의 너그러운 관심과 조력에 대해 확신하며, 미국 정부와 필리핀 국민들의 기대를 저버리지 않을 것입니다"(재인용 Pomeroy 148). 비록 외교적인 발언이기는 하나, 미국의 기대와 국민들의 기대가 상충할 때면 결국 또다시 국민들의 기대에 반하는 결정을 내릴 수 있음이 내포되어 있다. 어쨌든, 메스티조 계급의 유동적 시민권자로의 변신은 제국주의와 세계화 사이에 존재하는 연속성을 폭로함과 동시에, 디아스포라의 실천 방향이 언제나 해방적인 것만은 아님을 암시한다. 특히 디아스포라가 제국주의 담론과 접합되었을 때, 그것은 움직일 수 없는 자들을 착취하는 식인기계의 일부로 돌변할 수 있는 것이다.

주인과 손님의 전도 그리고 식인주의

《개를 먹는 사람들》은 역사적으로 존재했던 메스티조와 그 외 대부분의 필리핀 토착민들 사이의 분열과 갈등을 포착해 낸다. 즉, 정치적 충성심이 필리핀이 아닌 다른 곳으로 향해 있는 다중국적자와 정치적·경제적 탄압과 착취에도 불구하고 그 모든 것을 감내하며 자리를 지켜야만 하는 토착민들 사이의 모순이 그려지고 있는 것이다. 물론, 《개를 먹는 사람들》은 제국주의 시대의 평면적 이분법을 그대로 답습하지 않는다. 예컨대 메스티조이면서도 제국주의적 가치 체계에 저항하는 필리핀 민족주의자 "아빌라 상원의원Senator Avila"과 그 가족들을 통하여, 하게돈은 메스티조 집단 내에 존재할 수 있는 이데올로기적 다양성을 담아낸다. 즉, 모든 메스티조가 필리핀 민족에 대하여 디아스포라적인 태도를 취하는 것은 아니라는 것이다. 그렇다고 아빌라 상원의원을 통해 하게돈이 필리핀의 민족주의 담론을 전적으로 찬양하는 것만도 아니다. 아빌라가 여성문제에 대해 둔감하다는 사실을 넌지시 보여 줌으로써 하게돈은 민족주의 담론 내부에 존재하는 모순, 즉 민족의 해방이 여성해방을 자동적으로 보장하지 않는다는 사실을 지적하기도 한다. "다른 면에서는 상당히 현명한 사람이었던 상원의원이 자신의 딸이 영부인에 의해 수행되었던 정부 공인 미인대회에 참석하도록 내버려 두었다는 것이 너무도 아이러니하지 않은가?"(D 101). 어쨌든 식민권력과의 근접성을 통하여 필리핀 민족을 지배하고 이후에는 다중국적자로 변신한 메스티조 집단의 기회주의적인 행동양식이 이 소설의 핵심을 이루고 있음은 분명한 사실이다. 중심 화자인 리오의 가족은 그러한 기회주의적 변신의 표본이라 할 만하다.

리오의 아버지 프레디 곤자가Freddie Gonzaga는 실력자는 아니다. 하지만 그는 결코 권력의 중심에서 벗어나지 않는다. 그의 생존 전략은 간단하다. 시류에 대한 "적응력"이다. 이는 제국의 특징인 '유동성'에 대한 곤자가식의 해석으로, 세계화로 인해 점증하는 유동성과 이동성을 최대한 이용하는 것이며, 또한 권력에 순응하는 것이다. 이러한 적응력이 그가 가진 "생존의 비결"임과 동시에 "그의 삶을 지배하는 법칙"이다(9). 최고의 선은 다름 아닌 "살아남는 것"이기에, 그는 본능적으로 어느 편이 게임에서 이길지를 알고 있고, 언제나 "승자의 편에 줄을 설" 줄 안다(8). 물론 그는 이런 행동 방식을 절대 부끄러워하지 않는다. 더욱이 족보를 뒤져 찾아낸 스페인 구제국주의 세력과의 가느다란 연줄을 통해 그는 스스로를 서구 문명의 일원으로 상상한다. 그러기에 그는 자신의 모국인 필리핀에서조차 스스로를 "손님"이라 여긴다. 결국 그는 디아스포라인 것이다. 이러한 디아스포라적 자의식은 "이중국적과 여러 국가의 여권을 가지고 최대한 많은 나라에 최대한의 충성심을 보이는 것"을 당연한 것으로 생각한다(7).

리오의 엄마인 돌러레스 곤자가Doleres Gonzaga 역시 남편과 크게 다르지 않다. 물론 그녀는 남편보다는 필리핀에 대한 애착심이 더 강하다. 하지만 미국인 아버지 덕분에 "미국인 신분증"을 소지하고 있고 끝내는 더 많은 자유를 향유하기 위해 딸 리오와 더불어 미국으로 이민을 선택한다. 결국 곤자가 가족에게 있어 '집/고향'이라는 것은 더 많은 사회적 특권을 획득하고 자본을 축적하기 위하여 언제든 바꿀 수 있는 혹은 교환 가능한 어떤 것에 지나지 않는다. 즉 그들에게 집이란 더 많은 자유와 정치적 특권을 쟁취하기 위한 여행 속에 존재하는 하나의 "임의적 닻 내리기의 장"인 것이다.

프레디 곤자가는 자신의 사회적 네트워크를 만들어 가는 데에도 매우 용의주도하다. 골프장의 주주이자 특별회원인 그는 매주 토요일 메스티조 집단 내의 저명인사들과 골프를 친다. 그 이유는 단 하나이다. 필리핀의 상류계층과의 연줄을 유지함으로써 자신의 사회적 유동 자본을 축적하는 것이다. 골프 회원은 필리핀의 유력 인사들이 망라된다. 판사, 국회의원, 의사, 현역 장군, 재벌 등이 그들이다. 이중 필리핀의 최대 재력가이자 권력가인 세베로 알라크란Severo Alacran에 대한 그의 헌신은 애처롭기까지 하다. 알라크란은 곤자가와 마찬가지로 기회주의적인 메스티조 중 한 사람이다. 그는 "째진 일본인의 눈과 스페인 메스트조 특유의 메부리코"의 소유자로, 한때 스페인 통치자가 했던 것처럼 필리핀의 모든 민중들 위에 군림하며,

회사 직원들에게 자신을 스페인 정복자^{conquistado}의 이름인 "돈 루이스^{Don Luis}"라 부르도록 강요한다(18-19). 그는 돈이 되는 일이라면 "누구와도 거래를 마다하지 않는다." 그 상대가 "일본놈이건, 미군이건, 정글 속의 반정부 게릴라건" 말이다(20). 또한 그는 모든 것을 소유했다. 마닐라의 주요 백화점, 영화사, 신문사는 모두 그의 것이다. 그래서 그는 대통령 위에 군림하는 "열도의 제왕"으로 통한다. 짧게 말해서, 그는 필리핀 매판자본의 표상이다. 식민지 시절부터 미국과 결탁하여 시장에서 독점적 지위를 획득하고 이를 통해 자본을 축적한 전형적인 신식민주의 권력의 대표자인 것이다. 곤자가는 이런 권력가와의 친분이야말로 자신의 사회적 적응력을 극대화시키고, 동시에 자신의 사회적 이동성을 전 세계적인 네트워크로 확장시켜줄 수 있음을 본능적으로 알고 있다. 그러기에 그는 알라크란 왕국의 충실한 신하가 되고자 모든 노력을 경주한다. 예컨대, 곤자가는 리오와 오빠에게 알라크란 부부를 "삼촌"과 "숙모"로 부르도록 강요한다(60). 그와의 사업관계를 친족 관계로 승격시키고 싶은 것이다.

아무런 혈연적 관계가 없는 알라크란과 친족 관계를 유지하고자 노력하는 곤자가는 아이러니하게도 자기 가정 내에 혹은 자기 내부에 존재하는 필리핀과의 모든 사회적·혈연적 관계를 억압하며 집 자체를 순수한 동일성의 공간, 즉 메스티조만의 특권적 영역으로 만들고자 한다. 그는 의식적으로 필리핀의 문화적·혈연적 유산을 포기하는 반면, 가문의 족보를 새롭게 만들어 "콜럼부스의 직속 후예"라 떠벌린다(238). 또한 그는 자신의 "고조부가 [스페인의] 세비야 출신이란" 것을 너무도 잘 기억하고 있지만, 자신의 고조할머니가 필리핀 세부 출신이라는 것은 종종 망각하기도 하고, 심지어는 중국계였던 할머니의 사진을 불태워 버림으로써 자신 속에 존재하는 모든 아시아의 흔적을 지워 버린다. 이런 곤자가의 가치 체계가 가장 극단적으로 드러나는 곳이 바로 그의 필리핀 토착민 출신 장모인 나르시사Narcisa와의 관계다. 곤자가는 스페인에 살고 있는 그의 모친이 필리핀에 휴가를 오면 극진히 환대한다. 반면에 장모 나르시사는 가족 사진에서 아예 지워 버리려 애쓴다. 심지어 그녀를 저녁 식탁으로부터 추방하여 골방에 있는 원주민 하녀들과 함께 식사를 하게 한다. 곤자가의 가족 내에서, 나르시사는 언제나 "이상한" 사람으로 취급되고, 리오의 오빠인 라울Raul은 그녀를 친구에게 소개하는 것조차도 수치스럽게 생각한다(9).

이런 의미에서 나르시사는 역사적으로 언제나 메스티조의 경멸과 착취의 대상이었던 필리핀의 토착민 서벌턴의 표상이다. 리오는 나르시사의 상징성을 이렇게 묘사한다: "[우리 집에서] 그녀는 투명인간이 된다. 우연히 이 집에 방문하게 된 늙고 자그마한 이 여인은 뒷방에서 라디오 드라마를 들으며 살아가는 것에 만족한다"(9). 리오의 언어는 제국의 공간 속에 편입된 필리핀의 사회적 관계를 명료하게 포착해 낸다. 무엇보다도 주인과 손님, 혹은 토착민과 디아스포라의 일반적인 관계가 전도된다. 스스로를 손님이라 생각하는 곤자가는 집안의 모든 권력을 쥐고 있는 반면, 토착민인 나르시사는 객식구인 양 골방에 갇혀있다. 그녀는 자신의 집에서조차 움직이지 못하는 것이다. 오로지 그 작은 골방에서만이 자신의 정체성을 확인할 수 있고, 오로지 타갈로그 멜로드라마를 통해서만이 자신이 필리핀 토착민임을, 보다 정확하게는 필리핀의 토착민이었음을 확인할 수 있다. 그곳을 나서는 순간 그녀는 투명인간이 된다. 그 누구도 그녀의 존재를 인정하지 않는다. 이렇게 본다면, 나르시사는 필리핀 토착민의 표상임과 동시에, 움직이고 싶어도 움직이지 못하는 비디아스포라의 상징이다. 곤자가가 누리는 디아스포라적 유동성은 원주민인 나르시사의 고착성에 기생하는 것이다. 즉, 그는 나르시사의 이동성을 착취함으로써 자유롭게 움직일 수 있는 것이다. 그런데 나르시사가 상실한 것은 단순히 이동성만은 아니다. 그녀는 자신의 고향 땅에서 마저도 고향을 상실했다. 그녀는 자신이 머물고 있는 작은 골방 이외에 그 어느 공간도 자신의 고향이라 주장하지 못한다. 심지어 그 골방마저도 자기 것이 되지 못한다. 객식구로서 그 방에 잠시 머물고 있다고 해야 옳을 것이다. 이는 곧 그녀가 토착민으로서의 토착성을 찬탈당했음을 의미한다. 자신의 고향에서조차 스스로를 손님이라 여기는 사람에 의해 그 땅 말고는 어디도 갈 곳이 없는 사람들이 땅과 문화의 주권을 강탈당한 것이다. 토착민이 토착민으로 행세할 수 없는 상황, 고향 땅이 더 이상 고향으로 기능하지 못하는 아이러니한 상황이 되어 버린 것이다.

이런 관점에서 보면 《개를 먹는 사람들》의 핵심은 다중국적자 혹은 디아스포라 세력에 의한 필리핀 민족의 주권과 토착성의 침탈이라 할 만하다. 소설의 많은 부분이 유동적 시민권자인 메스티조와 그들의 정권에 의하여 비디아스포라 토착 민중들에게 자행되는 여러 비이성적이고 야만적인 폭력을 그리고 있음이 이에 대한 방증이라 할 수 있을 것이다. (7-80년대의 필리핀의 독재자였던 마르코스 대통령과 부인 이멜다 역시 메스티조 출신이다). 물론 이들 메스티조가 자신을 필리핀인으로 생각하지 않는다고는 할 수 없을지도 모른다. 하지만 그들이 필리핀 국적을 유지하는 이유는 그것이 경제적·정치적 권력을 확대하고 운신의 폭을 국제적인 유통망으로 확장시킬 수 있는 토대를 제공해기 때문이라 해도 과언은 아니다. 즉, 자신의 개인적 이익을 위하여 필리핀의 토착성과 민족주의 담론을 전유하고 있지만,

필리핀 민족 자체와 심리적 동일시는 거부하고 있는 것이다. 소설의 화자인 리오는 이런 모순적인 상황을 간명한 언어로 요약해 낸다. "우리 가족은 고기를 잘 먹는다"(91).

여기에서 "고기를 먹는carnivorous"이라는 형용사는 소설의 제목 "개를 먹는 사람들"을 직접적으로 연상시킨다. 이는 리오가 살고 있는 세계가 '개가 개를 먹는dog-eating-dog' 혹은 '사람이 사람을 먹는' 세계임을 암시한다. 따라서 "개를 먹는 사람들"이라는 제목은, 곤잘레스의 주장과는 달리 필리핀 사회의 야만성을 표상하는 상징이 아니다. 그것은 차라리 문화적 차원에서 벌어지는 '인간포식cannibalism'에 대한 은유임과 동시에 '제국'이라 불리는 괴물과도 같은 사회기계에 대한 은유라 할 수 있다. 즉, 필리핀의 어두운 뒷골목으로부터 탈출하지 못한 채 개 같은 삶을 살아갈 수밖에 없는 서벌턴의 일그러진 몸뚱이를 포식하며 문화적 유동 자본을 확보해 가는 야만적 인간관계에 대한 이름이며, 또한 그러한 야만적인 사회에서 개라도 먹어야만 생존할 수 있는 비루한 서벌턴의 초상인 것이다. 결국《개를 먹는 사람들》은 다중국적자들에 의한 토착성의 찬탈이라는 세계화 시대의 암묵적 폭력을 '문화적 식인주의'라는 은유를 통해 그려 내고 있다고 할 수 있다.

페넬로프 도이처Penelop Deutscher는 "문화적 식인주의"를 루스 이리가라이Luce Irigaray의 메타포를 통해 정의한다. 그녀에 따르면, 이는 "타자를 내가 말을 걸거나 혹은 나에게 말을 거는 사람이 아니라, 비윤리적인 방식으로 '나me' 혹은 '나의 것mine'으로 축소시키는" 행위를 의미한다(162). 간단히 말하면, 문화적 식인주의는 주체에 의한 타자의 비윤리적 전유라 할 수 있다. 이를 다시《개를 먹는 사람들》에 적용한다면, 디아스포라적 성향의 메스티조 집단은 필리핀 민중의

"토착성"을 비윤리적으로 전유할 뿐만 아니라, 민족주의 담론과 국가의 이데올로기적 기구를 사유화하고 있는 것이다. 이로써 대다수의 필리핀 민중들은 소수의 엘리트 계급을 위한 이데올로기적 조작과 대중적 동원의 대상으로 전락함과 동시에 골방이라는 원주민 보호구역에 유폐되어 버리고 마는 것이다.

소설 속 '영부인'과 관련된 에피소드는 바로 이러한 문화적 식인주의에 대한 알레고리라 할 만하다. 영부인은 메스티조의 정치권력을 대표하는 인물로 독재자 마르코스의 부인 이멜다라는 역사적 실존 인물을 모델로 하고 있다. 머라 멘더블Myra Mendible에 따르면, 이멜다는 필리핀의 민족 상상계의 스타로서 "[마르코스] 정권의 '잠의 수호신'"으로 여겨졌다고 한다(para. 1). 이러한 이멜다와 마찬가지로, 소설 속의 영부인은 빼어난 미모를 지니고 있으며, 자신의 아름다운 몸을 필리핀 민족의 어머니 혹은 민족의 순결성과 도덕성의 상징으로 신격화시키고 또한 그러한 이미지를 외교무대에서 철저하게 이용한다. 예컨대, 그녀는 종종 서구 언론에 자신을 노출시키곤 하는데, 자신의 미모를 시각적 스펙타클로 만들며 서구의 아시아에 대한 판타지를 자극하는 것이다. 다시 말해서 스스로를 오리엔탈리즘 담론의 중심에 위치시켜 필리핀의 국가적 이미지를 자신의 이국적 외모로 치환시키는 전략이라 할 수 있다. 이렇게 본다면, 슈칭첸Shu-ching Chen의 주장처럼, 그녀의 정치권력의 근원은 자신의 "육체적 이미지의 스펙타클을 [필리핀] 민족의 몸과 혼동"시키는 것이라 할 수 있다(102). 즉, 민족의 집단적 상상계를 사유화함으로써 개인적 권력을 확장시키는 것이다.

소설 속에서 묘사되고 있는 마닐라 국제 영화제는 바로 이런 민족적 상상계와 국가기구의 비윤리적 전유라는 맥락에서 이해될 수 있다. 여기에서 영화제는 영부인의 고상한 취미의 발현임과 동시에 그녀의 상상계적 권력을 공고히 하기 위한 수단에 다름 아니다. 이런 까닭에 소설의 또 다른 화자 조이는 이 행사를 "영부인의 변덕"이라고 조롱한다. 그도 그럴 것이 그녀의 변덕스러운 허영심이 원하는 것은 영화 자체가 아니라 국제금융자본을 유치하고 해외 영화계와 정치계 유명 인사들과의 친분을 확대하는 것이었기 때문이었다. 어쨌든 영부인은 이 행사에 맞추어 "도시정화사업"을 명령한다. 마닐라 시내의 조경을 바꾸고, 빈민가를 정리하는가 하면, 거대한 문화센터를 건립하는 것이다. 하지만 불행스럽게도 문화센터의 건설 도중 건물이 무너져 내려 다수의 노동자가 희생된다. 그럼에도 불구하고 영부인은 "생존자들은 건설을 계속하라"고 명령한다. 이 야만적인 공사의 결과 "죽은 자들 위에 더 많은 시멘트가 부어졌고, 문화센터는 첫 영화가 상영되기로 예정된 시각보다 불과 세 시간 전에야 비로소 완공되었다"(130). 이 비극적인 사건은 문화적 식인주의가 작동되는 방식을 시각적 이미지를 통해 폭로한다. 민족 이마고로서의 영부인의 순결하고 아름다운 이미지는 "죽은 자들 위에 더 많은 시멘트가 부어지고" 그 위에 세워진 문화센터의 기괴한 스펙타클과 별반 다르지 않다. 즉, 영부인의 미모는 도시 빈민과 노동자들의 생명을 갈취한 결과인 것이다. 또한 영화제를 통해 영부인 획득한 다국적기업의 자본과 세계 유명 인사들과의 친분관계는 영부인의 활동 영역을 초국가적인 채널로까지 확장시켜 준 것은 분명하다. 하지만 그녀가 획득한 정치적·문화적 유동성은 궁극적으로 노동자들의 죽은 시체마저도 시멘트 속에 묻어 버림으로써, 즉 노동자들의 이동권을 철저하게 박탈하고 그들을 어둠 속에 가두어 둠으로써만 얻어질 수 있는 것이었다.

토착민은 움직일 수 있는가?

《개를 먹는 사람들》의 중심적 모티프는 분명 디아스포라와 비디아스포라, 혹은 메스티조와 토착민 사이의 대립이라 할 수 있다. 그러나 이런 이항대립적 틀을 통한 해석은 토착민의 정체성과 관련하여 상당히 중요한 윤리적 문제를 동반한다. 무엇보다도 이항대립적 구조 속에서 필리핀의 토착민은 필연적으로 메스티조의 거울 이미지 혹은 변증법적 반ਾ으로 규정될 수밖에 없기 때문이다. 즉, 디아스포라적 경향의 메스티조가 유동성과 이동성 그리고 자유와 같은 개념과 연결된다고 한다면, 토착민들은 정확하게 그 반대편에 위치하게 된다. 그들은 움직일 수 있는 자유를 박탈당한 채 시멘트 더미에 묻혀 무시간적 공간 속에서 화석이 되어 버린 사람들인 것이다. 그러기에 그들은 의식적인 행위와 움직임을 통해 정체성에 의미 있는 변화를 창출해 낼 수 있는 능력이 부재한 존재로서 규정될 수밖에 없다. 결국 메스티조/토착민, 디아스포라/비디아스포라의 이항대립을 통한 해석은 세계화의 폭력을 가시적인 형태로 그려 낼 수는 있다. 하지만 이는 궁극적으로 주체/객체, 우리/저들, 식민자/피식민자와 같은 제국주의 시대의 인류학적 이항대립을 복원시킴으로써 토착민들을 세계화에 저항하지 못하는 수동적인 피해자의 위치로 끌어내리는 결과를 초래하게 된다. 게다가 더 큰 문제는 이러한 윤리적 딜레마로부터 탈출하는 것이 쉽지 않다는 것이다. 예컨대, 토착민에게 독자적이고 고유한 정체성을 부여하는 방식이 있을 수 있다. 하지만 이는 기껏해야 본질주의의 함정에 빠지거나 아니면 토착민을 정신병리학적 주체로 전락시킬 가능성이 크다. 토착민이라는 정체성 자체가 백인/식민자/디아스포라의 부산물이기 때문이다.

〈토착민들은 도대체 어디로 갔는가?Where Have All the Natives Gone?〉라는 레이 초우Rey Chow의 질문은 바로 이런 윤리적 딜레마에 대한 탐색이라 할 수 있다. 초우는 같은 제목의 에세이에서 이렇게 주장한다. "토착민을 구성하는 방식은 긍정적이든 부정적이든 이미지-동일시image-identification의 수준에 머물러 있다. 이 과정에서 '우리' 자신의 정체성은 우리가 토착민과 얼마나 닮았는지 혹은 토착민이 우리를 얼마나 닮았는지를 통해서 측정된다." 즉, 토착민은 우리 자신의 모습을 비춰볼 수 있는 거울에 지나지 않는다는 것이다. 그래서 그녀는 이렇게 질문한다. "이미지 유사성의 굴레에서 벗어나서 토착민을 생각할 수 있는 방법은 있는가?"(34) 그런데 초우가 밝히고 있듯이, 이 질문은 사실 스피박이 오래전에 던졌던 질문, 즉 "서벌턴은 말할 수 있는가?"와 그 연원을 같이한다. 이에 대한 스피박의 결론은 단순하다. "서벌턴은 말할 수 없다." 초우는 스피박의 이러한 자극적인 결론에 대해 약간의 부연설명을 덧붙여 준다. 그녀에 따르면, 서벌턴은 말하지 못한다. 이는 "서벌턴적인 삶·문화·주체성의 양식을 찾아낼 수 있는 행위가 없기" 때문이 아니다. 단지 "말하는 행위 자체가 기존의 지배 구조와 역사에 속하는 것이기 때문이다." 서벌턴이 말할 수 있다면, 그들은 더 이상 서벌턴이 아닌 것이다. 또한 초우는 서벌턴이 말할 수 있다는 주장은 지배문화가 현재의 권력관계를 유지하기 위하여 생산한 "기능주의적 개념functionalist notion"을 복원시키는 데 봉사할 뿐이라고 주장한다. 여기에서 초우가 말하는 "기능주의"란 대영제국의 식민정책과 고전적인 형태의 인류학과 사회학이 가능해질 수 있는 토대를 제공해 주는 것으로, 영미권의 자유주의적 휴머니즘을 토대로 토착민 주체를 구성하는 방식과 연관된다. 즉, 토착민에게 "목소리를 부여함으로써" 그들을 우리와 유사하게 만드는 이미지-동일시의 한 양상이라 할 수 있는 것이다(35-6).

다시《개를 먹는 사람들》의 필리핀 서벌턴 토착민의 문제로 돌아오자. 여기에서 스피박과 초우의 문제의식과 레토릭을 모방해서 다음과 같이 질문할 수 있을 것이다. 토착민은 움직일 수 있는가? 나르시사는 움직일 수 있는가? 만약 움직일 수 없다면, 즉 제국이라는 디아스포라 네트워크 시스템이 그녀에게 움직임을 허락하지 않는다면, 제국의 이동체계를 넘어선 대안적 이동성을 상상할 수 있는 방법은 없는가? 다시 말해서, 이미지-동일시의 수준을 넘어서 '움직일 수 있는 토착민mobile native'을 상상할 수 있는 방법은 없는가? 이러한 질문에 답하기 위해 여기에서는 '네이티브 디아스포라'라는 개념을 이론화하여, 이를 통해 토착민과 디아스포라, 이동과 고착과 같은 제국주의적 이분법 해체할 수 있는 방법론적 토대를 마련해 보고자 한다.

네이티브 디아스포라는 제임스 클리포드James Clifford에게서 영감을 받은 것으로, 그는 세계화 시대에 디아스포라와 토착민 사이의 경계는 무의미하다고 주장한다. "20세기 후반 거의 모든 종류의 커뮤니티는 다소간에 디아스포라의 측면을 가지고 있다. … 그럼에도 불구하고 디아스포라를 더 포괄적으로 정의한다면 추방된 공간에 사는 것dwelling-in-displacement이라고 할 수 있다"(254). 비록 토착민이라 할지라도 그들이 "추방된 공간에 살고" 있다면, 즉 자신이 일구어 오며 뼈를 묻고 살아오던 땅을 빼앗기고 작은 보호구역으로 추방되어 살고 있다면, 그들은 디아스포라인 것이다. 하지만 이들은 일반적인 의미에서의 디아스포라와는 구별되는 디아스포라다. 왜냐하면 그들은 여전히 토착민이기 때문이며, 동시에 그들은 여전히 자신의 의지에 따라 공간적·사회적 정체성에 변화를 가져올 수 있는 움직임을 창출해 낼 수 없는 '비디아스포라'이기 때문이다. 그들은 토착민이면서 토착민이 아니며, 디아스포라이면서 디아스포라가 아닌 것이다. '네이티브 디아스포라'는 세계화 시대에 토착민 서벌턴이 처해 있는 이런 모순적 상황을 설명하기 위한 용어라 할 수 있다.

근본적인 문제에서 시작해 보자. 토착민은 움직일 수 있는가? 이에 대한 대답은 분명하다. 토착민은 움직이지 못한다. 이는 토착민들이 의식적인 움직임을 통하여 문화적·정치적 경계선을 넘고 또한 새로운 문화와 새로운 주체성을 창조할 수 있는 능력이 부재하다는 것을 의미하지는 않는다. 문제는 '이동성'이라는 개념 자체가 제국이라는 공간에 포섭되어 있으며 또한 제국의 논리를 통해 인종, 계급, 젠더, 민족과 같은 정체성의 핵심적 개념들이 생산되고 유포되고 있다는 것이다. 이런 제국의 논리 속에서 토착민들은 언제나 비디아스포라로 분류된다. 즉, 변화와 움직임을 상실한 문화적 고착성이 토착민 정체성의 핵심이 되는 것이다. 그러기에 만약 그들이 전 세계의 인적·물적 유통망 속에 포함되어 한 국가에서 다른 국가로 자유로이 움직일 수 있다면, 그들은 더 이상 토착민이라 할 수 없는 것이다.

예컨대, 제국이라는 공간 속에서 많은 아프리카계 미국인은 디아스포라로 분류되지 못한다.[2] 비록 그들이 고향 땅으로부터 유리되어

---

2 물론 고전적인 디아스포라 개념이나 제국주의 시대의 논리에 따르면 그들은 디아스포라로 분류될 수 있다. 예컨대, 로빈 코헨Robin Cohen은 노예선을 타고 끌려온 아프리카계 미국인을 "피해자 디아스포라"로 규정하고 있으며, 폴 길로이Paul Gilroy는 백인의 제국주의적 근대성에 대항하는 흑인의 대안적 근대성의 근원으로서 "검은 대서양"을 이론화하고 있는데, 이는 아프리카와 카리브해 그리고 영국을 잇는 흑인 문화 교류의 삼각형으로서 아프리칸 디아스포라의 이론적 원형이라 할 수 있다.

미국이라는 새로운 공간 속에 놓였을 지라도, 그들의 움직임은 결코 의식적이고 디아스포라적인 움직임이라 할 수 없다. 그들은 상품으로서, 혹은 물건으로서 옮겨졌을 뿐이며, 그 움직임 속에 자신의 의지를 각인시킬 수 있는 여지를 갖지 못했기 때문이다. 그런 의미에서 그들은 서벌턴이며 비디아스포라이다. 반면에 1965년 이후 이민을 온 많은 아시아계 미국인의 경우는 이와 다르다. 비록 그들이 고향 땅에서 정치적 탄압과 경제적 착취를 경험했고, 또한 미국에서 제도적이고 문화적인 인종주의의 피해자가 되기는 했을지라도 그들은 사실상 유동적 시민권자들이라 할 수 있다. 그들의 행로는 더 많은 자유와 더 큰 경제적 번영을 향한 여정이었으며, 또한 그 행로를 스스로 기획하고 만들어 갈 수 있는 최소한의 담론적 공간을 부여받았기 때문이다. 따라서 이들의 행로는 어느 정도는 해방을 향한 길임과 동시에 어느 정도는 타자에 대한 억압과 착취를 향한 길이기도 하다. 그들의 움직임은 이미 언제나 자본주의와 제국의 논리 속에 포섭될 수밖에 없기 때문이다. 어쨌든, 서벌턴 토착민은 움직이지 못한다. 이 간명한 사실을 먼저 인정해야 한다. 그래야만 근본적으로 다른 종류의 이동성, 제국과 자본주의의 논리를 거스르는 대안적 이동성, 그리고 이를 통해 '움직이는 토착민'을 상상할 수 있는 토대를 마련할 수 있기 때문이다.

따라서 최후의 질문은 이것이다. 어떻게 제국의 논리 혹은 초국가적 자본주의의 논리에 포섭되지 않으면서도 '움직일 수 있는' 토착민을 상상할 수 있는가? 레이 초우는 서벌턴의 대안적 주체성의 가능성을 "본질적 번역불가능성," 혹은 료타르Jean-François Lyotard가 "디페랑différend"이라 정의한 것에서 찾는다. 이는 "담론의 한 양식에서 다른 담론 양식으로의 접근 불가능성 혹은 번역불가능성"을 의미한다

(Chow 35). 즉, 서벌턴의 담론을 제국주의자의 담론으로 번역하는 것은 근본적으로 불가능하다는 것이다. 이와 비슷한 맥락에서 포스트식민주의 이론가 제니 샤피Jenny Sharpe는 서벌턴을 "환원될 수 없는 외재성으로서의 탈궤도적" 존재로 규정한다(147). 여기에서 "탈궤도적"exorbitant[3]라는 말은 원래 샤피가 해방 이후 인도에서 나타난 엘리트 계급과 서벌턴 사이의 문제적 관계를 표현하기 위해 데리다Jacques Derrida에게서 차용한 것이다. 샤피는 이를 통해 두 가지 함의를 담아낸다. "환원 불가능한 외재성으로서의 서벌턴"과 서벌턴의 욕망을 읽어내려는 "비평가의 필연적 실패"가 그것이다(147).

"탈궤도적"이라는 말을 통해 샤피가 강조하는 것은 결국 서벌턴의 외재성 혹은 타자성이다. 이를 토착민의 이동성 문제로 다시 쓰기를 한다면 그 의미는 더욱 선명해진다. 토착민은 비디아스포라일 수밖에 없는 사람들이다. 그들은 움직이지 못하는 사람들이다. 그들은 따라서 인적/물적 이동과 경계선의 가로지름으로 표현되는 제국이라는 공간의 외부를 형성한다. 즉, 토착민은 제국에 대해 철저하게 외재성으로 표시되는 자리이며, 또한 제국의 절대적 타자인 것이다. 이는 토착민이 결코 제국의 인적·물적 네트워크 혹은 디아스포라의 일상적 궤도로 환원될 수 없음을 의미한다. 그러하기에 초국가적 자본주의의 가치 체계를 통하여 그들의 삶과 문화를 해석하려는 모든 시도는 필연적으로 실패할 수밖에 없다. 이렇게 본다면, 분명 토착민은 움직이지 못한다. 하지만 이것이 이동성의 결여 혹은 움직

---

3 "exorbitant"의 사전적 의미는 '엄청난', '형언하기 힘든'이지만, 샤피는 이 단어의 어원적 의미를 더 강조한다. 즉, ex+orbit+ant로서 궤도를 벗어나 있다는 것이다. 여기에서는 이런 어원적 의미를 더 부각시키기 위해 "탈궤도적"이라 번역한다.

임의 부재를 의미하는 것은 결코 아니다. 다만 그들의 움직임이 근본적으로 번역불가능한 것이며 또한 디아스포라적 움직임으로 환원되지 않을 뿐이다. 따라서 토착민을 정체되어 있거나 고착되어 있는 사람들이라 생각하는 것은 디아스포라나 식민제국주의자의 오만에 지나지 않을 수도 있는 것이다.

분명 토착민은 데카르트적인 의미에서의 움직이는 주체는 아니다. 그럼에도 불구하고 그들은 결코 정체된 삶을 영위하지는 않는다. 다만 그들의 움직임과 실천 방식이 제국의 언어로, 디아스포라의 담론으로 번역되지 못하기에, 그리고 텍스트의 표면에서 즉각적인 표현 방식을 찾지 못하기에 정체되어 있고 변화할 줄 모른다고 가정될 뿐이다. 하지만 토착민은 이동성을 박탈당한 바로 그 지점에서 극적으로 다시 움직이기 시작한다. 즉, 그들이 무변화의 역사적 진공 상태에 감금되어 있다고 생각되는 그 지점에서 그들의 움직임이 시작되는 것이다. 그리고 그 지점이란 다름 아닌 그들이 지금 현재 처해 있는 역사적 상황이다. 비록 그 상황은 자신의 의지대로 창조된 것은 아닐지라도 그 상황 속에는 언제나 전복적 에너지가 잠재되어 있기 때문이다. 다시 말해서, 토착민은 결코 탈역사적 존재가 아니다. 그들은 언제나 이미 특수하고 구체적인 사회, 정치, 경제적인 상황 속에 깊이 '뿌리박고 있는embedded' 존재들이다. 특정 상황 속에 깊이 뿌리박고 있기에 자연의 일부로 오인되기도 하지만, 또한 그 상황과 연루되어 있기에 제국주의자나 디아스포라가 자신의 의지대로 세상을 만들어 가는 것을 끊임없이 방해하며 또한 세계 속에 자신의 의지를 투영시키기도 한다. 따라서 '움직이는 토착민' 혹은 '대안적 이동성'을 상상하는 데 중요한 것은 토착민이 '어디를 가느냐?' 혹은 '무엇을 하느냐?' 하는 주체의 의식적 위치와 행위의 문제와는 무관하다. 더 중요한 것은 그들이 어떤 방식으로든 상황 속에 뿌리박고 있으며 또 어떤 방식으로든 그 상황과 연루되어 있다는 사실이다. 즉, 그곳에 그들이 존재했으며, 존재하고 있다는 사실만으로도 충분한 것이다. 그 '있음'은 그 어떤 움직임보다 더 전복적인 에너지를 가지고 있으며, 바로 그 있음을 통해 우리는 새로운 종류의 토착민, 제국의 일반적 흐름에 저항하는 토착민, 즉 '움직이는' 토착민을 상상할 수 있는 것이다. 그리고 그것이 '네이티브 디아스포라'의 핵심이라 할 수 있다.

네이티브 디아스포라는 그들이 사회적이고 역사적인 상황에 뿌리내리고 있는 방식에 따라 두 가지 전혀 다른 함의를 갖는다. 하나는 레이 초우가 정의한 "응시로서의 토착민the native as gaze"이며, 다른 하나는 민족국가의 충실한 주체로의 호명 불가능한 주체로서의 토착민이다. 먼저 네이티브 디아스포라에서 네이티브에 방점을 찍는다면, 네이티브 디아스포라는 "응시로서의 토착민"으로 이해된다. 초우에 따르면, 토착민은 라캉적 의미에서의 타자이다. 즉, 토착민은 식민제국주의자의 "소타자the direct other"임과 동시에 의미 체계 외부에 존재하는 "대타자big Other"이기도 하다. 이는 토착민이 식민제국주의자에 의해 자신의 이미지에 따라 구성된 존재이기도 하지만 동시에 그 제국주의자들이 도착하기 훨씬 이전부터 이미 그곳에 뿌리를 내리고 있었던 사람들임을 의미한다. 따라서 그들은 서구의 언어가 형언할 수 없는/탈궤도적인exorbitant 존재다. 그들은 또한 "하나의 절대적인 기호이며 대타자이고, 그것의 **전적인** 기능은 식민주의자의 관습적이고 (자의적인) 기호 체계의 한계 지점에 대해 의문을 제기하는 것이다"(Chow 50, 강조는 원본). 대타자로서의 토착민에게 부여된 것은 바로 "볼 수 있는 능력"이며 따라서 토착민은 그 자체로서 응시를 상징한다(51). 다시 말해서, 태초에 토착민이 있었으니, 그들은 식민주의자들의 도착과 정복과 지배의 모든 과정을 목격하고 증언할 수 있는 존재인 것이다. 그러하기에 응시로서의 토착민은 반제국주의적 담론 속에 등장하는 '주체로서의 토착민'과는 다르다. 주체로서의 토착민이 식민주의자를 모방한 우울증적 주체라고 한다면, 응시로서의 토착민은 식민주의자들의 도착 이전에 이미 거기에 있었던 토착민의 존재 방식이다. 그래서 초우는 주장한다. 응시로서의 토착민은 "위협도 복수도 아니다." 하지만 그것은 "식민주의자가 자기 자신을 '의식하게' 만들어, 주위를 돌아보게 만들고 결국은 대상으로서의 토착민에게 '비춰진' 자신의 모습을 바라보도록 만든다"(51).

이를 바탕으로 초우는 통렬한 주장을 이끌어 낸다. "그렇다면 인간의 '자의식'에 관한 헤겔의 이야기는 … 서구인이 이룩한 최고의 성취에 관한 이야기가 아니다. 그것은 단지 헤겔이 원시인이라고 생각했던 사람들과 서구인이 조우하게 되면서 나타난 혼란스런 결과에 지나지 않는다"(51). 이를 통해 응시의 주체와 객체가 뒤바뀐다. 응시의 주체로서 토착민을 대상화했던 서구 식민주의자가 사실은 응시의 대상에 불과했던 것이다. 즉, 토착민은 수동적인 피해자가 아니다. 그들은 제국주의적 폭력의 역사에 대한 목격자이자 증언자이다. 이는 곧 그들이 존재하는 한 서구 제국주의자들은 언제나 자의식과 죄의식에 갇혀있을 수밖에 없음을 의미하는 것이다.

또 한편으로, 네이티브 디아스포라에서 디아스포라를 강조한다면, 이는 네이티브 디아스포라에 내재된 호명 불가능성을 표상한다. 즉, 네이티브 디아스포라는 민족국가의 충실한 시민으로 호명되는 것 자체가 불가능하다는 것이다. 물론 그들이 민족국가 경계선 밖에 존재하는 것은 아니다. 그들은 언제나 물리적 경계선의 내부에 머무를 수밖에 없다. 그들에게는 탈출로가 없기 때문이다. 그럼에도 불구하고 그들은 탈궤도적인 존재다. 이는 그들이 민족국가의 담론적 경계선 내부로 환원될 수 없는, 절대적 외재성으로 표시되는 존재임을 의미한다. 다시 말해서, 언제나 이미 거기에 뿌리내리고 있으나 국가적 의미 체계 속으로 표상될 수 없음을, 또한 표상할 수도 없음을 의미한다. 그런 의미에서 그들은 알랭 바디우Alain Badiou가 "공집합void"라고 정의한 것과 유사하다. 공집합은 언제나 이미 모든 집합 속에 내재되어 있다. 그러나 그 공집합은 결코 표상되지 않는다. 서벌턴 역시 언제나 이미 국가의 내부에 존재하고 있으며 국가의 존재론적 토대를 구성한다. 그러나 국가의 표상 체계 혹은 정치적 재현 체계 내에서 그들을 위한 자리는 결코 존재하지 않는다. 그들은 공집합 그 자체인 것이다. 하지만 그들은 국가의 표상 체계에 포함될 수 없기에 또한 국가를 초과하는 지점이기도 하다. 즉, 그들에게는 국가의 표상 체계를 교란시킬 수 있는 해체적 힘이 내재되어 있는 것이다. 표현을 달리 하자면, 서벌턴 혹은 네이티브 디아스포라는 움직이지 못한다. 언제나 그 자리에 뿌리내리고 있을 뿐이다. 하지만 그들은 결코 멈춰 있지 않는다. 그들은 부단히 움직이며 국가의 담론적 경계선을 넘나든다.

움직이는 토착민, 나르시사

《개를 먹는 사람들》의 곤자가 가문에서 유일한 오점은 바로 나르시사이다. 그녀는 곤자가 가문의 근원이자 존재의 기반을 이루는 인물이다. 그러나 그녀는 메스티조의 내러티브 내에서는 결코 표상되지 않는다. 말 그대로 공집합과도 같은 존재이며, 환원될 수 없는 외재성으로 표시되는 토착민 서벌턴의 표상과도 같은 인물이다. 그녀는 곤자가 가문의 일원으로 호명될 수도 없고 또 호명 되어서도 안되는 존재다. 그러기에 그녀는 존재하지 않는다고 할 수 있다. 하지만 그녀의 존재를 부정하는 순간 더 분명해지는 그녀의 존재를 그 누구도 부정하지 못한다. 예컨대, 가족들은 그녀의 존재를 애써 무시하며 투명인간 취급을 한다. 손님들에게 그녀를 소개하는 것은 물론이고 가족만찬에 그녀를 초대하는 것조차 허락되지 않는다. 그럼에도 불구하고 가족들에게 그녀의 존재는 꽤나 신경에 거슬린다. 나르시사가 일부러 가족들 사이의 균형을 파괴해서 그러한 것은 아니다. 단지 절대적 타자로서 혹은 대타자로서 그녀가 자신의 자리를 언제나 그대로 지키고 있기 때문이다. 다시 말해 그녀는 메스티조의 자의적인 표상 체계를 초과하는 인물이다. 그런 의미에서 그녀는 레이 초우가 말하는 "응시로서의 토착민"을 상징하는 인물이다. 실제로 나르시사는 가족 중에 가장 나이가 많은 사람으로, 그 누구도 그녀의 근원을 알지 못한다. 그녀는 가족들이 그녀를 "이상한" 사람 취급을 하거나 "투명인간" 취급을 하기 훨씬 이전부터 그 자리를 지키고 있었던 것이다. 그러기에 그녀는 자신과 자신의 동료들이 메스티조들에 의해 골방으로 쫓겨나고 착취당하는 모든 과정을 감내하며 지켜볼 수밖에 없었다. 따라서 "이상한" 사람으로서 일그러진 그녀의 이미지에는 사실상 메스티조 자신들의 일그러진 형상이 담겨있는 것이다. 그녀의 일그러진 형상은 다름 아닌 메스티조에 의해 가해진 폭력의 흔적이기 때문이다. 결국 그녀의 존재는 메스티조로 하여금 언제나 자의식에 빠지도록 만들며 주위를 의식하게 만든다. 이런 의미에서 리오의 아버지 곤자가가 보여 주는 타갈로그 문화에 대한 혐오증은 상당한 함의를 갖는다. 리오는 다음과 같이 말한다.

> 아빠에 따르면, 《러브레터》[타갈로그 라디오 드라마]는 저속한 평민
> 들이나 듣는 것이란다. 아구스틴 삼촌의 정의에 의하면 저속한 평민이
> 란 '나막신을 신는 무리bakya crowd'라고 한다. 바로 이런 이유로 곤자가
> 집안사람들은 타갈로그 노래를 듣거나 타갈로그 영화를 보지 않는다.
> 《러브레터》에 관한 한 나는 정말로 푹 빠져 있다. 사촌 언니인 푸차가
> 이런 나의 모습을 보기라도 한다면 난 창피해서 죽을지도 모르겠지만,
> 나르시사 할머니와 다른 하인들과 함께 그 드라마를 들으며 나는 맘껏
> 눈물을 흘린다.(12)

증후적으로 읽는다면, 타갈로그 문화에 대한 곤자가 가문 사람들
의 혐오증은 자기 자신에 대한 혐오증에 다름 아니다. 그들은 모든
부정적인 이미지들을 토착민과 토착민의 문화에 갖다 붙인다. 이런
행위를 통해 그들은 자연스럽게 근원적이면서도 능동적인 응시로서
의 자격을 획득한 것처럼 보인다. 그러나 이런 식의 자기 정체성 확
립은 결국 이차적인 것에 지나지 않는다. 그것은 토착민의 이미지
위에 비추어진 자신의 모습을 인식하는 과정이기 때문이다. 이러한
이차적인 응시는 결코 그들이 도착하기 이전에 존재했던 원주민의
응시를 완전히 삭제하지 못한다. 그들은 나르시사를 비롯한 토착민
들의 일그러진 형상이 자신의 모습이 아님을 극구 주장하지만, 이는
역설적이게도 그들이 토착민의 모습 속에서 자신의 형상을 발견하
고 있음을 의미한다. 따라서 그들은 자신이 발견한 토착민의 모습에
집착할 수밖에 없으며 또한 그것으로부터 결코 자유로워지지 못한
다. 그것을 통해서만이 그들은 자신이 누구인지를 알 수 있기 때문

이다.

반면 나르시사는 현재 자신의 이미지로부터 자유롭다. 그녀는 애써 타자의 눈을 의식할 필요가 없다. 그러기에 그녀는 메스티조들이 금기시하는 타갈로그 드라마를 맘껏 즐길 수 있으며, 또한 메스티조 도착 이전의 근원적 모습으로 디아스포라적인 귀향을 시도할 수 있는 것이다: "[나르시사]는 부엌에서 하녀들과 식사하는 것을 더 좋아한다. … 그들은 맨손으로 카마얀kamayan을 먹으며 그들이 좋아하는 라디오 드라마 《러브레터》의 복잡한 플롯에 대해 이야기한다. 또한 그들은 저녁 식사가 끝나면 할머니의 아늑한 방에 모여 드라마를 듣는다"(9-10). 하녀들과 모여 맨손으로 식사를 하고 타갈로그 드라마를 듣는 것은 분명 나르시사의 입장에서 보면 일종의 디아스포라적 여정이라 할 만한다. 물론 그것이 일반적인 디아스포라의 여정과는 다르다고 할지라도, 그리고 제국이라는 공간 속에서 의미있는 움직임을 창출하는 것은 아니라고 할지라도, 나르시사는 분주히 움직이며 자유의 영역을 확장하고 있는 것은 틀림없다. 그런 의미에서 그녀는 분명 움직이는 주체이다.

나르시사의 이러한 움직임은 손녀 리오와의 관계에서도 중요한 역할을 수행한다. 리오는 첫 월경을 경험한 직후 어머니와 더불어 미국으로 이민을 가게 된다. 뿌리를 상실한 디아스포라, 혹은 "갈망과 불안 속에서 오직 공항에서만 편안함을 느끼는" 떠돌이가 된 것이다(247). 그녀의 주체는 고향의 결여를 중심으로 형성되고 따라서 그녀는 고향에 대한 그리움과 욕망을 떠나서는 그 어떤 주체도 상상하지 못한다. 그러한 리오에게 나르시사는 어린 시절 추억의 중심을 차지한다. 그녀는 오로지 나르시사를 통해서만이 필리핀의 실재성을 경험할 수 있는 것이다. 메스티조에게 금지된 타갈로그 드라마를 들을 수 있는 유일한 공간이 할머니 방이었을 뿐만이 아니라, 필리핀 토착민의 방식대로 토착 음식을 다른 토착민들과 함께 먹을 수 있는 공간도 그곳이었다. "나는 푸차를 포함한 가족 모두에게 잘 자라는 인사를 하곤, 곧장 부엌 뒤편에 있는 작은 방으로 달려가 나르시사 할머니와 한밤의 비밀 만찬을 즐긴다. 우리는 모두 맨손으로 먹는다. 밥이나 돼지고기, 야채나 양념 그리고 파이까지도 모든 맨손으로 말이다"(91).

그런데 데브라 워를린Debra T. Werrlain은 리오의 추억에 대한 상당히 흥미로운 관점을 제시한다. 그녀에 따르면, 고향에 대한 향수어린 기억 속에서 리오는 나르시사를 "순수한 개척자들의 삶에 대한 미국적 이상에 딱 들어맞는 캐리커쳐"로 변형시키고 있다는 것이다 (42). 즉, 그녀의 기억 속에는 메스티조가 필리핀 토착민에 가했던 제국주의적 폭력은 완전히 삭제되고 단지 나르시사만이 전형적인 토착민의 이미지를 통해 남아 있다는 것이다. 게다가 하게돈은 소설의 거의 마지막에서 리오의 사촌 푸차를 직접 화자로 등장시키는데, 여기에서 푸차는 리오의 기억이 절대 정확한 것이 아님을 지적한다. "뭐라고? 1956년, 1956년! 리오, 네가 잘못 알고 있는 거야. 생각해봐. 1956년은 말이 안 돼. 그건 기껏해야 1959년쯤이야. 넌 일부러 여러 가지를 뒤죽박죽으로 만드는 경향이 있어. 안 그러니?"(D 248). 이런 푸차의 이야기가 암시하는 것은 결코 단순치 않다. 필리핀 토착문화의 담지자로서의 나르시사는 사실 "모든 것이 가능해지는" 리오의 "미친 상상력" 혹은 고향에 대한 향수어린 판타지의 산물에 지나지 않을 수도 있음을 의미하기 때문이다(249). 이렇게 본다면 리오가 미국에서 영위하고 있는 유동적 시민권자로서의 삶은 사실상 리오를 필리핀 토착민의 이미지에 고착시키고, 동시에 스스로를 그

것으로부터 분리해 내는 과정을 통해서 유지된다고 할 수 있는 것이다. 따라서 리오와 나르시사의 관계는 메스티조와 토착민의 관계와 크게 다르지 않은 것이다. 즉, 그녀의 이동성은 디아스포라가 될 수 없는 토착민의 고착성에 기생하고 있는 것이다.

하지만 리오와 나르시사의 관계를 메스티조와 토착민의 관계로 온전히 환원시키는 것은 불가능하다. 나르시사의 입장에서 그 둘 사이의 관계를 본다면 전혀 새로운 의미로 읽혀지기 때문이다. 특히 나르시사가 리오에게 어머니의 역할을 수행하는 인물임을 고려한다면 더욱 그러하다. 리오는 사춘기에 접어들면서 이민을 떠난다. 미국이라는 낯선 공간 속에서 자아를 찾는 여행을 새롭게 시작해야만 했던 것이다. 바로 이때 나르시사는 그녀에게 일종의 '누빔점'을 제공해 준다. 그녀의 정체성이 수없이 많은 기표의 연쇄 밑으로 미끄러지며 혼란스러울 수밖에 없는 그 순간에, 나르시사는 리오가 자신을 필리핀 여성으로 자리매김할 수 있는 상상적 공간을 제공해 준다. 다시 말해서, 나르시사는 리오가 미국이라는 소외의 공간을 벗어나 언제든 상상적 귀향을 시도하고 이를 통해 자아의 영역을 확장할 수 있는 물리적 토대가 되어 준 것이다. 결국 나르시사라는 이름이 암시하듯이(Narcisa는 Narcissus의 여성형이다), 그녀는 제국이라는 소외의 공간을 살아가야만 하는 필리핀 디아스포라 주체에게 민족주의 내러티브와 자기애적 판타지를 제공해 주는 문화적 근원이라 할 만하다. 물론 나르시시즘적 민족주의가 부정적이고 퇴행적인 함의를 내포하고 있는 것은 사실이다. 그럼에도 불구하고, 미국에서 주변화된 주체로 살아가야만 하는 리오에게 나르시사의 존재는 정체성과 자긍심의 원천이 될 수 있다는 것은 분명하다.

이렇듯 나르시사는 여러 가지 방식을 통해 자신이 뿌리내리고 있는 상황과 관계를 맺으며 이동과 고착, 디아스포라와 토착민 사이의 이분법적 경계를 해체해 버린다. 리오와의 관계에서 나르시사는 분명 필리핀 토착문화의 담지자로서 무시간적 영원성의 공간 속에 갇혀 있는 듯 보인다. 하지만 그녀의 정신적 에너지는 태평양을 가로질러 또 세대를 가로질러 그녀의 손녀에게 전달된다. 리오의 영혼이 필리핀의 문화적 진정성을 찾아 헤매며 신화적 과거에 고착되어 있을 때, 그리고 자신의 정체성을 찾기 위해 할머니에게 의지하지 않으면 안 될 때, 나르시사의 영혼은 시간과 공간을 초월하며 자유로이 움직이고 있는 것이다.[4] 이런 의미에서 나르시사는 더 이상 골방의 노인이 아니며, 움직이고 싶어도 움직이지 못하는 서벌턴 비디아스포라가 아니다. 그녀는 그 누구보다도 역동적이고 강렬하게 움직이는 디아스포라 주체인 것이다. 결국 바로 이러한 나르시사의 해체적 움직임은 토착민이 결코 정체된 주체가 아님을 증명한다.

사실 '움직이는 토착민'에 대한 이론화는 토착민에 대한 낭만주의적 이상화의 또 다른 형태가 될 수 있음은 인정해야 한다. 즉, 세계화의 폭력에 노출되어 있는 많은 서벌턴의 실질적 고통을 지워 버리고 단지 그 고통 속에 잠재된 해방적 성격만을 부각시키는 것은 분명 위험하다. 그리고 그것은 그 자체로 이론가가 필연적으로 실패할 수밖에 없는 아포리아의 지점을 구성하는 것이기도 하다. 그럼에도

---

4 이 부분에서는 흑인 여성 이론가 친솔Chinsole의 "모계 디아스포라matrilineal diaspora"의 개념으로부터 영향을 받았음을 밝혀 둔다. 그녀에 따르면 모계 디아스포라는 "대륙과 세대를 가로질러 생존하고 열망하며, 저항하고 긍정하는 능력"을 지칭하는 것으로, 그것은 "우리가 친구로서 사랑하는 사람으로서 할머니로부터 어머니에게 그리고 다시 딸들에게 전달하는 힘과 아름다움이며, 이 힘과 아름다움은 우리로 하여금 급진적인 문화적 변화를 견디어 내고 차이를 통해 힘을 얻을 수 있도록 해 주는 것이다"(379).

불구하고 중요한 것은 모든 재앙 속에서 유토피아적 계기를 찾아내는 변증법적 태도이다. 즉, 현재의 세계화를 재앙이라고 한다면 그 재앙 속에는 언제나 유토피아적 계기가 내재하며 이론가의 임무는 그 유토피아적 계기를 찾아내고 이론화하는 것이라 할 수 있다. 다시 말하면, 세계화와 그것의 산물인 '제국'은 재앙임과 동시에 유토피아적 에너지로 충만한 공간이다. 바로 이런 이유로 네그리와 하트는 "다중이 제국을 요청했다"고 주장할 수 있었던 것이다(43).

Appadurai, Arjun. Modernity at Large: *Cultural Dimensions of Globalization*. Minneapolis: University of Minnesota Press, 1996.

Badiou, Alain. *Ethics: An Essay on the Understanding Evil*. Trans. Peter Hallward. London: Verso, 2001.

Chen, Shu-ching. "(Trans)National Imaginary and Tropical Melancholy in Jessica Hagedorn's Dogeaters." *Concentric: Literary and Cultural Studies* 31.1 (2005): 95-121.

Chinosole. "Audre Lorde and Matrilineal Diaspora: 'moving history beyond nightmare into structures for the future…'." *Wild Women in the Whirlwind: Afra-American Culture and the Contemporary Literary Renaissance*. Eds. Joanne M. Braxton and Andrée Nicola McLaughlin. New Brunswick: Rutgers UP, 1990. 379-394.

Chow, Rey. "Where Have All the Natives Gone?" *Writing Diaspora: Tactics of Intervention in Contemporary Cultural Studies*. Indianapolis: Indiana UP, 1993. 27-54.

Clifford, James. "Diasporas." *Routes: Travel and Translation in the Twentieth Century*. Cambridge: Harvard UP, 1997. 244-77.

Cohen, Robin. *Global Diaspora: An Introduction* (2nd Edition). London: Routledge, 2008.

Deutscher, Penelope. "Mourning the Other, Cultural Cannibalism, and the Politics of Friendship (Jacques Derrida and Luce Irigaray)." *differences: A Journal of Feminist Cultural Studies* 10.3 (1998): 159-184.

Gilroy, Paul. *Black Atlantic: Modernity and Double Consciousness*. Cambridge: Harvard UP, 1993.

Gonzalez, N.V.M. "Rev. of Dogeaters." *Amerasia* 17.1 (1991): 189-192.

Hagedorn, Jessica. *Dogeaters*. New York: Penguin, 1990.

Hardt, Michael and Antonio Negri. *Empire*. Cambridge: Harvard UP, 2000.

Jeffers, Thomas L. *Apprenticeships: The Bildungsroman from Goethe to*

Santayana. New York: Palgrave, 2005.

Lowe, Lisa. *Immigrant Acts: Asian American Cultural Politics*. Durham and London: Duke UP, 1996.

Mendible, Myra. "Dictators, Movie Stars, and Martyrs: The Politics of Spectacle in Jessica Hagedorn's Dogeaters." *Genders OnLine Journal* 36 (2002). ⟨http://www.genders.org/g36/g36 mendible.html⟩

Moretti, Franco. *The Way of the World: The Bildungsroman in European Culture*. Trans. Albert Sbragia. London: Verso, 1987.

Mukherjee, Bharati. "Beyond Multiculturalism: Surviving the Nineties." *Journal of Modern Literature* XX (1996): 29–34.

Ong, Aihwa. *Flexible Citizenship: The Cultural Logic of Transnationality*. Durham: Duke UP, 1999.

Pomeroy, William. *The Philippines: Colonialism, Collaboration, and Resistance!*. New York: International Publishers, 1992.

Rafael, Vicente. "Nationalism, Imagery and the Filipino Intelligentsia in the 19th Century." *Discrepant Histories: Translocal Essays on Filipino Culture*. Ed. Vicente L. Rafael. Philadelphia: Temple UP, 1995: 133–158.

San Juan Jr., E. *After Postcolonialism: Remapping Philippines-United States Confrontation*. New York: Rowman & Littlefield Publishers, Inc., 2000.

Sharpe, Jenny. "Figures of Colonial Resistance." *Modern Fiction Studies*. 35-1. (1989): 137–155.

Spivak, Gayatri C. "Diaspora Old and New: Women in the Transnational World." *Textual Practice* 10:2 (1996): 245–269.

Werrlein, Debra T. "Legacies of the 'Innocent' Frontier: Failed Memory and the Infantilized Filipina Expatriate in Jessica Hagedorn's *Dogeaters*." *Journal of Asian American Studies* 7.1 (2004): 27–50.

6
인종의 계보학
: 본질과 허상의 갈림길 위에서

백인이 된다는 것

여기 내가 "백인"이라 말할 수 있는 몇 가지 근거가 있다:

나는 PNB 라디오 방송을 듣는다.

나는 면바지를 입는다.

나는 갈색 소가죽 점퍼를 가지고 있다.

나는 유기농 야채를 먹는다.

나는 흑인 친구가 거의 없다.

나는 백인 여자와 결혼했다.

…

나는 문화의 생산자다.

나는 내 발언이 사회적 영향력이 있다고 생각한다.

나는 무결점의 표준 영어를 사용한다.

…

나는 민족적 특이성을 지니고 있지 않다.

나는 전투적인 소수자들을 경계한다.

나는 망명자도 아니고 반대파도 아니다.

(Eric Liu, The Accidental Asian)

당신은 비밀스럽다

인생의 B+ 학생

…

불법 외국인

정서적 이방인

장르 결함

황화: 신미국인

…

낯선자

미행자

배신자

스파이

(Chang-rae Lee, Native Speaker)

《우발적 아시아인: 네이티브 스피커의 일기The Accidental Asian: Notes of a Native Speaker》(1998)의 저자인 중국계 미국인 작가 에릭 리우Eric Liu에게 인종이란 우연적 사건이다. 단지 아시아인 부모에게서 태어났다는 사실만을 상기시켜 줄 뿐이다. 그에게 인종이란 정체성을 이루는 근본적인 토대가 되지 못하는 것이다. 그에게 중요한 것은 영어를 모국어로 사용한다는 것과 여타 다른 백인 친구들과 다를 바 없이 옷 입고 행동하고 사고하고 있다는 사실이다. 그것만으로도 그는 충분히 백인이 될 수 있는 자격을 부여받을 수 있다고 믿는 것이다. 여기에서 흥미로운 것은 리우가 '백인'과 특정한 실천 방식 사이에 개념적 연속성을 부여하고 있다는 사실이다. 그의 논리에 따르면, 누군가 (설령 인종적으로 백인이 아닐지라도) 백인이 행동하는 방식대로 행동하고 사고한다면, 그는 백인이 될 수 있고, 이는 곧 그가 아무런 문제없이 미국인이 될 수 있음을 의미한다. 이러한 그의 논리는 1960년대 시민운동 이후 꾸준히 향상되어 온 미국 사회의 인종 문제에 대한 인식을 반영한다. 무엇보다도 그의 논리는 '미국성Americanness'과 '백인성whiteness' 사이에 연속성을 설정함으로써 백인성을 생물학적인 요소와 분리시킨다. 이를 통해 백인성은 계급과 비슷하게 일종의 추상적이면서도 획득 가능한 사회적 지위로 변형된다. 백인이라는 인종 범주가 순수한 기능적 범주가 되는 것이다. 이는 백인성이 더 이상 유전자로 결정되는 존재론적 요소가 아닌, 한 사람의 사회적 특권을 상징하는 상징자본에 불과한 것임을 의미한다. 이제는 피부색과 관계없이 자신의 노력 여하에 따라 누구나 백인의 지위를 성취할 수 있고, 따라서 진정한 미국인이 될 수 있는 것이다.

하지만 리우의 미국적 가치(아메리칸 드림, 개인주의, 자유, 민주주의)에 대한 신념은 또 다른 아시아계 미국인 네이티브 스피커의 고백 속에서 그 순박성이 드러난다. 위의 두 번째 인용문인 이창래의 소설 《네이티브 스피커Native Speaker》(1995)에서 보듯이, 백인 여성 릴리아Lelia의 눈에 비친 한국계 미국인 헨리Henry Park는 여전히 미국의 문화적 경계선의 주변을 배회하고 있는 이방인alien에 불과하다. 헨리는 어린 시절 부모를 따라 이민을 와 "우연히" 미국인이 되었다. 하지만 그는 미국의 국가적 이데올로기의 부름에 흔쾌히 응답하지 못한다. 그는 여전히 미국에 대한 "반역자"로 취급받고, 자신의 인종적 동지들을 염탐하고 밀고하는 "스파이"로 살아간다. 헨리는 아내 릴리아가 적어 준 이 리스트를 마치 신분증인 양 자신의 지갑 속에 넣고 다닌다. 릴리아의 리스트와 헨리의 행동 속에 내포되어 있는 '백인성'은 하나의 '응시'다. 이 시선은 타자를 이미지의 영역 속에서 재구성하고 범주화하며 정체성을 부여한다. 또한 이 시각 주체는 보기는 하지만 보이지는 않는다. 따라서 대상화되지 않으며 범주화되지도 않는다. 그러기에 이 주체는 인종적·문화적 범주를 뛰어넘는다. 범주를 창조하지만 범주화되지 않는, 일종의 초월적 주체이자 보편적 주체인 것이다. 한 마디로 보편적 미국인이라 할 수 있다. 결국 이창래에게 백인성이란 시각의 주체로서 범주화되지 않는 범주로서의 보편성을 상징한다. 이에 반해 헨리와 같은 문화적·인종적 소수자는 응시의 대상으로만 존재한다. 응시의 영역에 항구적으로 노출되어 있지만 그 응시의 주인이 될 수 없기에, 그는 언제나 보편자인 백인의 눈을 통해서만이 자신을 볼 수밖에 없다. 따라서 그에게 자의식의 감옥은 피할 수 없는 숙명이 된다.

리우의 미국적 가치에 대한 믿음과 헨리의 자의식, 그리고 릴리아의 응시에 내포되어 있는 문화적 보편성, 이 세 가지의 상호작용은 현재 미국에서의 인종 문제와 관련하여 많은 것을 시사한다. 흔히 포스트모더니즘이라 불리는 현실적 토대에서 이전의 인종주의, 즉 어떤 개인이나 집단의 육체에 직접적인 통제를 가함으로써 백인의 특권적 지위를 유지하려는 고전적인 방식의 인종주의, 혹은 피부색이나 신체적 특징들과 특정 개인이나 집단의 문화적 정체성 사이에 본질주의적 연속성을 부여하는 일련의 담론 체계는 더 이상 문화 분석의 틀로서 유효하지 않다는 것이다. 물론 이런 현상은 위에서 언급한 아시아계 미국인들에게만 해당되는 일만은 아니다.

미국 내 유일한 흑인 방송국인 BET에서 주최한 흑인 인권운동 관련 토론회(1997년 7월 20일 방영)에서 60년대 시민운동을 주도했던 흑인 인권운동가 딕 그레고리Dick Gregory의 말은 저간의 사정을 압축적으로 표현한다. 그는 왜 1990년대의 흑인 시민운동 단체들이 이전만큼 힘 있고 효율적인 운동단체로서 활동하고 있지 못한가에 대한 질문에 이렇게 답한다. "오늘날의 흑인 억압이라는 것은 더 이상 육체의 문제가 아니다. 이제 이것은 마음의 문제다." 이에 따르면, 우리가 '인종' 혹은 '인종주의'라고 부르는 것의 근원적 동인은 더 이상 존재론적 대상체로서의 몸이 아니다. 그것은 "마음"의 영역 혹은 주체 내부의 심리적인 차원으로 침전하여 유령처럼 남아 있는 어떤 것이다. 이는 곧 우리가 인종주의라고 부를만한 것의 물질적 토대가 빈약해졌음을 의미한다. 그렇다면 인종 문제에서 몸이라고 하는 실질적인 지시대상체가 사라져 버린 상황에서 여전히 인종이 사회·문화 분석의 범주로서 유효한가? 아니면 인종 개념을 폐기해야 하는가?

우생학과 듀보이스

미국에서 인종에 관련된 담론의 역사는 '본질'과 '허상'의 변증법적 관계 혹은 그 둘 사이의 (무)의식적 혼동의 역사로 요약될 수 있다. 먼저 18세기 후반 무렵부터 일반적으로 우생학이라 칭해졌던 일단의 담론들이 미국과 유럽에서 발생하기 시작했다. 이 담론들의 가장 큰 관심사는 당시의 '흑인 문제'를 과학적인 방법론을 통하여 해결하는 것이었다. 일례로 당시의 하버드대학 생물학과 교수였던 찰스 데이븐포트Charles B. Davenport는 우생학을 "더 나은 혈통을 통하여 인간을 향상시키고자 하는 학문"으로 규정하고(1), 인간의 사회적·문화적 정체성을 혈통과 유전자와 같은 신체적 특징 속에서 찾고자 시도했다. 생물학적 대상으로서의 몸을 인간의 사회적 삶을 결정하는 본질로 격상시킴과 동시에, 인종이라는 범주를 생물학적으로 규명 가능한 '실재'로 규정짓고자 시도한 것이다. 여기에서 암묵적인 전제는 코카시안(백인)이 가장 우수한 인종으로 인간 진화의 가장 마지막 단계라는 가설이다.

이 시기에 발전하기 시작한 IQ 테스트는 바로 이런 가설을 입증하고, 유색인종들의 열등함을 실증적으로 증명하기 위해 고안된 것이라 해도 과언은 아니다. 특히 미국에서는 아시아와 아프리카 등지로부터 유입되는 '부적합한' 이민자들이 미국의 우월한 유전자를 타락시키는 것을 막기 위한 수단으로 사용되었음 또한 공공연한 사실이다. 이와 비슷한 것이 미국의 의사 사무엘 조지 모튼Samuel George Morton의 인간 두개골 용량에 대한 연구라 할 수 있다. 1839년 필라델피아의 의사였던 그는 《미국인의 두개골Crania Americana》이라는 책을 출판했는데, 여기에서 그는 불루맨바흐Blumenbach의 인종분류법에 따른 다섯 인종(코카시안, 몽골리안, 말레이, 아메리칸 인디언, 에티오피안)의 두개골 용량을 조사 비교했다. 그의 주장에 따르면, 백인들이 가장 큰 두뇌 용량을 가지고 있는 반면에 흑인들은 가장 작은 용량을 가지고 있었는데, 이를 바탕으로 그는 흑인들이 문명을 창조할 능력을 가지고 있지 못하다고 주장했다(Banton 50-1).

하지만 후에 밝혀진 바에 따르면 몽골리안의 평균 두뇌 용량이 백인들보다 더 큰 것으로 나타났다(Banton 51). 모튼은 자신의 주장을 과학적 토대 위에 올려놓은 듯했으나, 사실은 철저하게 비과학적이고 비합리적인 전제에 의존하고 있었던 셈이다. 또한 인종에 대한 이런 생물학적 접근법은 인간의 정체성을 생물학이라는 문화적·역사적 진공 상태 속에 위치시킨다는 점에서 더 큰 문제점을 지닌다. 인간의 정체성이 역사적이고 사회적인 산물임에도 불구하고 이를 철저하게 탈역사화한 것이다. 예컨대, 당대 미국 사회의 핵심적 모순이었던 흑인 문제의 근원은 제도적 인종차별과 노예제도였다. 그럼에도 불구하고 이를 생물학적인 문제로 환원시켜, 흑인 문제의 모든 책임을 흑인 유전자 탓으로 돌려 버린 것이다. 이런 의미에서 우생학은 철저하게 본질주의적인 것이었으며, 동시에 흑인에 대한 제도적 억압과 착취를 정당화하기 위한 인종주의 담론이었다.

인종에 대한 생물학적 본질주의에 대한 최초의 의미 있는 도전은 미국 흑인 노예의 자손이었던 W.E.B. 듀보이스DuBois의 1897년 논문 〈인종에 대한 논설The Conversation of Races〉이라고 할 수 있다. 물론 이 논문이 당시의 우생학 담론을 완전히 극복했다고 보기는 어렵다. 무엇보다도 그의 논문에서 인종은 생물학과 문화라는 두 개의 전혀 다른 의미 영역을 넘나들며 다소 혼란스런 모습을 보인다. 그는 먼저 당시의 지배적인 인종 개념을 여과 없이 받아들인다. 그러했기에 그는 "지금까지 과학에서 최종적인 결론은 우리 인간은 최소한 두 개 혹은 세 개의 거대한 인종, 즉 백인, 흑인, 그리고 아마도 황인으로 구성된다"고 주장한다(816). 하지만 바로 다음 페이지에서 그는 인종을 "여러 가지 형태의 삶의 이상들을 성취하고자 자발적으로 혹은 비자발적으로 함께 투쟁하는" 사람들의 집단이라고 정의한다(817). 이를 통하여 그는 인종에 대한 "과학적 정의"를 뛰어 넘어 사회학적인 차원을 부각시키는 데 성공한다. 인종이 문화라고 하는 새로운 의미론적 영역과 접속하게 된 것이다.

그런데 이런 개념적 혼란은 다소 의도적인 것으로도 볼 수 있다.

당시 흑인들이 처해 있던 특수한 역사적 딜레마에 대한 변증법적 접근으로 해석될 수 있기 때문이다. 한편으로, 듀보이스는 인종주의와 같은 거대서사에 대항하기 위해 "범흑인주의Pan-Negroism"와 같은 단일하고 통일된 서사를 생산할 필요가 있었다(820). 이를 위하여 그는 생물학적 차이를 흑인의 정치·문화적인 차원과 전략적으로 연결하는 소위 "전략적 본질주의"로 나아갔던 것이다. 이런 전략적 움직임은 흑인들이 자신의 저주받은 육체를 사랑할 수 있는 물질적 토대를 마련하고, 백인우월주의자들의 인종주의에 저항할 수 있는 저항적 담론을 생산할 수 있는 기반을 제공해 주었다. 아울러 흑인 간의 연대를 공고히 할 수 있는 전략적 효과가 있었음은 물론이다.

또 한 편으로, 흑인들이 미국 사회의 평범한 시민으로 인정받기 위해서는 흑인과 백인 사이의 인종적 차이를 지워 버리고 흑백간의 사회·문화적 동일성을 확립할 필요가 있었다. 이는 또한 흑인의 신체에 붙여진 갖가지 부정적 스테레오타입과 인종주의적 억측들이 '허상'에 불과한 거짓임을 증명하는 것이기도 했다. 이를 위하여 듀보이스는 인종의 범주를 사회학적이고 역사적인 층위까지 확장시킨 것이다. 왜냐하면 인종이 사회적이고 역사적인 범주로 포함된다면, 당시 흑인이 가지고 있다고 가정되었던 사회적 열등함은 흑인의 혈통 속에 내재하는 생물학적인 문제가 아닌, 교육의 부재나 노예제도와 같은 사회적인 문제가 되기 때문이다.

듀보이스는 인종 개념에 대한 의도적인 혼동을 통하여 범흑인주의라는 저항적 서사를 만들어 내어 주류 사회에 대한 정치적 투쟁을 수행함과 동시에, 인종을 사회적이고 역사적인 측면에서 바라볼 수 있는 계기를 마련하고자 했던 것이다. 이는 궁극적으로 당시의 흑인의 삶에 남아 있던 노예제도의 잔재들을 청산할 수 있는 방법론적 토대를 구축하고, 더 나아가 기존의 우생학 담론에 도전할 수 있는 담론을 생산할 수 있는 기반이 되었다. 하지만 그의 도전은 절반의 성공과 절반의 실패를 내포한다. 그가 시도했던 생물학적 담론과 사회학적 담론의 결합은 결국 인종에 대한 본질주의 담론을 재생산할 수밖에 없었기 때문이다. 듀보이스가 상상했던 인종의 개념은 헤르더Johann Gottfried von Herder와 같은 낭만주의 사상가들의 영향을 받은 일종의 문화적 본질주의라 할 수 있다. 즉, 모든 인종이나 민족은 저마다의 독특한 문화적 이상을 보유하고 있으며, 이런 문화적 이상은 혈통이라는 생물학적 요소 속에 내재되어 있는 것으로 여겨지기 때문이다. 그런데 문제는 이런 주장이 기존의 우생학 담론과 그리 다르지 않다는 것이다. 차이가 있다면, 우생학은 흑인의 피를 악의 씨앗으로 규정하고 이를 과학적으로 입증하고자 했던 반면, 듀보이스는 흑인의 피가 사회악이 아닌 나름의 고유한 문명의 씨앗을 잉태하고 있음을 따라서 흑인이 자신의 문명을 창조해 낼 수 있음을 증명하고자 했던 것이다.

몸의 기호학과 인종 구성체

듀보이스가 떨쳐버리지 못했던 인종의 생물학적 모델은 법률적 담론 속에도 깊이 파고들면서 상당히 최근까지도 지속적인 영향력을 행사해 왔다. 이를 상징적으로 보여 준 사건이 바로 1982년에 있었던 〈수지 핍스Susie Phipps〉 판결이다. 1977년 당시 44세였던 수지 핍스는 여권을 신청하기 위하여 출생증명서를 확인하는 과정에서 자신이 '흑인colored'으로 분류되어 있음을 발견한다. 44년간 백인으로 아무런 문제없이 살아왔던 핍스가 자신이 공식적으로는 흑인이라는 것을 알게 된 후, 법원에 이의 신청을 제기했다. 하지만 오랜 법정 싸움 끝에 결국 패소하고 나머지 인생을 흑인으로 살아갈 수밖에 없었다. 당시 미국 대법원은 32분의 1의 흑인 피가 섞이면 흑인으로 분류하도록 규정하는 루이지에나 주법을 인정하였고, 따라서 18세기 백인 농장주와 흑인 노예를 조상으로 둔 핍스가 흑인으로 분류되는 것이 합헌임을 결정하였다.

수지 핍스의 인종 정체성에 대한 대법원의 판결은 상당한 사회적 파장을 불러일으켰다. 특히 인종을 비생물학적 방식 혹은 비본질주의적인 방식으로 이론화하고자 하는 일련의 시도들이 일어나게 된다. 그 대표적인 경우가 바로 마이클 오미Michael Omi와 하워드 와이너트Howard Winant가 공동 집필한 《1960년대에서 1990년대 사이의 미국 인종 구성체Racial Formation in the United States from the 1960s to the 1990s》라 할 수 있다. 오미와 와이넌트는 먼저 인종이라는 말 속에 내재하는 두 가지 경향, 즉 인종을 "본질" 혹은 역사적 사회적 맥락과 관계없이 항구적으로 변하지 않는 개인 혹은 집단의 생물학적 특성으로 인식하거나, 인종을 단순한 "허상" 내지는 순수한 이데올로기적 구성물(즉, 이상적인 반인종주의 사회가 실현되면 곧 없어지게 될 허위의식)로 보고자 하는 시도를 비판하며, 이 둘 모두를 넘어서려 시도한다. 이런 노력의 일환으로 그들은 인종을 끊임없는 정치적 투쟁이 일어나고 사회적 의미가 생산되는 장으로서의 문화의 영역 속에 위치시킨다.

인종을 불안정하고 "탈중심화된" 사회적 의미의 복합체로 이해하려는 노력을 해야 한다. 이 사회적 의미의 복합체는 [고정된 것이 아니라] 정치적 투쟁에 의하여 끊임없이 변화하는 것이다. 이것을 염두에 두고 인종을 다음과 같이 정의할 것을 제안한다. 인종이란 여러 가지 유형의 인간의 몸을 바탕으로 하여 사회적 갈등과 이해관계를 의미화하고 상징화하는 개념이다.(55)

오미와 와이넌트에게 인종이란 계속해서 변화하는 사회적 · 역사적 투쟁의 과정 속에 존재하는 것이며, 동시에 "의미화하고 상징화"하는 소쉬르적인 의미에서의 기호학적 체계이다. 인종이 사회적이고 역사적인 투쟁의 과정 속에 존재한다는 것은 인종이라는 말 자체가 푸코적인 의미에서 계보학적으로 이해될 수 있음을 말한다. 예를 들어, 조지 스토킹George W. Stocking에 따르면, 19세기 초반 미국에서 인종은 현재와는 상당히 다른 의미로 이해되었는데, 이때 인종은 "대체적으로 혈통에 의하여 전달되는 축적된 문화적 차이"를 지칭한다(6). 이 경우 미국에서 살고 있는 아일랜드 사람과 스코틀랜드 사람들이 가지고 있는 삶의 방식의 차이는 인종적 차이로 인식된다. 즉, 이때의 인종은 유럽 지역 내 집단 간 혈통과 문화의 차이를 지칭했던 것이다. 하지만 20세기 초에 이르면 19세기에 인종이라는 말이 담고 있던 의미는 '종족ethnic'이라는 말로 대체되고, 대신에 인종은 백인, 흑인, 아시아인과 같은 신체적 특징을 표현하는 말로 변하게 된다. 특히 미국 내에서 인종은 흑인 노예해방과 더불어 전반적인 반흑인 정서를 표현하는 말로 변질되면서, 흑인을 인종화racialization하는 결과를 가져오게 된다. 아울러 '백인'이라는 말은 남부 농장주의 입장에서 '흑인통치'에 반대하는 유럽 출신 백인 간의 유대감을 담아내는 말로 의미론적 변화를 겪게 되면서, 그전에는 '인종'으로 분류되던 아일랜드인이나 유대인, 이탈리아인들은 이제 '백인'이라는 하나의 범주로 편입된다. 다시 말해서 인종은 집단 간 정치적 투쟁의 과정에서 헤게모니를 장악하고 있는 집단이 그렇지 못한 집단을 타자화하는 수단으로 사용된 것이라 할 수 있으며, 따라서 인종을 사회적·역사적 과정 속에 위치시킨다는 것은 그 말 자체를 일종의 권력 투쟁의 장으로 이해하려는 노력임과 동시에 그 말을 새롭게 정의함으로써 인종에 대한 인식을 변화시키려는 시도라 할 수 있다.

그 다음으로 인종이 "의미화하고 상징화"하는 기호학적 체계 내에서 작동한다는 것은 인간의 신체가 하나의 물질적 기표로서 기능하며, 이 기표에는 어떤 고유의 의미도 내재되어 있지 아니함을 의미한다. 피부색과 같은 신체적 특징은 한 사람의 정체성에 대하여 아무것도 말해 주지 않는다. 피부색이 갖는 의미는 결국 다른 피부색과의 사회적 관계를 통하여 자의적으로 덧붙여지는 것이다. 그리고 이렇게 하나의 신체적 특성이 사회적 의미를 획득해 가는 과정은 정치적인 과정일 수밖에 없다. 바로 이런 이유에서 오미와 와이넌트는 인종을 "인종 구성체racial formation"라고 하는 더 역동적인 사회적이며 정치적인 과정 속에 위치시킨다. 그들의 정의에 따르면, 인종 구성체는 "인간의 육체와 사회 구조가 재현되고 구조화되는 역사적으로 특수한 프로젝트의 과정"이며, 이런 과정은 다시 "한 사회를 조직하고 지배하는 원리로서의 헤게모니의 발현과정"과 연결된다(55-6). 이런 방식으로 인종을 보게 되면, 오미와 와이넌트가 사용하고 있는 그람시Antonio Gramsci의 용어 "헤게모니"에서 드러나듯, 인종이 형성되는 과정은 인간의 여러 가지 신체 유형 중에 특정 신체가 상식적 혹은 규범적 지위를 획득하게 되고, 여타 다른 신체들은 비규범적인 것, 혹은 지양되거나 추방되어야 할 어떤 것으로 규정되는 과정이다. 이 과정을 통해서 인간의 신체에 서열이 매겨지게 되고, 궁극적으로는 지배와 피지배의 관계를 형성하게 된다.

인종에 관련된 담론에서 오미와 와이넌트는 상당한 비중을 차지하고 있고, 그들의 이론은 상당 부분 종래의 본질주의적 인종관을 넘어선 것으로 평가되고 있다. 특히 그들의 용어인 "인종 구성체"는 미국문화비평에서 보편적으로 사용되고 있기도 하다. 하지만 그들이 진정으로 본질주의를 초월했는지는 의심해 볼 여지가 있다. 먼저 그들이 사용하고 있는 "프로젝트"라는 용어를 볼 필요가 있는데, 이 용어는 아주 일반적인 차원에서 볼 때, 목적론적 함의를 내포하고 있다. 사전적인 의미에서 프로젝트라는 말은 '어떤 특정한 주체가 특수한 목적을 가지고 수행하는 과업'을 의미한다. 이를 통하여 오미와 와이넌트가 정의한 인종이라는 말을 재해석한다면, 인종은 특정한 집단이 자신들의 경제적·정치적·문화적 이익을 위하여 다른 집단을 의식적으로 억압하는 과정이 된다. 이런 해석은 이전의 우생학을 연구했던 집단들이 상정했던 인종의 의미를 구체화시킬 수 있는 장점이 있다. 왜냐하면 우생학의 근본적인 목적은 흑인의 열등한 유전자로부터 백인의 우월한 유전자를 보존하기 위해 기획된 특수한 종류의 인종 담론이기 때문이다. 하지만 인종 문제에서 주체와 객체의 구별이 모호해진 현재의 인종주의를 프로젝트라는 말로써 표현할 수 있을까? 인종주의가 역사적으로 구성되는 프로젝트라면 그것의 주체는 누구이며, 또 그 목적은 무엇인가? 현재 우리가 사용하고 있는 인종의 의미에는 단순히 백인우월주의자들의 욕망과 의도만을 포함하고 있지 않다는 것을 상기할 필요가 있다. 그것은 복잡하고 다양한 담론의 집합체이기 때문이다.

오미와 와이넌트의 문제는 여기에서 끝나지 않는다. 그들이 사용하고 있는 "의미화하고 상징화"하는 기호학적 체계로서의 인종에 대한 정의를 되짚어보자. 이들의 체계 내에서 여러 가지 유형의 인간의 몸은 각각 하나의 기표가 되고 그 몸에 덧붙여진 수많은 인종적 언술들은 일종의 기의로서 작동하게 된다. 즉, 오미와 와이넌트의 인종 모델은 다양한 몸의 유형과 그에 대한 사회적 재현이라는 이분법적 논리로 구성된다. 그리고 이런 논리는 흑과 백, 남과 여와 같은 아주 근본적인 생물학적 차이들이 존재한다는 것을 전제한다. 하지만 이는 소쉬르의 기호학적 모델에 대한 왜곡이라 하지 않을 수 없다. 우선 소쉬르가 처음 생각해 낸 기호학적 모델은 세 개의 구성요소로 되어 있다. 기표, 기의, 그리고 외부의 지시대상체가 그것이다. 여기에서 소쉬르에게 혁명적인 부분이 있다면 바로 기표와 기의의 상호작용을 통한 의미의 생산이 외부의 지시대상체와는 전혀 관계없이 이루어지고 있음을 밝혀낸 것이라고 할 수 있다. 즉, 지시대상체로서의 외적 세계는 기호 체계의 외부에 존재하며, 따라서 우리가 외적 세계를 인지하는 방식은 세계와의 직접적인 대면을 통해서가 아닌, 오로지 기호의 차별적 체계를 통해서만이 가능하다. 이 말은 외적 지시대상체로서의 사물은 그 자체로서 의미를 가지지 못하며, 그 의미는 언어적 구성물로서의 담론 체계에 의하여 구성됨을 의미한다.

이를 인종의 관점에서 본다면, 지시대상체로서의 몸은 인종과 관련된 기호 체계의 외부에 존재한다. 따라서 몸 그 자체는 의미를 생산하지 못한다. 마찬가지로, 여러 가지 인간의 몸이 지니는 생물학적 차이는 존재한다기보다는 사회적으로 생산되는 것이다. 앞서 언급했던 핍스의 경우에서처럼, 그녀의 하얀 몸이 까만색으로 분류될 수 있는 것은 여러 육체 사이에 존재하는 물질적 차이가 사회적인 기호와 등가 관계에 있지 않음을 의미한다. 오히려 기호가 몸을 대신하는 것이다.

이를 통해 다시 오미와 와이너트의 모델을 해석한다면, 육체 간의 생물학적 차이점들이 "존재한다"는 의미에서 그들이 생각하는 몸은 사회적 기호 체계의 외부에 존재하는 외적 지시대상체라 할 수 있다. 이 경우 인간의 몸은 즉 인종은 일종의 본질이 된다. 하지만 그 몸이 사회적인 틀 내에서 재현된다는 의미에서 인종은 문화적인 것이 된다. 이렇게 본다면 그들은 인종을 본질과 허상의 이원적 틀에서 해방시키고 인종을 상상할 수 있는 제3의 영역을 창안했다기보다는, 그 둘 사이의 불완전한 동거를 강화시킨 것이다.

인종과 전략적 사유

오미와 와이너트 이후에도 많은 학자들이 인종 정체성을 비본질주의적인 방식으로 이론화하려는 시도를 해 왔으며 상당히 의미 있는 결과물을 생산해 내기도 하였다. 그중에 하나가 인종과 특수한 문화적 행위 사이에 연결 고리를 설정하려는 시도라 할 수 있다. 즉, 정체성이라는 개념이 가지는 수행성performativity을 부각시키는 것이었다. 서두에 언급한 에릭 리우가 인종을 상상하는 방식도 바로 이것이었다. 하지만 비평가 월터 벤 마이클스Walter Benn Michaels는 이렇게 인종을 비본질주의적인 방식으로 정의하려는 시도 자체가 과연 가능한 것인가 하는 근본적인 문제를 던진다. 그는 오미와 와이너트 및 다른 이론가들을 비판하며, 형이상학적이며 존재론적인 근거를 제외한다면 우리는 인종에 대해서 그 어느 것도 상상할 수 없다고 주장한다. 그는 핍스 사건을 다시 정리하며 다음과 같이 주장한다.

만약에 인종이 진짜 문화적인 것이라면, 사람들은 자신의 인종 정체성을 자의적으로 바꿀 수 있고, 형제들은 [부모와는 관계없이] 전혀 각기 다른 인종에 속할 수 있으며, 또한 유전형질적으로 전혀 다른 두 사람이 똑같은 인종에 포함될 수도 있다. 하지만 그 어느 것도 오늘날 미국에서는 가능하지 않다. 그리고 만일 이런 일들이 가능하다면, 우리가 마침내 인종에 대한 비본질주의적 설명을 발전시키는 데 성공했다고 생각하기보다는, 오히려 인종이라는 개념 자체를 포기했다고 말할 것이다. ("No-Drop Rule" 768)

마이클스의 주장은 간명하다. 인종 정체성을 규정하는 방식은 철저하게 본질주의적인 방식을 따를 수밖에 없으며, 이를 극복하려는 어떤 시도도 본질주의를 재생산할 수밖에 없다는 것이다. 물론 그 역시 지금까지 미국에서의 사회적 관계가 부분적으로는 인종에 의하여 구성되어 왔고, 또 앞으로도 당분간 그렇게 될 것이라는 데 동의한다. 하지만 그에 따르면, 사회를 인종을 중심으로 조직해 왔던 것은 일종의 "실수"였으며 따라서 그 실수에 저항하고자 비본질주의적인 인종 개념을 생산해 내기 위해 노력하는 것은 결과적으로 또 다른 실수를 저지르는 것에 불과하다는 것이다. 그 어떤 시도도 본질주의로 귀결될 수밖에 없기 때문이다. 그래서 그는 단언한다. "인종은 본질 아니면 허상이다. 그리고 이것이 지금 우리가 선택할 수 있는 전부다"(769). 즉, 우리가 본질로서의 인종을 거부하고자 한다면, 이는 인종이 허상에 불과한 것임을, 즉 실수이며 거짓말에 불과한 것임을 인정해야 한다. 또한 인종이 거짓말이나 실수에 불과한 것임을 인정한다면 우리는 과감하게 인종을 문화 분석 범주로부터 제거해야 한다. 실수에 근거하여 사회를 분석하는 것은 또 다른 실수를 양산하는 것이기 때문이다.

　사실상 우리가 마이클스의 논리를 반박하기는 힘들다. 데리다 Jacques Derrida가 지적했듯이 신학적 형이상학의 논리에 찌들어 있는 우리의 언어를 통하여 형이상학을 극복하는 것은 불가능하기 때문이다. 하지만 데리다는 마이클스가 막다른 골목이라고 생각하는 바로 그 지점에서 우리에게 또 다른 탈출로를 제시해 준다. 즉, "전략적"인 측면에서 사고하는 것이다. 서구의 형이상학적 사고를 완전히 극복하는 것이 불가능할지라도 우리는 그에 대한 비판을 멈추어서는 안 된다고 데리다는 주장한다.[1] 이는 우리가 필연적으로 본질주의를 재생산할 수밖에 없다고 하더라도, 특수한 역사적 상황 하에서 특수한 종류의 본질주의를 비판함으로써 일정 정도의 정치적 변화를 꾀할 수 있기 때문이다. 과거의 듀보이스가 생물학적 몸으로서의 인종 개념을 포기하지 못했던 이유도 바로 그것이다. 마르크스의 고전적인 명제가 주장하듯, 중요한 것은 세계를 해석하는 것이 아니라 그것을 변화시키는 것이기 때문이다.

　이런 의미에서 우리는 마이클스에게 반문할 수 있을 것이다. 인종이 허상에 불과한 것이라고 해서 우리가 그것이 지니는 문화 분석 범주로서의 가치마저도 포기해야 하는가? 우리는 이에 대한 해답을 그람시의 이데올로기 분석에서 찾을 수 있다. 우선 그람시는 이데올

1　데리다는 논문 〈인문학 담론에서의 구조와 기호와 유희〉에서 이렇게 말한다.
　　어떤 담론의 질과 양은 아마도 그 담론과 형이상학의 역사와 상속받은 개념들에 대한 관계를 사유하는 것의 비판적 어려움에 의해 평가될 수도 있다. 그 어려움은 인문학 언어에 대한 비판적 관계의 문제이며 담론의 비판적 책무의 문제이다. 그것은 형이상학의 유산으로부터 빌려온 담론의 지위, 즉 그 유산 자체를 구조 해체하는 데 필요한 자원들의 문제에 대해 명확하고 체계적으로 질문하는 것이다. 즉, 경제성과 전략의 문제다.(252)

로기를 사회 구조에 내재되어 있는 필연적 요소로서의 이데올로기와 순전한 허위의식 내지는 자의적이며 "의도된" 허상으로서의 이데올로기를 구분하고 다음과 같이 주장한다.

어떤 특수한 상황 하에서 "대중적 신념의 단결력"이 필수적인 요소가 될 수 있다는 마르크스의 주장을 상기해 볼 가치가 있다. 그가 말하는 것은 "사물을 이런 특정한 방식으로 인식하는 것이 대중적 신념과 똑같은 힘을 지니고 있을 때" 특정 상황의 필수적인 요소가 될 수 있다는 것이다. 마르크스의 또 다른 주장은 대중적 신념은 종종 물질적 힘혹은 그 비슷한 것과 같은 에너지를 가지고 있다는 것인데, 이는 상당히 중요한 지적이다.(100)

그람시의 주장의 핵심은 대중들의 신념 체계가 (그것이 허상이건 거짓이건 관계없이) 물질적 힘과 똑같은 에너지를 가지고 있다는 것이며, 이것이 특정한 상황 하에서는 사회 구조를 유지하거나 변화시키는 데 필수적이라는 사실이다. 우리는 여기에서 그람시가 지적하고 있는 허상 혹은 대중적 신념 체계가 가지고 있는 "물질적 힘"에 주목할 필요가 있다. 다시 말해서, '인종'이 단순히 허상 혹은 거짓말이라고 할지라도 그것은 특정한 역사적 상황 하에서 우리의 사고와 실천 방식을 지배할 수 있는 물질적인 힘을 지니고 있으며 또한 사회를 변화시킬 수 있는 에너지를 가지고 있는 것이다. 이 물질적 힘은 각 개인이 특정한 상황에서 반응할 수 있는 방식을 구조화하여 특정한 방식의 행동 체계로 나아가도록 하는 힘이다. 이런 이데올로기의 힘은 참과 거짓을 구별하는 인식적 가치 판단의 영역을 괄호에 묶어둔 채, 우리의 실천적인 영역에서 작동하며 우리의 일상을 지배한다는 것이다.

이를 통하여 핍스 사건을 되돌아본다면, 핍스가 흑인으로 판정받을 때, 전통적인 의미에서 흑인을 규정하는 "한 방울 원칙one-drop rule"(흑인 피가 한 방울이라도 섞이면 흑인이라는 원칙)이 과학적 근거를 가지고 있느냐 하는 것은 중요하지 않다. 문제는 핍스의 부모가 그 한 방울 원칙을 받아들여 자신들의 딸을 흑인으로 인식했다는 것이다. 그리고 법원 역시 핍스의 부모가 흑인을 정의하는 방식이 옳은지 그른지에 대한 판단을 내리기보다는 부모의 인식 자체가 자식의 인종 정체성을 규정할 수 있음을 인정하였다는 것이다. 이런 일련의 과정이 암시하는 것은 설령 인종이 아무런 과학적 근거도 없는 거짓말 혹은 신기루에 불과할지라도 그 인종이 각 개인의 정체성을 규정하는 물질적 힘을 발휘하고 있고 또한 그 힘은 미국의 사회적 관계 자체를 인종적인 방식으로 조직화한다는 사실이다. 더 나아가 이런 미국 사회의 현실이 암시하는 것은 우리는 인종을 문화 분석의 한 범주로서 인정하고 그 이론을 발전시켜야 할 최소한의 현실적인 이유를 가지고 있다는 것이다. 우리는 인종이라는 말이 더 이상 어떤 사회적 의미를 생산하지 못하는 그 순간까지 인종 문제를 결코 포기해서는 안 된다. 우리는 끊임없이 인종에 대하여 이야기하여야 하고 그것을 담론 투쟁의 장으로 이끌어 내야 한다.

인종과 저항적 문화 생산의 가능성

그렇다면 우리가 대답해야 할 문제는 이것이 된다. 만약 인종을 문화 분석의 범주로서 인정하고자 한다면 과연 인종이 문화의 어떤 층위에서 작동하는가? 이에 대한 해답을 찾지 못한다면 우리는 인종주의에 저항할 수 있는 어떠한 문화적 전략도 상상할 수 없다. 우리는 이 문제의 단초를 1992년 LA폭동의 시발점이 되었던 로드니 킹Rodney King 폭행사건의 판결 과정에서 엿볼 수 있다. LA의 한 시민이 경찰 몰래 중립적인 위치에서 촬영한 비디오테이프와 그에 대한 해석은 미국에서 인종이 작동하는 방식에 대해 많은 것을 시사한다. 이 테이프에 따르면, 로드니 킹은 땅 바닥에 엎드려 있고 그의 주위를 10여 명의 백인 경찰이 둘러싸고 있다. 백인 경찰 중 네 명은 곤봉을 가지고 무방비 상태의 로드니 킹을 반복적으로 구타하고 있는데, 이 과정 속에서 로드니 킹이 한 행동은 자신의 손을 머리 위로 들어 올리는 것이 전부였다.

이 장면은 누가 보아도 한 힘없는 흑인이 다수의 백인 경찰들에 의해 폭행을 당했다는 사실에 대한 명백한 증거로 사용될 수 있었다. 하지만 경찰 측 변호사는 이 일련의 이미지들에 대해 전혀 다른 해석을 해 놓는다. 특히 로드니 킹이 손을 머리 위로 들어 올리는 장면을 경찰에 위해를 가하고자 하는 행위로 해석될 수 있다고 주장한 것이다. 그리고 이 주장이 설득력이 있다고 인정되어 결국에는 폭력 경찰들이 무죄 판결을 받게 된다. 생명의 위협을 느끼고 있었던 것은 로드니 킹이었고 그의 생명을 위협했던 것은 다수의 백인 경찰이었음에도 불구하고, 비디오를 읽는 과정 속에서 거꾸로 백인 경찰이 생명의 위협을 받은 것으로 해석된 것이다. 어떻게 이런 역설이 가능한 것일까? 이와 관련하여 프란츠 파농Frantz Fanon의 경험담은 흥미로운 사실을 밝혀준다.

"저기 깜둥이다!" 이것은 내가 길을 지날 때 내 위에서 깜빡거리는 일종의 외적 자극물이다. 나는 입을 꽉 다문 채 미소를 짓는다.

"저기 깜둥이다!" 그것은 사실이다. 이는 나를 즐겁게 만든다.

"저기 깜둥이다!" 올가미가 더욱 옥죄어 온다. 나는 즐거움을 감출 수가 없다.

"엄마, 깜둥이 좀 봐! 무서워!" 무서워! 무서워! 이제 그들은 나를 두려워하기 시작한다. 나는 눈물이 나도록 웃어 버리고 싶었다. 하지만 웃음은 이미 불가능해졌다.(112)

파농의 예는 일상적 경험의 영역에서 발현되는 인종 문제가 시각적 이미지의 영역에서 시작되고 있음을 보여 준다. 우선 여기에서 "깜둥이Negro"라는 말은 흑인의 몸이 가지고 있는 단백질 구조와 유전자 분석을 통한 흑인과 백인 사이의 본질적 차이에 대한 인식이 아니다. 다만, 백인 아이의 망막에 비친 한 사람의 외형적 이미지를 지칭한다. 이는 몸이라는 외적 대상체가 그 자체로서 우리에게 인식되는 것이 아닌, 그것의 시각적 이미지를 통하여 우리의 의식 속에 도달하며 따라서 흑인의 몸에 대한 인식은 순수한 물질적 존재로서의 몸이 아닌 그것의 이미지에 대한 인식이다. 결국 우리의 의식 속에는 물질적 존재로서의 몸 자체는 존재하지 않는다. 만약 순수한 물질적 대상체로서의 몸이 존재한다면 그것은 그 몸의 여러 가지 시각적 이미지들 간의 상호작용 속에 나타나는 사후효과라고 할 수 있다. 이렇게 보면 분명 인종은 '본질'이 아닌 시각적 이미지의 영역, 즉 '허상'에 가까운 것이라 할 수 있다. 그러면 어떻게 이런 허상적인 시각적 이미지가 우리의 사고와 실천을 지배하는 물질적 힘을 가질 수 있는가?

위의 파농의 이야기를 더 면밀히 살펴보면, "깜둥이"라는 외형적 이미지에 대한 인식이 "무서워"라는 미학적이면서도 윤리적인 판단의 영역으로 전이되는 것을 볼 수 있다. 까만 피부색이 갑자기 공포의 대상으로 변한 것이다. 이런 급작스런 반전은 정신분석학적 의미에서의 전언어적 단계, 혹은 라캉이 '상상계'라고 명명한 이미지와 판타지의 영역을 통해 상당 부분 이해될 수 있다. 라캉의 상상계는 외적 이미지와의 동일시를 통하여 원초적인 자아가 형성되는 영역으로 가장 기초적인 형태의 자아와 타자가 구별되는 장이라고 할 수 있다. 로라 멀비Laura Mulvey에 따르면, 상상계에서의 이미지를 통한 자아의 형성은 영화 스크린의 이미지와 관객과의 관계와 다르지 않다. 이미지는 "자아가 스크린[혹은 거울]에 비친 대상체와 동일시를 요구하며" 이는 "관객이 자신과 똑같은 이미지를 알아보고 좋아하게 되는" 것과 동일한 현상이다. 이 과정에서 중요한 것은 "동일시" 자체가 자신과 "똑같은" 이미지와 이루어진다는 것이다(10).

결국 상상계는 자아가 형성되는 장임과 동시에 원초적인 형태의 타자 이미지가 생산되는 장인 것이다. 이는 곧 상상계가 자아와 타자의 구별뿐만 아니라 미와 추, 선과 악의 구별이 이루어지는 공간임을 의미한다. 자신과 똑같은 혹은 비슷한 모습을 하고 있는 것은 아름다운 것이며 따라서 주체에게 즐거움을 가져다줌과 동시에 자아의 영역 속에 편입되는 반면에, 나와 다른 이미지는 추하고 두려운 대상이 되어 주체의 영역에서 배제되는 것이다. 아무런 저항조차 할 수 없었던 로드니 킹의 몸이 권총과 곤봉으로 무장한 다수의 백인 경찰을 위협하고 있다고 이해될 수 있었던 것은 결국 시각적 이미지의 영역 내에서 벌어지고 있는 이런 가장 원초적인 형태의 자아와 타자의 구별에 기인한다고 할 수 있다.

멀비는 상상계 내에서 벌어지는 이 동일시와 타자화의 역동적 과정이 의미생산 과정이 아닌 "주체를 형성하는 구조 혹은 메커니즘"이라고 주장한다(10). 멀비의 주장은 인종에 관한 다소 암울한 미래를 암시한다. 왜냐하면 시각적 이미지와의 동일시와 타자화가 주체형성의 메커니즘이라고 한다면, 그리고 그 동일시가 라캉이 주장하는 것처럼 "오인"에 근거한 것이라면, 인종적 차이에 대한 인식과 그로 인해 발생하는 인종주의는 거대한 착각임과 동시에 그 착각이 우리의 주체를 형성하는 것이다. 따라서 우리는 인종주의라는 거대한 착각에서 해방될 수 없게 된다. 그 착각이 주체의 구성적 일부이기 때문이다.

하지만 문화 생산의 측면에서 볼 때, 멀비의 주장은 인종주의에 대한 최소한의 저항의 길이 열려 있음을 보여 준다. 인종주의가 시각적 이미지와 주체 사이의 착각을 통해서 생산되는 것이라면, 그 주체는 이미 내적 균열을 내포하고 있기 때문이다. 따라서 그 균열 지점을 파고들며 주체와 이미지 사이의 동일시 자체를 방해하는 예술적 혹은 문화적 장치를 상상할 수 있는 것이다. 브레히트Bertolt Brecht가 말하는 "소격효과alienation effect"가 대표적인 것이라 할 수 있는데, 기존에 자연스러운 것이라 여겨졌던 것을 낯설게 만듦으로써 탈신비화하는 것이다. 현재의 비판적 문화 생산자들은 대중문화에 대한 단순한 비판보다는 이런 소격효과를 대중문화와 접목시켜 인종주의가 결코 자연스러운 것이 아님을 보여 주고 훈련시킬 수 있는 방법을 찾을 필요가 있는 것이다.

참고문헌

Banton, Michael. *Racial Theory*. Cambridge: Cambridge UP, 1998.

Davenport, Charles B. *Heredity in Relation to Eugenics*. New York: Henry Holt, 1911.

Derrida, Jacques. "Structure, Sign and Play in the Discourse of the Human Sciences." *The Structuralist Controversy: The Languages of Criticism and the Sciences of Man*. Ed. Richard Macksey. Baltimore: Johns Hopkins UP, 1972: 247-272.

Du Bois, W. E. B. "The Conservation of Races." *W.E.B. DuBois: Writings*. New York: The Library of America, 1986.

Fanon, Frantz. *Black Skins, White Masks*. Trans. Charles Lam Markmann. New York: Grove Press, 1967.

Gramsci, Antonio. *The Prison Notebooks*. Eds. and Trans. Quintin Hoare & Geoffrey Nowell Smith. New York: International Publishers, 1971.

Lee, Chang Rae. *Native Speaker*. New York: Riverhead, 1995.

Liu, Eric. *The Accidental Asian: Notes of a Native Speaker*. New York: Vintage Books, 1998.

Michaels, Walter Benn. "Critical Response II: No Drop Rule." *Critical Inquiry* 18 (1994): 758-769.

Mulvey, Laura. "Visual Pleasure and Narrative Cinema." *Screen* 16.3 (1975): 6-18.

Omi, Michael and Howard Winant. *Racial Formation in the United States from the 1960s to the 1990s*. 2nd ed. New York: Routledge, 1994.

Stocking, George W. "The Turn-of-the-Century Concept of Race." *Modernism/ Modernity* 1.1 (1993): 4-16.

7
할리우드 영화와 인종
: 흑백버디무비와 아시아 남성

미국 대중문화와 아시아계 남성

"중국인은 태어나지 않는다. 다만 만들어질 뿐이다."

30여 년 전 중국계 미국인 극작가 프랭크 친Frank Chin은 미국의 인종주의에 대한 분노를 이렇게 표현했다. 그의 말은 미국의 문화 속에서 특히 대중문화 속에서 아시아계 미국인 혹은 아시아인, 특히 아시아계 남성의 사회적·문화적 존재 방식을 함축적으로 요약한다. 미국에서 아시아계 남성으로 산다는 것은 스스로가 자신의 정체성을 규정할 수 있는 권리를 박탈당함을 의미하기 때문이다. 그들은 자신이 누구인지 모른다. 오로지 주류 문화의 인종 담론만이 그들의 정체성을 규정한다. 따라서 그들은 태어나지 못한다. 다만 주류 문화에 의해 만들어지고 언명될 뿐이다. 이것은 150여 년의 아시아계 미국인의 역사를 통틀어 체화된 명제였으며 지금도 그 명제는 변하지 않는 진리로 남아 있다.

프랭크 친의 말이 포함하고 있는 아시아계 미국인 남성의 사회적 위치에 대한 뼈아픈 통찰은 W.E.B. 듀보이스가 말했던 흑인의 "이중 의식double consciousness"이 내포하는 문화적 의미와는 다소 다르다. 흑인들이 미국 역사를 통틀어 문화적으로나 경제적으로나 착취와 억압의 대상으로 존재해 왔고 또 그 존재 자체가 부정되어 왔던 것은 분명 사실이다. 그러나 미국 백인의 정체성은 언제나 흑인의 존재에 의존하여 구성되어 왔다는 토니 모리슨Tony Morrison의 주장처럼(46), 흑인들은 왜곡된 형태로나마 미국이라는 상상의 공동체의 한 부분으로 여겨져 왔으며, 또한 미국문화의 한 축으로서 그 역할을 수행해 왔다.

그러나 불행히도 유럽과 미국의 오랜 오리엔탈리즘 전통 속에서 '아시아'와 '미국'은 지금까지도 개념적으로나 경험적으로나 양립할 수 없는 모순적 기표로 남아 있다. 그러하기에 아시아계 미국인들은 언제나 미국의 민족 공동체의 타자로서 존재해 왔고, '아시아계 미국인'이라는 말은 그 자체로 모순형용이 되어 버렸다. 문화비평가 닐 고탄다Niel Gotanda는 이런 모순을 "아시아의 인종화"Asiatic racialization라고 명명하며, 이를 "아시아인들의 [미국 사회로의] 동화불능성, [미국인들에 의한] 아시아계 미국인과 아시아인 사이의 혼동, 그리고 미국 민족에 대한 위협으로서의 아시아에 대한 인식"과 같은 상이하면서도 연관된 담론들의 집합체라고 정의한다(1-2). 이런 "아시아의 인종화"는 세계화가 급속도로 진전되었던 1980년대 말과 1990년대를 지나면서 새로운 양상을 띠기 시작하며, "신황화사상new yellow-perilism"과 같은 담론의 형성으로 이어졌다(Espiritu 90).

예를 들어, 1997년 클린턴Bill Clinton이 두 번째 대통령 선거에 출마할 당시, 중국인으로부터 불법 선거자금을 받은 사건은 국가의 기강을 흔드는 거대한 비리인 양 거의 모든 주류 언론사로부터 거센 공격을 받았다. 하지만 신기하게도 이런 주류 언론들은 클린턴 정부가 비아시아계로부터 받은 더 큰 불법 선거자금에 대해서는 침묵을 지켰다. 당시 주류 언론 중 하나였던《내셔널 리뷰National Review》는 표지 시사만화를 통하여 클린턴을 전형적인 중국인 하우스 보이로 희화화하며, 마치 클린턴이 중국의 간첩이라도 된 양 비웃기도 했다. 더 최근의 예로, 중국계 미국인 핵과학자 웬호 리Wen Ho Lee가 핵무기 스파이 혐의를 받고 체포되었으나, 결국 무죄로 석방되기도 했다. 해프닝에 가까웠던 웬호 리 사건과 선거자금 스캔들은 비록 그 성격은 다르지만 미국인의 대중적 상상력 속에 반아시아 감정이 얼마나 뿌리 깊게 박혀 있는지, 또 미국 사회에서 아시아인들과 아시아계 미국인들이 어떻게 타자화되고 있는지를 명백히 보여 주는 사건이었다.

하지만 아시아의 타자화는 미국 대 아시아라는 이원론적 대결 구조 속에서 파악될 수 있는 단순한 문제가 아닌, 국제적인 역학관계와 더불어 미국 내의 인종과 젠더 문제 등, 역사적이고 문화적인 층위들과의 복합적인 관계 속에서 중층결정되는 것이라고 할 수 있다. 그런 까닭에 "아시아의 인종화"를 단순히 '미국 vs. 아시아'라는 이항대립 구조 속에서 조망하기보다는, 미국의 역사적·사회적 맥락에서 인종과 공동체의 개념이 상호 영향을 미치며 구축되는 과정을 더 세밀하게 고찰해야만 한다. 이런 의미에서 미국 대중문화는 그 어떤 분야보다도 많은 연구가 필요한 지점이다. 왜냐하면 대중문화는 법률적 담론과의 상호연관성 속에서 인종 개념을 생산·재생산하고 이를 대중적 차원에서 추인하고 부정하는 일련의 과정이 벌어지는 정치적 장이기 때문이다. 즉, 인종에 관한 상식이 생산·유포되고 이에 대한 자발적 동의를 이끌어 내는 정치적·문화적 과정으로서의 헤게모니가 생성되는 공간인 것이다. 특히 할리우드 상업영화는 아시아인과 아시아계 미국인이 타자화되는 방식을 고찰할 수 있는 특권적 영역이라 할 수 있다. 영화는 인종에 대한 시각적 재현을 통해 인간의 몸을 선과 악의 투쟁이라는 우화적 세계에 배치하는데, 이는 공동체의 개념을 인종적으로 재구성하는 효과를 가져오기 때문이다.

흑백공멸론

1965년 미국 이민법 개정과 더불어 아시아계 미국인의 정치적 위치는 극적 전환기를 맞게 된다. 무엇보다도 아시아로부터의 이민에 대한 규제가 풀리면서 아시아의 이민 쿼터가 확대되었고, 또한 아시아에서 태어난 사람들도 미국의 시민권을 획득할 수 있는 권리가 주어진 것이다. 이에 따라 아시아계 미국인들은 최소한 법률적인 차원에서만큼은 백인이나 흑인 못지않은 지위를 얻을 수 있게 되었다. 하지만 이런 법률적 담론의 변화가 문화적인 차원에서의 변화를 이끌어 내지는 못했다. 오히려 아시아 이민자들의 증가는 기존 미국인들의 반反이민 정서를 확산시키는 결과를 가져왔다. 그 일례로, 미국의 대중문화는 1970년대 이후 지속적으로 잃어버린 과거를 되살려 내려는 시도를 해 왔으며, 이는 프레드릭 제임슨Fredric Jameson이 "향수영화nostalgia film"의 발흥으로 규정지은 문화적 현상과 그 궤를 같이 한다(280-3). 이 영화들은 70년대 이후 다문화주의와 다민족주의의 공간 속에서 점차 사라져 가는 전통적인 미국적 삶, 즉 자유스럽고 인종적으로 순수한 소도시적 삶의 방식에 대한 집단적 열망을 알레고리적인 방식으로 표현한다고 볼 수 있다.

향수영화가 미국의 인종과 민족 문제에 대한 우회적 접근이었다고 한다면, 이와는 별도로 인종 문제 자체를 직접적이면서도 적극적으로 상품화하려는 시도가 꾸준히 있어 왔다. 〈차이나타운 Chinatown〉(1974)이나 〈블레이드 러너Blade Runner〉(1982)와 같이 차이나타운을 미국의 어두운 일면을 표현하는 배경으로 사용하는 영화가 있었는가 하면, 아시아적인 것을 상품화하려 했던 TV 시리즈 〈쿵푸 Kung Fu〉(1972-75)와 1980년대 이후 다수의 닌자ninja 영화, 그리고 아시아인 혹은 아시아계 미국인 남성들을 전면에 내세운 영화로 할리우드 블록버스터 영화 〈러시아워Rush Hour〉(1997, 2001, 2007), 〈떠오르는 태양Rising Sun〉(1993)과 〈리쎌웨폰 4Lethal Weapon 4〉(1998) 등을 들 수 있다. 이들 중 〈떠오르는 태양〉과 〈리쎌웨폰 4〉은 더 특별한 의미를 갖는다.[1]

이 두 영화의 특징은 흑인과 백인 경찰이 서로 파트너를 이루어 아시아의 침략자들과 싸우며 미국 사회를 지켜 내는 일종의 경찰 버디무비로 백인/흑인/아시아인이라는 인종적 삼각관계를 통하여 미국의 인종적 · 문화적 정체성에 접근한다는 것이다. 이런 서사 구조는 앞선 19세기와 20세기 초 남부의 농장주들이 사용했던 순종적인 아시아 노동력을 통한 흑인의 문화적 · 경제적 격리 전략과는 상당한 거리가 있는 것이다. 19세기 농장주들이 아시아인을 이용하여 흑인

---

1 〈러시아워〉는 분석대상에서 제외된다. 이 영화 역시 성룡이라는 아시아인이 주인공으로 등장한다는 점에서 충분히 분석할 만한 가치가 있기는 하지만, 성룡의 신분은 홍콩 경찰로서 미국 거주자나 이민자가 아닌 방문객으로 〈떠오르는 태양〉과 〈리쎌웨폰 4〉에 등장하는 아시아인과는 질적으로 다르다. 후자에 등장하는 아시아인들은 미국에 거주하며 미국의 문화적 · 경제적 · 정치적 정체성에 심각한 영향을 미치지만, 성룡의 경우 임무가 끝나면 홍콩으로 돌아가야 할 외국인일 따름이다. 즉, 그는 미국 공동체가 포용하거나 배제해야 할 대상이 아니며 따라서 미국의 민족 이마고에 미치는 영향은 미미한 것에 불과하다.

을 격리시키고 인종적으로 순결한 백인만의 공화국을 꿈꾸었던 반면, 〈떠오르는 태양〉과 〈리셀웨폰 4〉는 흑인과 백인 모두 좋든 싫든 서로를 안고 가야 아시아의 침략으로부터 미국의 민족적 정체성을 지켜낼 수 있음을 주장한다. 이런 서사 구조 변화의 이면에는 반아시아 이민 정서와 신황화사상의 발흥과 더불어, 더 근본적으로는 미국의 민족적 정체성에 대한 새로운 종류의 흑백논리의 생산이라는 문제가 존재한다.

제2차 세계대전 이후로 미국 사회 내의 인종질서는 큰 변화를 겪게 된다. 이는 1950년대 이후의 흑인 인권운동의 확산과 냉전체제의 고착화로 촉발된 미국적 정체성의 위기와 연관된다. 전통적으로 미국에서 흑인과 관련된 인종적 담론들은 흑백의 이원론적 구조 속에서 흑인과 백인 간의 생물학적, 문화적 차이를 강조함과 동시에 이런 본질적 차이들이 백인 남성의 혈통과 문화를 오염시키고 궁극적으로는 미국 자체를 멸망시킬 것이라는 종말론적 불안감을 내포하고 있다. 예를 들어, 19세기 초 토마스 제퍼슨은 흑인 노예의 해방은 "우리를 분열시키고 … 궁극적으로는 둘 중 하나가 멸망할 때까지 끝나지 않을 혼란을 야기할 것이다"고 주장했다(재인용 Takaki 75-6). 노예해방을 주도했던 링컨 역시 흑인에 대한 인식은 크게 다르지 않았다. 그는 노예해방이 가져올 사회적 혼란에 대비해 흑인을 다시 아프리카로 돌려보내는 것까지 고려했다. 흑인 지도자였던 W.E.B. 듀보이스DuBois 또한 "하나의 검은 육체에 존재하는 두 개의 모순된 이상"과 같은 말을 통하여 흑과 백이 결코 화합될 수 없음을 암시하기도 하였고(5), 그 스스로도 미국의 시민이 아닌 아프리카의 시민으로서 임종을 맞이했다. 흑백 간의 차이에 대한 극단적 인식과 미래에 대한 종말론적 비전은 흑인을 미국 공동체의 일부로서 수용하길 거부했던 백인우월주의적 이데올로기가 생산해 낸 판타지임은 너무도 자명한 사실이다.

하지만 이런 극단적 대립 구조는 냉전체제 하에서 흑인 인권운동의 촉발과 더불어 새로운 국면을 맞이한다. 브라이언 로크Brian Locke에 따르면, 제2차 세계대전의 발발과 이후 냉전체제의 확립 과정 속에서, 소련과 치열한 이데올로기 전쟁을 치루고 있었던 미국은 사회주의에 대한 이데올로기적 우월성을 확보하기 위하여 국내외적으로 "미국 예외주의American exceptionalism" 담론을 생산·유포시키기 시작한다. 그 내용은 미국은 마르크시즘과 공산주의 세력으로부터 자유로우며, 세계에서 가장 우월한 자유민주주의 제도를 가지고 있다는 것이다. 예를 들어, 헨리 루스Henry Luce는《미국의 세기The American Century》에서 "가장 미국적인 이상은 자유에 대한 사랑, 기회의 평등에 대한 열망, 자족과 독립 그리고 협동의 전통"이라고 선언하며 이를 전 세계에 널리 퍼뜨리는 것은 미국의 "도덕적 의무"라고 주장한다(재인용 Locke 103).

하지만 미국 예외주의 이데올로기는 미국 사회의 근본적 모순, 즉 인종 문제와 그에 따른 흑인 인권운동의 확산으로 인하여 전 세계적으로 조롱거리로 전락하게 될 위기에 처하게 되었다. 당시 세계의 거의 모든 언론들은 역사적으로 존재했던 미국의 흑인에 대한 부당한 처우와 그로 인해 촉발된 흑인 시민운동의 내용을 상세하게 보도하기 시작했고, "소련의 대 미국 선전선동의 50퍼센트는 인종 문제에 집중되어 있었다"(Locke 103). 결국 미국 예외주의와 흑인 문제 사이의 모순이 첨예한 이슈로 떠오르면서 유수의 미국 정치인들은 이 문제에 본격적으로 대처하기 위해 흑인포용 정책을 들고 나온다. 로크에 따르면, 이때 미국 주류 정치지도자들이나 흑인 운동가 모두 전략적으로 사용한 레토릭이 바로 "흑백공멸론brinkmanship"2이다(104-6).

흑백공멸론의 핵심은 서로 뒤얽혀 있는 흑백 간의 벼랑 끝 투쟁은 "결국에는 공멸로 나아갈 수밖에 없다는 위기의식의 고취"로(Locke 104), 로크에 따르면 이 흑백공멸론은 네 가지의 선행조건을 필요로 한다. 먼저 "대립적인 위치에 있는 두 편이 있어야 하고, 공멸의 가능성이 항존해야 하며, 이 두 편은 서로가 서로에게 묶여 있어서 한 쪽이 한 행동의 결과를 다른 쪽과 똑같이 공유할 수밖에 없고, 또한 모든 행동의 결과를 공유해야만 하는 까닭에 한 편이 다른 한 편의 행동을 공멸의 위협을 통해서 제어할 수 있어야만 한다"(105). 이러한 모델에 따르면, 흑백공멸론은 상호 불가분의 관계에 있는 흑과 백이라는 양자 간의 대립 구조 속에서 공멸이라는 위기 담론의 생산을 통해 서로를 위협하고 통제함으로써 정치적 이득을 취하는 전략이라 할 수 있다.

명시적으로 표시하지는 않았지만 로크는 이 모델을 통해 한 가지 중요한 질문을 던진다. 왜 하필 제2차 세계대전과 냉전이라는 특수한 정치적 상황 하에서 흑백공멸론이 중요한 정치적·문화적 레토릭으로 부상했는가? 앞서 언급한 19세기의 제퍼슨이나 링컨 등의 발언을 통해서도 알 수 있듯이, 인종대립에 관한 종말론적 위기의 담론은 미국의 오랜 인종 담론 중 하나였음에도 불구하고 말이다. 이는 곧 흑백공멸론이 소련과 사회주의와 같은 외부의 절대적 타자를 전제해야만 작동 가능한 모델임을 암시한다. 냉전체제 하에서 소련

---

2 영어 "brinkmanship"은 일반적으로 "벼랑 끝 전술"이라는 말로 번역된다. 그러나 본 글에서는 이 말의 함의를 그대로 유지하면서 로크의 이론 속에 포함된 인종적 맥락을 최대한 살리고자 "흑백공멸론"으로 번역한다.

과 같은 제3의 타자는 미국의 존재 자체를 위협하는 외부의 적으로 인식되었으며, 이로 인하여 흑백 간의 갈등이 지속되면 궁극적으로는 양자 모두 파국으로 치달을 수밖에 없다는 위기의식이 팽배할 수밖에 없었다. 이 위기의식으로 인하여 미국 주류 사회는 어쩔 수 없이 흑인을 미국 공동체의 구성원으로 수용해야만 했던 것이다. 대신 흑백공멸론의 확산을 통해 흑인의 사회적 요구를 제어함과 동시에 그로 인한 사회적 혼란을 막고자 했다고 할 수 있다. 예컨대, 1941년 흑인 운동가였던 필립 랜돌프Philip Randolph는 흑인 인권 탄압에 항의하기 위하여 워싱턴에서 대규모 집회를 열겠다며 연방정부를 압박했다. 당시 제2차 세계대전에 참여하고 있던 루스벨트 정권은 흑인 집회가 방송매체를 통하여 유포될 경우 전쟁에서 미국의 도덕적 우월성을 상실하게 될까 두려워했다. 이에 그는 백인우월주의자들에게 정치적 압력을 가하여 최초의 법률적 흑인 보호정책을 통과시키게 되었고 결국 방위산업체에 흑인을 의무적으로 고용하도록 하였다(104). 그 결과, 미국은 가장 이상적인 자유와 민주주의 국가라는 정체성을 표면적으로나마 유지할 수 있었고 또한 사회주의와의 이데올로기 전쟁에서 승리할 수 있었던 것이다.

이렇게 보면, 로크의 흑백공멸론은 흑과 백의 이원론적 대립 구조가 아닌, 백인과 흑인 그리고 외부의 적이라는 인종적 삼각관계로 확장된다. 이 속에서 흑백공멸론의 핵심은 미국의 상상적 공동체를 위협하는 외부의 '절대적 타자'와 그로 인해 발생하는 위기의식이라 할 수 있다. 이것은 흑백 간의 허구적 연대감을 강요하며 인종차별이라는 내부의 모순을 무화시킴과 동시에, 절대적 타자와의 차이를 부각시켜 미국의 국가적 정체성을 강화하는 전략인 것이다. 그런 의미에서 흑백공멸론은 위기 담론을 생산·유포하여 흑백 간 갈등을 봉합하고 미국이 최고의 자유와 민주주의를 체화하고 있는 국가임을 증명하는 문화 전략이라 할 수 있다.

냉전체제 하에 생산된 흑백공멸론은 또한 일종의 이데올로기적 봉쇄전략으로 작동하기도 한다. 미국 공동체에 관한 대중적 상상력을 흑인과 백인의 조화와 갈등이라는 허구적 흑백논리 속에 가두어 두는 것이다. 이는 두 가지 상이한 정치적 결과를 생산하게 된다. 한편으로, 매카시즘, 즉 반공주의라는 광풍이 온 미국을 휩쓸게 된다. 반공주의 담론은 다른 모든 정치 담론들을 집어삼키며, 사회적 정의에 대한 어떠한 요구도 국가 체계를 위협하는 공산주의 세력의 책동과 동일한 것으로 간주한다. 정치적 상상력의 급진적 축소를 유발한 것이다. 또 한편으로, 흑백공멸론은 미국 공동체를 상상하는 방식의 획일화를 가져오게 된다. 미국이라는 공동체에는 오로지 흑인과 백인만이 존재하게 된 것이다. 흑인과 백인이 아니라면 그는 적이다. 따라서 흑과 백 양쪽 어디에도 포함될 수 없었던 아시아계 미국인 혹은 아시아인들은 더욱 철저하게 타자화되거나 소외될 수밖에 없었다. 그들은 미국 공동체를 위협하는 잠재적인 적에 불과한 존재가 된 것이다.

흑백버디무비와 아시아: 〈떠오르는 태양〉

문화사적인 측면에서 보았을 때, 흑백공멸론은 비단 냉전 시대의 산물만은 아니다. 이것의 서사적 원형은 마크 트웨인의 《허클베리 핀의 모험》(1885)에서 최초로 나타나는데, 백인 부랑자 허크와 탈출한 흑인 노예 짐이 사회적 속박을 벗어나기 위해 펼치는 뗏목 여행이 바로 그것이다. 사회 부적응자로서의 허크와 탈출 노예 짐의 사회적 지위, 장구하게 흘러가고 있는 거대한 미시시피 강, 그리고 그 둘의 삶의 토대로서의 작은 뗏목은 당시 미국 사회의 알레고리로서 흑인과 백인이 함께 처한 위기의 상황, 즉 남북전쟁과 노예해방으로 인한 사회적 혼란과 미국적 정체성의 위기에 대한 우의적 표현인 것이다. 특히 험난한 미시시피 강이라는 외부의 위협으로부터 짐과 허크를 보호해주며 자유의 땅으로 인도해 주는 유일한 수단으로서의 뗏목은 서로를 증오하면서도 끝까지 함께 갈 수밖에 없었던 공동운명체로서의 흑인과 백인 간의 상호의존성에 대한 메타포라 할 만하다.

《허클베리 핀의 모험》이 지니는 서사적 원형은 대중문화 속에 차용되어 할리우드 영화의 이미지 속으로 편입되면서 '흑백버디무비'라는 장르로 부활하게 되는데, 스탠리 크래머Stanley Kramer 감독의 1958년 작 〈흑과 백The Defiant Ones〉이 그 시초라 할 수 있다. (로크 역시 이 영화를 흑백공멸론을 가장 충실히 표현한 최초의 영화라고 주장한다.) 이 영화는 허크와 짐을 연결시켜 주었던 뗏목을 수갑과 쇠사슬로, 미시시피 강과 억압적 사회제도라는 외적 위협을 추적해오는 경찰견의 날카로운 송곳니와 적막을 가르는 개 울음소리로 대체할 뿐, 흑인과 백인 남성 간의 상호의존성과 자유를 향한 탈주라는《허클베리 핀의 모험》의 기본적 서사 구조는 그대로 유지한다. 영화 속 흑백의 두 남자는 수갑으로 서로의 손이 함께 묶인 채 탈옥한 후 경찰의 추적을 피하여 자유를 향한 도주를 감행한다. 처음에는 서로 증오했던, 하지만 수갑으로 묶여져 있었기에 떨어질 수 없었던, 이 둘은 필연적으로 모든 역경을 공유하면서도 죽음의 위협을 통해 서로의 행동을 통제하며 상호균형을 유지해야 했다. 하지만 이들은 이후 수갑의 사슬을 끊어 버린 뒤에도 서로를 떠나지 못하고 서로의 운명을 자기 것인 양 받아들이며 함께 죽음 앞에 서게 된다. 즉, 흑인과 백인 사이의 인종적 갈등을 경찰의 추적이라는 외적 위협을 통하여 봉인함으로써 이 영화는 성공적으로 흑과 백의 화해와 협조 그리고 통합된 미국적 정체성이라는 상징적 이미지를 도출해 낸 것이다.

〈흑과 백〉이 아카데미상 작품상을 비롯한 9개 부문의 후보작으로 오르면서 이 영화의 서사 구조는 할리우드 영화의 새로운 도식으로 정립되었고, 본격적으로 상업화된 것은 1980년대부터다. 이 당시 미국에는 공화당의 레이건 행정부가 들어서면서 신보수주의 바람을 몰고 왔고 이와 더불어 강한 미국을 표방하며 소련과 끝없는 군비경쟁을 벌이고 있었다. 〈48시간⁴⁸ʰʳˢ〉(1982), 〈비버리힐스 캅 2ᴮᵉᵛᵉʳˡʸ ᴴⁱˡˡˢ ᶜᵒᵖ ᴵᴵ〉(1987), 〈리셀웨폰〉(1987)과 같은 대표적인 흑백 버디무비가 이 시절에 생산되었는데, 이는 흑백공멸론이 냉전체제의 전형적인 산물은 아니라고 할지라도 냉전과 같은 위기 담론에 기생하고 있는 문화전략이었음을 증명한다고 할 수 있다. 그런데 문제는 냉전의 종식과 더불어 사회주의와 소련이라는 거대한 외부의 악이 사라지고 세계화가 급속히 진행되었던 90년대 이후 흑백공멸론이 흑인 문제를 해결하고 미국의 국가 정체성을 공고히 하는 데 여전히 유효한 전략인가 하는 것이다. 이 문제가 바로 앞서 언급했던 〈떠오르는 태양〉을 이해하는 하나의 단서를 제공해 준다.

필립 카우프만ᴾʰⁱˡⁱᵖ ᴷᵃᵘᶠᵐᵃⁿ 감독의 〈떠오르는 태양〉은 마이클 크라이튼ᴹⁱᶜʰᵃᵉˡ ᶜʳⁱᶜʰᵗᵒⁿ의 동명 소설을 영화화한 작품이다. 이 영화는 백인과 흑인의 두 형사 코너 형사(숀 코너리)와 스미스 형사(웨슬리 스나잎스)가 LA 경찰로 등장해 일본의 다국적 기업 나가모토 그룹의 회의실에서 발생한 백인 여성 살인 사건을 추적해 나가는 추리영화다. 영화의 초반부, 두 개의 의미 있는 장면이 병치된다. 먼저, 나가모토 그룹은 미국의 유명한 반도체 회사인 "마이크로콘"을 합병하기 위하여 미국 실무단과 협상을 벌인다. 마이크로콘은 미국의 방위 산업에 아주 중요한 컴퓨터 칩을 개발 중에 있었고, 카메라는 협상 테이블의 중앙에 놓여 있는 두 대의 스텔스 전폭기 미니어처를 비춰 줌으로써 미국 국방산업의 핵심 기술이 일본에 팔려 갈 위기에 처해 있음을 암시한다. 또한 협상 장면이 끝날 무렵 회의실에 켜져 있는 텔레비전을 통해 미국의 한 상원의원이 마이크로콘 매각의 위험성을 강조하는 메시지가 흘러나오며 위기감은 한층 고조된다. 그리고 이어진 장면에서 나가모토 그룹의 빌딩에서는 거대한 파티가 열리고 이국적인 일본 문화가 자극적인 형태로 그려진다. 그와 더불어 건물의 빈 회의실에선 금발의 백인 여성이 일본인 남성과 성교를 하고 있다. 그녀의 목에는 일본인 남성의 손이 올려져 있고 점점 목을 죄어들어가며 신음 소리는 커져 간다. 그 여성은 잠시 후 시체로 발견된다.

영화의 서두에 병치된 이 두 장면은 한 가지 공통점을 가지고 있다. 일본에 의한 미국의 침탈이다. 하나는 경제적인 침탈이며, 또 하나는 성적인 (심층적으로는 백인 여성의 육체에 각인된 미국적 가치, 즉 자유와 민주주의) 침탈이다. 이는 일본의 경제적 · 문화적 침탈로 인하여 미국의 정체성이 위기에 처해 있음을 암시한다. 그리고 위기 해결을 위하여 기질이 전혀 다른 흑과 백의 두 형사가 소집된다. 즉, 위기 상황과 흑인과 백인의 결합은 이 영화를 흑백공멸론의 토대 위에 올려 놓는 기능을 하고 있는 것이다. 하지만 전통적인 의미에서의 흑백공멸론과의 공통점은 여기까지다. 이 영화는 나름대로의 문화적 작업을 수행하며 흑백공멸론의 새로운 패러다임을 설정한다. 무엇보다도 위기의 담론을 구성하는 중요 요소에 변화를 가한다. 냉전 시대의 위기가 사회주의 국가와의 이데올로기 전쟁에서 비롯되었다면, 〈떠오르는 태양〉이 설정한 위기는 세계화와 그로 인한 경제전쟁이다. 그래서 코너 형사는 말한다. "비지니스는 전쟁이다. … 우리는 전쟁 지역에 살고 있다." 또한 흑백의 조화를 위협하는 외부의 적이 바뀌었다. 즉, 소련이 아닌 일본이 주적으로 등장한 것이다. 다국적 기업인 나가모토와 폭력 조직인 야쿠자로 상징되는 일본의 문화는 처음부터 철저한 타자로 표상된다. 도청과 여러 불법적인 수단을 동원해 협상을 주도하는 나가모토 그룹의 비도덕성과 파티 장면에서 명암대비를 통해 선정적으로 그려진 일본 문화의 이질성은 그 자체로 미국문화의 정체성에 대한 위협으로 다가온다.

〈떠오르는 태양〉이 수행하고 있는 더 중요한 문화적 작업은 내적 갈등을 외적 위협의 결과로 치환시킨다는 것이다. 기존의 흑백공멸론은 외적 위기를 강조하여 내적 갈등을 봉인하는 이데올로기적 기능을 했다면, 이 영화는 거꾸로 내적 갈등의 원인을 외부로 돌림으로써 기존의 사회적 지배 구조에 면죄부를 부여한다. 이런 새로운 인과관계의 설정은 앞서 설명한 두 장면에 이어지는 짤막한 장면을 통해 형상화된다. 흑인 형사 스미스가 폭우가 쏟아지는 로스앤젤레스의 밤거리를 운전하며 지나가는 짤막한 장면이다.

살인 사건을 보고받고 새로이 파트너가 될 코너 형사를 만나러 스미스 형사는 홀로 폭우 속을 뚫고 차를 운전해 나간다. 그의 차창 밖으로 두 명의 흑인 부랑자가 쓰레기통 사이를 서성거린다. 스미스 형사의 시각을 통해 그려지는 이 장면을 상징적이게 만드는 것은 배경 음향으로 깔리는 살해된 백인 여성의 신음 소리다. 여기서 여성의 신음 소리는 이중적인 메시지를 전달한다. 먼저, 죽음의 위기를 알리는 소리로 해석될 수 있다. 이 경우 흑인의 문화적·경제적 소외라고 하는 미국 사회의 근본 모순을 상징하는 흑인 부랑자의 모습이 일본인에 의하여 살해된 백인 여성의 신음 소리와 겹쳐지면서 일순간 일본의 경제 침탈에 의하여 위기에 처한 미국의 하층민 일반의 이미지로 치환되고, 특히 신음 소리와 빗소리 그리고 어둠을 적절히 통제한 몽환적 미장센은 흑인과 '모든 미국인' 사이의 허구적 동일화를 생산해 낸다. 이것이 전달하고자 하는 메시지는 간명하다. "아시아인이라는 공통의 적 앞에서, '우리'는 모두 '미국인'으로서 한 배를 타고 있다. '모든' 미국인이 이 경제전쟁으로 고통 받고 있다"(Locke 115). 즉, 모든 미국인은 일본인에 의하여 고통 받고 있으며 따라서 모두 화합하여 일본과 싸워야 한다는 것이다. 이런 영화의 메시지는 기존의 흑백공멸론과 크게 다를 게 없다.

그러나 여성의 신음 소리는 죽음의 고통을 알리는 소리이기도 하지만 동시에 극단적 쾌감을 표시하는 것이기도 하다. 그 여성은 목조름을 당하며 성적 쾌감을 느끼는 일종의 변태적 성애자인 탓이다 (실제로 그 여성은 함께 섹스를 한 당사자에게 살해된 것이 아니었다). 신음 소리가 갖는 이런 이중성은 이 영화의 또 다른 의미 층위로 우리를 인도한다. 영화 전편에 걸쳐 반복적으로 등장하는 이미지 중 하나는 일본인 남성과 백인 여성 간의 일탈적 섹스 행위다. 어떤 의미에서 보면, 이 선정적인 이미지는 나가모토 그룹이 마이크로콘 회사를 합병하기 위해 자행하는 온갖 비도덕적 행태와 더불어, 미국의 청교도 문화와 대비되는 일본 문화의 타락성과 부패함을 돋보이게 한다. 그 결과 아시아 문화가 지니는 타자성이 한층 더 강화된다.

이와 아울러 아시아 남성과 백인 여성들 간의 선정적 이미지의 과잉은 전체적인 서사 구조와 맞물려 또 다른 기능을 하고 있는데, 이는 흑인 형사 스미스의 가정적 불행을 부각시켜 흑인 남성성의 위기를 강조하는 것이다. 영화 속 스미스는 민완 형사이기는 하나 가정적으로나 경제적으로는 실패한 사람으로 그의 부인은 그를 "낙오자"라 규정짓고 이미 가정을 떠나 버린 상태다. 즉, 경제적 실패는 아내의 부재로 귀결됨과 동시에 스미스에게 금욕을 강요한다. 그리고 이 강요된 금욕은 필연적으로 일본인의 난잡한 성행위의 이미지와 대비되며 스미스의 파괴된 가정과 그에 따른 남성성의 위기를 암시한다. 스미스에게 부재하는 '부인'이 일본인에게는 성의 과잉과 일탈로 표현됨으로써, 궁극적으로는 관객들에게 단 하나의 질문을 던지도록 강요한다. 누가 이 흑인의 부인을 빼앗고 그의 남성성을 위협하는가?

앞서 살펴보았던 흑인 부랑자의 이미지는 바로 이런 맥락 속에서 다시 해석할 수 있다. 흑인 부랑자들이 쓰레기통 앞을 서성거리는 모습은 로스앤젤레스 도심 어디에서건 흔히 볼 수 있는 장면에 불과하다. 그러나 살인 사건의 보고를 받고 출동하던 스미스 형사가 애써 고개를 돌려 그 부랑자들을 쳐다보고 카메라가 그 부랑자의 모습을 클로즈업하는 것은, 그리고 배경 음향으로 사용된 백인 여성의 쾌락에 가득 찬 신음 소리는 결국 하나의 질문을 이끌어 내기 위함이다. '누가 이 흑인을 거리로 내몰았는가?' 그리고 '누가 흑인의 진짜 적인가?' 그런데 흥미로운 것은 정작 이 질문에 대답해야 할 의무가 있는 백인은 이 장면에서 제외되어 면죄부를 부여받고 있으며, 오로지 백인 여성의 신음 소리 뒤에 숨어 있는 일본인만이 전면으로 부각된다는 것이다. 바로 이런 방식을 통하여 흑인의 적이 백인에서 일본인으로 전이되며, 이 영화는 이런 갈등의 전이 과정을 서슴없이 스크린으로 옮긴다. 이 과정이 가장 선명하게 드러나는 곳은 바로 스미스와 코너가 일본인 야쿠자에게 쫓기는 장면이다. 이 자동차 추격 장면에서 스미스는 의도적으로 일본 야쿠자를 LA의 흑인 빈민가인 사우스센트럴로 유도해 간다. 그리고는 코너 형사에게 흑인들 앞에서 어떻게 행동해야 하는지를 일일이 설명해 준다.

스미스: 이 주변은 안전합니다.

코너: 여기가 안전하다고?

스미스: 아마도 미국의 최후의 보루는 빈민가일 것입니다. 내가 시키는 대로 하세요. 이 친구들의 눈을 똑바로 보지 말고, 손은 항상 가만히 내려두세요. 이 친구들은 팔을 크게 움직이는 것을 좋아하지 않지요. 총으로 쏠 수도 있어요. 목소리는 낮추고 … 훨씬 더 중요한 것은 절대 욕을 하지 마세요. 만약 내가 "도와줄까?"라는 말을 해야 할 경우가 생긴다면, 그 땐 이미 늦습니다. 세상과 하직인사를 할 수 있을 테니까요.

[크렌쇼에게] 헤이 친구 잘 있었나?

크렌쇼: 거미? 거미 집 스미스가 크렌쇼를 건드리다니? 이 자식, 도대체 이게 얼마만이냐? 콜럼부스 이전이던가?

스미스: 웃긴데.

크렌쇼: [코너에게] 아르마니?

코너: 그렇소.

크렌쇼: 조르지오! 멋진데, 친구!

스미스: 이봐. 내가 이 노인을 양로원에 모셔다드려야 해. 그런데 이 양반이 일본 고양이한테 스시를 훔쳐 먹었어. 그래서 그 놈들이 우리를 쫓고 있어. 도움이 필요한데, 우리를 도와줄 수 있겠지?

크렌쇼: 도와주지.

스미스가 백인 형사에게 빈민가의 흑인들 앞에서의 행동 규범에 대하여 일일이 알려 주는 것은 흑인과 백인이 여전히 갈등 관계에 있음을, 또한 빈민가 흑인들의 일상생활 자체가 백인과의 전쟁 상태임을 암시한다. 이 상황에서 코너 형사가 일련의 행동 수칙에 복종하는 것은 인종전쟁에서의 일시적 휴전을 요구하는 백기와도 같은 것이다. 백기를 들고 찾아온 코너 형사에게 흑인 친구는 그가 입고 있는 값 비싼 브랜드의 양복 '아르마니'를 가리키며 트집을 잡는다. 흑인과 백인의 인종적 갈등이 표면화되는 유일한 순간이다. 즉, 빈민가에서 흑인들에 둘러싸여 덩그러니 놓여 있는 최고급 양복과 그것을 입고 있는 백인, 이는 분명 백인의 오래된 인종적 악몽을 이미지화한다. 코너 형사의 얼굴이 경직되며 일순간 위기감이 감돈다. 하지만 이 순간적 긴장은 스미스 형사가 일본인을 끌어들임으로써 이내 해소된다. 흑과 백의 인종적 대립이 순식간에 흑인과 일본인의 대립으로 전이된 것이다. 그리고 이 순간 '누가 흑인의 진짜 적인가?'라는 질문에 대한 답이 너무도 명확해진다. 즉, 모든 '미국인'이 전쟁터에 던져진 것이 아니라, '흑인'만이 홀로 전쟁을 치르고 있는 것이다. 이런 상황 논리를 통하여 이 영화가 전달하고자 하는 메시지는 너무도 간명하다. 흑인들의 경제적·사회적 고통은 백인과 미국 사회의 근본적 모순으로서의 인종주의가 아닌 일본의 침략에 기인하는 것이며, 따라서 흑인들이 백인들과 협조하여 일본과 싸우지 않으면 종국에는 흑인과 백인 모두 파멸의 길로 나아갈 수밖에 없다는 것이다.

냉전체제의 붕괴는 소련이라는 실질적 위협의 소멸을 가져왔지만, 동시에 이는 미국이 내부적으로 인종 갈등을 봉합할 수 있는 하나의 정치적 수단을 상실했음을 의미하기도 한다. 결국 미국의 주류문화는 또 다른 외부의 적을 창조해 낼 수밖에 없었으며, 그것이 아시아인으로 약호화된 것이다. 이는 미국의 주류 문화가 경제적으로 경쟁 관계에 있는 아시아 남성을 타자화함으로써, 냉전 시대의 이데올로기적 대립을 경제적인 차원으로 변형·연장시키고, 이를 통하여 미국 내의 인종 문제를 부재의 상태로 만들려는 시도라 할 수 있다. 그 결과 미국의 주류 문화는 도덕성에 상처를 입지 않은 채 흑인의 정치적 분노를 일본인에게 돌리고, 또한 흑백 간의 연대감을 공고히 할 수 있었다. 하지만 이 흑백 간의 화합은 아시아인을 타자화시킨 대가로서 획득된 것이라는 점에서 비윤리적인 것이었으며, 흑인의 주변자적 지위에 아무런 물질적 변화를 수반하지 않았다는 점에서 이데올로기적인 것에 불과한 것이라 할 수 있다.

수용 가능한 타자로서의 아시아: 〈리셀웨폰 4〉

　1990년대 말로 접어들며 세계화의 진행에 가속도가 붙으면서 흑백공멸론 역시 새로운 패러다임 속에서 재해석되었다. 이런 점에서 홍콩 배우 이연걸의 할리우드 데뷔작으로 관심을 모았던 〈리셀웨폰 4〉는 〈떠오르는 태양〉과 같으면서도 다른 흑백공멸론의 양상을 보여준다. 〈리셀웨폰 4〉는 절대적 타자로서의 아시아인 악당이 나온다는 점에서 〈떠오르는 태양〉과 유사하지만, 아시아인을 묘사하는 방식에서는 훨씬 더 복잡한 양상을 띠고 있다. 또한 〈떠오르는 태양〉이 아시아와의 경제전쟁을 중심 모티브로 사용하고 있는 반면, 〈리셀웨폰 4〉에서 미국의 정체성을 위협하는 것은 아시아의 불법이민자들과 아시아계 범죄 집단이다.

　1987년 이래로 제작된 시리즈의 전작들을 통해서 이미 가족과 같은 존재가 되어 버린 흑백의 두 형사, 로저(데니 글로버)와 릭스(멜 깁슨)에게 이제 피부색은 전혀 문제가 되지 않는다. 극의 초반부, 그들은 유대인 친구와 더불어 로스앤젤레스의 해안가에서 보트를 타며 밤낚시의 여유를 즐긴다. 마크 트웨인이 이상적 미국의 모습으로 형상화했던 허크와 짐의 뗏목을 연상시키는 장면이다. 게다가 흑백 화합이라는 이상화된 이미지에 유대인까지 더함으로써 말 그대로 '인종의 용광로'로서 미국의 정체성을 구체화시킨다. 하지만 이런 이상화된 미국의 정체성은 괴선박의 출현과 더불어 좌초의 위기를 맞는데, 그 배는 다름 아닌 중국으로부터 불법이민자를 수송하는 아시아계 갱단의 배였다. 이후 영화의 주 무대인 LA는 살인, 폭력, 총격, 방화, 위조지폐 등 일련의 반사회적 범죄들로 가득 찬 아수라장으로 변화한다. 이런 인과관계의 설정은 또 다른 형태의 흑백공멸론으로 볼 수 있으며, 아시아로부터의 불법이민은 다민종, 다문화주의라는 이름하에 흑백 간의 조화를 파괴하고 미국을 다문화적 디스토피아로 변모시킬 수 있음을 암시하고 있는 것이다.

이 영화가 〈떠오르는 태양〉과 차별되는 더 근본적인 요소는 아시아가 미국의 궁극적 타자임과 동시에 수용의 대상이기도 하다는 것이다. 이를 보여 주는 것이 바로 중국 불법이민자들의 포용이다. 흑인 형사 로저는 중국 불법이민자 한 가족을 자신의 집에 숨겨 주며 그들이 시민권을 받도록 도와준다. 로저는 미국의 시민권을 얻기 위하여 노예와 같은 생활을 해야 하는 중국인 일가를 통하여 실제로 노예로 팔려왔던 자신의 조상들을 연상한다. 이 장면은 사실 같은 인종적 소수자로서 흑인과 아시아계 미국인 사이의 연대 가능성을 열어두었다는 점에서 상당한 의미를 가질 수도 있다. 하지만 이런 연대 가능성은 침략자로서 아시아의 이미지와 미국 공동체에 관한 인종적 흑백논리 속에 함몰되고, 로저의 행위는 인정 많은 한 개인의 자선으로 축소되고 만다. 결국 로저의 행동은 소수자 간의 연대가 아닌, 헨리 루스가 말했던 미국의 "도덕적 의무," 즉 미국은 세계 최고의 자유민주주의 사회이며 또한 이 가치를 세계에 전파해야 한다는 미국예외주의에 대한 우회적 표현이라 볼 수 있고, 더 나아가 백인이 불쌍한 아시아인을 사악한 아시아인으로부터 구출해 내어[3] 문명의 길로 이끌어 가야 한다는 "백인의 짐"[4]과 같은 제국주의적 서사에 불과하다. 단지 이런 백인의 짐을 흑인인 로저가 떠맡았다는 것이 아이러니로 남아 있는데, 이는 흑인에게 백인의 가면을 씌움으로써 일시적으로 인종주의를 부재의 상태로 만드는 이데올로기적 기능을 한다고 할 수 있다. 그 결과, 자유와 민주주의라는 미국적 정체성은 더 강화된다.

또한 중요한 것은 포용 가능한 대상으로서 아시아가 결코 미국적 정체성을 위협하는 절대적 타자로서의 아시아의 이미지보다 더 발전된 것이라 할 수 없다는 것이다. 단지 타자화하는 방식이 다를 뿐이다. 후자의 이미지가 제국주의 시대의 유물인 이분법적 대립 구도에 의존하고 있다면, 전자의 경우는 세계화 시대의 새로운 인종주의 전략이라 할 만하다. 즉, 문화적 차이를 통한 인종적 구별과 격리인

---

3 이 부분은 탈식민주의 논의에서 상당한 파장을 일으켰던 논문 〈서발턴은 말할 수 있는가?Can the Subaltern Speak?〉(1985)에서 가야트리 스피박Gayatri C. Spivak이 만들어 낸 "검둥이 남자에게서 검둥이 여자를 구출하는 백인White man saving brown women from brown men"이라는 문구를 의식적으로 모방한 것임.

4 "백인의 짐"은 루디아드 키플링Rudyard Kipling의 시 제목에서 따온 것으로, 키플링은 미국이 필리핀을 식민화했을 당시 미국의 대필리핀 정책을 비꼬고자 이 시를 썼다. 즉, "백인의 짐"은 미국의 대 아시아 정책이 지니는 제국주의적 성격을 반어적으로 표현한다고 할 수 있다.

것이다. 예컨대, 〈리셀웨폰 4〉에서 냉혈한 악당으로 나오는 이연걸을 제외하고는 카메라가 한 장면에 한 개인으로서의 중국인을 담아내는 경우는 거의 없다. 그들은 언제나 무리를 짓고 있으며, 이 무리 속의 중국인들은 서로가 엇비슷한 옷을 입고 있고, 일관되게 무표정한 얼굴을 하고 있다. 이런 이미지가 지칭하는 것은 개성의 부재이며, 개인이 아닌 집단성의 우위다. 이런 무리로서의 중국인의 이미지는 주류 미국인들이 가지고 있는 아시아 혹은 중국문화에 대한 일반적 이해를 반영하는 것으로, 이를 통하여 이 영화가 강조하고자하는 것은 바로 중국인과 미국인 사이의 문화적 차이다. 즉, 중국의 집단주의적 문화는 미국의 개인주의적 삶의 방식과 근본적으로 다르다는 것이다. 그리고 이 차이는 (최소한 이 영화의 내적 논리 안에서는) 극복할 수 없는 것으로 여겨진다. 미국문화 속에 완전히 동화된 중국인이 한 명도 등장하지 않는다는 사실이 이를 방증한다.

무리로서의 중국인 이미지가 수행하는 역할은 너무도 명백하다. 미국이라는 상상의 공동체에 보이지 않는 경계선을 긋는 것이다. 그리고 이를 통해 이 영화는 중요한 정치적 메시지를 전달한다. '피부색과 관계없이 세계의 어느 누구도 미국인이 될 수 있다. 하지만 중국인의 생활 방식은 미국의 개인주의 문화와 전혀 다르다. 그래서 그들은 미국인이 될 수 없다.' 다시 말해서, 영화 속에서 수용된 중국인은 미국인이면서도 미국인이 아니다. 아시아와 미국 사이에는 극복할 수 없는 문화적 차이가 존재하기에 서로 뒤섞일 수 없기 때문이다. 결국 이 영화는 아시아인들을 또 다른 사악한 아시아인들로부터 구원하여 미국이라는 이상적인 민주국가의 정치적·지리적 영토 안에 수용하지만, 수용과 동시에 그들을 문화적 공동체의 영역으로부터 추방해 버리고 마는 것이다.

아시아인이 차지하고 있는 이런 모순적 지위는 영화의 마지막 장면을 통하여 상징적으로 표출된다. 영화가 끝날 무렵, 릭스의 부인과 로저의 딸이 아이를 출산하게 되고, 이를 축하하기 위해 두 형사의 가족들이 병원에 모여든다. 그들은 유쾌한 농담을 하며 유대인 친구와 더불어 기념사진을 찍는다. 이 때 사진을 찍어 주는 의사가 묻는다. "친구들인가 보죠?" 이때 거의 모든 사람들이 이구동성으로 대답한다. "아니요! 가족입니다." 찰칵 소리와 더불어 영화는 끝이 나고, 그 가족의 모습은 하얀 테두리가 있는 사진 이미지로 변화한다. 영화의 종결과 더불어 우리 앞에 남겨진 이 한 장의 가족사진을 통하여 우리는 미국의 역사를 통틀어 반목과 갈등의 대상이었던 흑인과 백인이 하나의 단란한 가족으로 재탄생하는 장면을 목도하게 된다. 하지만 이 흑과 백이 화합을 이루는 가족사진 안에, 또 미래의 미국이 탄생한 그 자리에 아시아인들은 존재하지 않는다. 이 영화 속에서 수없이 등장했던 그 많던 아시아인 혹은 아시아계 미국인은 도대체 어디에 있는 것일까? 그들의 부재는 아시아계 미국인이, 더 나아가 아시아 전체가 흑백논리로 점철된 미국의 민족적 상상력 속에서 타자로 존재할 수밖에 없음을 암시한다.

〈헤롤드와 쿠마〉와 아시아계 미국인의 미래

2004년 할리우드에서 (최소한 이 글의 맥락에서 보면) 충격적인 영화 한 편이 생산된다. 그것은 바로 〈헤롤드와 쿠마Harold & Kumar Go to White Castle〉로, 주인공이 다름 아닌 한국계 배우 존 조John Cho와 인도계 배우 칼 펜Kal Penn이며, 이들의 영어는 일반 미국 청년의 언어와 전혀 다를 바가 없었고, 이들의 행동과 사고방식 역시 철저하게 미국적이 었기 때문이다. 이전에는 전혀 상상할 수 없는 인물 설정 방식인 것이다. 인종 코미디로 분류될 수 있는 이 영화는 두 명의 아시아계 남성이 햄버거와 "화이트 캐슬"(이는 영화 속 햄버거 가게의 이름이다)로 상징되는 미국이라는 성역에 진입하는 이야기를 코믹하게 극화한다. 특히 이 영화가 로드무비의 형식을 취하고 있다는 점도 주목할 만한데, 로드무비는 1960년대 미국의 정치적·문화적 혼란 속에서 새로운 미국적 정체성을 찾고자하는 시도로서 이른바 "미국 찾기 search for America"를 핵심적 주제로 삼는 장르이기 때문이다(Dyer 227). 즉, 이 영화는 다문화·다인종 사회라는 미국의 새로운 도전과 혼란 속에서 아시아계 미국인들이 온갖 역경을 이겨 내고 마침내 미국적 자아를 쟁취했음을 보여 주고 있는 것이다. 이런 관점에서 보면, 이 영화는 아시아계 미국인이 대중문화 속에서도 미국이라는 상상의 공동체에 성공적으로 편입되었음을 알리는, 더 나아가 아시아인이 더이상 미국의 타자로 살 필요가 없음을 알리는 사건으로 해석될 수도 있는 듯 보인다.

그러면 이 영화를 통하여 우리는 미국의 정체성을 규정하는 흑백논리가 사라졌다고 말할 수 있을까? 만약에 그렇다면, 이는 이제 더이상 '아시아계 미국인'이라는 말을 사용할 필요가 없어졌음을 의미한다. 그 정체성 자체는 미국 사회의 반아시아인 정서와 인종주의에 대항하고자 60년대 시민운동의 물결 속에서 만들어진 역사적 산물이기 때문이다. 그러나 이런 낙관론을 펴기에는 아직 이른 듯하다.

영화를 좀 더 자세히 들여다보자. 이 영화는 많은 부분에서 기존의 아시아계 미국인 남성에 대한 부정적 스테레오타입에 도전한다. 무엇보다도 두 아시아계 남성이 미국의 이곳저곳을 휩쓸고 다니며 온갖 소동을 일으킨다는 것 자체부터가 '모범적 소수자[model minority]'나 '공부벌레[nerd]', 여성화된 남성 등과 같은 수동적이며 비남성적인 아시아계 남성의 이미지와 어긋난다. 하지만 이런 것은 웃음을 유발시키는 극적 장치에 불과하다. 헤롤드와 쿠마를 궁극적으로 화이트 캐슬로 이끌어 주는 것, 다시 말해서 미국 사회로의 완전한 동화를 유도해 내는 장치는 전혀 다른 곳에 존재한다. 우선 극 전체를 통하여 그들의 행동을 지배하는 것은 마약이다. 마약을 통하여 현실이 환각적 상상과 뒤섞이면서 그들의 여행은 불가능을 가능으로 변화시키는 판타지가 된다. 하지만 그들이 마약의 환각에서 현실 공간 속으로 돌아올 때면, 그들은 언제나 다시 사회의 방관자가 된다. 직장의 백인 동료가 부당한 요구를 해도, 백인 청소년들이 난동을 부려도, 백인 경찰이 부당한 이유로 교통딱지를 끊어도, 그들이 할 수 있는 것은 아무것도 없다. 단지 경찰서 유치장에 갇히는 것뿐이었다. 마약에 의한 판타지의 세계가 경찰서 유치장이라는 냉혹한 현실과 부딪히며 "화이트 캐슬"에 대한 꿈이 무너지는 것이다.

하지만 그들은 경찰서라고 하는 지극히 현실적인 공간 속에서 "화이트 캐슬"로 진입하는 또 다른 길을 발견한다. 미국 공권력과 제도적 인종주의의 상징인 경찰서, 그곳은 흑과 백이 지배하는 세상이다. 백인 지배문화의 폭력성을 상징하는 백인 경찰관과 그것의 직접적인 희생자인 흑인이 직접 충돌하는 공간이기 때문이다. 경찰서 에피소드는 1992년 로드니 킹 사건을 패러디하며 미국적 모순의 단면을 그대로 드러내는데, 그곳의 방관자로 서 있던 두 명의 아시아계 남성들은 순간 선택을 강요받는다. 지배문화에 복종하며 순종적인 모범시민으로 살 것인가, 아니면 흑인처럼 저항하며 자신의 목소리를 낼 것인가? 이 순간, "결국에 세상은 올바른 길로 가게 되어있어"라는 흑인 친구의 말을 듣고 그들은 흑인의 길을 선택한다. 그리고 소동을 틈타 탈출하여 경찰의 추적을 따돌리고 마침내 "화이트 캐슬"에 도착한다. 이런 의미에서 헤롤드와 쿠마가 "화이트 캐슬"에 도착했느냐 하는 것은 그다지 큰 문제가 아니다. 중요한 것은 어떻게 도착했느냐 하는 것이다. 이 영화의 핵심은 바로 여기에 있다고 해도 과언이 아니다. 따라서 이 경찰서 에피소드가 상징하는 것은 너무도 분명하다. 미국이라는 나라에서 아시아계 남성에게 주어진 길은 두 가지뿐이다. 하나는 백인의 길이며 다른 하나는 흑인의 길이다. 제3의 길이란 존재하지 않는다. 존재한다면 그것은 마약에 의지한 판타지의 길이다.

결론적으로 헤롤드와 쿠마가 "화이트 캐슬"로 가는 길은 오로지 흑인의 페르소나를 경유하여 흑인의 저항적 남성성을 획득하거나, 아니면 백인의 길을 따라 순종적인 '모범적 소수자'가 되는 것이다. 결국 둘은 다른 듯 같은 길이다. 아시아인으로서 자신만의 페르소나를 가지고 미국 공동체로 들어가는 길은 여전히 막혀 있다. 그들은 여전히 문화적 타자이며 공동체의 외부에 존재한다. 따라서 그들이 자신의 모습 그대로 미국 땅에서 하나의 남성으로 살아갈 수 있는 긍정적 미래는 존재하지 않는다. 최소한 미국이라는 공동체를 상상하는 방식이 견고한 흑백논리 속에 갇혀 있는 한 말이다.

참고문헌

Chin, Frank. *The Chickencoop Chinaman and The Year of the Dragon*. Seattle: U of Washington Press, 1981.

Defiant Ones, the. Dir. Stanley Kramer. Perf. Tony Curtis and Sidney Poitier. Curtleigh Productions Inc, 1958.

DuBois. W.E.B. *The Souls of Black Folk*. New York: Penguin, 1996.

Dyer, Richard. "White." *Film Theory: Critical Concepts in Media and Cultural Studies*, Vol. III. Eds. Philip Simpson, Andrew Utterson, K. J. Shepherdson. New York: Routledge, 2004. 213-232.

Espiritu, Yen Le. *Asian American Women and Men*. New York: Altamira Press, 2000.

Gotanda, Neil. "Citizenship Nullification: The Impossibility of Asian American Politics." Lecture delivered at the University of Maryland, College Park, 8 December, 1999.

Harold & Kuma Go to White Castle. Dir. Danny Leiner. Perf. John Cho and Kal Penn. Endgame Entertainment, 2004.

Jameson, Fredric. *Postmodernism or the Cultural Logic of Late Capitalism*. Durahm: Duke University Press, 1991.

Kim, Elaine. *Asian American Literature: An Introduction to the Writings and their Social Context*. Philadelphia: Temple UP, 1982.

Kipling, Rudyard. "White Men's Burden." *McClure's Magazine* 12. Feb. 1899.

Lethal Weapon 4. Dir. Richard Donner. Perf. Mel Gibson and Danny Glover. Warner Bors. Pictures, 1998.

Locke, Brian. "'Top Dog,' 'Black Threat,' and 'Japanese Cat': The Impact of the White-Black Binary on Asian American Identity." *Radical Philosophy Review* 1 (1998): 98-125.

Luce, Henry. *The American Century*. New York: Farrar and Rinehart, 1941.

Morrison, Toni. *Playing in the Dark: Whiteness and the Literary Imagination*. Cambridge: Harvard UP, 1992.

Rising Sun. Dir. Philip Kaufman. Perf. Sean Connery and Wesley Snipes. 20th
Century Fox, 1993.

Spivak, Gayatri C. "Can the Subaltern Speak?" *Marxism and the Interpretation
of Culture*. Eds. Cary Nelson and Lawrence Grossberg. Urbana: Illinois
UP. 1988. 271-313.

8

"실종된 제3의 몸"을 위한 애도

: 정체성 정치의 한계를 극복하기 위한 제언

실종된 제3의 몸

스크린 위로

한 여인이 테이블 위에 널부러져 있다, 발가벗은 채, 아이보리 비누 상자 위에 그려진

바로 그 여자처럼, 어깨 위로 아기를 안고,

금발의, 진짜로 순수한 하얀 미소를 웃으며.

그리고 이제 그 남자가 걸어들어 온다

깡마르고, 벌거벗은, 흑인, 가슴과 얼굴엔 하얀 줄무늬를

그리고, 이빨로 만든 목걸이를 한 채, 우스꽝스럽기까지 한 그런,

정글의, 아프리카의 그리고 너무도 미국적인 이 가짜 의상,

흑인과 금발 …

그 후에 무엇을 했는지 난 기억하지 못한다. 단지, 매일 밤,

나는 그 몸뚱이를 볼 것이다, 검고 하얀 몸뚱이를(나는 어디에 있는

가? 실종된 제3의 몸?), 부적인 양, 분노에 가득 찬, 무자비한 사정.

(David Mura, "The Colors of Desire" 5)

일본계 미국인 시인 데이빗 무라David Mura의 시 〈욕망의 색깔The Colors of Desire〉에서, 시 속 화자인 한 아시아계 미국인 남성이 포르노 영화를 보고 있다. 스크린 위에서는 흑인 남성과 백인 여성이 질펀한 섹스를 벌이고 있고, 그것을 지켜보는 그는 그저 허무한 자위를 한다. 금발의 백인 여인과 흑인의 섹스, 그리고 그것을 엿보는 한 아시아계 남성이 만들어 내는 이 자극적 이미지는 현 미국의 인종·젠더·민족 구조 속에서 아시아계 남성이 차지하고 있는 사회·정치적 위치를 극적으로 담아낸다. 조지 우바George Uba가 지적하고 있듯이, 흑/백 몸뚱이의 사랑을 지켜볼 수밖에 없는 아시아계 미국인 남성은 "관음증에 항구적으로 사로잡혀 있는 주체"다(325).

흑인과 백인 간의 포르노그라피적 섹스는 미국 민족에 대한 대중적 상상력, 즉 인종에 근거한 흑백이원론적 상상력을 상징한다. 반면 섹스 행위에 끼어들지 못하고, 화면으로부터 완전히 배제된 채 지켜봐야만 하는 아시아계 남성은 자신의 어색한 위치가 표상하고 있는 육체적 무의미함과 더 나아가 퀴어적 성격을 관음증을 통해 자신의 것으로 내화할 것을 강요받는다. 섹스 행위로부터 배제된 아시아계 미국인 남성, 그는 글자 그대로 괄호 속에 갇힌 채 스크린으로부터 사라진다. 그러한 그가 관음증적 주체임을 거부하고 스크린 속으로 직접 뛰어드는 방법은 오로지 하나다. 흑인 혹은 백인 남성의 가면을 쓰는 것이다. 즉, 퀴어가 되어, 흑인 (혹은 백인) 남성의 육체를

욕망하고 그것과 동일시하는 것이다. 이는 자신 고유의 몸을 부정하는 것이며, 따라서 자신을 부정하는 것이다. 이런 부조리한 상황에 직면한 시 속의 화자는 질문한다. "(나는 어디에 있는가, 실종된 제3의 몸?)"

민족이라는 물건

데이빗 무라의 시적 화자가 던진 질문은 '민족'[1]이라는 개념과 개인 주체 사이의 상상적 관계에 대한 복잡한 의미 층위를 포착해 낸다. 무엇보다도 "실종된"이라는 말은 민족이라는 개념의 성격에 대한 통찰을 포함한다. 흑백의 육체적 결합이 미국의 민족에 대한 대중적 상상력에 대한 알레고리가 된다면, 특정 몸과 특정 민족 간의 우의적 동일성이 성립된다. '몸=민족'이 되는 것이다. 즉, 민족이란 일종의 몸 혹은 물질적 대상체로서, 주체가 그 대상체와 스스로를 동일시할 수 있는 그 무엇이란 뜻이다. 그러기에 민족은 "실종"되거나 잃어버릴 수 있는 것이다. 또한 "실종"되었다는 말은 어떤 당위적 요구를 전제한다. 민족이라 일컬어지는 어떤 것이 존재했었으며, 또한 존재해야만 한다. 그러나 지금 그것이 사라지고 없다. 따라서 그는 잃어버린 그 무엇을 다시 되찾아야 한다. 다시 말해서, 무라의

---

1 여기에서 사용되고 있는 '민족'이라는 용어는 영어의 nation에 해당되는 말이며, 이와 비슷하지만 다른 뜻을 내포하고 있는 ethnic은 '종족'으로 번역하고자 한다. 미국적인 관점에서 nation은 state(국가)와 구별되어 사용될 수밖에 없기 때문에, 국가로서의 미국을 지칭할 경우 '미국'이라는 말을 사용하고, 민족으로서의 '미국'은 '미국민족' 혹은 '미국인'으로 지칭하고 있다. 아울러 민족은 문화적 차원에서 정의되는 정체성의 범주로서, 법률적인 차원에서 규정되는 '국민citizenship'과도 구별하여 사용하고 있음을 밝혀 둔다.

시적 화자에게 민족이라는 것은 하나의 존재론적 대상체이며, 그것은 특정 주체에 의한 사유화를 통해서만이 의미를 부여받을 수 있는 것이다.

　무라의 시적 화자가 보여 주는 민족에 관한 상상력은 슬라보예 지젝Slavoj Žižek의 "물건으로서의 민족the Nation qua Thing"이라는 말을 통해 더 명확히 설명된다. 지젝은《부정적인 것과 함께 머물기Tarrying with the Negative》의 마지막 장인 〈민족을 자신인 양 즐겨라Enjoy Your Nation as Yourself〉에서 주체가 민족에 대하여 맺는 상상적 관계를 "하나의 물건에 대한 공유된 관계"라고 정의하며, 민족 정체성은 "물건으로서의 민족에 대한 관계를 통해 유지된다"고 주장한다(201). 여기에서 지젝이 말하는 "민족이라는 물건the Nation-Thing"은 라캉적 함의를 담고 있다. 즉, 라캉이 말하는 '실재the Real'와 유사한 것이라 할 수 있다. '실재'는 주체의 욕망의 근원적 대상체다. 주체의 몸에 대한 상상적 관계, 즉 판타지의 결과로서, 존재하는 것임과 동시에 실질적으로는 부재하는 것이다. 이는 민족이라는 물건이 역설적인 존재임을 암시한다. 물건으로서의 민족은 분명 비담론적인 실재이다. 그러나 동시에 이 물건과 주체와의 관계는 언제나 일련의 담론적 관행, 즉, 공동체의 삶의 방식과 같은 문화적 실천을 통해서만 가능하다. 민족이라는 물건은 따라서 전통이나 사회적 관행, 일상적 의례, 신화나 민담과 같은 공유된 문화 속에서만 경험된다. 이는 곧 민족이라는 물건의 존재는 근본적으로 공동체의 성원이 그것이 존재한다고 믿는 행위에 의존하는 것임을 의미한다. 그것이 존재하리라는 믿음과 그 믿음을 다른 구성원들이 공유하고 있다는 믿음이 그것의 존재를 가능케 한다. 민족이라는 물건은 실상 존재하지 않지만, 민족 공동체의 구성원에게는 사회적 실존의 근거가 된다는 뜻이다.

그런 의미에서, 주체가 물건으로서의 민족에 대하여 맺는 관계는 상상적인 것이며, 필연적으로 집단적 판타지에 의해 구조화될 수밖에 없다. 이런 상상적 동일시의 구조를 통하여 민족은 특정한 잉여물을 생산하며, 지젝은 이를 "향유^{enjoyment}"라고 정의한다. 이는 "주이상스^{jouissance}"와 같은 것으로, 민족 정체성의 "실질적 내용물" 혹은 "실재의 잔존물"이라 할 수 있다. 오로지 담론적 관행을 통해서만이 경험될 수 있는 민족이라는 물건에 "존재론적 일관성"을 부여하는 것이 바로 이 "향유"라고 하는 표상될 수 없는 비담론적 실체라 할 수 있다(202). 결국 민족 공동체의 구성원들은 특정한 문화적 관행을 실천함으로써 민족이라는 물건과의 상상적 동일시를 성취하게 되고, 민족 주체로 호명된다. 그리고 이 호명을 통해 각각의 주체는 개인적 자율성과 자아의 현존을 향유할 수 있는 것이다.

　이를 미국 민족이라는 관점에서 다시 이야기한다면, 우리가 '미국 민족'이라 칭할 수 있는 그 어떤 것도 존재하지 않는다. 만약에 존재한다면, 그것은 오로지 특정 부류의 사람들이 지니는 집단적 판타지 속에서만 존재한다. 특정 집단과 특정 문화적 행위 혹은 그것의 패티쉬와의 상상적 관계 속에서만 존재하는 것이다. 그런 까닭에 미국 민족의 존재에 대한 믿음은 거대한 오인^{misrecognition}에 근거한다. 미국 민족은 이 오인을 통한 허구적 동일시의 결과물인 것이다. 그럼에도 불구하고 미국 민족은 '아메리칸 드림'이라고 하는 민족적 신화를 생산해 내며, 이에 대한 향유는 미국인의 민족적 통일성의 토대가 된다. 다시 말해, 미국적인 삶의 방식을 영위함으로써 자유와 개성을 누리는 미국인이 되는 것이다. 그런데 왜 이민 3세대 시인으로서 이미 충분히 미국화가 되었음에도 불구하고, 무라의 시적 화자는 이 민족이라는 물건을 "실종된" 것으로 인식하는가?

이 문제에 대한 지젝의 설명은 경청할 만하다. 그에 따르면, 민족이라는 물건은 특히 민족이나 인종 간 관계를 통해서 자신의 역설적 성격을 드러낸다. 즉, 민족이라는 "우리의 물건은 타자들이 결코 접근 불가능한 우리만의 것이지만 동시에 언제나 타자에 의해서 위협을 받고 있는 것이다"(203). 그러기에 타자들이 우리의 문화를 향유하는 방식은 언제나 신경에 거슬린다. 그들이 우리의 문화를 도둑질해 가서 "우리의 삶의 방식을 퇴락"시키기 때문이다. 하지만 문제는 타자들이 훔쳐갈 수 있는 민족이라는 물건은 처음부터 존재하지 않았던 상상적인 것이라는 데 있다. 그러기에 지젝은 주장한다. 타자들이 우리의 문화를 도둑질해 간다고 우기며 그들을 비난하는 것은 우리들의 뼈아픈 진실을 감추기 위함이라고. 그 진실은 바로 "우리는 결코 그들이 우리로부터 훔쳐 갔다고 공언된 것을 소유한 적이 없다"는 것이다. 즉, 민족이라는 물건의 부재 혹은 결여는 "근원적"이며 따라서 민족적 정체성의 원천인 "향유"는 언제나 "도난당한" 것으로 규정될 수밖에 없다(203). "도난당한" 것으로 규정되어야만 그 존재를 확인할 수 있는 이 역설적 성격으로 인하여, 민족이라는 물건은 절대적으로 보편화를 거부한다. 오로지 한 집단에 의하여 사유화되고 이를 통하여 그 집단의 "향유"가 조직화되는 특수한 절대자다. 그러기에 민족이라는 물건은 언제나 서로 다른 두 집단이 공존할 수 없는 이유가 되고 온갖 종류의 인종주의와 반유대주의의 뿌리가 된다.

이렇게 본다면, 무라의 시적 화자가 "실종된" 것으로 인식하고 있는 바로 그것은 여러 개의 서로 다른 의미 층위로 확장된다. 무엇보다도 그의 상실감은 미국의 지배문화가 타자를 인종화하고 배제하는 방식을 폭로한다. 미국의 주류 문화는 미국문화의 미국성

Americanness과 그것을 통해 개별 주체가 향유할 수 있는 자기현존의 판타지를 '인종'의 개념을 통해 구조화해 왔으며, 이는 미국 내의 특정 집단에 의한 민족 정체성의 독점을 초래했다. 또한 이 독점구조는 타자에 대한 갖가지 신화적 이야기를 통하여 더욱 공고해진다. 서부와 인디언, 태평양전쟁과 황화yellow peril는 그러한 신화의 일부분이며, 이를 통해 아시아계와 같은 인종적 타자는 언제나 미국의 인종과 민족 그리고 가족에 대한 위협으로 표상되었다.

물론 이런 위협은 철저하게 상상적인 것이다. 일종의 거세 공포와 같은 것이라 할 수 있다. 거세는 현실적으로 일어날 수 없는 것임에도 불구하고 그에 대한 공포는 어린아이의 무의식을 지배하고 그의 현실적 행동을 구성해 낸다. 이와 마찬가지로 인종적 타자가 우리의 향유물을 도둑질해 갈 것이라는 강박증은 현실을 상상으로 치환시킴으로써 인종적 타자에 대한 여러 형태의 폭력으로 이어진다. 1982년 디트로이트에서 발생한 빈센트 친Vincent Chin 살인 사건은 민족적 "향유"와 관련된 강박증이 어떤 식으로 표현되는지 보여 준다.[2] 살인

---

2 당시 27세로 디트로이트에 거주하고 있었던 중국계 미국인 빈센트 친은 결혼식을 앞두고 클럽에서 파티를 갖던 중 로날드 이벤스Ronald Ebens와 마이클 니츠Michael Nitz라는 두 명의 백인에게 심한 구타를 당하고 사망했다. 디트로이트 지역의 자동차 공장에서 근무했던 이 두 명의 백인은 친을 구타하면서 그를 "일본놈Jap"이라는 인종주의적 호명과 더불어 "너 때문에 우리가 해고당했어!"라고 말한 것으로 알려졌다. 당시 디트로이트의 자동차 업계는 일본 자동차와의 경쟁에서 패배하며 극심한 침체를 겪고 있었으며, 이를 극복하기 위한 방안으로 공장을 해외로 이전하는 구조조정 시기였다. 바로 이런 구조조정 과정 속에서 이벤스와 니츠는 일자리를 잃은 것이다. 로날드 다카키Ronald Takaki가 주장하듯, 이들의 실직은 세계화와 더불어 새롭게 부상하던 전지구적 경제 시스템과 미국 내 계급 간 모순의 결과에 다름 아니었다. 그럼에도 불구하고 이 두 백인 실직자들은 일본인도 일본계 미국인도 아닌 중국계 미국인이 자신들의 일자리를 훔쳐 갔다고 상상했던 것이다(Takaki 481-83).

을 저질렀던 백인 노동자들에게 빈센트 친은 미국인이 아니었다. 다만 미국 민족의 향유물을 훔쳐가는 도둑이나 범죄자에 불과했다. 그러기에 그들은 아무런 양심의 가책도 없이 친에게 폭력을 휘두를 수 있었다. 게다가 법원에서도 이 두 백인에게 단순 벌금형만을 부과한 채 석방시켰다. 법률마저도 무자비한 폭력에 의해 사망한 아시아계 미국인 친을 실질적인 절도범으로 낙인찍은 반면, 그를 살해한 백인들의 행동은 정당방위로 인정한 것이다(Takaki 481-83). 이로써 순식간에 피해자와 가해자의 위치가 전도된다. 아울러 이는 미국 민족이라는 물건의 근원적 부재에 대해 최소한의 알리바이를 제공해 준다. 최소한 주류 백인들의 입장에서는 그렇다. 즉, 민족이라는 물건은 지금 우리에게 없다. 하지만 그것이 원래부터 없었던 것은 아니다. 다만 우리와 다른 저 아시아인들이 훔쳐 갔을 뿐이다.

우리만의 물건, 우리만의 몸

"실종된"이라는 말이 미국 내에서 민족 정체성의 독점 구조와 그에 따른 아시아계 미국인의 타자화 방식을 폭로하는 것이라고 한다면, 뒤이은 "제3의 몸"이라는 말은 아시아계 미국인들이 수행할 수밖에 없었던 투쟁 과정에 대한 역사적 필연성을 설명해 준다. 미국 사회의 권력 구조 속에서 민족이라는 물건이 도난당한 것으로 규정됨과 동시에 그 혐의가 아시아계 미국인들에게 향하게 됨으로써, 아시아계 미국인들은 미국 민족이라는 상상의 범주에서 완전히 배제될 수밖에 없었다. 아시아계 미국인들은 따라서 자신의 사회적 존재를 규정할 수 있는 그 무언가를 상실하게 된 것이다. 아니 처음부터 그런 것 자체가 주어지지 않았을지도 모른다. 이런 의미에서 무라의 화자가 느끼는 상실감은 필연적인 것이며, 아시아계 미국인 일반에게도 마찬가지로 민족이라는 물건은 여전히 "실종된"것일 수밖에 없다. 이 상황에서 "제3의 몸"의 행방에 대한 의문은 필연이다. 민족이라는 물건이 구조적으로 공유될 수 없는 것이라면, 그러기에 언제나 도난당한 것으로 규정될 수밖에 없는 것이라면, 그럼에도 불구하고 그의 사회적 실존을 위한 근거가 되는 것이라면, "제3의 몸"은 그가 한 사회의 정당한 일원으로서 살아갈 수 있는 가장 기본적인 전제 조건이 되기 때문이다.

이를 다르게 표현한다면, 시적 화자가 던지는 그 질문 "(나는 어디에 있는가 / 실종된 제3의 몸?)"은 실종된 나만의 물건, 미국의 인종적 지배구조에 의해 쉽게 함몰되지 않는 나만의 정체성, 흑백논리로 구조화되어 있는 미국 민족에 관한 배타적 상상력에 저항할 수 있는 아시아계 미국인만의 정체성, 아시아계 미국인만의 고유한 자아와 그것의 거처로서의 고유한 문화의 가능성을 타진하는 것임과 동시에 사회를 향한 절대적인 요청인 것이다. 그것을 통해서만이 아시아계 미국인이 잃어버렸다고 상상하는 그 무엇에 대하여 보상을 받을 수 있기 때문이다. 그러기에 무라의 화자가 던지는 그 질문은 1960년대 시민운동 이후 지속적으로 이어져 온 '아시아계 미국인'이라는 정체성의 확립을 위한 사회적이고 역사적인 투쟁에 대한 환유가 된다. '아시아계 미국인'이라는 말 자체가 그러한 노력의 결과물임은 물론이다.

그런데 고유한 정체성의 범주로서 '아시아계 미국인'이라는 말이 언제나 그렇게 해방적인 요소만을 갖고 있는 것은 아니다. 특히 '아시아계'라는 말이 지니는 포괄적 의미와 내적 역동성은 쉽게 통제될 수 없는 것이기에 그러하다. 무엇보다도 이 말은 지리적인 범주나 생물학적인 차원에서의 인종적 범주로 환원될 수 있는 말이 아니다. 아시아계가 지칭하는 대상은 지리적 실체로서의 아시아와 정확하게 일치하지 않는다. 그보다는 오히려 '백인'이나 '흑인'에 대립되는 말에 가깝다. 최소한 미국 내에서의 정치 지형도에서 보면 그렇다. 물론 그렇다고 해서 그것이 '몽골리안'이나 '말레이'와 같은 특정 인종 집단과 일치하는 말도 아니다. '황인종'이라는 피부색의 범주와 일치하는 것은 더욱 아니다. 아시아계라는 말은 이처럼 그 지시대상체와 경계가 아주 모호하다. 이런 의미에서 아시아계라는 말은 (에드워드 사이드Edward Said의 "오리엔트"와 같이) "상상의 지리"다. 역사적 · 정치적 · 사회적 상황에 따라 각기 다른 집단이나 지역을 지시할 수도 있기 때문이다.

그럼에도 불구하고 아시아계 미국인들은 이 말을 통하여 스스로를 단 한가지의 동질적인 몸으로, 하나의 동질적인 문화를 가진 공동체로 상상하는 경향이 있다. 이는 그 말에 함의되어 있는 내적 역동성을 억압하고 또한 그 속에 포함되어 있는 갖가지 몸들의 스펙트럼과 그것이 지니는 내적 차이를 지워야만 가능해진다. 각기 다른 집단이나 개인의 역사와 계급, 젠더와 섹슈얼리티, 인종과 민족 등에 의해 발생할 수 있는 차이가 존재하지 않는다고 가정해야만 가능해지는 것이다. 차이를 지워야만 일정 정도의 동일성을 확보할 수 있기 때문이다. 결국 무라의 시적 화자가 열망했던 제3의 몸은 그리고 지금 현재 우리가 아시아계 미국인이라고 부르는 정체성은 내적 차이와 역동성을 희생시킨 결과라고 할 수 있다.

물론 동일성의 강조를 통한 아시아계 미국인의 정치 세력화는 철저하게 전략적인 것이었다. 일종의 전략적 본질주의인 것이다. 다시 말해서, 인종주의라고 하는 거대담론에 대항할 수 있는 또 다른 형태의 거대담론의 재생산, 이것이 아시아계 미국인이라는 정체성의 핵심적 요체인 것이다. 그럼에도 불구하고 차이의 억압을 통한 동일성의 확보는 구조적 모순을 안고 있을 수밖에 없었다. 이 모순이 갖는 위험성에 대해 리사 로우Lisa Lowe는 이렇게 정리한다.

> [아시아계 미국인의 문화는] 그들을 배제하고 주변화시키는 제도와 국가기구에 대항하여 다양한 아시아 국가에 뿌리를 두고 있는 사람들을 공동체로 묶어 내고 그들에게 힘을 주고 있다. 그러나 아시아계 미국인의 문화가 아시아계 미국인의 정체성을 고정시키고 차이—출신 국가, 세대, 젠더, 섹슈얼리티, 계급—를 억압한다면 … 이는 아시아계 사람들 사이에 존재하는 차이와 혼종성을 평가절하하게 될 뿐만이 아니라 자칫 아시아인들을 하나의 동질적 집단으로 구성해 내는 인종주의적 담론, 즉 아시아인들은 "모두 똑같으며" "스테레오타입"에 잘 들어맞는다는 편견을 강화하는 결과를 가져올 수도 있다.(71)

로우가 경고하고 있는 문제점은 두 가지로 요약된다. 하나는 차이의 삭제를 통한 억압기제의 재생산이며, 또 하나는 인종주의 담론의 재생산이다. 로우의 이런 경고는 불행히도 단순히 경고로 끝나지 않았다. 이는 여러 가지 형태로 현실화되면서 아시아계 미국인이라는 정체성의 가능성 자체에 대해 질문을 던지도록 강요하고 있다.

예컨대, 1998년 로이즈-앤 야마나카Lois-Ann Yamanaka의 소설《블루가 위험해Blu's Hanging》에 관련된 논쟁은 동일성의 논리로 감추고자 했던 아시아계 미국인 커뮤니티 내부의 모순들을 적나라하게 폭로한다.《블루가 위험해》와 관련된 논쟁의 원인은 소설의 일부에서 필리핀계 미국인을 부정적으로 묘사하고 있기 때문이었다. 이 소설은 하와이에 거주하고 있는 일본계 미국인 가족의 삶을 다루고 있는 작품으로, 이야기의 핵심적 갈등 요소 중 하나는 일본계 소년 블루Blu가 일본-필리핀 혼혈인 엉클 파울로Uncle Paulo에 의해 성추행을 당했다는 것이다. 게다가 소설에서 파울로는 자신의 조카와 근친상간을 하고 있다는 소문까지 더해진다. 이에 필리핀계 미국인들과 다수의 비평가들은 파울로라는 인물이 필리핀계 미국인에 대한 오랜 스테레오타입을 재생산하고 영속화시켰다고 비난하고 나섰다. 하와이의 사탕수수 농장 시절부터 필리핀계 미국인 남성이 성적 일탈자라는 낙인이 찍혀 있었던 탓이다.[3] 어쨌든 이 소설에 관한 논쟁은 인종주의적 스테레오타입의 재생산 문제에서 예술가의 자유와 윤리적 책임에 관한 논쟁으로까지 확산되었다.

그런데 문제는 예술가의 자유와 윤리적 책임에 대한 논쟁이 과연 정당한 것이었느냐 하는 것이다. 《블루가 위험해》는 1인칭 시점으로 서술되고 있는데, 서술자는 다름 아닌 이제 열세 살이 된 소녀 가장 아이바Ivah다. 소설 전체가 그녀의 미성숙한 관점에 의존하고 있는 것이다. 한 마디로 말해서, 아이바는 독자들이 전적으로 신뢰할 수 있는 서술자가 아니라는 뜻이다. 작가가 이같이 미성숙한 그래서 신뢰하기 힘든 서술자를 선택했다는 것은 하나의 메시지를 전달하기에 충분한 것이다. 즉, 야마나카가 이 소설을 통해서 하고자 했던 것은 필리핀계 미국인들에 대한 인종주의적 스테레오타입을 재생산하고

---

3 사실 흥미로운 것은 야마나카와 필리핀계 미국인에 대한 부정적 묘사에 대한 논쟁은 이것이 처음이 아니었다. 1993년 야마나카는 이미 데뷔작인 《파할라 극장에서의 토요일 밤Saturday Night at the Pahala Theatre》에서도 필리핀계 미국인을 성범죄자로 묘사함으로써 논쟁의 대상이 된 바가 있다.

영속화시키는 것이 아니었다. 오히려 하와이 아시아계 미국인 커뮤니티의 뼈아픈 현실을 폭로하고자 했던 것이다. 그 뼈아픈 현실 그래서 모두가 회피하려 했던 진실은 다름 아닌 아시아계 미국인 커뮤니티 내부에 상존하고 있었던 인종주의적 서열이었다. 인종주의에 저항하려는 투쟁의 결과물이었던 아시아계 미국인 커뮤니티 내에서도 피부색에 따라 혹은 사회적 위치에 따라 각각의 종족ethnic 집단을 서열화하고 스테레오타입화하는 인종주의적 관행이 존재했던 것이다.

이는 작가의 입을 막거나 그의 인종주의적 상상력을 비판한다고 해서 해소될 수 있는 성질의 문제가 아니었다. 하지만 야마나카를 비난하는 사람들은 그저 필리핀계 사람들이 어떻게 묘사되고 있느냐 하는 문제에만 열을 올렸을 뿐, 그 이야기가 어떤 메시지를 어떤 방식으로 전달하고 있는지, 혹은 당시 하와이의 인종 담론이 어떻게 구성되고 있는지와 같은 근본적인 문제를 외면해 버렸다. 야마나카의 옹호자들 역시 별반 다르지 않았다. 그들은 큰 틀 내에서 문제를 조망하기보다는 예술가의 창작의 자유라고 하는 지극히 사적인 차원으로 논점을 전환시켰다. 그 결과, 아시아계 미국인 커뮤니티는 자신들 내부의 인종주의를 반성할 수 있는 계기를 상실하고 만다. 뿐만 아니라 논쟁의 핵심을 예술가의 책무와 자유라는 개인의 윤리적 문제로 몰고 감으로써 비생산적 논쟁만을 이어 갔다. 이것은 분명 생산적이지 못했다. 인종주의라는 사회 구조적인 문제를 개인의 문제로 환원시켜 버렸기 때문이다.

비엣 응구옌Viet Nguyen은 저서 《인종과 저항Race and Resistance》에서 야마나카와 관련된 논쟁이 가져온 파장을 언급하며 아시아계 미국인 지식인들이 헤어날 수 없는 아이러니에 봉착했다고 지적한다(8-9). 그에 따르면, 야마나카의 예술적 자유를 옹호했던 사람들의 논리는 아이러니하게도 예전에 《미스 사이공Miss Saigon》의 제작진들이 펼쳤던 논리를 그대로 반복하고 있다는 것이다. 1989년에 제작되어 전 세계적인 히트를 기록한 브로드웨이 뮤지컬 《미스 사이공》은 《나비 부인》의 플롯을 그대로 사용하여 1970년대 베트남을 무대로 리메이크한 작품이다. 첫 공연 당시 많은 아시아계 미국인 예술가들과 지식인들은 작품 속에 투영된 반아시아적 인종주의에 대해 많은 비판을 가했다. 이때 작품의 제작진들이 자신들을 옹호하는 논리로 내세웠던 것이 바로 예술가의 창작의 자유였다. 예술가의 자유라는 개인의 문제를 통하여 인종주의라는 구조적 문제를 교묘히 빠져나갔던 것이다. 아시아계 미국인들은 결국 《미스 사이공》과 관련된 논쟁을 통해서 아무런 교훈을 얻지 못했던 것인 양, 야마나카 논쟁을 통해 그와 똑같은 논리를 반복함으로써 아시아계 미국인 내부에 존재하는 인종주의의 문제를 외면해 버린 것이다. 결과적으로 주류 사회의 문학과 예술에서의 인종주의에 대한 모든 비판과 비난은 고스란히 아시아계 미국인들 내부로 돌아올 수밖에 없는 아이러니에 빠져 버린 것이다.

응구옌은 더 나아가 이 아이러니가 궁극적으로는 다종족 연합체로서의 아시아계 미국인이라는 정체성에 심각한 균열을 가져올 것이라고 주장한다. 《미스 사이공》의 경우에서는 아시아계 미국인이라는 정체성이 오리엔탈리즘과 같은 인종주의적 거대서사에 맞설 수 있는 효과적인 방어 체계가 될 수도 있지만, 야마나카와 관련된 논쟁에서는 똑같은 논리가 아시아계 미국인이라는 정체성의 내적 통일성을 해체하고 각 종족 집단을 개별화시키는 결과를 가져왔다는 것이다. 이런 아이러니한 상황은 분명 아시아계 미국인의 종족적 다양성에서 비롯된 것이다. 하지만 더 중요한 원인은 집단 내부의

"이데올로기적 다양성"이라고 응구옌은 주장한다. 즉, 같은 아시아
계 미국인 커뮤니티나 혹은 심지어 같은 종족 집단 내에서도 계급과
젠더 등에 따라 전혀 다른 정치적 입장을 취할 수 있는 것이다. 그럼
에도 불구하고 주류 아시아계 지식인들은 이런 사실을 애써 외면하
고 동일성만을 추구하는 "이데올로기적 경직성"에 사로잡혀 있는
것이 현실이다. 그러기에 응구옌은 주장한다. "이데올로기적 경직
성"은 아시아계 미국인들이 "스스로를 통합된 방식으로 표현할 수
있는 능력마저 위협할 것이다"(8).

　　응구옌은 책의 결론을 통해 이런 이데올로기적 경직성의 원인에
대해 알튀세르의 이론을 통해 긴 부연 설명을 한다(143-57). 요약하자
면, 아시아계 미국인 지식인들이 주류 사회의 인종주의에 저항할 수
있는 논리를 찾는 과정 속에서 미국의 국가적 호명에 순응하는 주체
good subject와 그렇지 않은 주체bad subject를 대립시키게 되었고, 이를 통
해 주류와 타협과 그에 대한 저항, 혹은 모범적 소수자와 저항적 주
체의 이분법이 고착화되었다. 이런 이분법적 논리 속에서는 저항적
주체가 아시아계 미국인의 이상적 주체로 여겨질 수밖에 없는 것은
당연했다. 주류 문화에 저항하는 몸만이 아시아계 미국인 정체성과
문화의 진정성을 담보할 수 있다는 논리인 것이다. 그리고 이것은
사실 시대적인 요청이기도 했다. 그런데 문제는 물적 토대가 변화한
이후에도, 다시 말해서, 아시아계 미국인의 주류가 1965년 이후 이
민자들로 바뀐 이후에도, 아시아계 지식인들은 이전과 똑같은 이분
법적 논리를 들이댐으로써 필연적으로 이데올로기적 경직성에 빠질
수밖에 없었다는 것이다.

　　지식인들의 소망과는 다르게 현재의 많은 아시아계 미국인들은
미국의 자본주의 체제에 저항하기보다는 그것에 적극적으로 참여하

고 그것으로부터 더 많은 이득을 얻어 내고자 시도한다. 이런 사람들에게 아시아계 미국인의 진정한 주체로서 미국의 국가적 시스템에 저항하는 사람이 되라고 강요할 수는 없는 일이다. 이런 변화된 정치 지형도 속에서 아시아계 미국인이라는 정체성의 의미에 대하여 응구옌은 패트리시아 추Patricia Chu의 말을 인용해 다음과 같은 아이러니한 질문을 던진다. "아시아계 미국인은 언제쯤이나 동화된 주체로서 글을 쓸 수 있을 것인가? 그리고 그렇게 된다면 아시아계 미국인으로서 글을 쓴다는 것이 무슨 의미가 있을까?"(169) 주류 사회에 동화된 주체가 된다는 것은 더 이상 아시아계 미국인이 아님을 의미한다. 따라서 아시아계 미국인이 되기 위해서는 끝까지 미국 사회의 주변부를 배회하는 비루한 낙오자가 되어야 한다. 즉, 자신이 미국인임을 부정해야만 하는 것이다. 이는 보편적 미국인이 되기 위해서는 아시아계 미국인이 되는 것을 포기해야만 함을 의미한다. 따라서 위 질문은 하나의 결론으로 나갈 수밖에 없다. 아시아계 미국인은 불가능한 정체성이다. 그러기에 위의 질문에 대한 응구옌의 답변은 회의적일 수밖에 없다.

일단 아시아계 미국인들이 동화된 주체로서 글을 쓰게 된다면, 그들의 문학과 그들의 주체성은 인종보다는 종족의 영역 속으로 들어가게 될 것이다. 이 각본 속에서, 아시아계 미국인들은 백인이 되거나 혹은 백인성과 연관되게 될 것이며, 결과적으로 "인종"의 범주가 아닌 "종족"의 범주로 규정되는 "새로운 유대인"의 지위를 차지하게 될 것이다.(169)

응구옌의 비관적 전망은 곧 아시아계 미국인만의 고유한 자아의 확립이나 그들만의 고유한 문화의 창출 역시도 불가능한 것임을 의미한다. 어떤 집단이나 민족의 문화이건 반드시 내적 동질성을 전제해야만 하기 때문이다. 그러나 아시아계 미국인이라는 기표 하에서 하나의 동질적 문화를 이끌어 내기에는 너무도 다양하고 이질적인 몸들이 존재하며, 너무도 많은 이데올로기들이 존재한다. 공유할 수 있는 역사적 경험 역시 일천하다. 이 모든 차이를 무시하고 단 하나의 몸만을 상상하는 것, 그 어떤 인종주의적 논리에도 함몰되지 않는 "제3의 몸"을 상상하는 것, 이것은 결코 실현될 수 없는 것을 상상하는 것에 불과하다. 즉, 아시아계 미국인은 처음부터 불가능한 정체성이었던 것이다. 이런 의미에서 무라의 시적 화자가 열망했던 "제3의 몸"은 오로지 부재로서 표시될 수밖에 없는 자리이다.

가짜로 살아가기

무라의 시적 화자가 경험하고 있는 상실감 그리고 실질적인 부재로 표시될 수밖에 없는 "제3의 몸"은 어떻게 보면 민족이라는 물건의 역설적 성격에 기인하는 구조적 필연성의 결과라 할 수 있다. 그가 실종되었다고 믿는 그것을 그는 결코 소유해 본 적이 없다. 그리고 그가 어딘가 있을 것이라고 믿었던 "제3의 몸" 역시 부재로서 경험될 수밖에 없다. 다시 말해서, 부재는 실질적인 것이며, 상실감은 상상적인 것이다. 민족이라는 물건은 오로지 상실된 것으로 상상할 때만이 존재할 수 있는 것이기에 그러하다. 이런 의미에서, "실종된 제3의 몸"을 복원시키고자 하려는 시도는 타자에 기생하여 자아의 정체성을 찾고자 하는 억압적 이항대립을 재생산하려는 시도가 될 수 있다. 바로 이런 이분법에 의하여 스스로가 타자의 위치로 밀려

났음에도 불구하고 말이다. 무라의 시적 화자의 "제3의 몸"에 대한 추구는 결국 부재를 상실로 전환시키는 작업에 다름 아닌 것이다.

이와 연관하여 역사학자 도미니크 라카프라Dominick LaCapra의 주장은 경청할 만하다. 그는 프로이트의 "애도"와 "우울증"에 대한 정의를 바탕으로 집단적 트라우마의 경험 속에서 "부재"와 "상실" 혹은 "결여"를 구별할 것을 요청한다. 예를 들어, 홀로코스트와 같은 트라우마적 경험과 그에 따른 역사적 "상실"을 인간 타락 이전의 에덴동산이나 민족적 순수성 혹은 인간과 자연 간의 유기적 통일성에 대한 상상적 상실과 혼동하는 경우가 있다. 처음부터 "부재"했던 것을 잃어버렸다고 믿는 것이다. 부재했던 것을 상실했다고 우기는 것은 존재하지 않았던 과거를 현재 속으로 끌어들이려는 시도이며, 이는 우리의 모든 문화적 실천을 풀리지 않는 아포리아의 영역으로 몰아넣는 결과를 가져온다. 부재와 상실의 혼동은 실제 역사적 상실을 억압할 뿐만이 아니라 우리를 퇴행적 향수 속에 가두어 둔다. 이 과정 속에서 우리는 항구적 우울증 이외의 다른 어떤 주체의 가능성도 상상할 수 없게 된다. 더욱이 이 항구적 우울증은 또 다른 종류의 폭력과 절대주의의 원인이 될 수 있음을 라카프라는 지적한다.

> 부재와 상실의 혼동은 특정 역사적 트라우마의 정치적 전유를 초래할 위험이 있다. 특히 역사적 상실을 경험하지 않은 자들은 집단적 정체성을 구축해 가는 과정 속에서 역사적 트라우마를 근본주의적인 방식을 통하여 이데올로기적으로 이용하거나 상징자본으로 이용한다.(713)

물론 홀로코스트는 과거의 역사적 사건이고, 인종주의는 현재의 사회 구조를 지칭하는 것이기에, 양자 간 직접 비교는 불가하다하더라도, 존재하지 않는 "제3의 몸"에 대한 향수는 궁극적으로 현재의 차이를 억압하는 이데올로기적 장치로 기능할 수밖에 없다. 이런 의미에서 보면, "제3의 몸"에 대한 향수는 부재를 상실과 혼동하는 일종의 우울증적 반응이라 할 수 있을 것이다.[4]

그렇다면 우리는 어떻게 아시아계 미국인이라는 정체성의 내부에 구조화되어 있는 이런 우울증을 극복할 수 있는가?[5] 먼저 "애도"하는 것, 즉 망자를 떠나보내고 상을 치르는 것을 상상할 수 있다. 그러나 문제는 애도의 대상으로서 "제3의 몸"이 애초에 존재하지 않았다는 사실이다. 부재하는 것을 죽이고 장사를 치를 수는 없는 노릇이다. 즉, 애도의 길, 상실을 극복하는 길은 처음부터 봉쇄되어 있는 셈이다. 그렇다면 우리가 상상할 수 있는 길은 하나다. 부재를 부재로서 인정하는 것이다. 부재는 결여도 상실도 아닌 탓이다. 그저 처음부터 없었던 것이다. 다시 말해서 우리만의 것이라고 상상했던 민족이란 물건이 애시 당초 존재하지 않았음을 인정하는 것이다. 물론 이것은 생각만큼 단순한 것은 아니다. 비록 부재하는 것일지라도 민족이라는 물건이 민족 주체의 내적 통일성을 부여해 주는 것이기에 더욱 그러하다. 그 물건과의 동일성을 확립함으로써만이, 다시 말해서, 특정한 문화의 담지자가 되어야만이, 우리는 한 민족의 '진정한

---

4 앤 앤린 챙Anne Anline Cheng 역시 프로이트의 "애도"와 "우울증"에 대한 구별을 바탕으로 모든 민족적 주체는 필연적으로 우울증적 주체가 될 수밖에 없다고 주장한다. 그녀의 1997년 논문 〈우울증과 인종Melancholia and Race〉을 참조하라.

5 이 질문은 라카프라의 "acting out"(역사적 과거를 현재 속에서 퇴행적으로 반복하는 것, 혹은 프로이트가 우울증이라 정의 한 것)과 "work through"(역사적 상처를 극복하는 것, 혹은 프로이트의 "애도")에 대한 구별에 바탕을 두고 있다.

authentic' 주체로서 존재할 수 있기 때문이다. 따라서 부재를 부재로서 인정한다는 것은 자신의 민족 주체로서의 '진정성authenticity' 혹은 '순수성'을 포기하는 일이 된다. 이는 곧 주체로서의 내적 통일성과 일관성을 포기하는 것이며, 내가 나임을 포기하는 일이다.

이를 무라의 시적 화자와 같은 아시아계 미국인 남성이라는 주체 입장에서 다시 서술해 보자. 아시아계 미국인 남성으로서 그것의 진정한 정체성을 포기한다는 것은 주류 사회에서 그들에게 부여하는 사회적 주변성과 존재감의 결여를 그대로 수용하는 것이 될 수도 있다. 그것은 자신의 남성성을, 자신의 미국성을 포기하는 것이다. 내가 아닌 나, 진짜 내가 아닌 가짜inauthentic의 나로 살아가야 함을 의미한다. 따라서 이것은 불가능한 포기다. 그러나 이 불가능성이 가능으로 전환될 때, 비로소 주류 문화에 대한 실질적인 전복과 복수가 가능해진다. 즉, 내가 포기해야만 상대방을 포기시킬 수 있는 것이다. 데이빗 헨리 황David Henry Hwang의 문제극《M. 나비》M. Butterfly》는 이런 상황을 가장 극적으로 표현한다. 이 드라마에서 송Song이 수행한 성 정체성의 위장이 성공할 수 있었던 것은 갈리마르가 동양에 대하여 가지고 있었던 인종적 스테레오타입과 오리엔탈리즘의 견고함 때문이라는 것이 일반적인 견해다. 그런데 이에 대해 앤 앤린 쳉Anne Anline Cheng은 재미있는 문제를 제기한다. 만약 송이 자신의 진정한 남성적 정체성에 집착했다면 그의 위장과 연기가 성공할 수 있었을까?(56) 극의 막바지에서 송은 갈리마르에게 질문한다. "그래서 당신은 진정 저를 사랑하지 않았나요? 단지 제가 여자 연기를 할 때만 사랑했었나요? 저는 당신의 나비에요. … 언제나 그것이 바로 저였습니다"(Hwang 89). 송의 대사 속에 함축되어 있는 것은 자신의 진짜 자아와 가짜 자아 사이의 구별이 이미 희미해져 버렸다는 것이다. 그리고 이런 진짜와 가짜의 혼란이 갈리마르가 가지고 있었던 오리엔탈리즘 담론에 대한 전복을 가능케 했던 것이다. 이를 두고 쳉은 다음과 같이 주장한다. "《M. 나비》가 전달하는 어려운 교훈은 … 극작가 자신이 '후기'에서 주장하듯 판타지적 스테레오타입의 존재가 아니라, 그 판타지와 같은 스테레오타입이 우리가 누군가를 알고 사랑하게 되는 방식이며, 또한 우리 자신을 알고 사랑하게 되는 방식이 될 수 있다는 보다 혼란스러운 생각이다"(56). 다시 말해서, 역설적이게도, 자신의 진정한 자아에 대한 집착을 버리고서야 우리는 우리 자신에 대한 더 정확한 지식을 얻게 되고 이를 통해서만이 타자에 의하여 생산된 나에 관한 지식의 허구성을 폭로할 수 있다는 것이다. 바로 이런 역설 속에 새로운 정체성 정치학의 가능성이 존재한다. 민족이라는 물건의 부재를 부재로 인정하는 것, 진정한 '나'의 모습이라 믿고 싶은 그것을 버리는 것, 그래서 '가짜'로서 살아가는 것, 그것만이 억압적 이항대립을 해소하고 해방으로 나아갈 수 있는 유일한 정치적 행위가 되기 때문이다.

이와 같은 맥락에서 빈센트 쳉Vincent J. Cheng 역시 《가짜: 문화와 정체성에 대한 불안Inauthentic: The Anxiety over Culture and Identity》에 수록된 논문 〈아시아계 미국인 정체성〉[6]에서 아시아계 미국인들을 향해 "의도적으로 의식적으로 … 가짜로 살아갈 것"을 주문한다(169). 그에 따르면, "'아시아계 미국'은 그 자체로 명백히 인종도, 종족도, 민족도 아니다. 그리고 분명 진정한 문화도 아니다." 그것은 하나의 "기능적 범주"에 불과하다(143). 아시아계 미국인들이 공유하고 있는 것은 사

---

6 빈센트 쳉의 상기 논문은 응구옌의 문제제기와 아시아계 미국인 정체성의 미래에 대한 비관적 전망에 대한 답변으로 기획된 것이다.

회 조직적인 측면에서, 인종적인 측면에서, 지리적인 측면에서, 혹은 문화적인 측면에서, "사이에 있음"에 대한 경험이다. 이는 곧 그들이 인종적으로건 문화적으로건 철저하게 뒤섞이고 오염된, 따라서 결코 순수한 동일성과는 거리가 먼 집단임을 의미한다. 본질적으로 본질이 없는 집단이며, 오로지 사회적이고 역사적인 요구에 따라 만들어진 자의적 구성체인 것이다. 따라서 그들에게 내적 동일성이란 처음부터 존재하지 않았다. 이는 아시아계 미국인의 고유한 정체성이나 문화를 창조해 낼 수 있는 토대가 결여되어 있음을 의미한다. 그들에게 남아 있는 유일한 문화는 "가짜로서 살아감을 실천하는 것"뿐이다(170). 즉, 가짜로 살아가는 것이 진짜 아시아계 미국인이 되는 길인 것이다. 진짜에 대한 환상을 버릴 때만이 진짜가 될 수 있는 것이며, 이것만이 동일성의 함정으로부터 벗어난 해방적 정체성을 가능케 하는 것이기 때문이다.

틈새의 정치학

"가짜로" 살아가는 것은 하지만, 또 다른 의미에서 보면, 아시아계 미국인의 전통적인 저항적 주체의 죽음을 의미한다. 이 주체의 죽음은 또한 개인이 사회에 변화를 가져올 수 있는 정치적 실천능력agency의 상실을 의미하기도 한다. 정치적 행위란 결국 특정한 정치적 위치에 본질주의적인 방식으로 스스로를 고정시키는 행위이며, 이렇게 어느 정도 고정된 위치에서 세상을 재현representation하는 행위이기 때문이다. 그러기에 스피박Gayatri C. Spivak은 "본질주의 없이는 어떤 정치적 대표/재현Vertretung도 발생하지 않는다"고 주장한다(254). 그렇다면 "가짜로" 산다는 것은 혹은 "사이에 있음"에 대한 강조는 정치에 대한 포기이며, 저항에 대한 포기인가? 전통적인 이항대립의 정치학의 관점에서 보면 이에 대한 대답은 부정적일 수밖에 없다. 그러나 전통적인 이항대립의 정치학을 극복하고 새로운 정치학의 개념을 설정한다면 우리는 "가짜로" 살아감 속에서 새로운 주체의 탄생과 그것의 정치적 가능성을 엿볼 수 있을 것이다. 프랑스의 철학자 자크 랑시에르Jacques Ranciere는 그것의 가능성을 더 분명하게 열어주고 있는 듯하다. 그는 정치적인 것을 이렇게 정의한다.

정치적인 것이란 무엇인가? 나는 아주 짧게 대답할 것이다. 정치적인 것은 이질발생적인 두 과정의 마주침이다. 첫째는 통치의 과정이다. 그것은 사람들을 공동체로 결집하여 그들의 동의를 조직하는 것으로 이루어지며, 자리들과 기능들을 위계적으로 분배하는 것에 바탕을 둔다. 나는 이 과정을 치안이라고 이름 지을 것이다.

둘째는 평등의 과정이다. 그것은 아무나와 아무나 사이의 평등 전제와 그 전제를 입증하려는 고민이 이끄는 실천들의 놀이로 이루어진다. 이 놀이를 가리키기에 가장 적합한 이름은 해방이다(133).

모든 치안이 평등을 부인한다고 말하는 대신, 우리는 모든 치안은 평등을 (방)해한다(faire tort)고 말할 것이다. 따라서 우리는 정치적인 것이란 평등의 입증이 그 위에서 (방)해를 다루는 형태를 취해야 하는 무대라고 말할 것이다.

그러므로 우리는 세 항을 갖는다. 치안, 해방, 그리고 정치적인 것. 만일 우리가 그것들의 뒤얽힘을 주장하고자 한다면, 우리는 해방 과정에 정치라는 이름을 부여할 수 있다. 따라서 우리는 위 세 상을 치안, 정치, 그리고 정치적인 것으로 구별할 것이다. 정치적인 것은 방해를 다루는 가운데 정치와 치안이 마주치는 현장이라 할 것이다.(135-6)

랑시에르의 논의를 바탕으로 무라의 시적 화자가 요구하는 "제3의 몸"의 복원에 대한 요청, 즉 "아시아계 미국인"이라는 민족 정체성의 필요성에 대한 항변을 재구성해 보자. "아시아계 미국인"의 개념 속에 포함된 정체성의 정치학은 주류 문화에 대항하여 특정 집단의 해방을 추구한다. 이 과정 속에서 그들은 자신들만의 "민족이라는 물건"을 생산해 내고 그것과 상상적 관계를 통해 공동체적 통일성을 상상한다. 이는 또한 아시아계 미국인의 안과 밖을 설정하는 작업이기도 하다. 그런데 이런 일련의 과정은 주류 문화가 자신들만의 상상의 공동체를 만들고 그 경계선을 제도화하는 방식을 그대로 반복하는 것에 다름 아니다. 이런 방식은 결국 랑시에르가 말하는 "통치"의 방식이며 또한 "민족이라는 물건"을 절대적 사유물로 상정하는 "치안"의 과정이다. 치안의 과정은 "아무나와 아무나 사이의 평등"을 방해하는 과정이며, 궁극적 해방의 과정을 방해한다. 즉, 저항적 민족주의의 한 방식으로서 구성된 아시아계 미국인이라는 정체성은 최초 자신의 의도와는 반대로 오히려 해방을 억압하는 통치와 치안의 기제로 작동할 수 있는 것이다. 이는 평등이라는 보편성의 문제를 '동일성'(혹은 정체성)이라는 특정 집단 내부의 통치와 치안의 문제를 통해 접근했기 때문이다.

그러기에 랑시에르는 해방의 정치를 "고유하지 않은 고유함[un propre impropre]"의 정치이며 그것의 논리는 "타자론[heterologie]"이라고 정의한다(138). 이를 설명하기 위하여 그는 일반적 동일성에 근거한 전통적인 의미의 주체와 해방의 과정을 촉발시킬 수 있는 "정치적 주체"를 구별한다. 정치적 주체는 치안의 과정과 해방의 과정이 충돌하는 바로 그곳에 위치하며 기존의 정체성의 범주를 문제시 한다. 반면 전통적인 주체는 언제나 통치의 대상으로 존재할 뿐 그 어떤 정치적 행위도 만들어 내지 못한다. 그가 정치적 주체가 되기 위해서는 동일성의 틀에서 빠져나와야 한다. 즉 자신만의 고유함을 포기하고 "고유하지 않은 고유함"을 통해 치안의 과정에 의해 유지되는 동일성의 범주에 대해 의문을 제기해야 한다. 즉, 정치적 주체가 위치해야하는 장소는 공동체의 내부가 아니라 동일성이 균열을 일으키는 장소, 혹은 동일성의 "틈새"이며, 이 틈새는 이름과 이름이 맞닿는 곳, "정체성들 혹은 문화들 사이에-있음으로 함께-있음"의 장소이다(144).

이런 틈새 장소에 위치한 이 정치적 주체는 그 자체로 하나의 질문을 생산한다. 아시아계 미국인은 미국인이 아닌가? 혹은 아시아계 남성은 남성이 아닌가? 이는 '아시아계 미국인은 미국인이다'라는 동어반복에 의한 동일성의 주장이 담지하지 못하는 진실을 폭로한다. 미국의 민족적 상상력이 가지는 편협성과 논리적 균열 지점을 그대로 드러내주기 때문이다. 《M. 나비》에서 송이 자신의 고유한 정체성인 '중국인 남성'으로부터 빠져나와 여성과 남성의 경계선에서 갈리마르의 상상력이 지니는 허구성을 폭로하는 것과 같은 이치인 것이다. 결국 정치적 해방은 동일성에 대한 집착을 과감하게 포기하고 내가 아닌 나로서 살아갈 때, 즉 진짜 내가 아닌 가짜로서 살아갈 수 있을 때, 그 실마리를 찾아갈 수 있는 것이다.

아시아계 미국인을 위한 애도

결론을 대신하여, 무라의 시 〈욕망의 색깔〉로 돌아가 보자. 시가 결말로 향해 갈 즈음, 화자는 자신의 정체성이 역사적으로 구성되고 재구성되어 가는 과정을 세 명의 여성들을 통해 숙고한다. 자신의 일본인 어머니, 백인 부인, 그리고 아직 태어나지 않은 딸. 각각은 화자의 과거와 현재와 미래를 의미한다. 제2차 세계대전 당시 일본인 집단수용소 생활을 겪어야 했던 어머니는 그로 인한 트라우마에서 벗어나지 못한 채 긴 침묵에 빠져든다. 그녀의 침묵은 미국 사회에서 일본계 미국인의 위치를 상징한다. 그들은 미국의 민족적 향유물을 도둑질해 가고 내적 통일성을 파괴할 수도 있는 잠재적인 적 혹은 '황화'였던 것이다. 그러기에 그들은 감금되어야만 했고 침묵해야만 했다. 다음으로 그의 백인 부인은 시적 화자가 백인 사회에 동화되었음을 의미한다. 하지만 그렇다고 해서 그가 완벽한 미국인이 된 것은 아니다. 단지 '모범적 소수자'라는 이름으로 명예 백인의 위치를 부여받은 것이기 때문이다. 그러기에 그는 끊임없이 "실종된 제3의 몸"에 대한 향수에 젖어 있을 수밖에 없다. 일본인 어머니와 백인 부인, 이 두 여인은 시적 화자가 자신의 정체성을 찾고자 수행해 왔던 일련의 과정에 대한 알레고리가 된다. 분명 그의 삶은 자신의 진정한 자아를 찾기 위한 분투의 과정이었다. 하지만 그의 투쟁과는 관계없이 그는 그가 원하는 위치가 아닌 주류 사회에 의해서 규정된 위치에 놓여 있는 것이다. 한때는 황화로서, 그리고 지금은 명예 백인으로서 여전히 주변부를 맴돌고 있는 것이다.

마지막으로 그는 곧 태어날 딸의 방문 앞에 서 있다. 그 방은 "나무로 된 단순한 모양의 아기 침대만 있을 뿐 텅 비어 있다"(9). 텅 빈

방은 딸의 정체성이 아직 결정되어 있지 않음을 의미한다. 상징적인 차원에서 보자면, 아직 도래하지 않은 아시아계 미국인의 미래를 의미하기도 한다. 딸아이는 백인으로 살아갈 수도 있고 아시아계로 살아갈 수도 있다. 그러나 그것은 그녀가 선택할 수 있는 것은 아니다. 비어 있음이 미래의 긍정적 가능성만을 의미하는 것만은 아니기 때문이다. 특히 화자의 과거와 현재를 지배하고 있는 인종주의적 트라우마가 완전히 치유되기 이전까지는 말이다. 그래서 그는 여전히 우울증을 앓고 있는 듯하다.

> 그리고 현재가 아무것도 지우지 않는다면
>
> 역사가 변하지 않은 채 완강하게 남아 있다면,
>
> 어둠이 우리의 대기 속으로 흘러들어오듯,
>
> 어둠의 공동이 여전히 달을 향해 움직이고 있고,
>
> 지평선 위의 작은 언덕은, 부풀어 오르며
>
> 아기를 잉태하고 떠다닌다, 백인일지 황인일지,
>
> 누가 알 것이며, 누가 그 아이에게 말해 줄 수 있겠는가,
>
> 아! 그게 왜 문제지? (9)

시 속의 화자는 자신의 우울증이, 자신의 진정한 자아를 향한 불가능한 소망이, 딸의 미래마저도 오염시킬까 우려하고 있다. 게다가 피부색에 대한 집착은 이미 도를 넘어선 듯하다. 하지만 불현듯 의문을 던진다. "그게 왜 문제지?" 이 질문은 두 개의 정반대 방향으로 향한다. 먼저 인종이 문제가 될 수밖에 없는 사회적 현실에 대한 항의다. 미국 민족의 범위를 인종적 범주로 재단함으로써 아시아계 미

국인을 타자화하고 주변화시켰던 인종주의에 대한 항의인 것이다. 그러나 그 질문은 또한 자기 자신을 향한 질타이기도 하다. 주류 사회의 의도에 따라 피부색에 집착하며 자기혐오에 빠져 있는 스스로에 대한 항의인 것이며, 그로 인해 더 이상 아파하지 않겠다는 의지의 표현인 것이다. 즉, 이 질문은 자신이 그토록 되찾고자 했던 "제3의 몸"이 실종된 것이 아니라 처음부터 부재했던 것이었음에 대한, 단지 환영에 불과했음에 대한, 깨달음인 것이다. 그에게 이제 더 이상 하얀색과 노란색의 차이는 아무런 의미도 생산하지 못한다. 그러기에 자신에 찬 어조로 되물을 수 있는 것이다. "그게 왜 문제지?"

이런 의미에서, 무라의 시는 애도와 추모를 위한 시가 된다. 자신의 진정한 자아의 죽음을 애도하는 시인 것이다. 진정한 미국인이될 수 없음을, 진정한 아시아계 미국인이 될 수 없음을 인정하며, 이를 통하여 궁극적으로는 진짜 혹은 진정성으로 표시되는 그 모든 것을 떠나보내는 것이다. 진정성을 포기함으로써 그에게는 수많은 가짜의 길이 열리게 된다. 수없이 많은 가능성이 열리는 것이다. 그것은 자신의 딸에게 열려 있는 가능성임과 동시에 아직 도래하지 않은 아시아계 미국인의 미래를 향해 열려 있는 가능성이다.

참고문헌

랑시에르, 자크. 《정치적인 것의 가장자리에서》, 양창렬 옮김, 서울: 도서출판 길, 2008.

스피박, 가야트리. 《스피박의 대담: 인토 캘커타에서 찍힌 소인》, 새러 하라쉼 편집, 이경순 옮김, 서울: 갈무리, 2006.

Cheng, Anne Anlin. "The Melancholy of Race." *The Kenyon Review* 19 (1997): 49-61.

Cheng, Vincent J. *Inauthenticity: The Anxiety over Culture and Identity*. New Brunswick: Rutgers UP, 2004.

Fujikane, Candace. "Sweeping Racism under the Rug of 'Censorship': The Controversy over Lois-Ann Yamanaka's Blu's Hanging." *Amerasia Journal* 26.2 (2000): 158-194.

Hwang, Henry David. *M.Butterfly*. New York: Penguin Books, 1986.

LaCapra, Dominick. "Trauma, Absence, Loss." *Critical Inquiry* 25.4 (Summer 1999), 696-727.

Lee, Robert G. *Orientals: Asian American in Popular Culture*. Philadelphia: Temple UP, 1999.

Lowe, Lisa. *Immigrant Acts: Asian American Cultural Politics*. Durahm: Duke UP, 1996.

Menon, Sridevi. "Where is Wes Asia in Asian America: 'Asia' and the Politics of Space in Asian America." *Social Text* 86, 24.1 (2006): 55-79.

Mura, David. *The Colors of Desire: Poems*. New York: Anchor Books, 1995.

Nguyen, Viet Thanh. *Race and Resistance: Literature and Politics in Asian America*. Oxford: Oxford UP, 2002.

Takaki, Ronald. *Strangers from a Different Shore: A History of Asian Americans*. Revised Edition. Boston: Little, Brown and Company, 1998.

Uba, George. "Coordinates of Asian American Poetry: A Survey of the History and a Guide to Teaching." *A Resource Guide to Asian American Literature*. Eds. Sau-ling Cynthia Wong and Stephen H. Sumida. New

York: The Modern Language Association of America, 2001.

Yamanak, Lois-Ann. *Blu's Hanging*. New York: Harper Perennial, 1998.

Zizek, Slavoj. *Tarrying with the Negative: Kant, Hegel, and the Critique of Ideology*. Durham: Duke UP, 1993.(《부정적인 것과 함께 머물기: 칸트, 헤겔, 그리고 이데올로기 비판》, 이성민 옮김, 서울: 도서출판b, 2007)

디아스포라 문학 읽기

9

낯익음과 낯섦의 변증법

: 한강의 《채식주의자》

낯설고도 낯익은 질문 혹은 명령

2016년 5월 17일 한국문학사에 하나의 사건이 발생했다. 한강의 소설《채식주의자The Vegetarian》가 세계 3대 문학상이라 일컬어지는 영국의 맨부커상 국제 부문Man Booker International을 수상하게 된 것이다. 국내적 관점에서 보자면 이는 분명 사건이었다. 그 수상자가 노벨문학상을 타기 위해 십 수 년간 노력해 온 어느 노시인이나 주류 남성 작가가 아닌 대중적 인지도가 상대적으로 낮았던 여성 작가 한강이라는 사실 때문이기도 하지만,《채식주의자》자체가 한국에서는 그다지 주목받지 못한 작품이었다는 사실이 한국 문단을 당혹스럽게만들기 충분했기 때문이다. 그래서인지 모르나 한강의 맨부커상 수상의 의미를 애써 축소하려는 경향도 감지되곤 한다. 하지만 국외적인 관점에서 보자면 그리 놀랄 만한 사건은 아니었다. 2015년 초 영국의 독립 출판사인 포토벨로Portobello를 통해 처음 번역 출간된 직후부터《채식주의자》는 영국의 각 언론사로부터 최고의 찬사를 받앞을 뿐만 아니라, 2016년에는 거대 출판 그룹 랜덤하우스를 통해서 미국에 진출했다. 게다가 《타임즈》는 한강의 소설을 2016년 현재까지 출판된 책 중 최고의 책으로 선정하기도 했다. 수상이 결정되기 전부터 더블린의 《아이리시 타임즈The Irish Times》는 《채식주의자》가 타 후보작에 비해 월등히 우수한 작품임을 주장하기도 했다. 다시 말해, 받아야 할 작품이 받은 것이다. 수상작 선정 역시 만장일치로 결정되었음은 물론이다.

《채식주의자》의 맨부커상 수상이 결정된 이후 한국에서의 반응은 실로 뜨거웠다. 일종의 신드롬이었다. 수상이 결정된 5월 17일과 18일에는 《채식주의자》의 하루 판매량이 1만 부가 넘었으며 이후 약 50만 권이 판매되었다고 한다. 성인이 1년 평균 책 한 권도 채 읽지 않는 문학 불모지에서 이는 실로 경이적인 기록이 아닐 수 없다. 그런데 어떻게 보면 이는 억압된 것의 귀환처럼 보이기도 한다. 우리가 외면했던 우리 문학이 세계 문학 시장에서 인정을 받으면서 한국 문학계와 출판계에 낯설고도 기이한 풍경을 자아내고 있기 때문이다. 진정 우리는 우리 문학의 가치를 몰랐던 것일까? 우리가 모르는 그것을 영미 독자들은 어떻게 알았을까? 그리고 이 낯설고 기이한 현상을 어떻게 해석해야 할까?

그런데 한 가지 더 흥미로운 것은 이러한 질문을 둘러싸고 형성된 2차 담론들은 대개가 문학 외적인 방향으로 나아가고 있다는 것이다. 즉, 발본적 질문에 대한 반성적 성찰이 아닌 아주 낯익고 친숙한 그러나 문학과는 거리가 먼 담론들의 성찬이 벌어지고 있는 것이다. 그리고 그 성찬의 중심에는 출판 산업의 부흥과 더불어 '한류' 담론이 존재한다. 예를 들어, 김종덕 문화체육부장관은 수상 결정 직후 축전을 통해 "우리의 글로 세계와 공감할 수 있는 이야기를 쓰고, 빼어난 번역을 통해 우리의 문학을 세계인에게 전달한 두 분의 노고를 치하"하며, "앞으로도 우리 문화예술의 장을 세계로 펼쳐서 문화 융성의 시대를 열어 가는 데 큰 역할을 해 줄 것을 기대한다"고 전했다. 장관의 치하와 기대가 전하는 메시지는 간단하다. 몇 년 전 대중 가수 싸이가 세계 속에 K팝 열풍을 몰고 왔듯이, 이번에는 문학을 통해 한류를 열어 달라는 것이다. 이로 인해 《채식주의자》의 맨부커상 수상이 던진 한국문학의 정체성에 대한 근본적 질문은 돌연 문화 산업과 연관된 정치적인 명령으로 변질된다. 그렇다면 한국의 문학계를 향한 이 정치적 명령은 실현 가능한 것일까? 국제 사회에서의 한국문학에 대한 관심이 지속성을 유지할 수 있는가? 이에 대한 탐색은 결국 우리를 다시 《채식주의자》로 돌려보낸다. 《채식주의자》에 비친 한국문학의 얼굴은 무엇이며, 영국과 미국의 독자들은 도대체 무엇을 응시하고 있는 것일까?

낯익은 상처의 낯선 변주

한국에서 한강의 《채식주의자》가 출간된 것은 2007년의 일이다. 2004년부터 문예지를 통해 발표된 세 편의 단편 〈채식주의자〉, 〈몽고반점〉, 〈나무 불꽃〉이 하나의 연작소설로 묶여 세상에 나온 것이다. 2005년 〈몽고반점〉이 이상문학상을 수상하기는 했으나 당시 평단의 반응이 뜨거웠다고 할 수는 없었다. 예를 들어, 평론가 김예림은 《채식주의자》가 "죽음에 이르는 존재론적 상처 또는 주체의 파열"이라는 한국문학의 오랜 주제를 반복하고 있다고 말하며, 이러한 문학적 경향은 "어느 정도 코드화되어서인지 모르겠지만 … 우리

문단에서 역설적이게도 '고전적'이고 '전통적'인 어떤 것이 되어 버렸고, 안정적이고 성숙된 만큼 새로운 자극은 없고 변주만 있는 어떤 것이 되어 버린 게 사실"이라고 주장한다(349-8).

《채식주의자》말미에 해설을 쓴 평론가 허윤진의 평가 또한 이러한 맥락에서 크게 벗어나지 않는 것처럼 보인다. 그는 작가 한강을 "상처와 치유의 지식체계를 오랜 시간 동안 기록해 온 신비로운 사관史官"이라 정의하며, 그녀의 작품은 따라서 필연적으로 낯익은 "상처의 성찰"이 될 수밖에 없었음을 지적한다(239-40). 한 마디로 요약하자면, 한국 문단에서《채식주의자》는 여성의 몸에 반복적으로 가해진 낯익은 폭력과 그로 인한 상처에 대한 낯선 변주로 여겨졌던 것이다.

학계의 반응도 평단의 그것과 크게 다르지 않았다. 논문 검색 사이트 DBPIA를 통해 검색된《채식주의자》관련 논문은 총 네 편이다. 그중 한 편은 관련 영화에 대한 분석이라는 것을 감안한다면 지난 9년간 고작 세 편의 논문만이 나온 것이다. 비슷한 시기에 같은 출판사를 통해 발표된 황석영의《바리데기》(2007년 창비)와 신경숙의《엄마를 부탁해》(2008년 창비)에 관한 논문은 각각 20여 편과 50여 편에 이른다. 이들 작품을 동일 선상에서 직접 비교한다는 것은 다소 억지스러운 면이 있다고 하더라도, 단지 세 편의 논문만이 나왔다는 것은《채식주의자》가 학계로부터도 그렇게 큰 관심을 끈 것은 아니었음을 증명하는 것이라 할 수 있다.

이 세 편의 논문 속에서 드러나는 유의미한 해석적 경향은 에코페미니즘eco-feminism의 관점을 통한 분석이다. 즉,《채식주의자》의 중심에 놓여 있는 채식주의 모티프가 육식성의 가부장적 권력과 폭력에 저항하는 여성적 삶의 방식이라는 것이다. 예를 들어 신수정은 이렇게 주장한다.

한강의 소설은 여성 채식주의자를 통해 육식문화로 대변되는 남성적 질서를 넘어서고자 하는 저항적 움직임을 보여 준다. 남편과 아버지 등 가족 공동체가 채식을 거부하는 것은 그것을 가부장제에 대한 도전과 동일시하고 있기 때문이다. 공동체는 채식을 금하고 육식을 강요한다. 그리고 마침내 자신들의 입장을 관철시킬 수 없게 되자 그녀를 정신병동에 감금함으로써 사회로부터 추방한다. 자연 속의 생명이 협력과 상호 보살핌, 사랑 등의 '영성'으로 충만 될 기회를 얻지 못한 채 다만 어두운 '광기'의 그늘 속으로 유폐되고 만 것이다. 그러나 채식에 대한 완강한 고수를 넘어 거식에 이른 여성의 육체 언어는 남성적 지배 질서를 대변하는 기성 언어를 대체하며 여성적 욕망의 생태학적 윤리를 실천한다.(207-8)

우찬제도 위와 비슷한 맥락에서 "육식과 채식의 문제는 성 정치학 및 소통의 윤리학과 연계"된다고 말한다(68). 다시 말해 남성 중심적 세계에서 식물성과 채식으로 표상되는 여성성에 대한 몰이해와 그에 따른 소통 불가능이《채식주의자》의 근간이라는 것이다. 정미숙은 우찬제와 신수정의 생태윤리적 해석에 정신분석학적 의미를 더한다. 그에 따르면 육식의 거부와 채식에 대한 욕망은 가부장제의 과도한 억압이 만들어 낸 신경증적 "타자성"의 기표로서 "반가족적인 것"이며, 오로지 사회적 규범의 위반에 존재의 근거를 두고 있는 예술을 통해서만이 구원받을 수 있는 것이다. 결국 영혜의 거식증과 식물-되기 혹은 무無에 대한 욕망은 "가족윤리"의 위반에 대한 처벌이 되는 것이다(16, 25).

이렇게 본다면《채식주의자》는 남성적 주체와 여성적 타자, 동물성과 식물성, 규범과 위반이라는 다소 도식적인 이항대립 위에 구축된 소설이 된다. 여기에서 이런 도식적인 해석이 소설의 의미 전체를 밝혀낼 수 있는가에 대한 질문이나 에코페미니즘에 내포된 본질주의의 위험에 대한 비판은 큰 의미가 없는 듯하다. 중요한 것은 2010년 이후로 학계에서 더 이상《채식주의자》로 돌아가 새로운 해석을 하려는 시도를 보이지 않았다는 것이며, 따라서《채식주의자》는 그 상태로 의미가 종결된 소설로 남게 되었다는 사실이다. 한국에서《채식주의자》는 그렇게 망각되었다. 낯익은 상처에 대한 낯선 변주 하지만 다분히 도식적인 이원적 구조를 갖는 그런 소설로서 말이다.

문화적 낯섦과 카프카스러운 낯익음

2015년 1월 한국 독자 대중의 기억 속에서 사라져 가던《채식주의자》가 다시 우리 앞에 모습을 드러냈다. 한국 땅이 아닌 영국에서, 그것도 한국어가 아닌 영어로 'The Vegetarian'이라는 제목을 가지고 말이다. 그런데《채식주의자》에 대한 영미권 독자들의 반응은 우리나라의 그것과는 사뭇 달랐다. 신문이나 각종 인터넷 사이트를 통해 게재된 리뷰의 숫자도 그러하거니와, 이 책에 대한 평가를 담는 수식어들, 예컨대 "thought-provoking"(생각하게 만드는), "terrific"(훌륭한), "beautiful"(아름다운), "unforgettable"(잊을 수 없는), "unsettling"(마음을 뒤흔드는)과 같은 형용사 몇 개만 나열하더라도 그 반응을 쉽게 짐작할 수 있으리라. 그런데 더 곱씹어 봐야 할 것은 이런 일상적이고 의례적인 찬사가 아니다. 그보다는 그들이《채식주의자》를 해석하는 방식이다. 여러 리뷰들을 찬찬히 쫓아가다 보면 《채식주의자》에 대한 해석은 명확하게 두 가지 방향으로 갈리게 된다.

먼저 영국의《인디펜던트The Independent》지의 줄리아 파스칼Julia Pascal 은《채식주의자》를 "가장 놀라운most startling" 소설 중 하나라 평가하며 "한국 현대 사회를 배경으로 한 이 소설은 가족에 대한 헌신과 순종과 성적 자유에 대한 부정을 요구하는 엄격한 가치 체계에 도전하고 있다"고 말한다. 그리고 다음과 같이 결론짓는다. "소설의 서사는 그들(여성들)을 죽인 것이 한국적 예의범절의 압도적인 억압임을 분명히 하고 있다"(The Independent, 10 January, 2015).《아이리시 타임스》의 에일린 배터스비Eileen Battersby 역시 이와 비슷한 맥락에서《채식주의자》를 읽는다. 특히 채식이 갖는 문화사회학적 의미에 주목하며 "고기가 매 끼니의 주식인 한국사회에서 채식주의는 자기 문화에 대한 거부"가 될 수밖에 없다고 주장한다. 채식을 용인할 수 없는 사회에서 채식을 선언한 영혜의 운명은 "여성에 대한 잔인한 처우"를 극화하며 더 나아가 그들의 "고통과 슬픔에 대한 숙고"로 여겨지는 것이다 (Irish Times, 15 Mar, 2015). 서구 페미니즘적인 시각에서 텍스트를 읽고 있는 것이 분명한 이 두 여성 평론가의 해석 속에서 두드러지는 것은 《채식주의자》가 풍기는 낯섦의 근원을 사회학적이고 문화인류학적인 차원에서 해명하고자 했다는 것이다. 즉, 채식 자체가 비규범적으로 여겨지는, 서구의 문화와 너무도 다른, 그러하기에 기이하게 여겨질 수밖에 없는 한국 문화의 타자성, 그리고 그 타자성의 또 다른 징표인 동양적 가부장 문화의 야만성이 파스칼과 배터스비를 놀라게 한 것이다.

《채식주의자》를 읽는 또 하나의 경향은 한국의 사회문화적 배경으로부터 탈맥락화하여 글자 그대로 탈역사적 진공 상태 속으로 끌어들이는 것이다. 한국의 역사와 사회문화적인 맥락이 삭제된 채식은 문화적 행위가 아닌 하나의 알레고리 내지는 우화parable가 된다.

예를 들어, 영국의 평론가 존 셀프John Self는《채식주의자》를 세 개의 단어로 요약한다. "의무로부터의 이탈disengagement", "수동성passivity", 그리고 "거부refusal"가 그것이다. 즉, 채식과 거식은 일종의 삶으로부터의 이탈이며, 보편적 인간성에 대한 수동적 저항임과 동시에 모든 사회적 행위의 거부에 대한 알레고리인 것이다. 물론 이것은 영문학의 위대한 도덕적 전통과는 거리가 먼 낯선 것이다. 하지만 셀프는 이 낯섦을 서양문학의 또 다른 전통 속에 위치시킴으로써 친숙한 것으로 전환시킨다. 바로 카프카스러움Kafkaesque과 바틀비스러움Bartlebyesque이다.[1] 특히 그가 카프카Frantz Kafka의 〈단식사A Hunger Artist〉나 멜빌Herman Melville의 〈필경사 바틀비Bartleby, the Scrivener〉와의 연결점을 찾는 방식은《채식주의자》를 읽는 전혀 새로운 방식을 제공해 주었을 뿐만 아니라 이후 영미권에서의 수용방식에도 상당한 영향을 미쳤다.

《뉴욕 타임스The New York Times》에서《채식주의자》의 서평을 썼던 카크포우어Porochista Khakpour도 존 셀프의 의견에 적극적인 동의를 표한다. 그는《채식주의자》가 주는 "낯섦을 문화적인 것으로 귀착시켜 이해하려는" 시도가 갖는 위험성을 지적한다. 그에 따르면 채식주의가 한국에서는 불가능한 것이라는 사실을 강조하는 것은 적절치 못하며, 아울러 "고문 포르노torture porn"라고 비하하는 서구 페미니즘의 시각 역시 작품을 이해하는 데 도움을 주지 못 한다는 것이다. 대신 그는 한강이 "행위 주체의 문제agency, 개인의 선택, 복종과 전복을 다루는 방식은 우화에서 그 형식을 찾을 수 있다"고 주장하며,《채식

---

1 https://theasylum.wordpress.com/2015/01/04/han-kang-the-vegetarian/

주의자》를 카프카의 《변신》과 〈단식사〉, 그리고 멜빌의 〈바틀비〉와 나란히 위치시킨다. 그에게 《채식주의자》는 "육식의 위험성에 대한 경고"가 아닌 개인의 선택과 죽음 충동에 대한 우화인 것이다(NYT, 10 Aug, 2016).

실제로 한밤중에 일어나 "꿈을 꿨어"라고 말하며 냉장고의 모든 고기를 버리고 돌연 채식주의자가 되겠다고 선언한 영혜는 밤새 거대한 벌레로 변해 버린 잠자와 크게 다르지 않다. 또한 나무가 되겠다며 거식을 하고 죽음을 욕망하는 영혜는 사회적 스펙터클로서의 단식이 지니는 의미가 사라진 시대에도 혼자 무의미하게 단식을 이어 가다 죽어 버린 '단식사'와도 크게 다르지 않다. 더욱이 "하고 싶지 않습니다 would prefer not to"만을 반복하며 무無 자체를 욕망했던 필경사 바틀비에게서 "왜, 죽으면 안 되는 거야?"라고 질문하는 영혜의 모습을 떠올리는 것도 역시 결코 어려운 일은 아니었다.

여기에서 잠시 《채식주의자》에 대한 한국에서의 수용방식의 문제로 돌아가 보자. 한국의 평론가와 독자들은 왜 《채식주의자》에서 카프카와 바틀비를 발견해 내지 못했는가? 혹여 문학 자체의 낯섦을 자신들의 친숙한 서사와 지식 체계 안에 가두어 둠으로써 문학적 해석 행위를 대신한 것은 아닐까? 아니면 낯섦 자체를 수용할 수 있는 문학 전통이 부재한 것은 아닌가? 영국의 평론가 조안나 웰시Joanna Walsh는 한강의 인터뷰를 인용하며 한국에서 《채식주의자》가 제대로 수용되지 못한 것에 대해 이렇게 설명한다. "한국에는 [카프카와 바틀비에] 비견될 만한 전통이 존재하지 않는다. 대신 남성이건 여성이건 주인공이 환경에 의해 압도되는 결정론적 서사fatalistic narrative의 역사가 존재한다. 그런데 이러한 이야기는 서양의 출판가들에게는 매력적인 것이 못 된다. 이것이 한국문학이 번역되지 않은 이유 중에 하나다"(New Stateman, 20-26 Feb, 2015: 51). 여기에서 한국문학에 대해 제한된 지식만을 가지고 있는 웰시의 평가가 유의미한 것이냐에 대해 의문을 제기할 수는 있을 것이다. 하지만 다양한 이야기를 수용할 수 있는 다양한 문학 전통과 형식의 부재에 대한 웰시의 혹은 한강의 비판이 상당한 설득력을 가지고 있음은 분명하다.

그런데《채식주의자》에 대해 영미권의 평론가들이 내놓은 '카프카스럽다'라는 평가 역시 수상쩍기는 마찬가지다. 비평가 윌리엄 해리스William Harris는 이 책의 카프카스러운 지점과 그렇지 않은 부분을 구체적으로 적시한다. 그에 따르면, 도입부부터 시작하여 가족 모임 이후 영혜가 자살을 시도하는 지점까지가 내용이나 스타일 측면에서 카프카스러운 부분이다. 반면 그 이후부터는 "코미디와 비극적 부조리, 방향성과 혼동이 함께 어우러져 하나의 촘촘한 구조를 이루는" 카프카적인 내용과 "스타일 없음"으로 대변되는 카프카의 스타일과는 거리가 멀다. 특히 소설의 마지막 부분을 지배하는 인혜의 목소리는 "장식이 삭제된 시"로서 "모든 잉여적 요소가 조금씩 깎여나간 몸"이라는 소설의 핵심적 주제와 철학을 형상화하지만 그와 더불어 "카프카스러운 코미디 역시 깎여나갔다"고 해리스는 주장한다(Full Stop, 7 Mar, 2016).

하지만 이런 구별과 분석은 결국 해리스 스스로 자신의 한국 사회의 역사와 문화에 대한 몰이해를 자백하고 있음에 다름 아니다. 채식이 삶의 일부분으로 인식되는 그의 문화권에서 채식을 선언하는 것은 금연을 선언하는 것만큼이나 일상적이다. 그에게는 채식 선언이 결코 사건이 될 수 없는 것이다. 그러했기에 영혜의 채식 선언과 그에 따른 일련의 비극적 결말은 이해가 불가능한, 혹은 절대적으로 상징화될 수 없는 실재의 흔적 같은, 그럼에도 불구하고 상징화의 과정을 거쳐야만 하는 어떤 것이었으며, 카프카는 그런 불가능한 상징화를 위한 도구였던 것이다. 반면 똑같은 소설적 사건에 대해 김예림은 "어느 정도 코드화"된 "고전적이고 전통적인 어떤 것"이라고 평가했었음을 상기할 필요가 있다. 아마도 김예림이 오독하고 있다고 주장할 수 있는 한국인은 존재하지 않을 것이다. 그것보다 더 기괴하고 초현실주의적인 일들이 리얼리즘의 틀 안에서 이해될 수 있는 곳이 한국이라는 나라이기 때문이다.

이렇게 본다면, 《채식주의자》를 둘러싸고 영미권에서 형성된 두 개의 해석적 담론은 결코 서로 다른 독해가 아니다. 단지 문화적 차이를 수용하는 방식의 문제일 뿐이다. 한편에서는 《채식주의자》에 내포된 낯섦을 문화적 타자성의 징후로 보고자 하는 것이고, 또 다른 한편에서는 그 낯섦을 카프카라는 친숙한 문학적 기표를 통해 이해 가능한 것으로 치환하려 시도하고 있는 것이다. 다시 말해, 《채식주의자》의 해석을 지배하고 있는 것은 바로 문화적 차이의 절대성이라는 세계화 시대의 징후인 것이다. 오직 문화적·문학적 낯섦이 텍스트 위를 범람하고 그것이 기표와 기의의 결합을 특정한 방향으로 유도하고 있는 것이다.

낯섦에 대한 구매 혹은 오리엔탈리즘

영미권의 모든 독자들이 채식과 그에 따른 일련의 사건을 문화적 타자성의 징표로 읽는다 하여 그것을 오독이라 말할 수는 없다. 그것은 그 자체의 국지적인 해석적 가치를 지닌다. 그것은 다름에 대한 인식과 더불어 그것을 사회문화적인 맥락에서 이해하고자 하는 시도이기 때문이다. 마찬가지로, 《채식주의자》를 '카프카스럽다'고 평가하는 것이 반드시 칭찬은 아니다. 그 역시 국지적인 가치만을 갖는 말일 뿐이다. 결국 그들이 카프카스럽다고 말하는 것은 문화적으로 다르다는 말이고, 낯설다는 말이다. 즉, 《채식주의자》가 그리고 있는 소설적 사건이나 문체가 영어권 문학 전통이나 더 크게는 유럽의 문학 전통 속으로 완전히 동화될 수 없는 이질적인 요소를 가지고 있다는 것이다. 엄밀하게 말한다면, 이 문화적 이질성이 영국 땅에서 《채식주의자》에게 문학으로서의 새로운 생명력을 불어넣었다고 할 수 있다. 낯섦이 부재하다는 것은 동일자의 재생산이자 동어반복이며 문학적 가치의 상실이기 때문이다. 그리고 맨부커상이 주목한 것도 결국에는 이 낯섦이다. 이는 맨부커상 국제 부문 심사위원장을 맡은 보이드 톤킨Boyd Tonkin의 논평에도 드러난다. 먼저 맨부커상 공식 홈페이지에 공개된 공식 논평은 이렇다.

세 명의 목소리와 세 개의 다른 시각을 통해 전달되는 간명하면서도 마음을 흔들고 아름답게 구성된 이 이야기는 한 평범한 여성이 자신을 집과 가족과 사회에 옭아매 왔던 모든 관습과 근거 없는 주장들을 거부하는 과정을 추적한다. 서정적이면서도 날카로운 문체 속에서 이 소설은 그녀의 위대한 거부refusal가 자기 자신뿐만 아니라 자신의 주변 사람들에게 미치는 충격을 폭로한다. 짧지만 정묘하면서도 마음을 흔드는 이 소설은 독자들의 마음속에 혹은 꿈속에 긴 여운을 남길 것이다.[2]
다소 평이해 보이는 이 논평은 사실상 앞서 언급한 여러 평론가들

---

2 http://themanbookerprize.com/international/news/vegetarian-wins-man-booker-
   international-prize-2016

의 주장하는 작품의 의미를 말끔하게 축약시켜 놓은 것처럼 보인다는 점에서 그렇게 흥미로운 것은 아니다. 오히려 작품에 대한 평가를 내포할 수 있는 형용사를 최대한 배제함으로써 논란이 될 수 있는 부분을 삭제한 외교적 수사처럼 보이기까지 한다. 그런데 이 공식적인 논평 이외에 《가디언》지에 소개된 기자와의 대화를 통해 톤킨은 이렇게 말한다.

> 이 소설은 거의 이국적인outlandish 이야기로, 한편으로는 조악한 공포나 멜로드라마로 빠질 수도 있었고, 또 한편으로는 그저 지나치게 단호한 알레고리가 될 수도 있었으나, 이 소설은 뛰어난 균형과 미적 감각과 통제력을 지니고 있다.(The Guardian, 16 May, 2016)

이 짧은 문장 하나로 지금까지 여기에서 논의해 왔던 모든 문제를 요약하기에 부족함이 없어 보인다. 무엇보다도 《채식주의자》를 평가하는 첫 번째 형용사가 "이국적인"이라는 말임에 주목해야 한다. 《채식주의자》가 가지는 최고의 가치는 이국성, 즉 낯섦인 것이다. 이 이국성은 톤킨의 말처럼 두 가지 각기 다른 방향으로 나아갈 수 있었다. 하나는 조악한 공포와 멜로드라마의 길이고, 또 하나는 단호한 알레고리, 즉 카프카의 길이다. 이 갈림길에서 톤킨을 비롯한 심사위원들이 찾은 작가의 미덕은 바로 균형과 통제이다. 하지만 엄밀하게 보면 "균형"과 "통제"는 작가의 미덕만은 아니다. 오히려 그것은 심사위원들이 자기 내부에서 찾아낸 어떤 것에 가깝다. 즉, 절대적으로 상징화할 수 없는 타자성과 이국성에 대한 불가능한 상징화의 결과물이며, 낯선 것과 친숙한 것 사이의 교묘한 타협점이라 할 수 있다. 즉, "균형"과 "통제"는 《채식주의자》의 타자성이 통제 가능한 타자성임을, 수용 가능한 이질성임을 지시하는 환유인 것이다(비록 그것이 일종의 배제적 포함을 통한 것이기는 하지만 말이다).

그렇다면 왜 맨부커상은 낯섦에 투표하는 것일까? 그들은 왜 이국성에 환호하는 것일까? 이 질문과 관련하여 맨부커상의 이데올로기적 성격을 규명한 루크 스트롱맨Luke Strongman의 분석은 경청할 만하다. 조금 길게 인용해 보자.

> 부커상은 영문학계에서 중요한 상이다. 왜냐하면 그 상은 (이전) 제국의 중심으로부터 제국 이후의 문화 상황을 반영하거나 그려 내고 있는 소설에 대해 문학적으로 인정해 주기 위한 상이기 때문이다. 여기서 말하는 문화 상황이란 두 가지 일반적인 방식을 통해 표현된다. 첫째, 이것은 일종의 식민주의 이후postcolonial의 반응으로, 이전 식민통치자로부터 독립을 쟁취하거나 이전의 식민 통치자의 문화와는 분리된 새로운 혹은 혼종화된 정체성을 정립하려는 시도를 통해 사회의 양상을 그려 내는 것이다. 둘째, 이것은 '제국 이후post-imperial'의 사회적 반응으로, 대영제국의 문화가 이전 제국의 영역에 포함되었던 여러 다양한 개별적 민족들로 인하여 풍요롭게 되면서 제국주의 시대 이후의 언어로 자신의 정체성을 새롭게 만들어 가려는 상황을 표현하는 것이다. …
>
> … 부커상을 수상한 모든 소설들은 제국과의 암묵적인 관계를 유지한다. 그 관계는 제국에 대한 반대 담론의 양상을 보일 수도 있고, 제국의 레토릭에 동의하거나 제국에 대한 향수를 표현할 수도 있다. 또한 제국 이후의 시대에 새롭게 부상하는 유동적 국제주의 속에서 정체성을 정립하는 것일 수도 있다.(ix-x)

스트롱맨이 적시한 맨부커상의 핵심은 그것이 과거의 제국(주의)

과 공모 관계에 있다는 사실이다. 그러하기에 그것은 언제나 중심과 주변의 논리와 양자 간 차이의 절대성이라는 원칙을 통해 작동한다. 수여와 수상의 관계가 중심과 주변의 관계로 전이되는 것이다. 즉, 탈식민주의의 논리에 따라 제국으로부터의 해방을 꿈꾸든, 제국과의 관계 속에서 혼종화된 정체성을 발전시키든, 아니면 제국의 공간 속에서 개별화된 정체성을 찬양하든 관계없이, 이는 필연적으로 중심과 주변의 관계로 환원될 수밖에 없으며, 따라서 이런 관계 속에서 글을 쓴다는 것은 필연적으로 주변에서 중심을 향해 말을 거는 방식이 되며, 동시에 중심을 향해 다가서는 방식이 된다. 중심을 향해 말한다는 것은 중심을 향한 인정 요청이다. 여기서의 인정 요청은 다름 아닌 타자성에 대한 인정 요청, 즉 다름에 대한 인정 요청이다. 또한 인정을 받기 위해서는 자신이 타자임을 스스로 드러내는 고해성사의 과정이 선행되어야 한다. 자신이 타자임을 밝힘과 동시에 다름을 증명해야 하는 것이다. 오직 타자로서만이 중심을 향해 합법적으로 말하고 또 합법적으로 그곳에 들어갈 수 있기 때문이다. 맨부커상이 위치하는 곳은 바로 주변에서 중심으로 향하는 통로다. 그곳에서 그들은 합법화된 타자성을 호명하고 또 생산하고 있는 것이다. 이러한 이유로 그레이엄 휴건Graham Huggan은 맨부커상의 역할을 "'다문화적인' 그리고/혹은 이국적인 '외국의' 상품에 대한 상징적 합법화"라는 맥락에서 읽어야 한다고 주장하는 것이다(111).

한강의 《채식주의자》가 수상한 맨부커상 국제 부문은 사실 영연방 국가의 작가에게 주는 본상과는 달리 비영어권 국가의 문학에 수여하는 번역 문학상의 성격을 가지고 있다. 수상 역시 작가와 번역가가 공동으로 하게 되며 상금도 똑같이 나눠 갖는다. 따라서 본상과 국제부문을 동일한 기준에서 평가할 수는 없다. 그럼에도 불구하고 중심과 주변이라는 제국의 논리가 여기에서도 여전히 작동하고 있음은 분명하다. 다만 '주변'이라 여겨질 수 있는 영역이 영연방 국가에서 전 세계로 확장된 것이다. 즉, 영어권 문학 시장의 영토 확장이며 문화적 제국주의의 또 다른 형식이라 할 수 있다. 이를 전제한다면, 맨부커상 국제 부문이 응시하고 있는 대상은 필연적으로 문화적 타자성 혹은 다름일 수밖에 없다. 극단적으로 말하면, 그들이 원하는 것은 새로운 시장과 새로운 상품인 것이다. 문화적 타자성에 대한 이런 방식의 수용과 응시, 그리고 이에 따른 서구적 주체의 지속적 확장을 우리는 지금까지 오리엔탈리즘이라 불러 왔다.

오리엔탈리즘의 문제와 관련하여 잠시 번역자의 문제로 눈을 돌려 볼 필요가 있다. 《채식주의자》 현상 속에서 오리엔탈리즘이 실질적으로 하나의 물질적인 형식을 얻게 되는 지점은 맨부커상 자체보다도 번역자 데보라 스미스에 더 가까울 수도 있기 때문이다. 맨부커상의 오리엔탈리즘이 문학상이라는 제도적인 측면에서 발현되는 지점이라고 한다면, 스미스는 오리엔탈리즘과 문학이 개인적인 차원에서 어떻게 발현되는지 명확하게 보여 준다. 그녀는 한국의 연합뉴스와의 인터뷰를 통해 《채식주의자》를 번역하게 된 계기를 다음과 같이 설명한다.

저는 문학 번역가가 되고 싶어 한국어를 배우기 시작했어요. 대학에서 영문학을 전공했는데 좀 더 다양한 문학을 접하고 싶었죠. 또 21세가 될 때까지 모국어인 영어만 할 수 있다는 게 부끄럽기도 했고요. 당시 영국에서는 한국어 전문 번역가가 거의 없었어요. 어떻게 보면 틈새시장을 노린 거죠. 그래도 한국어를 택한 건 미스터리이긴 해요. 저는 그전까지 한국인을 만나거나 한국 음식을 먹어 본 적도 없었거든

"당시 영국에서는 한국어 전문 번역가가 거의 없었어요. 어떻게 보면 틈새시장을 노린거죠."라는 스미스의 말은 벤자민 디즈레일리 Benjamin Disraeli의 소설 《탄크레드: 새로운 십자군 Tancred: or the New Crusade》 (1847)에 등장하는 그 악명 높은 대사 "동양은 기회의 땅이다 The East is a career".[3]를 연상시킨다. 실제로 그녀가 밝히고 있듯이, 그녀가 한국문학을 번역하게 된 계기는 한국문학에 대한 애정이 아니었다. 그녀는 단지 직업이 필요했고, 일감이 필요했고, 자신의 자아를 실현시킬 수 있는 공간이 필요했을 뿐이었다. 그 상황에서 한국문학이 우연히 그녀 앞에 나타났던 것이다. 말 그대로 한국문학은 그녀에게 직업 career이었으며, 아직 아무도 점령하지 않은 기회의 땅이었다. 다시 말해, 한국문학 전체가 그녀가 번역 문학가로서의 커리어를 쌓아 가는 데 훌륭한 디딤돌이 되어 주었다고 해도 과언은 아니며, 세계 문학 시장에서 한국문학의 명운이 한국문학이라는 문화적 타자의 대변자를 자처하는 그녀의 손에 달렸다고 해도 역시 과장은 아닌 듯하다.

낯섦의 자의성

다시 맨부커상이 응시하고 있는 것은 무엇인가라는 최초의 문제로 돌아가 보자. 맨부커상이 《채식주의자》를 선택한 것은 문화적 낮

---

3 에드워드 사이드 Edward Said가 선구적 저서 《오리엔탈리즘》의 서문에서 이 문장을 인용하면서 국제적인 악명을 얻게 되었다.

섦에 대한 구매였으며 동시에 오리엔탈리스트적인 타자화의 산물이었다. 하지만 이 주장이 한강과《채식주의자》에 대한 평가절하를 의미하는 것은 아니다. 그것은 단지 맨부커상의 이데올로기적 성격에 대한 판단이며, 영미 문학 시장에서 한강의 텍스트를 수용하는 방식에 대한 판단일 뿐이다. 이것은 또한 우리가 제기한 최초의 질문, 즉《채식주의자》에 비친 한국문학의 얼굴은 무엇이며, 영국과 미국의 독자들은 도대체 무엇을 응시하고 있는가에 대한 해답이기도 하다. 즉, 그들은 한국문학의 진정한 가치를 응시하고 있는 것이 아니다. 그들이 본 것은 낯섦이며, 문화적·문학적 타자성이다.

그렇다고 모든 낯섦과 이질성이 오리엔탈리즘적 욕망의 대상이 되는 것은 분명 아니다. 다시 말해, '가장 한국적인 것이 가장 세계적인 것이다'라는 나르시시즘적인 문화민족주의 구호가 반드시 참은 아니라는 뜻이다. 일례로, 신경숙의《엄마를 부탁해》를 보자. 이 책은 한국 특유의 엄마를 향한 정서를 적절한 멜로드라마 속에 용해시킴으로써 한국에서만 100만 부 이상의 판매고를 올렸다. 즉, 너무도 한국적인 이야기인 것이다. 이는 곧 서양의 독자들에게는《채식주의자》이상으로 낯선 텍스트가 될 수밖에 없음을 의미한다. 하지만 그들은《엄마를 부탁해》를 구매하지 않았다.《뉴욕타임즈》의 서평은 이에 대한 설명을 간단한 질문으로 대신한다. "이 책이 한국에서 인기를 끌었던 이유는 [한국 사회에 대한] 경고성 메시지를 담고 있었기 때문이다. 하지만 그것이 한국이 아닌 다른 곳에서도 통할 수 있을까?" 다시 말해,《엄마를 부탁해》가 활용하고 있는 "서사 장치로서의 모성의 신성함"이 오이디푸스 콤플렉스와 어머니의 비체화abjection로 점철된 서구 문학 전통과는 충돌할 수밖에 없었다는 것이다(NYT, 30 Mar, 2011). 결국《엄마를 부탁해》의 타자성은 수용 불가능한 타자성 혹은 합법화될 수 없는 문화적 차이인 것이다.

그러면 도대체 수용 가능한 것과 불가능한 것의 경계는 무엇이란 말인가? 하지만 불행히도 이 문제에 대한 해답은 존재하지 않는다. 왜냐하면 가능과 불가능의 경계선을 지배하는 것은 자의성이기 때문이다. 다시 말해 영미권에서 《채식주의자》의 성공과 《엄마를 부탁해》의 실패(?)의 기원은 텍스트의 내적 필연성이나 문학성이 아니다. 그것은 자의성의 산물이며 우연적 사건이다. 이는 곧 그 어떤 국가주의적 개입이나 출판 자본이 문학을 특정한 방향으로 기획할 수 없음을 또한 해서도 안 됨을 의미한다. 문학 한류는 그런 식으로 기획될 수 있는 것이 아니다. 만약 필요한 것이 있다면 그것은 자의성이 작동할 수 있는 영역을 확장시켜 주는 것이다. 즉 다양한 이야기와 형식들이 공존할 수 있는 토대를 확보하고 현재 한국문학을 지배하고 있는 문학 전통의 경직성을 극복할 수 있는 길을 찾는 것이다.

참고문헌

김예림. 〈'식물-되기'의 고통 혹은 아름다움에 관하여〉, 《창작과 비평》 36.1 (2008): 349-352.

신수정. 〈한강 소설에 나타나는 '채식'의 의미 - 《채식주의자》를 중심으로〉, 《문학과 환경》 9.2 (2010): 193-211.

우찬제. 〈섭생의 정치경제와 생태 윤리〉, 《문학과 환경》 9.2 (2010): 53-72.

정미숙. 〈욕망, 무너지기 쉬운 절대성 - 한강 연작소설 《채식주의자》의 욕망 분석〉, 《코기토》 65 (2008): 7-32.

허윤진. 〈해설: 열정은 수난이다〉, 《채식주의자》, 서울: 창작과비평, 2007: 222-244.

Battersby, Eileen. "The Vegetarian Review: a South Korean Housewife Finds We Aren't What We Eat," *Irish Times*, Mar 15, 2015. 〈http://www.irishtimes.com/culture/books/the-vegetarian-review-a- south-korean-housewife-finds-we-aren-t-what-we-eat-1.2138955〉 Accessed 10 Aug, 2016.

Harris, William. "The Vegetarian-Han Kang," *Full Stop: Reviews*, Interviews, Marginalia. 7 Mar, 2016. 〈http://full-stop.net/2016/03/07/reviews/william-harris/the-vegetarian-han-kang/〉 Accessed 10 Aug, 2016.

Huggan, Graham. *The Post-Colonial Exotic: Marketing the Margins*, London, Routledge, 2001.

Khakpour, Porochista. "The Vegetarian, by Han Kang," *New York Times*, 2 Feb, 2016. 〈http://www.nytimes.com/2016/02/07/books/review/the-vegetarian-by-han-kang.html?_r=0〉 Accessed 10 Aug, 2016.

The Man Booker Prizes. Official Home page. 〈http://themanbookerprize.com/international/news/vegetarian-wins-man-booker-international-prize-2016〉 Accessed 10 Aug, 2016.

"Man Booker International Prize Serves Up Victory to *The Vegetarian*." *The Guardian*, 16 May, 2016. 〈https://www.theguardian.com/books/2016/may/16/man-booker-international-prize-serves-up-victory-to-the-vegetarian-han-kang-deborah-smith〉 Accessed 10 Aug, 2016.

Maslin, Janet. "A Mother's Devotion, a Family's Tearful Regrets." *New York Times*, 30 Mar, 2011. 〈http://www.nytimes.com/2011/03/31/books/kyung-sook-shins-please-look-after-mom-review.html?_r=0〉 Accessed 10 Aug, 2016.

Pascal, Julia. "*The Vegetarian* by Han Kang, Book Review: Society Stripped to the Bone." *The Independent*, 10 January, 2015.〈http://www.independent.co.uk/arts-entertainment/books/reviews/ the-vegetarian-by-han-kang-book-review-society-stripped-to-the-bone-9969189.html.〉 Accessed 10 Aug, 2016.

Self, John. "Han Kang, The Vegetarian." *Asylum: John Self's Shelves*. 〈https://theasylum.wordpress.com/2015/01/04/han-kang-the-vegetarian/〉 Accessed 10 Aug, 2016.

Strongman, Luke. *The Booker Prize and the Legacy of Empire*. New York: Rodopi, 2002.

Walsh, Joanna. "First Refusal," *New Stateman*, 20-26 Feb, 2015. 51.

10

"집이 되고 있습니다"
: 차학경의 《딕테》

제3의 공간?

"여성"과 "한국인" 혹은 "한국인"과 "한국계 미국인" 사이의 대립 속으로 끌려들어가길 거부하면서, 차학경은 제3의 공간을 창조하고 그 것을 찬양한다. 그 공간은 개인적인 비전과 힘의 원천이 되는 망명 공 간이다. (Kim 8)

차학경Theresa Hak Kyung Cha의 《딕테Dictee》 비평에 선구적인 역할을 수행했던 일레인 킴Elaine Kim은 자신의 논문 〈중간지대에 서서: 차학 경의 《딕테》에 관한 한국계 미국인의 고찰Poised on the In-Between: A Korean American's Reflections on Theresa Hak Kyung Cha's Dictee〉에서 "여성"과 "한국인" 혹 은 "한국인"과 "한국계 미국인" 사이의 이항대립을 뛰어넘어 망명공 간을 창출하고자 시도하며, 이를 통해 차학경이 "자신의 한국계 미 국인 정체성의 구체성을 주장"하고자 한다고 평한다(21). 하지만 이 에 대하여 김효Hyo K. Kim는 일레인 킴이 이 제3의 공간 혹은 망명 공간 속에서 "한국계 미국인 정체성의 구체성이 어떻게 작동하는지 그리고 어떻게 가시화되는지 설명하지 못하고 있다"고 비판한다(128). 실제로 일레인 킴은 한국계 미국인의 정체성이 갖는 구체성에 대해서 충분히 설명하지 못한다. 또한 정체성이라는 것은 언제나 부정성 negativity 혹은 실증적 내용의 부재를 통해 규정되는 것으로서 그 안에서 구체성을 찾으려는 시도는 상당한 위험을 감수할 수밖에 없다. 따라서 일레인 킴이 그에 대한 적절한 설명을 하지 못하는 것은 너무도 당연한 것이라 할 수 있다. 게다가 차학경이 "제3의 공간" 혹은 "망명 공간"을 창출하고 찬양한다는 주장은 더욱 위험하다. 현실적 정치 공간 속에서 제3의 공간이나 망명 공간은 결코 존재할 수 없기 때문이다. 자칫 이 제3의 공간은 일종의 형이상학적 공간이 되어 《딕테》라는 텍스트가 제기하는 모든 난해한 질문들과 모순들을 빨아들이는 블랙홀처럼 기능할 수 있기 때문이다. 이렇게 된다면 제3의 공간은 문제의 해결책이 아닌 문제 그 자체가 되어 버리고 만다.

분명 《딕테》는 일레인 킴의 주장처럼 여성과 한국인 혹은 개인과 집단 사이의 모순을 극단적인 방식으로 드러내고 있을 뿐만 아니라 동일성identity과 비동일성non-identity, 의미와 무의미 사이를 횡단하며 새로운 정치적 가능성을 탐색하려 시도하고 있다. 하지만 《딕테》가 이런 이항대립적 관계의 모순을 손쉽게 해소하기 위한 제3의 공간을 창출하려 시도하고 있는 것은 아니다. 오히려 대립과 모순 그 자체가 스스로를 표현하고 드러내도록 만든다. 즉, 모순을 화해시키기보다는 모순을 모순 그 자체로 내버려 두는 것이다. 이번 장이 주장하고자 하는 것도 바로 이것이다. 즉, 《딕테》 내부에는 동일성을 향한 충동과 비동일성을 향한 충동, 여성이고자 하는 충동과 한국인이고자 하는 충동, 개인이 되고자 하는 충동과 집단의 일원이 되고자 하는 충동, 이런 상반된 충동이 공존하지만 이 두 모순된 충동이 적당히 타협하며 변증법적 통합으로 나아가지 않는다는 것이다. 대신이 두 충동은 각자의 방향으로 돌진하며 텍스트 전체를 일종의 무정부적 상태에 빠뜨리게 된다. 하지만 이 무질서는 일종의 생산적 무질서로서 기존의 사회적 권위에 의문을 제기하며 정치적·문화적 전복의 가능성을 꿈꾸는 것이라 할 수 있다.

주체화

《딕테》의 형식적 파격과 파편화된 언어는 일관된 의미를 향한 독자들의 욕망을 좌절시킨다. 특히 "기표와 지시대상체 사이의 직접적 충돌"을 상정하는 전통적인 리얼리즘 미학은 결코 이 텍스트의 심장부를 관통하지 못한다(Barthes, "Reality" 147). 그럼에도 불구하고 리얼리즘 미학이 이 텍스트에 공헌을 할 수 있다면 그것은 텍스트를 저자의 삶과 역사에 대한 매개된 형태의 반영으로 이해할 수 있도록 해주는 것이다. 실제로《딕테》의 불연속적이며 파편적인 텍스트의 구조는 저자 차학경과 그녀의 가족이 감내해야만 했던 삶의 결을 상당정도 반영한다고 할 수 있다. 텍스트의 구조가 단절과 불연속, 이주와 소외로 가득 차 있듯, 차학경과 그 가족의 삶 역시 그러하기 때문이다.

텍스트의 이해를 위해 차학경의 삶을 짧게 요약해 보자. 차학경은 1951년 부산에서 태어났다. 부모님은 만주에서 성장하고 교육을 받았으나 해방 이후 한국으로 돌아와 차학경을 낳은 것이다. 하지만 한국에서의 성장 기간은 길지 않았다. 1962년 4·19혁명 직후 그녀의 가족은 미국으로 이민을 떠나, 처음에는 하와이에 정착했다가 이후 다시 샌프란시스코로 이주하게 된다. 차학경은 주로 미국에서 교육을 받았는데, 프랑스 가톨릭 학교에 다니며 프랑스어를 비롯한 그리스와 로마의 고전을 배웠고 후에는 버클리 대학에 진학해 비교문학과 공연예술을 전공했다. 졸업 후에는 프랑스에 유학하여 영화와 비평이론을 공부했으며, 미국으로 돌아와 예술가로서 본격적인 활동을 시작한 것은 1970년대 중반부터로, 아방가르드 공연 예술, 문학, 영화 제작 등 다양한 분야에서 활동하였다. 1977년 미국 시민권을 획득한 후 왕성한 활동을 하였으나 1982년 어이없는 사고로 인해 세상을 뜨고 말았다. 《딕테》가 출판된 지 딱 일주일 만이었다.

이와 같은 지속적인 이주와 정체성의 변화 그에 따른 시간의 단절과 불연속적인 삶의 과정이 차학경의 삶을 표현하는 키워드라고 한다면, 그리고 이러한 삶의 과정이 형식적으로나 내용으로나 가장 적절히 표현된 부분이 있다고 한다면, 그것은 바로 《딕테》의 서문(1-21)에 해당하는 부분이라 할 수 있다. 《딕테》는 총 열 개 부분으로 구성되어 있는데, 이 문제의 첫 부분을 제외한 이 후의 각 장은 아홉 명의 뮤즈의 이름으로 제목이 붙여져 있다. 이런 텍스트의 구조적인 측면에서 본다면, 서론 부분은 뒤의 아홉 개의 장이 탄생하게 된 존재론적 근거를 제공하고 있는 것으로 볼 수 있다. 즉, 아홉 명의 뮤즈로 분화되기 이전 저자 차학경 자신의 이주와 변화 과정에 대한 기술임과 동시에 텍스트의 서술 주체 혹은 시적 화자의 탄생 과정에 대한 묘사이기도 한 것이다.

어쨌든 이 서론 부분은 총 여덟 개의 작은 조각으로 나뉜다. 첫 부분은 시적 화자가 새로운 땅으로 이주한 첫날의 경험에 대한 짧막한 내러티브로 영어와 프랑스어 '받아쓰기' 시험의 형식을 취한다

⑴. 두 번째 부분은 "여성 낭송자DISEUSE"라는 제목이 붙은 파편적 내 러티브로 여기에서는 새로운 언어를 습득하고 발화하는 과정의 고 통을 묘사한다(3-5). 세 번째와 다섯 번째는 뮤즈를 향한 짤막한 기도 로 화자의 내러티브를 향한 욕망을 표현한다(7, 11). 그 다음 부분에서 는 학교생활에서의 일상적인 이야기와 경험들이 번역 연습의 형식 을 통해 표현되며(8-9), 여섯 번째 부분은 종교 수업과 교리문답이 역 시 번역 연습의 형식으로 다소 길게 표현된다(13-19). 일곱 번째 부분 은 새로운 땅에서의 정착 이후 모호해진 자신의 기원에 대한 질문으 로 볼 수 있는 짧은 의문문들이 나열되어 있으며(20), 마지막 부분은 프랑스어 세 단어로 되어 있는데 이는 "IN NOMINE / LE NOM / NOMINE"이다. 이는 각각 "무명씨 / 이름 / 호명된 자"로 번역될 수 있다(21).

이러한 이주와 새로운 정체성의 획득 과정을 낭만주의적 관점에 서 단순화시킨다면, 《딕테》의 서두는 저자가 미국으로 이민 온 후 언 어를 습득하고 신앙을 갖게 되고 교육을 받음으로써 무명의 아시아 계 이민자에서 미국인 "테레사"라는 새로운 정체성과 이름을 획득 하는 과정으로 해석될 수 있다. 미국문학의 큰 줄기라 할 수 있는 이 민자 서사시immigrant epic가 되는 것이다. 아시아라는 먼 땅에서 태평 양을 건너와 온갖 역경에도 불구하고 미국인으로서의 꿈을 성취하 는 이야기 말이다. 즉, 아메리칸 드림의 아시아 버전인 것이다. 이러 한 이야기는 언제나 단선적이고 목적론적인 서사를 상정한다. 그리 고 그 서사의 최종 목적지에는 미국이 존재하며 그 미국은 내적 균 열과 갈등이 존재하지 않는 풍요롭고 통일된 정체성을 약속한다. 맥 신 홍 킹스턴Maxine Hong Kingston의 《여전사The Woman Warrior》와 같은 작 품이 아시아계 미국문학의 대표적인 이민자 서사시라 할 수 있을 것이다.《여전사》의 경우 자신의 문화적 과거와 타협함과 동시에 미국의 인종주의적 현재에 대해 투쟁함으로써 새로운 아시아계 미국인 정체성을 창안할 수 있다는 낭만주의적 욕망이 텍스트 전체에 스며 있기 때문이다.

그러나《딕테》의 서론은《여전사》와 다른 아시아계 미국문학 속에 잔존하는 낭만주의적 해석의 가능성을 차단한다.《딕테》는 오히려 충만하고 통일된 정체성을 향한 낭만주의적 열망이 헛된 것임을, 미국 사회로의 완전한 동화는 처음부터 불가능한 것임을 폭로한다. 이는《딕테》의 서사로부터 하나의 통합된 자아를 추출해 낼 수 없다는 사실에서도 분명해진다. 예를 들어, 서문을 통틀어 (그리고 텍스트의 나머지 부분에서도 마찬가지로) 화자는 스스로를 지칭하는 데 1인칭 대명사 "I"뿐만 아니라 불특정 3인칭 대명사 "she"를 사용한다(심지어 본문에서는 "you"로 지칭되는 경우도 있다). 즉, 주체의 위치가 "I"에서 "you"와 "she"로 끊임없이 전이되고 확장되는 것이다. 그러나 이 다중적인 서술주체가 다시 하나의 자아 "I"로 통합되지는 않는다. 이러한 대명사의 불규칙적 혼용과 자아의 불균형적 확장은 개인의 다중성과 정신분열적 파편화를 표현함과 동시에 미국의 전통적인 이민자 서사에 내재된 신화(안정되고 통합된 미국적 자아의 성취)를 구조 해체한다.

《딕테》의 서론에 나타나는 미국적 개인주의와 낭만주의에 대한 비판은 텍스트의 형식과 내용을 통해 강화된다. 먼저 서론 부분의 형식과 내용은 다음의 네 단어를 통해 축약될 수 있다. '받아쓰기'와 '번역,' '이주'와 '호명'이 그것이다. 텍스트의 화자가 미국으로 이주한 후 미국적 이데올로기의 호명을 받고 이를 통해 미국 시민이 되는 과정을 받아쓰기와 번역이라는 형식적 틀을 통해서 표현하고 있는 것이다. 그리고 이 네 개의 층위들이 공통적으로 지시하는 것이 있다면 그것은 바로 '주체화subjectification' 과정이라고 할 수 있다. 이 주체화 과정이라는 것은, 푸코Michel Foucault의 주장처럼, 주체를 권력의 대상으로 만드는 과정이다. 즉, 한 개인이 권력에 종속되고 그 권력의 명령을 내화함으로써 특정 권력관계의 담지자가 되는 과정인 것이다. 푸코는 이 과정을 다음과 같이 요약한다. "권력의 형식은 즉자적인 일상적 삶 속에 적용되며, 이를 통해 권력은 개인을 범주화하고, 개인적 특성에 따라 그를 표시하며 그에게 정체성을 부여함과 동시에 진리의 법칙을 부과한다. 개인은 자신에게 각인된 그 진리의 법칙을 인정recognize해야 하며 타인들 역시 그것을 인정해야 한다"(212).

이런 주체화 과정을 통해 다시 《딕테》의 서론을 읽는다면, 미국으로의 이주 직후 텍스트의 화자는 학교와 교회와 같은 일상생활을 통해 권력에 종속되며, 그 권력은 화자의 몸을 범주화하고 정체성을 부여한다. 화자는 이 과정 속에서 권력을 내화하고 권력이 부여한 정체성을 진리로서 받아들이는 것이다. 학교에서 흔히 행해지는 받아쓰기와 번역 연습은 해당 언어의 문법과 철자법을 익히는 과정일 뿐만 아니라 그 언어에 내재된 이데올로기적 명령에 의해 호명되는 과정이기도 하다. 따라서 이러한 일련의 과정을 거쳐 한 명의 이름 없는 이민자가 미국의 시민이 되고 또한 국가의 충실한 주체가 되는 것이다. 이러한 주체화 과정 속에는 그 어떤 낭만주의적 욕망이나 개인주의가 개입될 여지가 존재하지 않는다.

식민화

《딕테》에 내재된 반낭만주의적이고 반개인주의적인 경향은 텍스트의 또 다른 의미 층위를 열어 준다. 그것은 바로 집단적 층위이다. 다시 말해,《딕테》의 서론은 단순히 한 개인의 이주와 그 트라우마에 대한 파편적 기록만은 아니다. 그것은 텍스트의 화자가 속한 집단의 역사이기도 하다. 프레드릭 제임슨Fredric Jameson의 개념인 "민족 알레고리national allegory"가 표현하듯, 모든 개인의 이야기는 집단의 역사와 맞닿아 있다. 따라서 "개인의 이야기와 개인의 경험을 말하는 것은 궁극적으로 집단 그 자체에 대해 이야기하는 고단한 작업과 관련될 수밖에 없다"(69). 다시 말해서,《딕테》의 서두에 표현되고 있는 화자의 (혹은 저자 차학경의) 이주와 소외라는 개인적 경험은 그녀가 속한 집단의 역사에 대한 알레고리로서 작용한다. 그것은 넓은 의미에서 보자면 한국이라는 한 국가의 역사와 운명에 대한 알레고리임과 동시에 좁은 의미에서는 이주의 경험을 가진 모든 한인 여성 디아스포라의 역사로서 읽혀질 수 있는 것이다. 실제로 텍스트의 화자는 뮤즈를 향해 이렇게 기도한다.

> 뮤즈여, 저에게 이야기해주소서
> 이 모든 것에 관하여, 오 여신이시여, 제우스의 딸이시여
> 당신이 원하는 곳 어디에서든 시작하여, 우리에게도 이야기해 주소서(7)

화자의 뮤즈에 대한 소청은 "저에게"로 시작하여 "우리에게"로 끝난다. 이는 곧 '나'와 '우리'가 결코 다르지 않음을 의미한다. 이렇듯 텍스트 전반에 걸쳐 나타나는 "개인에서 민족으로, 주관에서 객

관으로의 반복적인 전이는 개인과 집단의 경험과 정체성이 분리될 수 없음을 주장"하는 것이라 할 수 있다(Grice 45). 실제로 한국의 근대사는 단절과 불연속, 이주와 상실로 표현되는 차학경의 삶의 과정과 크게 다르지 않았다. 19세기 말부터 한국은 주변 제국주의 국가들 간의 경쟁 관계 속에 호출되어 그들의 이해관계에 따라 국가의 운명이 좌우되는 불연속적인 시간을 경험하였다. 한국이라는 국가의 사회적·정치적 영역은 철저히 제국주의적 욕망에 노출되고 그 욕망에 의해 호명되는 방식에 따라 심한 굴곡을 경험해야만 했다. 20세기에 들어서면서 한국은 동아시아 패권을 둘러싼 제국주의 국가 간 전쟁인 청일전쟁(1894-95)과 러일전쟁(1904-5)의 전쟁터로 전락하였으며, 1910년에는 결국 일본의 식민지가 되고 말았다. 제2차 세계대전 직후인 1945년 다시 일본으로부터 독립하였으나 국제적인 권력 지형도 속에서 한국은 완전히 독립된 국가로 존재하지 못하고 미국과 구소련의 주도하에 남북으로 분할되는 비극을 경험하였으며 그 비극은 아직 끝나지 않고 있다.

이렇게 본다면 개인에 대한 주체화 과정과 국가 혹은 민족에 대한 식민화 과정은 결코 분리될 수 없는 하나의 축을 통해 매개된다. 그것은 바로 권력에 대한 종속과 복종이며, 이는 곧 지배와 종속이라는 개인과 집단에 대한 억압 체계를 생산한다. 《딕테》의 서문은 바로 이런 권력에 대한 종속의 문제를 바탕으로 개인적 경험과 집단적 경험을 매개하며 이 두 의미 층위가 결코 분리될 수 없는 것임을 보여주고 있다. 그리고 이러한 의미의 중첩은 서문에 그치지 않고 텍스트 전체로 확장된다.

여기에서 중요한 것은 《딕테》의 화자는 개인과 집단이라는 이 두 층위 중 어떤 하나에 우선순위를 부여하지 않은 채 그 둘 사이의 긴

장 관계를 유지한다는 것이다. 어떤 하나에 우선순위를 둘 경우 그 둘의 관계, 즉 개인과 집단의 관계는 다시금 지배와 종속의 관계로 전락하게 된다. 그러나《딕테》의 화자는 이 의미의 두 층위가 균형을 이루며 상보적 긴장 관계나 상호 전복적인 관계를 유지하도록 시도한다. 예를 들어, 첫 번째 장인 〈클리오/역사Clio/History〉의 주제는 유관순 열사와 3·1운동이다. 하지만 이 장은 유관순에 대한 여성주의적 관점에서의 서술이나 3·1운동에 대한 민족주의적 설명에서 그치지 않는다. 오히려 그러한 일반적인 역사 기술 방법론을 뒤로한 채 그 밖으로 나아가 상호 모순적인 여러 텍스트들을 병치시켜 놓는다.

국가가 없는 민족은 존재하지 않는다. 선조가 없는 민족도 없다. 비록 땅이 작을지언정 독립을 유지하며 살아가는 다른 국가들도 존재한다. 그러나 우리나라는 5,000년의 역사를 가졌음에도 불구하고 일본에게 나라를 빼앗겼다.[28]

질서와 확실한 계급을 선호하는 일본에 맞추어, 공직자의 부인에게는 그 지위에 따라 정확한 작위가 부여되었다. 그 작위는 9개로 나뉜다. … 일본인 보좌관은 몇 가지의 사치금지법을 제정하여 온 나라를 혼란에 빠뜨렸다. 이 법안은 담뱃대의 길이나 의복의 모양과 머리 모양에 관련된 것이었다. 조선인들이 선호했던 장죽 담뱃대의 사용이 금지되고 짧은 담뱃대만 허용되었다.[29]

유관순은 애국심이 강한 부모님의 네 자녀 중 외동딸로 태어났다. 어려서부터 그녀의 몸가짐은 특출났다. 역사는 그녀의 짧지만 강렬했던 삶을 이렇게 기록한다. 미리 규정된 행동이 그녀의 길을 타인의 길과 구별해 준다. 그러한 길의 정체성은 역사의 다른 여성 영웅의 정체성과 교환 가능한 것이기에, 관용과 자기희생에 자신의 삶을 던짐에 있어 그들의 이름, 날짜, 행동들은 구체성을 요구하지 않는다.(30)

첫 번째 인용문은 3·1운동을 비롯한 여러 독립운동에 정당성을 부여하는 텍스트로 20세기 초반 식민지 조선을 지배했던 민족주의 담론을 대표한다. 반면 그 다음 인용문은 민족주의 담론의 정반대쪽에 위치하고 있는 전형적인 제국주의 담론이다. 특히 일본이 조선을 강점한 후 그 지배를 공고히 하기 위해 시행했던 문화전략을 설명하는 글이라 할 수 있다. 이 문화전략의 핵심은 조선인들을 특정한 행동 방식과 틀 속에 가두고 훈육시킴으로써 권력에 순응하는 주체, 문화적 특수성과 개성을 말살당한 식민주체로 변형시키는 것이라 할 수 있다. 이렇게 민족주의 담론과 제국주의 담론이 병치됨으로써 민족주의 담론의 중요성이 부각된다.

그러나 마지막 인용문은 유관순 열사에 대한 민족주의적 역사 기술에 대한 문제를 언급하며 민족주의 담론과 제국주의 담론 사이의 틈새를 교묘하게 파고든다. 이에 따르면 역사서에 등장하는 유관순은 유관순이라는 한 개인이 아니다. 그녀는 역사서에 등장하는 많은 다른 민족주의 영웅들과 다를 바 없다. 유관순이라는 한 여성이 지닌 개인적 특수성과 개별성은 아무런 의미를 지니지 않는다. 그녀는 교환 가능한 규범적 모델로서만 의미를 지니는 것이다. 따라서 그녀의 이름 대신 다른 아무의 이름을 넣는다고 한들 그 의미가 변하지 않는다. 민족주의 사관이 요구하는 영웅이란 바로 이런 것이다. 개별성과 특수성을 지닌 개인이 아닌 "미리 규정된 행동"에 의해 훈육된 교환 가능한 애국 시민이며(30), 집단을 위해 개인을 희생시킬 줄

아는 순교자인 것이다.

위의 세 인용문은 긴장 관계를 유지하며 상호 전복을 시도한다. 이를 통해 텍스트의 화자는 민족주의 담론의 필요성을 역설함과 동시에 그 속에 내재된 폭력성을 폭로하고 있는 것이다. 제국주의 담론이 한국의 문화적 특수성과 개성을 말살시키고 교환 가능한 식민 주체의 생산을 그 목표로 하고 있다면, 민족주의 담론은 그에 대한 저항 담론으로서 반드시 필요하다. 하지만 문제는 민족주의가 제국주의와 구조적 유사성을 공유하고 있다는 것이다. 그것은 "미리 규정된 행동" 방식에 의해 훈육된 민족 주체를 생산하는 이데올로기적 호명의 기제이기 때문이다. 결국 민족주의와 식민주의 모두 특정한 종류의 주체를 생산하는 이데올로기적 기구에 불과할 수도 있는 것이다.

모순

민족주의 담론과 식민주의 담론 사이에 존재하는 구조적 유사성에 대한 폭로는 개인의 해방과 집단의 해방이 지니는 궁극적 의미라는 근본적인 문제로 나아간다. 사실 민족이나 국가와 같은 모든 집단적 체계는 중심과 주변, 지배와 복종이라는 특정한 권력 구조를 전제한다. 그러하기에 알튀세르는 모든 "복잡한 전체는 지배에 의해 연결된 구조의 통일성을 가지고 있다"고 주장한다(202). 즉, 사회구성체는 다양한 모순들의 복합체이며 이 모순들은 지배적인 방식으로 구조화되기 때문에 하나의 본질적인 모순을 잡아 내는 것은 불가능한 일이 된다. 이는 민족국가 내부에 계급, 인종, 젠더에 따른 모순들이 복잡하게 구조화되어 있으며 이런 복잡성은 다중적인 형태의 지배와 종속의 구조를 낳게 된다. 이것이 암시하는 것은 민족이나 계급의 해방이 필연적으로 각 개인의 해방으로 이어지는 것은 아니라는 것이다. (물론 거꾸로 각 개인의 영달이 민족과 집단의 해방을 의미하는 것도 아니다.) 여성의 경우에는 집단의 해방과 개인의 해방 사이에 존재하는 불연속성이 더욱 증폭될 수밖에 없다. 민족주의 이데올로기는 대개의 경우 가부장적 이데올로기와 복잡한 공모 관계로 얽혀 있기 때문이다.《딕테》의 화자가 다른 많은 항일 투쟁의 영웅 중에 애써 유관순을 언급한 이유도 바로 여기에 있다. 유관순은 3·1운동에 적극적으로 참여하여 민족의 해방을 촉진시키는 역할을 한 반면, 하나의 규범적 모델로서 화석화됨으로써 다른 여성 주체를 훈육시키는 도구로 사용되고 있는 것이다. 이는 민족의 해방과 개인의 해방(특히 여성의 해방)은 서로 다른 투쟁의 영역에 속하는 것임을 심지어 모순적 관계에 있을 수 있음을 의미한다.

그렇다면《딕테》의 화자는 왜 이러한 모순을 텍스트의 전면에 부각시키고 있는 것일까? 전체 텍스트가 일관된 의미를 생산하는 것조차 방해하면서까지 말이다. 이에 대한 한 가지 독법은 아도르노 Theodor Adorno의 부정의 변증법을 통해 읽는 것이다. 아도르노에 따르면, 개인과 집단, 개별과 보편, 개념과 사물 사이의 변증법적 움직임은 끝내 합synthesis에 도달하지 못하고 양자 사이의 모순과 차이만을 남기게 된다.《딕테》의 텍스트는 이런 부정의 변증법을 체현하고 있는 것이다. 따라서 텍스트 내에서 집단과 개인, 보편과 개별 사이의 동일성은 철저하게 부정된다. 이로 인해《딕테》는 극단적인 차이의 공간 혹은 비동일자의 공간이 된다. 이 비동일자 사이의 "화해" 혹은 이 모두를 아우르는 포괄적 의미가 존재하리라 믿는 것은 "개념

물신주의concept fetishism"에 불과한 것이다(Adorno 12). 오로지 모순과 차이만이 존재한다. 이렇게 본다면《딕테》는 집단에 대한 개인의 우위, 보편성에 대한 개별성의 우위, 동일자에 대한 비동일자의 우위를 선언하는 텍스트가 된다. 일종의 포스트모던 텍스트가 되는 것이다. 실제로《딕테》에서는 기표와 기의, 내포와 외연, 개인적 차원과 집단적 차원 사이의 변증법적 합의가 부정됨으로써, 텍스트의 텍스트성textuality과 기표의 물질성이 전면에 부각된다. 일종의 실험적 '언어시language poetry'가 되는 것이다.

그러나《딕테》를 극단적 포스트모던 텍스트로 읽는 것은 텍스트를 반만 읽는 것이다.《딕테》에 비동일성과 차이를 향한 충동이 넘쳐흐르는 것은 분명하다. 하지만 그것이 전부는 아니다. 책의 겉표지를 넘기면 곧바로 흑백으로 된 출처불명의 탁본 사진 한 장이 등장한다. 여기에는 한글로 이렇게 쓰여 있다. "어머니 보고 싶어 / 배가 고파요 / 고향에 가고 싶다."[1] 이 글의 핵심은 결여이다. 이 결여는 배고픔이라는 물질적 결여에서 시작하여 어머니와 고향에 대한 그리움으로 확장된다. 이 결여와 그리움은 식민지배라는 가혹한 현실이 역사의 연속성을 파괴함으로써 나타날 수밖에 없는 집단적이고 역사적인 결여이며, 고향 땅으로부터의 격리와 소외로부터 파생되는 디아스포라적 결여임과 동시에 어머니와의 상상적 일체감의 상실로 인한 유아기적 결여이기도 하다. 이 세 가지 층위의 결여가 궁극적으로 지칭하는 것은 하나다. 집단적·개인적 존재의 토대 혹은 '집'의 결여다. 그리고 이 결여는 욕망의 또 다른 이름이기도 하다.

---

1 이 탁본 사진의 출처에 대한 한 가지 주장은 웡Shelley Sunn Wong의 논문 107쪽을 참조하라. 하지만 이것의 진위 여부에 대해서는 아직 논쟁 중이다.

즉, 집을 향한 욕망이며, 아브타 브라Avtar Brah가 "집 찾기 욕망homing desire"라 명명한 디아스포라적 욕망이라 할 수 있다.

브라가 지적하듯, 이 욕망은 구체적인 지리적 실체로서의 "고향 땅을 향한 욕망desire for homeland"과는 다르다(180). 집은 고향 땅과는 전혀 다른 것이다. 자궁 속에서 느껴지는 어머니와의 상상적 일체감이 일종의 판타지이듯, 집 역시 문화적 판타지의 산물이다. 집은 고정된 실체로서 존재하는 것이 아니기 때문이다. 그러기에 우리는 끊임없이 집을 향해 가지만 결코 집에 도착하지 못한다. 따라서 집을 찾기 위한 우리의 욕망은 끊임없는 좌절 속에서 구조화된다. 집이 없기에 집을 찾고, 집을 찾았으나 그것은 결코 집이 될 수 없음을 발견하게 되는 과정의 연속인 것이다. 그럼에도 불구하고 우리는 집을 향한 여정을 절대 멈추지 못한다. 특히 식민지배와 인종주의와 같은 억압적 현실 속에서는 집을 향한 우리의 욕망은 더 커질 수밖에 없다. 집이 상상적 결여가 아닌 실질적 박탈로 경험되기 때문이다. 결국 탁본 속 화자는 집을 결여한 존재이며 집을 욕망하는 주체이다. 루카치Georg Lukács식으로 표현한다면, "찾는 자seeker"인 것이다(60). 그는 분명 상실된 집을 되찾고자 분투하고 있는 것이다. 이렇게 본다면, 이 탁본 사진은 본격적인 텍스트가 시작되기 이전부터 텍스트 전체의 의미론적 방향성을 제시하는 방향타와 같은 역할을 하고 있다고 할 수 있다. 이로 인해《딕테》가 완전한 포스트모던 텍스트 혹은 언어시로 해석될 수 있는 가능성은 미연에 차단된다. 반면 그것은《딕테》의 화자가 잃어버린 존재의 근원을 회복하기 위해 몸부림치는 주체임을 그리고《딕테》의 가장 밑바닥에는 집을 향한 욕망과 더불어 동일성을 향한 욕망이 깔려 있음을 암시한다고 할 수 있다.

따라서《딕테》의 전면에 부각되고 있는 모순은 텍스트를 관통하는 전혀 다른 두 개의 충동이 서로 충돌하며 나타난 결과라 할 수 있다. 한편으로 비동일자를 향한 충동이 있다. 이는 모든 종류의 동일자에 의한 폭력에 저항한다. 특히, 국가와 민족주의 그리고 식민주의에 의한 개인의 억압, 즉 주체화 과정에 내재된 모든 폭력성을 고발하며 개인의 해방을 꿈꾼다. 그러기에 억압적인 형태의 집단적 정체성과 동일성이 부정되며, 심지어 텍스트가 하나의 고정된 의미로 해석되는 것조차 방해한다. 다른 한편으로는 이와는 정반대의 충동, 즉 동일자를 향한 충동이 텍스트의 심층에 존재한다. 이는 존재의 근원인 집을 향한 충동이며, 어머니/고향과의 일체감을 꿈꾸는 충동이다. 이것은 텍스트가 시작되기 이전부터 존재하는 것이라는 의미에서 일종의 전언어적prediscursive 충동이며, 역사적 현실과 사회적 규범의 개입을 거부한 채 어머니/고향이라는 근원과의 상상적 동일시를 욕망한다는 점에서 (라캉적인 의미에서의) 상상계적 충동이다. 이러한 전언어적이며 상상계적인 충동은 민족주의 운동의 원천 에너지임과 동시에 자율적 개인이라는 판타지의 중심 토대이기도 하다.

어쨌든 이 두 개의 상반된 충동은 끊임없이 충돌하며 끝내 텍스트 전체를 모순 덩어리로 만들고 만다. 하지만 텍스트의 화자는 이 모순된 충동을 애써 화해시키려 하지 않는다. 그러기에 그녀는 민족주의에 대해 양가적인 태도를 취할 수밖에 없다. 민족은 화자를 지켜줄 수 있는 집과 어머니임과 동시에 그녀를 울타리 안에 가두는 폭력적 제도이기도 하기 때문이다. 그럼에도 불구하고 이 두 충동이 어떠한 공유지점도 갖지 못한 채 표류하는 것만은 아니다. 이 둘은 공히 (라캉의 언어로 표현한다면) 상징계의 대타자the Other—아버지의 이름 혹은 언어, 사회적 관습, 법—의 권위를 부정하거나 혹은 그것에 도전하고 있기 때문이다. 비동일자를 향한 충동은 동일자를 부정하고 차이와 모순의 세계로 나아간다는 점에서 이미 대타자를 부정하고 그것의 권위에 도전하는 충동이라 할 수 있다.

근원을 향한 충동은 조금은 다른 방향에서 대타자의 권위를 부정한다. 근원과 어머니를 향한 충동은 본질적으로 전언어적인 것이며 오이디푸스 컴플렉스 이전 단계로 회귀하고자 하는 충동이다. 유아는 오이디푸스 단계를 거치며 언어를 습득하고 아버지와의 동일시를 통해 사회화되는 과정을 겪게 된다. 즉, 언어를 습득함과 동시에 이데올로기에 의해 호명되고 사회적 주체가 되는 것이다. 이 과정 속에서 어머니는 금지의 대상이 된다. 따라서 어머니의 품속으로의 회귀를 소망하는 것이 근원과 집을 향한 충동이라면, 이는 금지된 대상을 향한 충동이다. 즉, 사회화에 대한 거부이며, 주체화에 대한 거부이자, 식민화에 대한 거부이다. 한 마디로, 아버지의 법에 대한 거부이다.

이런 의미에서 이 모순된 두 개의 충동은 상징계적 대타자에 대한 거부를 매개로 미묘하게 하나로 통합된다. 그리고 그 통합의 장은 아이러니하게도 '언어'다. 언어는 상징계적 대타자 그 자체이며, 아버지의 법이 현현되는 장이기도 하다. 그러한 언어를 통해《딕테》를 관통하는 두 개의 모순된 충동이 통합된다는 것은 또 다른 의미를 내포한다.《딕테》에서의 언어는 단순히 독자들에게 저자의 개인적인 이민사를 이야기하고 제국주의와 민족주의의 폭력성을 전달하는 매체가 아니라는 것이다.《딕테》의 언어는 투쟁의 장이다. 상징계적 대타자를 향한 투쟁의 장인 것이다. 즉, 언어는 집단에 대한 식민화와 개인에 대한 주체화 과정이 실질적으로 이루어지는 장소임과 동시에, 이러한 모든 폭력적 사회 구조를 향한 투쟁이 이루어지는 곳이기도 하다. 또한 언어는 주체와 타자(혹은 어머니) 사이의 상상계적 관계를 차단하고 타자를 향한 우리의 모든 욕망을 억압적인 아버지의 법에 복종시키는 장임과 동시에, 아버지의 법으로부터 주체를 해방시키고 궁극적으로는 잃어버린 고향과 근원을 회복하기 위한 투쟁이 이루어지는 곳이기도 하다.

영도의 언어

《딕테》의 화자가 받아쓰기와 번역이라는 언어적 행위를 텍스트의 중심적 메타포로 사용하는 것은 이런 맥락에서 이해될 수 있다. 마찬가지로 한국과 한국 여성에 대한 식민화 과정과 화자 자신이 미국 시민권을 획득하는 과정을 언어적 변화 과정으로 그리는 것 역시 같은 맥락 위에 있는 것이다. 두 번째 장인 〈칼리오페/서사시〉는 언어를 매개로 이루어지는 집단과 개인에 대한 사회적 지배와 폭력의 문제를 다룬다. 한일합방 이후 1930년대에 들어서며 한국어 사용은 전면적으로 금지된다. 반면 창씨개명과 더불어 일본어 사용이 강제되었다. 이러한 시기를 감내해야만 했던 어머니의 삶을 화자는 이렇게 이야기한다.

어머니, 당신은 여전히 어린 아이지요. 여전히, 당신은 다른 사람들처럼 그 말 그 강요된 언어를 말합니다. 그것은 당신 자신의 언어가 아니지요. 비록 그것이 당신의 말이 아닐지라도 그 말을 해야 한다는 것을 알고 있지요. 금지된 그 말은 당신의 모국어입니다. 당신은 어둠 속에서 그 말을 합니다. 비밀스럽게. 당신의 언어를. 당신 자신의 것을. 당

신은 아주 조용히, 속삭이며 말합니다. 어둠 속에서, 남모르게. 모국어
는 당신의 휴식처입니다. 그것은 집이 되고 있습니다. 당신의 원래 모
습이 되고 있는 것이지요. 진정으로. 말하는 것은 당신을 슬프게 합니
다. 갈망합니다. 한 마디 한 마디 내뱉는 것은 죽음을 감수하는 특권입
니다. 당신에게뿐만 아니라 모두에게. 당신 모두는 똑같습니다. 법에
의해 혀가 묶이고 말이 금지당한 사람들입니다.(45-6)

　여기에서 그려지는 언어는 단순한 의사소통을 위한 수단이 아님
은 분명하다. 우리는 언어를 통해서만이 현실과 관계를 맺을 수 있
고, 그것을 통해서만 타자와 소통할 수 있다. 이는 우리가 언어적 주
체임을 따라서 언어만이 우리가 누구인지를 규정할 수 있음을 의미
한다. 그것은 개인과 집단의 정체성이 정박하는 장인 것이다. 하지
만 문제는 언어가 결코 투명하지 않다는 것이다. 언어는 사회적 권
력이 현현되는 곳이며 상징계적 대타자의 의지가 관철되는 공간이
다. 따라서 프란츠 파농Frantz Fanon이 이미 설파했듯이 하나의 언어를
말한다는 것은 "특정한 문법을 사용하고 이 언어 혹은 저 언어의 형
태론을 파악해야 하는 입장에 처해 있는 것"을 의미함과 동시에 "하
나의 문화를 받아들이고, 하나의 문명이 지니는 무게를 감당해야
함"을 의미한다(17-18). 다시 말해서, 제국주의자의 언어를 말한다
는 것은 그들의 문화를 받아들이고 그것에 내재하는 이데올로기적
명령을 감당해야 함을 뜻한다. 자신의 집과 문화와 정체성을 버리고
제국주의가 강제하는 주체성을 수용해야 하는 것이다. 바로 이런 까
닭에 제국주의자는 피식민자에게 자신의 언어를 강제했으며 이를
통해 저항문화의 발생 가능성을 최소화했다. 또한 중요한 것은 이것
이 식민자와 피식민자 사이의 마니교적 이분법을 더욱 강화한다는

것이다. 식민자의 언어를 모방해야 하는 피식민자는 언제나 불완전한 흉내쟁이가 될 수밖에 없으며 따라서 언제나 이등시민으로 낙인찍힐 수밖에 없기 때문이다. 결국 언어는 피식민자를 통제하고 훈육하는 가장 효율적인 도구였던 것이다.

언어가 피식민자를 훈육하고 지배하는 수단이었다면, 이는 다른 언어권으로 이주해야만 했던 이민자들에게도 결코 다르지 않다. 새로운 문화권에서 새로운 언어를 습득하고 새로운 주체로 거듭나는 과정 역시 식민지배를 감내해야만 하는 과정에 비해 덜 고통스럽다고 이야기할 수 없는 것이다. 특히 다름을 그름으로 인식할 수밖에 없는 언어적 환경 속에서 작은 차이(예컨대 발음, 악센트, 구문 구조)는 곧 열등함의 표식이 되고 또한 차별의 대상이 되기 때문이다. 이런 까닭에《딕테》의 화자는 언어를 통한 개인과 집단에 대한 지배와 통제의 과정을 강간의 이미지로 묘사한다. 강제된 언어와 문명을 받아들이고 그들의 언어를 말하는 과정이 강간과 유비적 관계를 갖는 것이다. 특히 중국, 일본, 미국, 러시아와 같은 여러 제국주의 세력의 경쟁 관계 틈바구니에서 그들의 욕망에 호출되어야만 했던 한국의 근대사나, 지속적인 이주와 단절을 경험해야만 했던《딕테》의 화자와 그 가족들의 경우는 새로운 언어를 습득하는 과정이 거의 윤간에 가까운 트라우마로 기록될 수밖에 없었다. 따라서 그녀의 모국과 어머니는 "이중-언어자Bi-lingual" 혹은 "삼중-언어자Tri-lingual"가 되어야만 했으며(D 45), 화자 역시 그러한 트라우마로부터 자유롭지 못하다. 이는 강간과 원치 않는 임신의 이미지로 그려진다. "그녀는 타인을 허락한다. 그녀의 자리에. 다른 이들이 가득 차도록 허락한다. 타인들이 가득 하도록. 모든 척박한 공동이 부풀어 오른다. 타인들 각각이 그녀를 차지한다"(3).

그러나 언어가 반드시 지배의 수단으로만 작용하는 것은 아니다. 앞의 인용문에서 화자가 말하듯 ("모국어는 당신의 휴식처입니다. 그것은 집이 되고 있습니다. 당신의 원래 모습이 되고 있는 것이지요."), 강요된 언어가 아닌 자신의 모국어로 되돌아감으로써 대안적 정체성을 상상하고 정신적 안식처로서의 집을 찾을 수 있는 자리 또한 언어다. 즉, 언어는 저항의 수단이기도 한 것이다. 그러나 모국어로 돌아가는 것이 반드시 정답이 될 수는 없다. 왜냐하면 그것은 하나의 지배 체계에서 벗어나 또 다른 지배 체계로 들어가는 것이 될 수 있기 때문이다. 다시 말해, 제국주의의 폭력성도 문제이지만 민족주의의 폭력성도 결코 경시할 수 없는 것이다. 따라서 언어라는 대타자의 무시무시한 폭력 앞에서 《딕테》의 화자가 선택한 것은 모국어로의 도피가 아닌, 강제된 언어 그 자체를 수용하는 것이다.(저자 차학경과 《딕테》의 화자의 모국어인 한국어와 한글이 텍스트 전체에서 소외되고 사라진 이유가 바로 여기에 있다. 실제로 앞서 설명한 탁본 사진 이외의 그 어느 곳에도 한글은 사용되지 않는다. 한국어와 한글이 궁극의 근원이자 귀의처로서 존재하는 것은 사실이지만 현실적 담론 체계 내에서는 철저하게 억압되고 있는 것이다.) 물론 단순한 수동적 수용은 아니다. 그녀는 강제된 언어 속에서 새로운 해방적 계기를 찾으려 시도한다. 지배 도구로서의 언어를 저항의 도구로 전환시키려는 시도를 하고 있는 것이다. 결국 《딕테》의 화자에게 언어는 지배자의 도구를 전유하여 권력관계를 전복시키고 자신만의 집을 찾을 수 있는 투쟁의 장이 되는 것이다.

호미 바바Homi K. Bhabha가 주장하듯, 이러한 전복적인 기획 속에서 중요한 것은 "(단순히 다원적인 것이 아닌) 통약 불가능한incommensurable 위치를 통한 실천능력agency의 창출"이다(231). 달리 말하자면, 식민담론이나 지배담론에 대한 저항에서 단순히 그에 대립되는 권위를 만들어 내고 그것에 의존하는 것만으로는 충분하지 않다는 것이다. 특정 권력에 저항하기 위해 대항 권력을 창출하는 것은 지배와 복종이라는 불균형적인 권력관계를 재생산하는 길이며, 동일자의 폭력에 동일자의 폭력으로 저항하는 것에 지나지 않는다. 동일자의 논리에 저항할 수 있는 것은 비동일자의 논리이며, 그름이 아닌 다름의 논리이다. 《딕테》의 화자가 선택한 저항의 길 역시 정확히 이러한 다름의 길, 통약불가능성을 통한 저항의 길인 것이다. 이 길은 권력/대항권력, 강제된 언어/모국어라는 이항대립적 관계를 뛰어넘어 강요된 언어에 대한 수용적 비틀기 전략으로 나아간다. 강요된 언어를 수용하되 아이러니를 생산해 냄으로써 동일성을 파괴하는 것이다. 《딕테》의 화자가 수행하고 있는 이러한 수용적 비틀기는 롤랑 바르트 Roland Barthes가 주장한 "영도의 글쓰기writing zero-degree"와 그 궤를 같이한다.

　바르트에게 영도의 글쓰기는 두 가지 명확한 의도를 갖는다. 먼저, 강제된 언어에 내재된 이데올로기적 명령, 즉 대타자의 권위를 전복시킴으로써 "말the Word이 사회화된 담론의 일반적 의도에 의해 견인되지 않"는 상태를 창출함과 동시에, 독자들이 "미리 취사선택된 연결점들의 안내를 받지 않고 말 그 자체와 정면으로 만나 그 안에 내포된 모든 함축들과 더불어 절대적 양으로서의 언어를 수용"할 수 있도록 하는 것이다(Writing 48). 다시 말해, 언어를 증류하여 그 속에 내재된 사회적 권력과 관습이라는 불순물을 모두 제거하여 어떠한 이데올로기도 기생하지 못하는 언어를 창출하는 것이다. 이는 초월적 기의로부터 기표를 해방시켜 모든 잠재적 의미를 텍스트의 표면으로 끌어올리는 작업임과 동시에, 문장을 문법으로부터 해방시켜 다양한 구문론적 가능성을 열어 주는 작업이기도 하다. 《딕테》의 화자가 이런 영도의 글쓰기의 표본을 발견한 곳은 다름 아닌 이민자의 불완전한 영어이다. 강제된 언어에 대한 불완전한 모방은 이민자들의 문화적·언어적 열등함의 표지로 작동한다. 하지만 아이러니하게도 그들의 불완전한 모방은 카니발적 전복을 위한 장으로 기능할 수도 있기 때문이다.

흉내 내기

앞서 언급했듯이 미국으로의 이주를 선택한 《딕테》의 화자는 모국어와 결별하고 새로운 언어를 받아들여야만 했다. 그리고 이 강제된 언어를 배우고 습득하는 과정은 일종의 강간과도 같은 경험이었다. 이 언어적 강간 이후 그녀의 입은 또 다른 언어를 잉태하고 마침내 출산하게 된다. 자신의 생득적 언어가 아닌 타자의 언어를 발화하게 되는 것이다. 하지만 출산의 과정 또한 결코 쉽지 않다.

> 그녀는 잠시 숨을 고른다. 천천히. 두터운 것으로부터. 두터움. 위로 향하는 무거운 움직임으로부터. 속도를 늦추고. 그것이 다시 그녀의 입을 통과하여 마침내 출산에 이른다. 출산. 그녀는 출산한다.(D 5)

그러나 출산과도 같은 최초의 발화 직후, 화자는 자신의 말로부터 철저하게 소외된다. 말과 말하는 사람 사이에 간극이 발생한 것이다. 그리고 말과 말하는 사람의 일상적 관계가 전도된다. 화자가 말을 하는 것이 아니라 말이 화자를 자신의 언어적 규칙과 문법에 종속시킨다. 즉, 사회적 대타자의 권위(식민권력 혹은 지배 이데올로기)가 언어를 통해 자신을 실현시키고 주체를 지배하기 시작한 것이다. 말하는 행위 속에서 화자가 할 수 있는 것은 고작 문장 속의 구두점이 되는 것이다. "그녀는 그들의 구두법을 받아들일 것이다. 그녀는 이것에 봉사한다. 그들의 것. 구두법. 그녀는 스스로 구두점이 될 것이다"(D 4). 이러한 상황 속에서 화자는 자기가 한 말의 진정한 주인이 되지 못한다. 무언가 말하기 위해서는 먼저 문법과 같은 지배문화의 권위에 복종해야 하는 것이다. 그녀의 언어 행위는 따라서 능동적 창조 행위가 되지 못한다. 기껏해야 단순한 받아쓰기가 되고 마는 것이다. 이는 식민권력의 명령에 대한 인용이며, 지배문화의 이데올로기에 대한 수동적 반복인 것이다. 즉, 그녀는 말을 하되 자신의 말을 하는 것이 아니다. 그녀는 지배자의 언어를 흉내 내는 것이다. 그러나 모든 모방은 원본과 같을 수 없다. 그러기에 그녀가 내는 소리는 그저 지배자의 "말과 닮았"을 뿐이다. "그녀는 말을 흉내 낸다. 그것은 말을 닮았다. (그것이 무엇이든.) 벌거벗겨진 소음, 신음, 말에서 떨어져 나온 조각들"(3).

흉내를 낼 수밖에 없다는 것은《딕테》의 화자가 규범적 언어를 발화할 수 있는 능력이 부재함을 의미한다. 그러기에《딕테》는 비정상적인 언어—혹은 리사 로우Lisa Lowe의 표현을 따른다면, "원본에 불충한unfaithful to the original" 언어—로 넘쳐난다. 하지만 로우가 이미 충분히 밝혔듯, 원본에 불충하다는 것은 언어적 열등함의 표시이기도 하지만 동시에 다름과 통약불가능성에 대한 주장이기도 하다. 다시 말해, 화자의 발화를 통해 탄생한 불완전한 언어는 화자 자신을 소외시키고 화자를 새로운 언어의 문법에 종속시키기도 한다. 하지만 그 불완전한 언어는 지배 권력으로부터도 역시 상대적 자율성을 획득한다. 이민자의 어눌한 발음과 불완전한 문법은 지배문화의 완전한 현전을 약속하지 않기 때문이다. 즉, 모방된 언어는 지배 권력의 의도가 투명하게 관철되는 통로가 아닐 수도 있다는 것이다. 그것은 오히려 원본 언어와 작은 차이를 만들어 냄으로써 지배권력 내부의 모순을 드러내고 균열을 일으키는 원동력이 될 수도 있는 것이다. 강제된 흉내와 그로 인해 탄생한 불완전한 언어는 지배 권력에 대한 전복의 토대가 되는 것이다.《딕테》에 넘쳐나는 비규범적인 언어는 이런 전복의 가능성을 열어 준다.

《딕테》의 언어는 호미 바바가 말하는 "흉내와 조롱 사이between mimicry and mockery"의 중간 영역에 위치한다고 할 수 있다(86). 그에 따르면, 불완전한 모방이 위치하는 이 흉내와 조롱 사이의 영역에서 문제시 되는 것은 바로 사회적 대타자의 권위(식민권력 혹은 지배문화의 권위)이다. 이 불완전한 언어 속에서 대타자의 권위는 완전한 현전을 성취하지 못한 채 "부분적으로"만 존재한다. 대신 그 나머지 틈새로 피지배자의 의지가 개입할 수 있는 여지가 생기게 된다. 그렇기 때문에 흉내와 조롱 사이의 공간은 "양가적인ambivalent" 공간이 된다. 지배문화의 권위와 피지배자의 자유를 향한 의지가 어색하게 동거하는 공간인 것이다. 그리고 이 어색한 동거 속에서 카니발적인 전복의 가능성이 열린다. 바바가 주장하듯, 바로 이 공간 속에서 지배 권력의 "감시의 눈초리는 피훈육자의 무시하는 응시로 되돌아오며, 또한 관찰자가 피관찰자로 전락"하기 때문이다(89). 지배자와 피지배자 사이의 이러한 입장의 전도는 사회적 대타자의 권위를 무효화하며 지배와 종속의 관계를 종식시키게 된다. 또한 궁극적으로 문화적·언어적 혼종화를 촉진시켜 원본과 모방, 주체와 타자, 식민자와 피식민자 사이의 경계를 모호하게 만들어 버린다. 결국 흉내를 강제한 쪽의 의도와 무관하게 불완전한 흉내를 통해 위협을 받는 것은 흉내를 내는 사람의 자율성이 아니라 지배 권력의 권위인 것이다. 《딕테》의 본문 첫 페이지에 등장하는 받아쓰기 연습에 대한 흉내 내기는 이에 대한 좋은 예가 될 것이다.

새 문단 열기 첫 째 날입니다 마침표 그녀는 멀리에서 왔습니다 마침표 오늘 밤 저녁 식사를 하며 쉼표 가족들은 물을 거예요 쉼표 큰따옴표 열기 첫 째 날은 어땠나요 물음표 큰따옴표 닫기 최소한 말이 되는 말을 하려면 쉼표 대답을 이렇게 해야 되요 큰따옴표 열기 한 가지 분명한 것이 있습니다 마침표 누군가 왔어요 마침표 멀리에서 마침표 큰따옴표 닫기 (1)

일반적으로 받아쓰기는 학생들에게 철자법과 구두점, 문법 등을 숙지시키기 위해 행해지는 교육 방법이다. 학생들은 선생님의 음성 언어를 해당 언어의 철자법과 구두법에 맞게 문자 언어로 재생산해야만 한다. 하지만 《딕테》의 화자는 구두점을 찍는 대신 문자로 표현한다. 받아쓰기의 원칙을 따르고 있는 것 같지만 작은 차이를 만들어 내어 이를 흉내와 조롱의 중간지대에 올려놓은 것이다. 이로 인해 언어적 무의미와 무질서가 발생하고 만다. 이 무의미와 무질서는 무엇보다도 사회적 관습과 법의 대리자로서 선생님의 권위를 문제시하며 이를 조롱의 대상으로 바꾸어 버리고 만다. 학생과 선생의 관계에 대한 실질적 전복이 이루어지는 것이다.[2]

---

2 텍스트의 중심적 메타포로서의 "받아쓰기"가 가지는 의미에 대한 심층적인 연구는 민은경Eun-Kyung Min과 리사 로우의 논문을 참조하라.

집 찾기: "그것은 집이 되고 있습니다"

일본 식민 통치 시대를 살아야 했던 화자의 어머니는 모국어 속에서 자신의 집을 찾고 정체성을 되찾으려 시도했다. 모국어를 사용할 때 어머니는 자신 본연의 모습을 되찾을 수 있었고 이를 통해 식민통치의 고통을 극복할 수 있었던 것이다. 하지만 그 집은 잠정적인 것이다. 화자가 말하듯 모국어는 집 그 자체가 아니라 "집이 되고 있는it is being home" 것이기 때문이다. 즉, 집은 고정된 실체로서 주어지는 것이 아닌 찾아가는 길 위에 있는 것이며 그 길은 결코 끝나지 않는 것이다. 그럼에도 불구하고 모국어를 통해 집을 찾아가는 것은 "죽음을 감수 할 수 있는 특권"이다(45-6). 그 집은 비록 잠정적이고 자의적인 것이기는 하나 이를 중심으로 자신과 세계의 관계를 설정하고 미래를 향한 좌표를 설정할 수 있는 토대를 제공해 주기 때문이다.

어린 시절 미국으로 이주해야 했던 화자는 어머니와는 다른 방식으로 집을 찾아나선다. 어머니가 죽음을 무릅쓰고 강제된 언어를 거부했다면, 그 딸인 화자는 강제된 언어를 수용하고 그곳에서 집을 찾고자 시도한다. 물론 그 길 역시 죽음을 감수하는 것만큼이나 쉽지 않은 길이다. 그 길은 강간과도 같은 수치심과 고통을 감내해야 하는 것이었으며 자신을 비워 내고 지배문화의 이데올로기적 명령을 내화해야만 하는 길이었다. 또한 강제된 언어를 말한다는 것은 언어적 완벽함에 이르는 길이 차단되어 있음을 그리고 언제나 흉내쟁이가 될 수밖에 없는 것임을 의미하기도 한다. 그리고 이 불완전한 흉내는 화자를 문화적으로 열등한 존재로 낙인찍음과 동시에 그녀를 사회의 주변부로 내쫓아 버린다. 결코 집을 찾을 수 없을 것만 같은 상황이다. 그러나 그녀에게 부과된 강제된 흉내 내기는 아이러니하게도 그녀의 주체성을 고갈시키고 주체로서의 자율성을 훼손시키는 대신 지배언어를 탈구시키고 파편화시키며 그 속에 내재된 이데올로기적 명령들을 전복시킨다. 불완전한 흉내 내기가 화자의 문화적 열등함을 드러내기보다는 오히려 지배문화의 불완전성과 내적 균열을 폭로하는 계기로 작동하는 것이다. 이로 인해 언어의 의미 과정 속에서 작동하던 사회적 권위의 힘은 최소화되고 기표를 기의로부터 해방시킨다. 기의의 제약으로부터 해방된 기표는 이제 "모든 과거와 미래의 세세한 의미들을 잉태"할 수 있게 된다(Barthes, Writing 48). 즉, 바르트가 상상하는 "영도"의 언어가 되는 것이다.

《딕테》의 화자가 강제된 언어 속에서 집을 찾을 수 있었다면 그것은 바로 이 영도의 언어를 통해서이다. 이제 그녀는 지배언어에 내재된 모든 이데올로기들과 사회적 권위를 증류시키고 남은 가장 신선한 언어, 영도의 언어로 자신의 집을 찾아가려 한다. 실제로 집을 찾는 여행이 거의 다 끝난 듯, 《딕테》의 마지막 장인 〈폴림니아/종교시Polymnia/Sacred Poetry〉에서 그녀는 집에 관한 이야기 두 편을 들려준다. 그중 주목해 볼 것은 바로 첫 번째 이야기다(167-70). 흥미롭게도 이 이야기에 사용된 영어는 텍스트 전체에 걸쳐 사용된 영어 중 규범적인 영어에 가장 가깝다. 물론 완벽하지는 않다. 시제 일치의 원칙에 어긋난 부분이 몇 개 있고 철자가 틀린 부분도 있다. 하지만 절대 신음 소리처럼 분절화되고 파편화된 영어는 아니다. 그녀도 이제 집에 거의 다 도착한 것이다. 지배언어 자체가 존재의 거처인 "집이 되고 있"는 것이다. 게다가 이야기의 주제는 한국의 전통 설화인 '바리데기'다. 부모에게 버림받았으나 아버지의 병을 고칠 수 있는 약을 구해 집으로 돌아가는 바리데기의 모습을 상상하고 있는 것이다. 먼 길을 돌아오느라 지친 어린 소녀의 모습으로 등장하는 바리데기는 우물가에서 물 긷는 여인에게 물 한 모금 얻어 마시고는 다시 길을 떠나 이제는 집 문 앞에 서 있다. 거의 다 도착한 것이다. 그리고 이야기는 여기에서 끝난다. 그녀가 집에 들어가고 안 들어가고는 크게 중요하지 않을 수도 있다. 그 집이 최종의 목적지가 아닐 수도 있기 때문이다. 중요한 것은 집에 거의 다 왔다는 사실이다.

그리고 더 중요한 것이 있다면 그것은 《딕테》의 화자가 지배문화의 언어로 한국의 전통 설화를 이야기한다는 사실이다. 물론 그녀가 자신의 고국에 대하여 이야기하는 것이 이번이 처음이 아니다. 하지만 그전의 이야기는 제국주의에 고통받는 고국의 이야기이며, 그것을 극복하기 위한 민족주의 운동과 그것의 잠재적 위험성에 대한 이야기였다. 즉, 주체화와 식민화의 폭력성을 상기시키기 위한 도구였으며 따라서 현재 화자를 억압하는 지배문화와 크게 대별되지 않는 것이었다. 하지만 바리데기 이야기를 통해 그녀는 처음으로 고국의 문화에 대해 이야기를 하고 있다. 그리고 그것을 자신의 일부로서 받아들이고 그것을 통해 집 찾기의 가능성을 엿보고 있다. 만약 일레인 킴의 주장처럼 《딕테》의 화자가 "한국계 미국인 정체성의 구체성"에 대한 주장을 하고 있다고 가정한다면, 그것은 바로 이 지점이 라 할 수 있다. 지배문화에 의해 강제된 언어를 증류시켜 영도의 언어로 만들고 이를 통해 고국의 문화를 번역하여 현재의 한국계 미국인의 정체성이 잠시나마 기거할 수 있는 잠정적 거처를 만드는 것이다.

참고문헌

Adorno, Theodor. *Negative Dialectics*. New York: The Continuum Publishing Company, 1973.

Althusser, Louis. *For Marx*. Trans. Ben Brewster. London & New York: Verso, 1969.

Barthes, Roland. "The Reality Effect." *The Rustle of Language*. Trans. Richard Howard. Berkeley: U of California P, 1989. 141-148.

---. *Writing Degree Zero*. Trans. Annette Lavers and Colin Smith. New York: Hill and Wang, 1968.

Bhabha, Homi K. *The Location of Culture*. London: Routledge, 1994.

Brah, Avtar. *Cartographies of Diaspora: Contesting Identities*. New York: Routledge, 1996.

Cha, Theresa Hak Kyung. *Dictee*. Berkeley: Third Woman Press, 1995.

Fanon, Franz. *Black Skins, White Masks*. Trans. Charles Lam Markmann. New York: Grove Press, 1967.

Foucault, Michel. "The Subject and Power." *Michel Foucault: Beyond Structuralism and Hermeneutics*. Ed. Hubert Dreyfus and Paul Rabinow. Chicago: U of Chicago P, 1983. 208-26.

Grice, Helena. "Korean American National Identity in Theresa Hak Kyung Cha's Dictee." *Representing Lives: Women and Auto/Biography*. Eds. Alison Donnell & Pauline Polkey. New York: Macmillan, 2000. 43-52.

Jameson, Fredric. "Third World Literature in the Era of Multinaitional Capitalism." *Social Text* 15 (1986). 65-88.

Kim, Elaine H. "Poised on the In-Between: A Korean American's Reflections on Theresa Hak Kyung Cha's Dictee." *Writing Self, Writing Nation*. Eds. Elaine H. Kim and Norma Alarcon. Berkeley: Third Woman Press, 1994. 3-30.

Kim, Hyo K. "Embodying the In-Between: Theresa Hak Kyung Cha's *Dictee*." *Mosaic: A Journal for the Interdisciplinary Study of Literature* 46.4

(2013). 127-43.

Kingston, Maxine Hong. *The Woman Warrior: Memoirs of a Girlhood among Ghosts*. New York: Vintage, 1976.

Lowe, Lisa. "Unfaithful to the Original: The Subject of *Dictee*." *Writing Self, Writing Nation*. Eds. Elaine H. Kim and Norma Alarcon. Berkeley: Third Woman Press, 1994. 35-69.

Min, Eun-Kyung. "Reading the Figure of Dictation in Theresa Hak Kyung Cha's *Dictee*." *Other Sisterhood: Literary Theory and U.S. Women of Color*. Ed. Sandra Kumamoto Stanley. Urbana: U of Illinois P, 1998. 309-24.

Wong, Shelley Sunn. "Unnaming the Same: Theresa Hak Kyung Cha's *Dictee*." *Writing Self, Writing Nation*. Eds. Elaine H. Kim and Norma Alarcon. Berkeley: Third Woman Press, 1994.

11

(불)가능한 집을 향한 여정

: 이창래의 《제스처 라이프》

동화의 아이러니

한국계 미국인 작가 이창래Chang-rae Lee의 1999년 소설《제스처 라이프A Gesture Life》는 아시아계 미국문학에 잔존하고 있는 자유주의적 동화assimilation 개념에 대한 비판적 대응이라 할 만하다. 여기에서 이창래는 동화에 내재된 윤리적 문제를 깊이 탐색한다. 특히 주인공이자 서술자인 프랭클린 하타Franklin Hata가 안정된 사회적 정체성을 획득하기 위해 분투하는 과정을 (메리 프랫Mary Pratt의 용어를 사용하자면) 문화적 "접촉지대contact zone"에 위치시킴으로써 동화 과정 속에 내재된 분열된 욕망과 모순을 폭로한다. 여기에서 문화적 접촉지대는 단순히 문화가 충돌하는 공간만은 아니다. 그곳은 과거와 현재와 미래가 상호 뒤얽힘과 동시에, 인종과 젠더와 민족 정체성의 문제가 교차하는 공간이기도 하다. 따라서《제스처 라이프》가 펼쳐 내는 현재라는 공간은 단순 현재가 아닌 과거의 기억이 범람하는 공간임과 동시에 그것에 의해 뒤틀린 미래의 시간이 충돌하는 공간이다. 이 상황에서 미래의 구원은 과거와 어떻게 화해하느냐의 문제가 된다. 즉, 과거와 화해할 수 있는 전적으로 새로운 주체를 창안해 내지 못한다면, 과거의 악몽으로부터 벗어나지 못할뿐더러 미래로 향한 문도 열리지 않는다. 그래서 하타가 이 소설의 유일한 서술자임에도 불구하고, 그의 서사는 철저하게 분절화되고 파편화된다. 그의 입을 통해 이야기하고 있는 것은 그의 현재 자아가 아닌 과거의 트라우마이기 때문이다.

하타의 과거를 구성하고 있는 핵심은 제국주의다. 일본 제국주의에 의한 한국의 강점과 이로 인해 나타날 수밖에 없는 개인과 집단에 대한 다양한 폭력이 과거 기억의 중심에 존재하는 것이다. 특히나 그는 조선인으로 태어나 일본 제국의 군인으로 태평양전쟁에 참전함으로써 제국주의와 한층 더 복잡한 관계를 맺게 된다. 즉, 그는 제국주의의 피해자임과 동시에 가해자였다. 이 복잡한 과거는 그의 서사적 현재, 즉 인종적 소수자로서의 미국에서의 삶 속에 망령처럼 출몰한다. 따라서 소설의 실질적인 문제는 하타가 과거에 무엇을 했는가가 아니라, 오히려 그 과거의 멍에를 짊어지고 그가 어떻게 미국에서의 현재를 살아가는가 하는 것이다. 그가 그 멍에를 손쉽게 벗어 버리려 시도하거나 단순히 망각 속에 던져 두려 할 때, 인종주의로 가득한 미국의 현재를 사는 하타의 모든 행위들은 제국주의 시절을 반복하는 것으로 귀결된다. 즉, 미국 사회에서 사회적 인정과 동의를 얻기 위한 그의 몸짓이 타자의 희생을 요구하는 이기적인 자기구원의 시도가 되는 것이다.

《제스처 라이프》의 세계는 그러므로 아이러니로 가득하다. 인종적 소수자이자 권력관계의 약자인 하타가 미국 사회에 동화되고자 시도할 때, 그의 모든 행위는 폭력으로 변질되기 때문이다. 게다가 거대한 권력관계의 그물망 속에 잡혀 있는 하타에게는 동화를 거부하는 것조차 사실상 불가능하다. 그것을 거부하면 할수록 동화에 대한 갈망은 역설적이게도 더 커지기 때문이다. 하타는 이 아이러니로부터 쉽사리 빠져나오지 못한다. 이번 장이 탐색하고자 하는 것이 바로 이 아이러니의 근원이다. 이를 위해 여기에서는 한국에서 시작하여 일본과 미국을 거치는 하타의 긴 여정을 집을 찾기 위한 과정으로 정의하고, 이 집 찾기 과정 속에서 하타의 무의식 속에 존재하는 한국이라는 근원에 대한 디아스포라적 욕망과 일본과 미국에서의 동화에 대한 욕망이 결코 다른 것이 아님을 주장하고자 한다.

존재의 결여와 주체의 (불)가능성

뉴욕 근교의 소도시 베들리런Bedley Run에서 조용한 은퇴 생활을 즐기던 하타는 성공한 아시아계 이민자다. 그는 마을에서도 손꼽히는 저택의 소유자이며, 상당한 자산가이기도 하고, 좋은 평판도 얻고 있는 훌륭한 시민이다. 하지만 그에게 예기치 못한 위기가 닥쳐온다. 우연한 사고로 자신이 아끼던 튜더왕조식 저택이 불에 그슬린 것이다. 뿐만 아니라 하타 자신도 연기를 마신 탓에 건강에 심각한 손상을 입었다. 상징적인 차원에서 보면, 이 사건은 단순한 화재만은 아니다. 하타에게 사회적 동화의 의미와 자신의 정체성에 대해 근본적인 질문을 던지게 만들었을 뿐만 아니라, 자신의 의식 속에서 애써 제거해 버렸던 과거의 기억이 되돌아올 수 있는 통로를 열어주었기 때문이다.

한편으로, 튜더왕조식 저택은 하타의 성공적인 동화를 상징하는 물적 징표였다. 하지만 그것이 불에 그슬려 버렸다. 이는 미국 사회로의 완전한 동화를 약속했던 아메리칸 드림의 불가능성을 암시한다. 아마도 그가 "하타 박사님Doc Hata"이라는 칭호를 얻고 마을의 소문난 자산이었던 튜더양식 저택을 사들였을 때만 하더라도, 그는 자신의 이름이 그 집에 영원히 각인되어 모두에게 존경받는 마을의 어른이 될 수 있으리라는 믿음이 있었다. 하지만 불에 그슬려 흉해진 그의 집을 통해 그는 깨달음을 얻게 된다. 그의 이름이 "마을 사람들의 이야기 속에서 아직 완전히 사라지지는 않았지만, 이제 곧 점차 작아지며 지나가게 될" 것임을 말이다(G 196). 이러한 깨달음은 또 하나의 각성으로 이어진다. 이는 다름 아닌 대중의 상상력 속에서 민족 정체성을 결정하는 핵심 요소가 '인종'이라는 사실이며, 따라서 완전한 백인이 될 수 없었던 하타는 언제든 그 경계선 밖으로 밀려날 수밖에 없다는 뼈아픈 진실이다.

나는 훌륭하신 하타 박사님에서 괜찮은 노인네로 그리고 누구인지도 모르는 저 늙은 동양인으로 바뀌어가고 있었다. (처치 스트리트에 있는 새 식당에서 점심값을 계산하던 중 누군가 속삭이던 말을 들은 적이 있는) 그 말에는 어떤 악의나 편견도 없었지만 의아해하지 않을 수 없었다. 한때 중요한 직책을 가졌더라도 누구나 나이 들게 되면 슬프게도 존재감이 사라질 수밖에 없는 것은 분명하다. 하지만 나의 경우 시간으로 인해 흐릿해지는 것과도 다르고 현대 생활에서 늙어 가면서 일반적으로 예상할 수 있는 일과도 다르다는 생각이 들기 시작했다. 내가 어떤 사람이냐는 둘째 치고, 내가 어떤 인종에 속한 사람이냐 하는 것이 지속적이고 변함없는 사실로 남기 때문이다. 내 얼굴이라는 단순한 항수恒數 말이다.(200-1)

하타가 지난 세월 미국에서 무엇을 했느냐 하는 것은 더 이상 아무런 의미가 없다. 단지 어떤 얼굴과 어떤 피부색을 가졌느냐는 단순한 사실만이 그의 정체성을 결정한다. 그러기에 마을 사람의 상상력 속에서 그는 미국이라는 공동체의 경계선 밖으로 추방당한다. 아메리칸 드림이 약속한 완전한 동화의 가능성이 그에게는 허락되지 않는 것이다.

또 한편으로, 화재 사건은 하타의 집을 "친숙함과 편안함의 행복한 어우러짐"의 장소에서(G 21), 프로이트Sigmund Freud가 "섬뜩함"uncanny이라 정의한 친숙하지만 낯선 장소로 변화시킨다. 프로이트의 설명에 따르면, "섬뜩함"이란 집이나 가족처럼 친밀하고 친숙한 어떤 것이 억압에 의해서 낯설고 무시무시한 것으로 변화했음을 의미한다. 즉, 집이 집이 아닌 상황이 된 것이다(Freud 219-26). 물론 하타의 저택은 즉각 수리가 되긴 했지만, 이상하게도 그는 자신의 집을 낯설어하며 불편함을 느낀다. 특히나 그 지역 부동산 업자인 리브 크로포드Liv Crawford의 도움을 받아 병원에서 퇴원하여 집에 돌아오자마자, 그는 갑작스레 예상치 못한 기이한 감정에 사로잡힌다. 그가 "이미 죽고, 기억이 되어, 다른 사람의 집 복도를 걷고 있는" 듯한 느낌을 받은 것이다. 집으로서의 친숙함과 편안함을 상실한 그 저택은 더 이상 집이 될 수 없었다. 그것은 미국인이 되고 싶었으나 되지 못했던 한 동양 노인의 못 다한 이야기를 전시하고 있는, 하지만 "이상하게 만족스럽지 못한 박물관"이 되어 버린다(G 139). 그가 의식 속에서 애써 삭제하려 했던 과거가 망각의 장벽을 뚫고 현재 속에 범람하기 시작한 것이 바로 이 시점부터다.

이때부터 하타의 내러티브는 독자들을 심연 속에 묻혀 있던 그의 기억 속으로 끌어들인다. 그곳에서 그는 존경받는 "하타 박사님"이 아니었다. 그는 일본 제국의 군인 "지로 구로하타Jiro Kurohata"였고 태평양전쟁에 의무장교로 참전 중이었다. 게다가 그는 일본인으로 태어난 것이 아니었다. 원래는 한국인이었다. 일본이 한국을 강점했던 당시 일본에 있던 가난한 조선인 가족에서 태어났으나 다행히도(?) 유복한 일본인 가정에 입양되었던 것이다. 이는 어린 하타가 일본 교육을 받으며 일본인으로 성장했으나 자신이 일본인임을 증명할 수 있는 생물학적 토대가 처음부터 주어지지 않았음을 의미한다. 즉, 그의 청년시절을 지배한 것은 진짜가 아닌 가짜 일본인이라는 자의식이었다. 그러했기에 어린 하타 역시 노년의 하타와 다를 바 없이 존재와 소속감에 대한 불안에 시달릴 수밖에 없었다. 그런 그의 소원은 "(단지 백만분의 일일지라도) 무리의 일부"로서 진정한 소속감을 갖는 것이었다. 하지만 일본인으로서의 근원적 토대가 부족했던 어린 하타는 일본인의 몸짓과 말씨만을 흉내 낼 뿐이었다. 결국 청년 하타 역시 "제스처로 가득한 삶"을 살아야만 했던 것이다(299).

젊은 하타를 괴롭혔던 정체성에 대한 불안감은 당시 일본 제국의 인종 담론의 소산이었다고 할 수 있다. 리오 칭Leo Ching은 일본 제국의 인종 담론에 대한 상세한 설명을 제공해 준다. 일본은 19세기가 되어서야 비로소 제국주의 대열에 합류했는데, 이미 그때는 유럽 중심의 제국주의적 세계 질서가 완성되어 있었으며, 따라서 유럽중심주의적인 인종 담론이 대세를 이루고 있었다. 제국의 안정과 확장을 동시에 추구해야 했던 일본은 유럽 중심의 인종 담론을 수용함과 동시에 그에 대항할 수 있는 새로운 인종 담론을 창안해 낼 필요가 있었다. 여기에는 두 가지 전략이 사용된다. 한편으로, 유럽 제국 열강에 대항할 수 있는 '대동아공영' 담론의 개발에 주력한다. 일본의 동아시아에 대한 제국주의적 침략을 정당화하고 다양한 민족들을 하나의 거대 범주로 묶어 줄 수 있는 이데올로기가 필요했던 것이다. 하지만 러일전쟁(1905) 승리 직후, 자신들이 확보한 제국 열강으로서의 지위를 공고히 할 필요가 생기자, 이번에는 전혀 다른 전략을 취한다. 이는 일본과 유럽 사이의 동일성을 정초함과 동시에 다른 아시아 민족들과의 차별성을 부각시키는 것이다. 이를 위해 일본은 유럽의 생물학적 인종 담론을 그대로 모방하며 의사과학적 이론을 만들어 낸다. 일본 민족은 "인종적으로 … 황인종을 대표하는 중국인과 구별되며, 인디아나 페르시아, 그리스나 로마 사람들과 종족적으로 더 유사하다"고 주장하는 것이다. 일본인은 유럽의 코카시안Caucasian과 그 뿌리가 같다는 것이다. 게다가 한 걸음 더 나아가 그들은 일본 종족의 고유성을 신화적 기원으로 돌리기도 한다. 즉, 일본 종족 중에는 황인종의 피와 일본 본토의 원주민 피도 섞여 있지만, 일본의 황실이나 귀족은 "하늘의 후손으로부터 피를 물려받았다"는 것이다. 이러한 일본 제국주의의 인종 담론이 유럽의 인종 담론과 다른 점은 반드시 생물학적인 것만은 아니라는 것이다. 즉, 일본 제국의 인종 담론은 생물학적 토대나 생물학적 지시대상체를 결여하고 있다. 이는 오히려 마르크스주의의 계급 개념과 비슷하지만 그보다는 더 신화적이고 "하나의 추상abstraction으로서 … 생물학적 시스템으로부터 연역할 수 있는 것이 아닌" 것이다(Ching 66-72).

《제스처 라이프》에 등장하는 일본인 군의관 오노 대위Captain Ono가 가진 인종관이 바로 이러한 일본 제국주의의 인종 담론을 그대로 반영한다. 오노 대위는 이렇게 말한다. "중국과 조선의 특별하고 고귀한 신분을 가진 사람들은 순수 일본 혈통과 똑같은 혈통을 가지고 있지. 조선의 양반들과 나 사이에는 공통점이 있다네. 비록 아주 멀기는 하지만 분명한 일치점이 있다는 뜻이지"(G 268). 오노 대위의 특이한 마니교적 이분법의 논리는 생물학적이면서도 동시에 계급을 강조한다. 먼저 순수 일본인의 혈통과 다른 민족을 구별하여 일본 민족의 특수성을 강조하지만, 순수 일본인과 한국과 중국의 귀족계급 사이에 동일성을 설정함으로써 대동아공영 담론을 내세우기도 한다. 혈통의 문제를 계급의 문제와 전략적으로 접합함으로써 민족적 차이와 동일성을 자의적으로 적용하는 것이다. 이는 비 일본인 하위 계층을 인종 서열의 제일 낮은 단계에 배치하여 그들을 인종적으로 열등한 사람으로 낙인찍는 결과를 가져오게 되고, 이와 더불어 일본의 아시아에 대한 제국주의적 침략과 정복을 정당화한다. 또한 이러한 자의적 이분법은 인종에 관한 대중적 상상력에 그대로 반영된다. 그 결과, 일반 조선 사람을 지칭하는 일본어의 보통명사 '조센진'은 영어의 'nigger'와 비슷한 방식으로 의미화된다. 즉, 인종적 열등함과 사회적 혐오감을 담은 말이 되는 것이다.

일본에 거주하는 가난한 조선인 가족에서 태어난 어린 하타는 이러한 마니교적 인종 담론 속에서 성장하였으며 따라서 지독한 인종주의의 피해자가 될 수밖에 없었다. 학교의 일본인 친구들은 그를 "대개의 경우 경멸적인 태도로 대했으며, 최악의 경우 주인 없는 개 취급"을 했다(263). 그가 정상적인 사회생활을 할 수 있었던 것은 구로하타 가문에 입양된 이후였다. 일본 가문의 이름 속에 자신의 생물학적 정체성을 위장시킬 수 있었던 것이다. 이것은 그에겐 일종의 축복이었는지도 모른다. 왜냐하면 "주인 없는 개"와 같던 피식민 주체에서 제국주의의 주체로, 억압의 대상에서 억압의 주체로 변신할 수 있었기 때문이다. 그러나 여전히 생물학적 본질주의가 작동하고 있던 당시의 인종 담론 속에서 그가 얻게 된 일본 이름이 그의 한국인 피를 완벽하게 희석시켜 주지는 못했다. 그의 몸속에 흐르고 있는 피는 끊임없이 자신의 인종적 열등성을 상기시켜 주었다. 즉, 생물학적 존재와 사회적 주체 사이의 분열이 그의 삶의 방향을 결정하는 핵심적 요소가 된 것이다.

이를 라캉식으로 이야기하자면, 하타의 사회적 주체 형성 과정에서 필연적으로 나타날 수밖에 없는 존재의 "소외alienation"가 신경증적인 방식으로 나타나며 그를 괴롭힌 것이다. 자크-알랭 밀레Jacques-Alain Miller는 이 소외를 "존재의 결여lack of existence"라는 말로 설명하는데, 우리의 실존이 사회적 주체의 외부에 존재함을, 즉 "외존existence"함을 말한다(11). 이는 곧 존재와 통합되지 못한 우리의 사회적 주체가 결여를 경험할 수밖에 없으며 이로 인해 욕망하는 주체가 될 수밖에 없음을 의미한다. 하타의 경우 이 존재의 결여는 정체성의 생물학적 토대의 결여라 할 수 있는데, 이는 그의 모든 사회적 행동의 근원으로 작동하며 그로 하여금 사회적 "인정과 동의"를 통한 안정된 정체성을 갈구하도록 추동한다(G 5). 이 결여는 또한 미국 사회에서 그가 왜 튜더왕조식 저택에 집착하는지를 설명해 주기도 한다. 그 저택은 하타의 근원적 결여를 메워 줄 수 있는 것으로 상상되는 것으로, 라캉이 "대상 a"라고 정의한 바로 그것이라 할 수 있다. 그 집은 미국 사회로의 성공적 동화와 안정된 정체성을 보장해 주는 유일한 물적 증거임과 동시에, 그 집과 하타 사이에는 아무런 존재론적 연관성도 없다는 의미에서 결여의 상징이기도 하다. 그러하기에 그것은 하타의 욕망의 원인이자 대상이 된다. 이렇게 본다면, 한국에서 시작하여 일본과 미국으로 이어진 하타의 긴 여정은 존재의 결여로 파생된, 즉 한국인으로서의 정체성에 대한 근원적 억압으로 인해 시작된 것이며, 따라서 그 여정의 궁극적 목적은 존재를 위한 집, 즉 존재와 주체가 궁극적 합일을 이룰 수 있는 집을 찾기 위한 것이

라 할 수 있겠다. 하지만 그것은 애초에 불가능한 꿈이었으며, 그런
의미에서 일본 제국의 병사 지로 구로하타는 불가능성 위에 서 있는
주체라 하겠다.

제국주의와 낭만적 사랑의 (불)가능성

하타의 무의식을 지배했던 존재의 결여는 지배 이데올로기와의 강
박적 동일시라는 증상을 통해 표현된다. 그래서 그는 군대에 자원했
고, 아마도 그것이 자신을 어두운 인종 담론의 나락에서 구원해 준
일본인 부모와 일본 제국에 대한 자신의 충성심을 증명할 수 있는 유
일한 길이라 생각했는지도 모른다. 그러했기에 군인이 되기 위한 "준
비와 훈련을 산 경험을 통해 시험하고 인정받을 수 있는" 기회가 주
어졌을 때, 그는 그저 자랑스럽고 기쁘기만 했다(120). 그 어떤 일본인
보다 더 뛰어난 제국의 군인이 되는 것이 자신을 경멸해 왔던 모든
이에 대한 최고의 복수가 될 수 있음을 또한 그는 잘 알고 있었다. 오
로지 완벽한 흉내 내기만이 식민자와 피식민자 사이의, 혹은 순수 일
본인과 가짜 일본인 사이의 마니교적 이분법을 교란시킬 수 있는 유
일한 방법임을 인식하고 있었던 것이다. 하지만 "완전하고 철저한 일
본인"이 되고자 했던 그의 열망은 곧 시험대에 서게 된다(235).

군대에서 하타가 맡은 보직은 의무관이었다. 특히 한국에서 온 젊
은 여성들의 관리를 맡게 된다. 그가 이들에 대해서 알고 있는 것은
많지 않았다. 그들이 일반적으로 "지원자" 혹은 "위안부"라는 이름
으로 불린다는 사실과 군인들을 위해 성적으로 봉사하기 위해 자발
적으로 왔을 것이라는 추측뿐이었다. 이영옥Young-Oak Lee이 설명하고

있듯이(148), 자신의 보직을 수행하면서 하타는 그 여성들이 제국의 대의를 위해 기꺼이 지원했을 것이라고 순진하게 믿고 있었을 뿐만 아니라, 또한 젊은 여성들이 희생함으로써 전장에 있는 제국 군인들의 도덕성을 유지시킬 수 있으리라는 순박한 도덕적 신념이 있었다. 물론 그는 상상조차 할 수 없는 가혹한 폭력이 어린 소녀들의 몸에 가해지는 것을 직접 목격하기 했고, 그들을 연민의 눈으로 바라보기도 했다. 하지만 그 폭력마저도 그는 전시의 침해할 수 없는 자연법이라는 이름 하에 정당화한다.

> 그것은 기준의 문제였다. … 이런 체계 내에서 사령관은 자신의 책임이 있고 장교들도 자신이 해야 할 일 있다. 징병된 병사들이나 다른 사람들도 그들만의 일이 있는 것이다. 원래 그런 것이다. 그것은 그 소녀들에게도 마찬가지다. 그들도 자신의 임무가 있는 것이다. 이 모든 것은 일련의 자연법과 마찬가지로 침해할 수 없는 것이다.(G 227)

전시 폭력을 정당화하는 데, 인종과 젠더와 계급은 하타에게 합리적 근거를 제공한다. 예를 들어, 평소에 점잖았던 동료 병사 한 명이 그 소녀들을 "한국인을 지칭하는 저급한 해부학적 욕설인 조센피chosen-pi"라고 아무렇지도 않게 부를 때도, 그는 크게 신경 쓰지 않았다(251). 그 병사가 소녀들을 우리 안에 든 짐승처럼 취급한다는 생각을 했을 뿐 그에 대해 딱히 반론도 하지 않았고 나무라지도 않았다. 물론 하타가 그 소녀들을 향해 그런 식으로 말하거나 그런 식으로 생각한 것은 아니었다. 하지만 그가 그 소녀들을 생각하는 방식에는 계급과 접합된 인종적·남성적 우월감이 묻어나 있었다. 하타의 말을 그대로 옮기면, 그의 태도는 일종의 "부자의 태도로서, 부자는 자신의 집안이나 땅에서 일하고 있는 많은 하인들과 그들의 노력과 수고를 거의 알지 못한다. 부자는 그들을 단지 삶이라는 거대한 기계, 즉 밤낮으로 쉼 없이 돌아가는 기계의 부속품으로 생각할 뿐이다"(251). 이런 의미에서, 그의 세계관은 오노 대위의 그것과 크게 다르지 않았다. 그는 일본 제국주의와 그것이 생산하는 담론을 통해 세상을 재단하고 인식한다. 또한 그것을 통해 각 집단과 개인을 서열화하고, 인종과 젠더와 계급에 따라 각 개인이 일본 "민족의 위대한 운명과 사명"을 위해 해야 할 일이 있다고 믿었다(120). 그러한 그의 세계관 속에서, 제국의 신민이자 열등한 인종인 한국의 여성들이 제국의 대의를 위해 자신을 희생하는 것은 지극히 자연스러운 일로 보일 수밖에 없는 것은 어쩌면 당연한 일이었다.

하지만 하타가 자신의 세계관 속에서 무엇인가 잘못되었음을 발견하는 데는 그리 오랜 시간이 걸리지 않았다. 소녀들이 부대로 들어온 지 얼마 되지 않아 오노 대위의 명령으로 그는 한 위안부 소녀를 특별 관리하는 임무를 맡게 된다. 그 소녀의 이름은 "끝애Kkuttah"였고, 하타는 그녀를 K라 지칭한다. 그런데 하타는 그녀에게 정서적으로 동화되기 시작한다. 여기에서 흥미로운 사실은 하타가 그녀에게 끌린 최초의 이유가 그녀의 말하는 방식이었다는 것이다. 즉, K가 교육 받은 사람처럼 말하기 때문이었다. 사실 한국말을 여전히 잊지 않고 있던 하타에게 그녀의 한국어는 무엇인가 일깨워 주는 듯했다. 그러했기에 "정상적인 음역에서 나오는 그녀의 말을 들으면 기분이 좋아졌다. 게다가 그녀의 말은 다른 여자들처럼 천박하거나 지방 사투리가 묻어나지도 않았다." 따라서 그는 K가 "분명 교육을 받았으며, 그것도 아주 훌륭한 교육을 받았"을 것이라 확신했고 이로 인해 "그러지 말았어야 했음에도 불구하고" 그는 K에게 더욱 끌리고 만다

(235). 더군다나 그녀가 교육을 받았다는 것은 그녀가 양반 가문 출신임을 의미한다. 다른 소녀와 달리 K는 열등한 종족이 아닌, 순수 일본 혈통에 가까운 사람인 것이다. 바로 이런 연유로 그녀는 하타의 욕망의 대상이 될 수 있었다. 뿐만 아니라 하타 역시 그녀를 사랑하는 데 죄의식을 느끼지 않아도 되었다. 그녀에 대한 사랑이 제국의 인종질서를 위반하지 않기 때문이었다.

K 역시 하타가 한국인임을 알게 되자 마음을 열기 시작한다. 하지만 그녀가 입을 열자 하타의 권위는 흔들리기 시작한다. 소설의 유일한 서술자로서, 제국의 군인으로서, 또 K의 관리자로서, 그리고 남성으로서, 하타가 K에 대하여 가지고 있던 모든 권위가 심각한 도전에 직면하게 된 것이다. 그녀에 따르면, 그녀는 한국의 양반 가문의 막내딸이었다. 하지만 그녀의 아버지는 자신의 유일한 아들이 징집될까 두려워 두 딸들을 정신대에 보내 버린 것이다. 결국 위안부로서 현재 그녀의 위치는 제국주의와 인종주의와 가부장제도가 공모한 결과라 할 수 있다. 그녀의 몸은 다양한 권력의 축이 교차하는 지점에서 최후의 희생물로 바쳐진 것이다. 따라서 그녀의 이야기는 하타의 세계관에 균열을 가져오기 시작한다. 그는 먼저 "지원자"라는 말의 진실성에 의문을 던져야 했고, 충성을 바쳤던 일본 제국의 도덕성을 의심해야 했으며, 또한 제국의 인종질서에 질문을 던져야 했다. 하지만 이상하게도 그는 거기에 멈춰서 더 이상 나아가지는 않았다. 만약 그랬다면 그는 자신의 순진한 충성심의 결과로 자신이 사랑하는 여자에 대한 폭력적 지배의 최전방에 있었다는 트라우마적 진실에 조금 더 일찍 다가설 수 있었을 것이다.

대신 하타는 낭만적 사랑이라는 또 다른 형태의 남성적이고 제국주의적인 이데올로기에 대한 믿음으로 그 균열을 서둘러 봉합해 버린다. 그러했기에 그는 자신과 K가 불균등한 관계에 있다는 사실을 보지 못했다. 자신이 K를 억압하는 사회적 기계의 한 축이었음에도 그것을 애써 부인한 것이다. 이는 그 어떤 낭만적 사랑도 불가능함을 의미한다. 지배와 복종이 규범인 곳에서 동등한 개인과 개인의 만남인 낭만적 사랑의 몸짓은 지배와 복종의 언어로 재영토화될 수밖에 없기 때문이다. 그러나 하타의 믿음은 너무 강고했다. 오히려자신의 위치를 악용했다고도 할 수 있을 정도였다. 그랬기에 그는전쟁이 끝난 이후 K와 함께 할 장밋빛 미래에 대해 백일몽을 꾸는데 시간을 허비하거나, 욕정을 주체하지 못한 채 반응하지 않는 K의몸을 강제로 탐했을 뿐이었다.

이 시점부터 하타의 내러티브가 평소의 평정심과 건조함을 상실한 채 낭만적 서정성에 물들기 시작한다. 그리고 이때부터 독자들은기존에 알고 있던 노년의 하타와는 전혀 다른 청년 하타의 낭만적열정을 만나게 된다. (점잖음과 형식적 예의가 성적 리비도를 대신했던 백인 과부 메리 번즈Mary Burns와의 사랑과 비교해 보라). 하지만 불행히도 그의 로맨스는 비극적 아이러니로 점철되고 만다.

나는 드러나 있는 그녀의 몸 모든 곳에 입을 맞추었다. 그녀의 작은젖가슴에 입을 맞추었다. 젖가슴에서는 달콤한 물 같은 액체가 흐르는것 같았다. 목이 막혔지만 상관없었다. 그다음부터는 모든 것이 아주빨랐고 자연스러웠다. 더 할 수 없이 순결했다. … 그녀의 어깨와 등을바라보았을 때 그곳에는 고요밖에 없었다. 그녀의 자세는 변하지 않았다. 살갗은 서늘하고 색깔이 없었다. 그리고 그녀는 누워 있는 여인의조각상인 양 누워 있었다. 도무지 진짜 여자 같지가 않았다.

이윽고 내가 입을 열었다. **사랑해요.** 그녀는 대답하지 않았다. **사랑합**

니다. 나는 다시 말했다.

　[…]

　나는 잠시 가만히 서서 기다렸다. 실제로 K가 내는 소리였다. 아주 작은 소리로 되풀이해서 말을 했는데, 묘하게도 그것이 꼭 **하타, 하타, 하타, 하타,** 하는 것처럼 들렸다. 그러나 가만히 들어 보고 나서야 나는 그녀가 울고 있다는 것을 깨달았다. 마치 억지로 울음소리를 죽이려는 것처럼 숨죽여 흐느끼고 있었다. …

　나는 그녀를 두고 나오면서 불안과 환희를 동시에 느꼈다. 그녀가 왜 마음이 상했는지 이해할 수가 있었다. 그녀는 아마 자신의 처녀성을 잃은 것이 슬펐을 것이다(당시 나는 그것이 모든 여자에게 가장 귀중한 보석이라고 생각했다).(260-1, 강조는 원본)

이 순간이 그의 낭만적 사랑에서 가장 잔인하고 가장 아이러니한 순간이 아닐 수 없다. 하타의 제국주의적이고 가부장적인 응시 하에서, K의 몸은 몇 차례의 변신을 거듭한다. 어떤 의미에서 보면, 그는 조각가와 크게 다르지 않았다. 그는 K의 몸을 깎아 내고 오려 내어 자신이 원하는 것을 얻어 냈다. 먼저 그녀의 몸은 욕정을 충족시켜 줄 성적 대상이 된다. 그 다음 그녀는 일종의 미적 대상체가 되어 생기를 상실한 조각상처럼 하타의 페티시즘을 위해 봉사한다. 마지막으로 그의 사랑의 속삭임은 그녀를 가부장제의 충실한 주체로 호명한다. 이 일련의 과정 속에서 그녀는 어떤 역할도 하지 않는다. 그녀의 목소리조차 들리지 않는다. 다만 이 모든 것이 낭만적 사랑이라는 이름 하에 행해졌을 뿐이다.

　그러나 하타가 사랑의 행위라고 믿었던 모든 것은 폭력으로 귀결되고 만다. 그 둘 사이의 불균등한 관계는 사랑과 강간, 동의와 강제

사이의 미약한 경계선을 지워 버린다. 이에 따라 그의 사랑은 낭만적 사랑을 위한 공간이 아닌 지배의 장으로 퇴락한다. 그의 모든 사랑의 몸짓은 실질적인 폭력의 행위로 전화되고, K의 주체성은 말살되고 사유화된다. 그러했기에 그 둘 사이의 사랑에 K의 목소리가 각인 될 수 있는 공간은 없었다. 하타는 K의 절망적인 울음소리마저도 자신의 이름을 부르는 소리로 듣는다. 결국 그의 사랑은 그의 의도와는 정반대 방향으로 나아가며 K를 또 하나의 위안부 소녀로 만들고 만다. 그것이 K가 죽음을 통해서라도 피하고자 했던 바로 그것이었음에도 불구하고 말이다. 그녀가 울 수밖에 없는 이유는 거기에 있었다. 하지만 아이러니하게도 하타는 그 울음의 진정한 의미마저도 깨닫지 못했다. 그의 가부장적이고 제국주의적인 상상력은 어처구니없게도 그것을 처녀성의 상실에 대한 아쉬움이라 상상한다. 여기에서 하타의 사랑의 비극적 결말이 이미 예고되어 있었다. 그러므로 마지막 순간까지도 낭만적 사랑의 판타지를 포기하지 못했던 젊고 순진한 하타에게 K의 마지막 말은 치유 불가능한 트라우마가 된다.

"저는 당신의 도움을 원치 않았어요!" 그녀가 외쳤다. "절대 당신의 도움을 바라지 않았어요. 제 말 들리지 않나요? 저를 내버려둘 수 없나요? 당신은 나를 사랑한다고 생각하지만 당신이 진짜 원하는 것을 아직 모르는 것 같아요. 당신은 어리고 점잖으니까요. 하지만 제가 말씀드리지요. 당신이 원하는 건 나의 성性이에요. 나의 성이라는 물건 말이에요. 만약 당신이 그걸 잘라내서 모피나 좋아하는 보석처럼 보관할 수 있었다면, 당신은 그걸로 만족했을 거예요. 당신은 점잖은 사람이지요. 중위님, 하지만 당신은 다른 사람하고 조금도 다르지 않아요."(300).

그의 낭만적 열망에도 불구하고, 하타는 끝내 K를 잔혹한 죽음으로부터, 그리고 위안부라는 제국주의 폭력으로부터 구해 내지 못했다. K가 정확하게 지적했듯이, 그가 원했던 것은 아마도 그녀의 "성" 혹은 "성이라는 물건"이었는지도 모른다. 즉, 하타는 K가 처한 억압적 상황을 이용해 자신의 성욕만을 채운 제국의 군인이자 남성에 불과했다. 여기에는 이론의 여지가 없어 보인다.

인종주의와 가족의 (불)가능성

하타의 K에 대한 낭만적 이상화는 그렇게 단순한 문제만은 아니다. 이는 하타의 근원적 분열, 즉 존재와 주체의 분열이라는 관점에서 재해석되어야 한다. 즉, K의 몸은 그저 청년 하타의 리비도가 분출될 수 있는 출구에 지나지 않았던 것은 아니다. 그것은 오히려 그의 억압된 에스닉 정체성이 회귀하는 통로로 기능하고 있었다고 말하는 것이 옳을 것이다. 그렇지 않고서야 처음부터 그녀의 한국말에 끌릴 수는 없었고, 제국의 군인이 일개 위안부를 사랑할 수는 없었으며, 나름 점잖았던 그가 그녀의 몸에 그렇게 집착하지도 않았을 것이다. 그리고 그녀의 이름 "끝애"가 한국을 상징하는 알파벳 첫 글자 K로 그의 머릿속에 각인될 수도 없었을 것이다.

식민지 시절, 한국이라는 이름은 감히 입 밖에 낼 수 있는 말이 아니었다. 단지 그 이름을 말하는 것만으로도 그는 열등한 인종의 낙인을 지고 살아야만 했다. 따라서 그가 정상적인 일본인으로 살고자 한다면, 애써 한국인이 아님을 강변해야 했다. 그런 의미에서 일본인으로서 하타가 만들어 낸 사회적 현실은 그 토대가 빈약한 것이었다. 그것은 일종의 억압에 기생하는 것이었다. 한국이라는 궁극적 욕망의 대상체를 "지로 구로하타 중위"라는 사회적으로 용인될 수 있는 기표로 대신하는 것이다. 하지만 궁극의 욕망의 대상은 결코 사라지지 않는다. 그것은 언제나 거기에 존재한다. 그리고 억압된 모든 것은 반드시 회귀하듯이, 그것은 끝내 자신의 존재를 알리게 된다. 즉, K를 향한 그의 멈출 수 없는 욕망은 그의 몸이라는 실존이 사회적 주체로서의 지로 구로하타에게 던지는 질문이자, 억압된 것의 회귀라고 할 수 있다. 젊은 하타는 그 질문에 응답하지 않을 수 없었으며 K의 성에 대한 물신화는 그의 응답 방식이었다. 다시 말해, 그는 K의 성을 소유함으로써, 그녀의 몸을 대상화하고 사유화함으로써, 상상적인 차원에서나마 한국인이 될 수 있었던 것이다. 하지만 그가 속한 제국주의적 체계의 강고함은 하타에게 그 이상을 허락하지 않았다. 아니 하타는 그 이상을 원치 않았다. 젊은 하타의 비극은 바로 거기에 있다. 그는 제국에 저항하기보다는 낭만적 판타지 속으로 탈출하여 그곳에 K를 감금하고 사유화하고 대상화한 것이다. K가 하타의 사랑을 견딜 수 없었던 이유가 여기에 있다.

흥미로운 것은 위에 인용한 K의 마지막 말은 섬뜩하게도 그의 양녀 서니Sunny가 하타의 집을 나오며 그에게 한 말을 상기시킨다. "그녀는 돌아서서 나를 정면으로 바라보았다. 그녀의 눈은 축축하게 젖어 있었고 눈빛은 날카로워 100미터는 꿰뚫을 것 같았다. '전 아버지가 필요 없어요.' 그녀는 부드럽게 말했으나 동요가 없었다. '절대 필요하지 않았어요. 이유는 모르겠지만 아버지가 절 필요로 했지요. 하지만 절대 그 반대인 경우는 없었어요.'"(96). 서니의 이 말은 서니와 K의 관계를 엿볼 수 있게 해 준다. 한국인의 정체성이라는 하타의 궁극적 욕망의 대상은 전쟁이 끝난 후 미국에 와서도 여전히 하타의 무의식 어디엔가 남아 있었던 것이다. 한국 여성의 몸을 가진 서니는 애써 의식 속에서 지우고자 했던 K의 유령을 다시 불러들였고 그 것이 하타의 조용한 미국 생활에 균열을 낸 것이다. 이런 의미에서, 캔디스 추Kandice Chuh가 지적한 바대로, 서니는 하타에게 "제2의 기회 이자, K의 대체물"이었다(15). 즉, 하타는 서니를 통해 K와 화해하고 이를 인생의 "새로운 출발점"으로 삼고자 했던 것이다(G 74). 하타의 이런 (무)의식적 욕망은 서니가 하타에 대해 가지고 있던 의문에 일 정 부분 답을 제공해 준다. 서니는 하타에 대해 이렇게 질문한다.

> 하지만 저는 아버지를 이해할 수가 없었어요. 아주 어렸을 때도 이 런 생각을 했었죠. 아버지가 왜 아이를 갖고 싶어 하셨는지 말이에요. 꼭 제가 아니더라도 말이에요. 아버지는 혼자 계시는 걸 좋아하시잖아 요. 정성 들여 가꾸어 놓은 이 집에서 말이에요. 정원도 있고 수영장도 있고. 메리 번즈처럼 좋은 여자랑 결혼 하실 수도 있었어요. 좋은 이웃 들이 있는 이 좋은 마을에서 든든한 가족을 가질 수 있는 기회도 있었 어요. 하지만 그렇게 하지 않으셨어요. 그저 저만 데리고 있었죠. 저는 언제나 그 이유가 궁금했어요.(335)

실제로 하타는 서니의 다양한 반항에도 불구하고 묵묵히 그녀를 데리고 있었다. 서니는 하타가 포기할 수 없는 그 무엇인가를 가지 고 있었던 것이다. 즉, 서니는 과거의 지로 구로하타와 현재의 프랭 클린 하타 사이를 매개해 주는 힘을 가지고 있었던 것이다. 이는 서 니와 하타의 관계를 재해석할 수 있는 관점을 제공해 준다. 분명 서 니는 K의 재림이라 하지 않을 수 없다. 서니와 K 모두 한국인의 몸 을 가지고 있었으며, 이는 둘 모두 하타의 억압된 정체성이 돌아올 수 있는 통로가 될 수 있었음을 의미한다. 비록 의도한 바는 아니었으나, 하타는 서니를 입양함으로써 과거 자신의 어리석음을 용서받고, K와의 못다 이룬 사랑을 완성할 수 있으리라 상상했는지도 모른다. 그리고 그것이 하타가 한국인으로서의 정체성을 상상적 차원에서나마 복원할 수 있는 유일한 길이었는지도 모른다.

그러나 서니를 통한 자기구원의 시도는 완성될 수 없었다. 무엇보다도 서니는 K와 근본적으로 달랐다. K는 순수 한국 혈통의 양반 가문 출신이었으나, 서니는 그렇지 못했다. 그녀는 "어느 미군과 술집 여인 사이의 하룻밤 질펀한 만남의 … 소산"이었다(204). 즉, 서니는 순수 한국인이 아니었다. 그녀의 몸은 열등한 흑인의 피에 오염되어 있었으며 따라서 K의 완전한 대체자가 될 수는 없었다. 그녀의 몸속에 흐르는 흑인의 피는 치유 불가능한 것이었고 교정될 수 없는 차이의 표상이었다. 일본 제국주의와 가부장제, 그리고 미국의 백인 중심의 인종주의 담론을 그대로 답습하고 있던 하타에게는 결코 용인될 수 없는 도덕적·생물학적 결함이 아닐 수 없었다. 따라서 서니를 통해서 과거와 화해하고 K와의 로맨스를 복원함으로써 한국인의 정체성을 상상적 차원에서나마 성취하고자 했던 하타의 무의식적 시도가 끝내 예정된 좌초의 길로 들어서게 된 것은 어쩌면 당연한 일이었다. 하타와 서니의 관계를 결정지은 것은 가족 관계가 아닌 일종의 권력관계였으며 인종 관계였기 때문이다. 부녀지간이 되어야 할 하타-서니의 관계가 백인의 대리자와 흑인 여성 사이의 인종적 지배 관계로 변질된 것이다. 그는 K에게 저지른 잘못을 또다시 반복했다. 권력 구조에 대한 근본적인 성찰이나 그에 대한 저항 없

이, 단순히 자신의 욕망을 위해 타자를 대상화하고 전유한 것이다.[1]

트라우마와 동화의 (불)가능성

하타는 분열된 주체다. 한편으로, 그는 지배 이데올로기에 철저히 복종함으로써 그것이 요구하는 충실한 주체가 되고자 한다. 또 한편으로, 그는 존재의 근원인 한국인의 정체성을 갈망한다. 따라서 그의 몸은 상반된 두 욕망이 충돌하는 공간이 된다. 이것이 K와 서니의 관계에서 실패할 수밖에 없었던 근원적 이유였다. 여기에서 슬라보예 지젝Slavoj Žižek의 이데올로기에 대한 재정의는 하타의 모순된 두 가지 욕망이라는 문제를 이해할 수 있는 실마리를 제공한다.[2] 지젝은 라캉의 개념인 "실재의 핵심kernel of the real", 즉 거세불안과 같이 근본적으로 판타지 구성물이라 할 수 있는 트라우마의 핵심이라는 개념을 통해 이데올로기의 문제에 접근한다. 그에 따르면, 주체에 의한 이데올로기의 수용은 "구조적 필연성에 의해 결코 완전히 성

---

1 하타가 자신의 한국적 정체성을 복원시키고자 K와 서니를 전유하는 행위는 하타의 상상력 속에서 민족 정체성이나 시민권이 철저하고 젠더화된 것임을 의미한다. 즉, 여성의 몸이 남성의 정체성을 위한 텅 빈 기표로 전락하는 것이다. 그런 의미에서 하타의 내러티브가 "시민권 구성의 젠더화"에 의존하고 있으면서도 "헤게모니적 미국 시민권의 영역 내에서 자신을 구성해 내려는 주체의 실패"를 형상화함으로써 가부장제를 비판하고 있다는 해밀턴 캐롤Hamilton Carroll의 주장은 정확하다고 볼 수 있다(593).

2 여기에서 나의 주장은 지젝의 개념인 "비통합적 잉여non-integrated surplus"(232)를 통해 아시아계 미국인의 정체성 정치를 이론화한 토모 하토리Tomo Hattori의 논문에서 영향을 받은 것임을 밝혀 둔다.

공하지 못한다. … 언제나 잔여물 혹은 찌꺼기가 남으며, 그것에 들러붙어 있는 트라우마적인 비합리성과 의미[혹은 느낌]없음senselessness의 긴장이 존재한다." 그러나 이 찌꺼기는 "주체가 이데올로기적 명령에 완전히 복종하는 것을 방해한다기보다는 … 완전한 복종의 조건이 된다"(43). 다시 말해서, 주체는 트라우마적인 실재의 핵심을 억압하기 위한 하나의 방법으로 지배 이데올로기에 복종하는 것이다. 지배 이데올로기는 이에 대한 대가로 주체에게 이데올로기적인 자기현전의 느낌 혹은 주이상스를 제공해 줄 것을 약속한다.

법에 대해 무조건적인 권위를 부여하는 것은 정확하게 이 의미/느낌 없는 트라우마의 비통합적 잉여이다. 다른 말로 표현하자면, 이 비통합적 잉여—이것이 이데올로기적 의미로부터 탈출하는 한—는 우리가 이데올로기적 주이-상스 혹은 이데올로기의 본질적 요소인 의미-에서의-향유라 부르는 것을 지탱해 준다. (43-4, 이탤릭은 원본)

지젝은 한 아버지의 꿈에 대한 라캉의 분석을 이용하여 이를 좀 더 명료하게 설명한다. 병든 아들을 간호했으나 끝내 아들이 죽자 옆방에서 잠시 잠든 아버지가 꿈을 꾸게 된다. 꿈속에서 죽은 아들이 나타나 이야기한다. "아버지, 제가 타고 있는 게 보이지 않으세요?" 이 꿈은 두 개의 전혀 다른 현실 개념을 가능하게 한다. 먼저 아버지가 꿈으로부터 깨어나 눈을 뜨게 되는 현실이다. 아버지가 자고 있던 바로 옆방에서 아들의 시신이 실제로 불에 타고 있었던 것이다. 이때 꿈과 현실은 가짜와 진짜의 의미다. 진짜 불이 났다는 사실을 꿈속에서 불이 난 것으로 치환시킨 것이다. 여기에서 잠을 깬다는 것은 따라서 환상에서 벗어나 진짜로 아들의 시신이 불에 타고 있는 현실과 마주하게 되었음을 의미한다.

하지만 아버지에게 진짜 뼈저린 현실은 시신이 타고 있다는 사실이 아닐 수도 있다. 아들은 이미 죽은 뒤이기 때문이다. 지젝에 따르면, 오히려 아버지가 꿈속에서 직면하고 있는 이미지 자체, 다시 말해 불에 타서 죽어 가고 있는 아들의 모습 자체가 "실재의 핵심"이다. 따라서 아버지가 꿈에서 깨어 아들의 시신이 타고 있는 현실로 돌아오는 것이 아니다. 오히려 병든 (혹은 불에 타고 있는) 아들이 죽어가고 있음에도 불구하고 그 아이를 구하지 못했다는 진정으로 고통스러운 실재로부터 도피하여 잠에서 깨어나 현실로 탈출하는 것이다. 이러한 꿈에 대한 재해석을 통해 지젝은 다음과 같이 주장한다. "이데올로기의 기능은 우리의 현실로부터 탈출로를 제공해 주는 것이 아니라, 트라우마적인 실재의 핵심으로부터의 탈출구로서 사회적 현실을 우리에게 제공해 준다"(45).

이러한 사회적 현실에 대한 두 가지 모델을 통해 지젝은 전통적인 이데올로기 개념과는 전혀 다른 이데올로기 개념에 도달한다. 전통적인 관점에 따르면, "이데올로기적 응시는 사회적 관계의 총체성을 간과하는 부분적인 응시다. 반면에 라캉적인 관점에서 보자면 이데올로기는 오히려 **자신의 불가능성을 삭제함으로써 가능해진 총체성**ᵃ totality set on effacing its own impossibility을 지칭한다"(49, 강조는 원본). 다시 말해서, 전통적인 이데올로기의 메커니즘은 부분을 전체로 잘못 동일시하는 것이며, 따라서 이에 대한 비판은 은폐된 전체를 드러내는 탈신비화 혹은 탈은폐 전략을 통해 가능해진다. 반면에 라캉적인 관점에서는 이러한 성급한 탈신비화가 오히려 이데올로기적인 것이 된다. 예컨대, 거세 공포는 다양한 문화권에서 역사적으로 지속되어 온 것임에도 불구하고 이를 단순히 유럽 부르주아 문화의 산물이나 역사적 우연성의 산물로 치부하는 것이다. 즉, 특정 사회구성체의 내적 총체성을 유지하기 위해 그 총체성의 논리에 위배되는 특정 사회적 모순을 삭제해 버리는 것이다. 그것이 역사적으로 지속된 모순이었음에도 말이다. 그렇다면 이러한 이데올로기에 대한 비판은 특정 사회구성체가 자신의 불가능한 총체성을 유지하기 위해 특정 모순을 삭제하거나 위장하는 방식을 분석하는 것이 된다.

다시 하타의 내러티브로 돌아가자. 위에서 언급한 아버지의 꿈과 일본인으로서 혹은 미국인으로서 영위했던 하타의 삶 사이에는 상당한 유사성이 존재한다. 하타에게 트라우마의 핵심은 그에게는 궁극적 귀의처로서의 집이 없다는 단순하지만 근원적인 사실이다. 자신의 고향인 한국은 입에 담을 수 없는 곳이 되었고 따라서 제국의 주변적 주체로서 살 수밖에 없었다는 뼈아픈 진실이 그에게는 반드시 깨어나야 할 악몽이었던 것이다. 그래서 그는 현실 속으로 깨어나야만 했다. 물론 그 현실은 일본 제국의 대동아공영 담론과 미국의 아메리칸 드림이라는 이데올로기가 지배하는 현실이다. "지로 구로하타 중위"와 "하타 박사님"과 같은 사회적 칭호와 그의 거대한 튜더왕조식 저택은 지배 이데올로기에 의해 제공된 탈출구에 다름 아니다. 그러한 호칭을 취함으로써, 거대한 저택에서 점잖은 삶을 누림으로써, 그리고 동시에 자신의 한국인으로서의 과거를 생물학적 우연이라 치부함으로써, 하타는 일본 제국의 군인이 그리고 미국의 시민이 될 수 있었다.

하지만 이런 동화의 노력은 필연적 실패를 내포한다. 주류에 대한 동화는 언제나 잉여를 남기기 때문이다. K와 서니에 대한 그의 집착은 그러한 필연적 실패의 징후인 것이다. 하지만 이 실패는 오히려 그의 지배 이데올로기에 대한 완전한 투항의 전제 조건이 된다.

그 실패를 위장시켜야만 트라우마적인 실재의 핵심과 조우하지 않기 때문이다. 따라서 그는 K와 서니의 관계에서 더욱 가혹한 제국주의적이며 인종주의적인 가부장이 될 수밖에 없었다. 그러했기에 하타는 K가 죽었음에도 불구하고, 서니가 떠났음에도 불구하고, 그는 계속해서 살아갈 수 있었던 것이다. 더 정확히 말하자면, K가 제국의 질서를 위협하며 죽었다는 사실이 그리고 서니가 배은망덕하게도 가출을 해 버렸다는 사실이, 그가 점잖은 사람으로서 또 성공적인 동화를 성취한 사람으로서 미국 사회에서 계속해서 살아갈 수 있는 전제 조건이었던 것이다.[3]

집의 (불)가능성

미국 지배 이데올로기의 권위에 대한 하타의 무조건적 신뢰는 또한 번 도전에 직면한다. 그것은 서니에게서 젊은 시절 자신의 모습을 발견하게 되는 순간부터다. 일종의 또 다른 자아와의 대면과도 같은 그 순간이 그를 진정한 깨달음으로 안내하게 된 것이다. 마을의 코모 경관이 서니가 아들 토마스를 데리고 베들러런 근처로 돌

---

3 여기에서 주장하고 있는 트라우마와 동화의 관계는 알렉시스 모투즈Alexis Motz 2013년 논문의 주장에 대한 반론이라 할 수 있다. 모투즈는 아시아계 미국인이 경험하고 있는 인종주의에 의한 집단적이면서도 개인적인 트라우마가 "공식적 역사와 디아스포라 주체의 '성공적' 동화에 관한 내러티브에 대해 가치 있는 반-내러티브counter-narrative"를 제공한다고 주장한다(413). 하지만 사회적 주체가 트라우마를 직접 응시한다는 것은 사실상 불가능하며, 따라서 그를 통한 대안적 혹은 반-내러티브를 생성하는 것 또한 불가능할 수도 있다. 오히려 그 트라우마는 동화의 논리를 더욱 강건하게 만들 가능성이 있기 때문이다.

아왔다고 알려 줄 때만 하더라도, 그리고 그녀가 근처 상가 프랜차이즈 상점의 매니저가 되었다고 일러 주었을 때만 하더라도, 하타는 그녀가 사업에 어울리는 사람이라고는 생각하지 못했다. 그도 그럴 것이 하타에게 그녀는 저항적 흑인 주체의 표상처럼 여겨졌기 때문이었다. 하지만 그녀의 가게를 몰래 엿본 순간, 그는 낯선 친숙함과 대면하며 온 몸이 뻣뻣해짐을 느낀다. 그녀의 가게는 깨끗하고 잘 정돈되어 있었으며, "반짝이며 따뜻한 조명"이 비추고 있는 전시창은 "자신의 가게였다면 그렇게 했을 법하게" 정리되어 있었다(204). 이것은 그가 상상조차 할 수 없었던 경이로운 스펙터클이었다. 그리고 이 경이로움은 그에게 예상치 못한 깨달음을 안겨 준다. 그녀가 원하는 것과 자신이 갈망했던 것이 다르지 않았다는 사실이다. 즉, 서니 역시 사회 속에서 자신의 자리와, 자신의 존재를 느낄 수 있는 공간을 원했던 것이다. 어린 시절 고향으로부터 유리되어 미국 사회에 던져진 그녀 역시도 평생토록 집을 찾고자 했던 하타 자신과 결코 다르지 않았다. 그럼에도 불구하고 하타는 자신의 집만을 찾고자 서니의 집에 대한 욕망을 억압하고 심지어 그녀의 욕망을 자신의 욕망에 복종시키고 이용했다. 그러했기에 그가 찾은 집은 타인의 욕망을 자신의 욕망 속에 굴복시키는 지배와 복종의 장으로 전락하지 않을 수 없었다. 이러한 트라우마적인 자각은 그로 하여금 자신의 생 전반을 새로운 관점에서 돌아보게 만드는 계기를 제공한다.

"이것이 내가 내 인생 전체를 걸쳐 하고자 했던 것이 아니던가. 일본인 부모님과 학교에 들어갈 때부터 시작해서 … 영광스러워야 했을 전쟁을 위해 입대하기까지, 그리고 이 나라의 이 좋은 마을에 정착하기에 이르기까지 말이다. 이는 내 오랜 어리석음이자 나의 항구적인 실패가 아닌가?(205).

이러한 깨달음에는 역설이 존재한다. 먼저 이 깨달음은 하타를 상징적이고 사회적인 죽음으로 재촉한다. 그는 더 이상 베들리런의 존경 받는 어른이 아님을 인정해야 한다. 아니 그것을 포기해야만 한다. 하지만 그 죽음은 동시에 자신의 죄에 대한 정화이자 부활이기도 하다. 그래서 그는 "순수함과 같은 어떤 느낌" 혹은 "조금 전까지의 자신의 모습을 완전히 추방해 버린 듯한 파괴와 갱생의 느낌"을 갖게 된다(207). 즉, 트라우마의 핵심과의 갑작스런 조우는 지배 이데올로기의 권위를 문제시한다. 지배 이데올로기가 갖는 토대의 강건함과, 그 이데올로기가 언명한 동화의 명령의 당위성을 의심하는 것이다. 이로써 그는 마침내 지배 이데올로기의 힘이 유예되는 공간에까지 이르게 된다. 이제는 "하타 박사님"과 같은 호칭이나 그의 자랑스러운 튜더왕조식 저택이 더 이상 아무런 의미를 갖지 못한다.

이 역설은 소설의 마지막 부분에서도 똑같이 반복된다. 서니를 통해 비극적 자기 지식을 획득하게 된 하타는 모든 세속적 인연을 하나씩 끊어 나간다. 소설의 끝 부분에서 하타는 친구인 레니Renny Banerjee에게 이렇게 말한다. "진짜 중요한 순간에 딱 한번 양보하기 위해서 세상에서 자신이 얻은 모든 것을 기꺼이 포기하는 사람들도 있다네"(321). 그 후 그는 글자 그대로 자신이 미국에서 획득한 모든 것을 포기한다. "하타 박사님"이라는 이름도, 자신의 성공적 동화의 상징이었던 튜더왕조식 저택도, 마을에서의 안정적인 지위와 좋은 이웃들도, 모두 포기하고, 끝내는 30년 넘게 살아온 베들리런을 영원히 떠날 것을 결심한다.

나는 나의 살과 피와 뼈만을 짊어지고 갈 것이다. 나는 깃발을 흔들 겠다. 내일이면 이 집에 생기가 돌고 사람들로 가득 차게 될 것이고, 나는 밖에서 들여다보겠지. 나는 이미 어딘가를 걸어가고 있을 것이다. 이 마을 아니면 그 다음 마을 아니면 오천마일 멀리 떨어진 곳을 걸어갈 것이다. 나는 돌고 돌 것이다. 집에 거의 다 도착할 것이다.(356)

이 수수께끼 같은 마지막 말은 집의 의미에 대한 하타의 새로운 이해를 보여 준다. 이름 없는 식민지 주체에서, 일본 제국의 "지로 구로하타 중위"로, 그리고 베들리런의 "하타 박사님"으로의 극적인 변신 과정은 사회적 인정을 얻기 위한 그의 고된 투쟁의 항로이자 진정한 집을 찾기 위한 디아스포라적 여정이었다. 그가 사회적 인정을 얻기 위해 한국이라는 고향을 포기하고 생물학적인 정체성을 포기했지만, 그는 자신의 존재의 토대로서의 '집'은 포기하지 못했다. 하지만 이제 깨달은 것이다. 그 어떤 이름도, 그 어떤 장소도 안정된 정체성의 토대로서의 집이 될 수 없다는 것을 말이다. (스튜어트 홀Stuart Hall의 말을 빌리자면) 집이란 그저 "우연적이고 자의적인 멈춤contingent and arbitrary stop"의 지점에 불과한 것임을 말이다(Hall 397). 사실 그의 길고 먼 여정 동안 집은 단 한 번도 존재론적인 방식으로 주어진 적이 없었다. 따라서 그가 집에 이르는 길은 끊임없이 연장될 수밖에 없으며, 도착은 언제나 불가능의 영역 속에 감금되어 있었다. 집이란 공간이 초국가적 여정의 회로 속에서 주어지는 것이 아닌 자의적으로 만들어지는 것이기에 그러할 수밖에 없었다. 다시 말해, 집이란 특정 담론 지형도 속에서 주체가 특정 위치에 자신을 각인시키려는 (무)의식적 노력의 산물인 것이다. 하지만 이런 식의 각인은 잠정적인 것이며, 그 토대가 결여되어 있는 것이다. 결국 그 어떤 집도 항구적으로 안정된 정체성을 보장하지는 못한다.

코다: 총체적 포기와 집

하타의 포기 행위는 궁극적 '집없음'이라는 초민족주의 시대 주체의 근본적 숙명을 긍정하기 시작했음을 의미한다. 이제 그는 더 이상 집에 대한 갈망으로 고통 받지 않아도 되며 또한 타인에게 고통을 주지 않아도 된다. 이제 그는 집을 "밖에서 들여다보"며 집 주변을 "돌고 도는" 추방자의 위치에 선다. 하지만 역설적이게도 집을 떠난 그는 "집에 거의 도착"한다. 집을 포기하자 집에 도착할 수 있는 가능성이 열리면서, 고정되고 안정된 하나의 집 대신 적대적으로만 느껴졌었던 세계가 이제 자신의 집이 되어 돌아온다. 결국 그토록 갈망하던 집을 마침내 얻게 된 것이다.

이 마지막 부분을 통해 그는 하나의 보편자로서 진정한 의미의 세계 시민으로 변모한 것처럼 보인다. 이 시점에서 그는 분명 회복 불가능한 고향 땅을 복원하려 시도하는 디아스포라도 아니고,[4] 몇 평 남짓 물려받은 땅을 지키고자 부단히 애쓰는 붙박이 토착민도 아니며, 토착민과 동화되기 위해 분투하는 이민자는 더욱 아니다. 사실

---

4 이영옥은 2009년 논문을 통하여 하타의 마지막 결정을 물리적 시공간에 한정된 집과 생물학적인 에스닉 정체성을 버리고 정신적인 집을 찾고자 하는 디아스포라적 행동으로 해석한다(78). 하지만 이것은 디아스포라 개념의 지나친 확장으로, 디아스포라 개념이 가진 역사성을 고갈시키고 순전히 메타포로서의 디아스포라만을 남기게 된다. 이렇게 되면, 고향의 상실이나 박탈, 식민주의, 이주 등 디아스포라의 물질적인 측면이 증발되어 그것에 내재된 비판적 기능까지도 상실될 가능성이 존재한다.

디아스포라의 길과 동화의 길은 전혀 다른 두 개의 길이 아니었다. 하나는 다른 하나를 위한 전제 조건일 뿐이었다. 신경증적인 방식으로 주체에게 말을 걸어오는 고향 집의 존재가 있기에 동화에 집착하게 되고, 동시에 동화가 불가능하기에 집과 고향을 향한 디아스포라적 욕망을 버릴 수 없는 것이다. 이 둘은 따라서 양자택일의 문제도 아니며 서로가 서로에 대한 대안도 아니다. 동화를 갈망하는 디아스포라가 되거나 아니면, 둘 모두에 대한 총체적 포기의 길만이 존재한다. 최후의 결정적인 순간, 하타가 선택한 길은 총체적 포기의 길이다. 이 길은 포스트모던적, 혹은 다문화적 다양성을 체현하는 주체도 아니며, 디아스포라로서 중심과 집을 향한 열망을 가진 신경증적 주체도 아니다. 어쩌면 작가인 이창래는 이전과는 전혀 다른 주체의 가능성을 상상하고 있는지도 모른다. 디아스포라와 동화의 문제를 동시에 극복할 수 있는 주체 말이다. 그 주체는 과거의 제국주의와 결별한 주체이며, 현재의 인종주의와 결별한 주체이고, 또한 가부장적 폭력과도 결별한 주체이다. 하지만 그것이 구체적으로 어떤 주체인지 우리는 아직 말하기 어려울 것 같다.

참고문헌

Carroll, Hamilton. "Traumatic Patriarchy: Reading Gendered Nationalism in Chang-rae Lee's *A Gesture Life*. *Modern Fiction Studies* 51.3 (2005): 592–616.

Ching, Leo. "Yellow Skin, White Masks: Race, Class, and Identification in Japanese Colonial Discourse." *Trajectories: Inter-Asian Cultural Studies*. Ed. Kuan-Hsing Chen. New York: Routledge, 1998. 65–86.

Chuh, Kandice. "Discomforting Knowledge: Or, Korean 'Comfort Women' and Asian Americanist Critical Practice." *Journal of Asian American Studies* 6.1 (2003): 5–23.

Freud, Sigmund. "The 'Uncanny.'" *The Standard Edition of the Complete Psychological Works of Sigmund Freud. Vol. 17: An Infantile Neurosis and Other Works*. Trans. & Ed. James Strachey in collaboration with Anna Freud. London: The Hogarth Press, 1955. 217–256.

Hall, Stuart. "Cultural Identity and Diaspora." *Colonial Discourse & Postcolonial Theory: A Reader*. Eds. Patrick Williams & Laura Chrisman. New York: Columbia UP, 1994: 392–403.

Hattori, Tomo. "Model Minority Discourse and Asian American Jouis-Sense." *Differences: A Journal of Feminist Cultural Studies* 11.2 (1999): 228–247.

Lee, Chang-rae. *A Gesture Life*. New York: Riverhead Books, 1999.

Lee, Young-Oak. "Gender, Race, and the Nation in A Gesture Life." *Critique: Studies in Contemporary Fiction* 46.2 (2005): 146–159.

---. "Transcending Ethnicity: Diasporicity in A Gesture Life." *Journal of Asian American Studies* 12.1 (2009): 65–81.

Miller, Jacques-Alain. "An Introduction to Seminars I and II." *Reading Seminars I and II: Lacan's Return to Freud*. Eds. R. Feldstein, B. Fink & M. Jaanus. New York: SUNY P. 1996. 3–35.

Motuz, Alexis. "Before Speech: An Interrogation of Trauma in Chang-rae Lee's *A Gesture Life*." *Canadian Review of American Studies* 43.3 (2013):

411-432.

Žižek, Slavoj. *The Sublime Object of Ideology*. London: Verso, 1989.

■ 수록 원고 출처

1 디아스포라와 집: 초민족주의시대의 '집'에 대한 상상력
《영어 영문학》제53권 1호 (2007): 27-45.

2 정신분열적 디아스포라: 1965년 이후 아시아계 미국인의 정서 구조
《인문학연구》제42집 (2011): 359-387.

3 편집증적 디아스포라: 불가능한 진정성을 향한 열망
《영어영문학21》제24권 4호 (2011): 85-111

4 화이트 디아스포라: 디아스포라와 제국주의
《영어영문학21》제25권 4호 (2012): 91-122.

5 네이티브 디아스포라: 제국의 서벌턴
《현대영미어문학》제31권 3호 (2013): 137-169

6 인종의 계보학: 본질과 허상의 갈림길 위에서
《인문학연구》제37집 (2009): 57-82.

7 할리우드 영화와 인종: 흑백버디무비와 아시아 남성
《영어영문학》87집 (2008): 125-150.

8 "실종된 제 삼의 몸"을 위한 애도: 정체성 정치의 한계를 극복하기 위한 제언
《영어 영문학》제56권 5호 (2010): 773-796.

9 낯익음과 낯섦의 변증법: 한강의 《채식주의자》
《문학들》45호 (2016년 가을)

10 "집이 되고 있습니다": 차학경의 《딕테》
《영어영문학21》제28권 4호 (2015): 117-141.

11 (불)가능한 집을 향한 여정: 이창래의 《제스처 라이프》
《영어권문화연구》제11집 1호 (2018): 205-236

집으로 가는 길

2018년 7월 15일 초판 1쇄 발행

지은이 ㅣ 임경규
펴낸이 ㅣ 노경인 · 김주영

펴낸곳 ㅣ 도서출판 앨피
출판등록 ㅣ 2004년 11월 23일 제2011-000087호
주소 ㅣ 우-)07275 서울시 영등포구 영등포로 5길 19(양평동 2가, 동아프라임밸리) 1202-1호
전화 ㅣ 02-336-2776 팩스 ㅣ 0505-115-0525
블로그 ㅣ bolg.naver.com/lpbook12
전자우편 ㅣ lpbook12@naver.com

ISBN 979-11-87430-29-2 94800